dancing daddy

댄싱
*
대디

댄싱
dancing daddy
대디

제임스 굴드-본 장편소설 | 정지현 옮김

하빌리스

나의 부모님,

린다와 필립 굴드-본에게 바칩니다.

CONTENTS

댄싱
대디
dancing daddy

1

대니 머룰리는 네 살 때 레몬 향 비누가 레몬 맛은커녕 보통 비누와 똑같은 맛이라는 씁쓸한 깨달음을 얻었다. 그리고 열두 살 때 섣불리 고양이를 구해 주려다가 플라타너스 나무에서 아프지도, 볼썽사납지도 않게 떨어지는 것은 불가능하다는 사실을 배웠다. 열일곱 살이 되어서는 협동조합에서 만든 3리터짜리 커다란 병에 든 싸구려 사과주를 해크니 다운스 공원에서 여자친구와 나눠 마시고 어설프게 서로의 몸을 더듬다가 선을 넘어 버리면 졸지에 애 아빠가 될 수 있다는 걸 알게 됐다. 그리고 스물여덟 살에는 살면서 가장 뼈아픈 교훈을 깨우쳐야 했다. 눈에 보이지도 않는 작은 얼음 조각 하나 때문에 별안간 눈앞이 캄캄해지고 시간이 멈추고 세상이 무너져 내릴 수 있다는 것을…….

끼익! 하는 자동차 바퀴 소리에 대니는 잠에서 깼다. 비명 소리였던 것도 같다. 몸을 일으켜 방 안을 둘러봤다. 지금 여기에서 난 소리가 맞나 하고 생각을 되짚다 보니 조금씩 정신이 들었다. 꿈이었다. 땀으로 흠뻑 젖은 베개에 도로 누워 침대 옆에 놓인 시계를 보았다. 아침 6시 59분. 어스름한 아침 햇살에 전자시계의 숫자가 빛났다. 다음 숫자로 넘어가 버리기 전에 미리 알람을 끄고 옆자리의 텅 빈 베개를 더듬었다. 축축한 이불을 걷어 버리고 침대에서 기어 나갔다. 옷장 거울에 비친 모습은 보지도 않고 어제 입은 것과 같은 옷을 주섬주섬 입었다.

주방으로 가다가 윌의 방문이 조금 열려 있는 것을 보고 꼭 닫아 주었다. 주전자에 물을 채워 불에 올리고, 약간 말랐지만 아직 곰팡이는 피지 않은 빵을 토스터에 넣은 다음 라디오를 켰다. 세상 돌아가는 일이 궁금해서라기보다는 그냥 습관이다. 앵커가 혼자 뉴스를 떠들어 대는 동안 대니는 그림엽서 같은 창밖 풍경을 바라보았다. 풍경이 그림엽서처럼 아름답다기보다는 창문 크기가 그림엽서만 했다. 하늘은 지하철 빅토리아 노선 색깔만큼이나 파랬지만 밝은 햇살도 바깥 풍경을 환하게 빛내 주지는 못했다. 대니는 햇살 가득한 날이면 바깥 풍경이 더욱더 적나라하게 드러나 도리어 마음에 들지 않았다. 흐릿한 조명이 데이팅 앱으로 처음 만난 상대를 매력적으로 보이게 하거나 허름한 레스토랑에 고풍스러운 멋을 더해 주는 것처럼 날씨가 우중충해야 파머스턴 단지의 암울한 실상이 조금이나마 가려지니까. 대니는 삭막한 건물을 바라보면서 비록 저 너머도 똑같은 콘크리트뿐일지언정 기필코 이 동네를 뜨리라 어제와 똑같이 다짐한다. 분명 내일도 그럴 것이다.

대니는 식탁에 앉아 지난 14개월 동안 그래 온 것처럼 벽을 보면서 아침 식사를 했다. 그 무거운 시선을 이기지 못하고 벽지가 둥그렇게 말리기 시작했지만 그는 알아채지 못했다. 흙을 털지 않고 작업화를 벗어 복도 카펫이 더러워진 것도, 백내장에 걸린 사람이 보는 세상만큼이나 창문에 뿌옇게 먼지가 쌓인 것도, 화분 속 필로덴드론이 방사능에 노출된 감자 껍질처럼 변해 버린 것도 몰랐다. 오늘처럼 하필 아침 식사 중에 현관문 투입구를 통해 들어와 매트 위로 떨어져서 얼굴을 찌푸리게 하지만 않았다면 우편물 따위도 까맣게 잊고 살았을 것이다.

현관 입구에 하얀 봉투 두 개가 떨어졌다. 하나는 수도 요금이 2개월 밀렸다는 사실을 점잖으면서도 불쾌감을 확실히 드러내며 알려 주는 고지서였고, 다른 하나는 전기 요금

최종 납부 독촉장이었다. '법원', '압류', '기소' 같은 수많은 단어가 대문자에 빨간색으로 쓰여 있었다. '감사합니다'라는 글자도 마찬가지여서 이건 감사 표현이 아니라 그냥 위협처럼 느껴졌다.

대니는 찡그린 얼굴로 까칠한 수염을 만지작거렸다. 손톱을 물어뜯은 흔적이 있는 손에 나흘간 깎지 않은 수염이었다. 벽에 걸린 화이트보드에는 호주 기념품 자석 두 개로 종이 뭉치들을 고정시켜 놨다. 그리고 그 위에 검은색 글씨로 굵게 '미납'이라고 쓰여 있었다. 옆에는 두 장의 종이만 자석으로 고정돼 있었는데 '완납'한 것들이었다. 그는 방금 도착한 우편물을 더 두툼한 종이 뭉치 쪽에 끼워 넣었다. 자석이 무게를 버티지 못하고 고지서들이 바닥으로 우수수 떨어졌다. 대니는 한숨을 쉬며 종이들을 주워 모았다. 시드니 오페라하우스 모양의 세 번째 자석으로 고지서들을 화이트보드에 고정하고 옆에 '자석 살 것!'이라고 휘갈겨 썼다.

"윌!" 그가 주방 문가에서 소리쳤다. "일어났니?"

윌은 아빠가 부르는 소리를 들었지만 대답하지 않고 멍든 팔만 계속 살폈다. 여읜 어깨와 보잘것없는 이두박근 사이의 희멀건 피부에 폭풍우라도 몰아칠 것처럼 검푸른 구름이 퍼져 있었다. 윌은 멍든 부분을 눌러 보았다. 살짝 눌렀는데도 약하디약한 피부라 팔 윗부분 전체로 뭉근한 통증이 퍼졌다.

"빨리, 윌. 아침 먹어야지!" 대니가 소리쳤다. 목소리에서 벌써 지친 기색이 역력했다.

윌은 문고리에 걸린 구겨진 교복 셔츠를 가져와 찡그린 얼굴로 팔을 소매 안으로 살살 집어넣었다.

"우리 잠꾸러기 잘 잤니?" 터덜터덜 주방으로 들어와 식탁 앞에 털썩 앉는 아들에게 대니가 인사를 건넸다. 그리고 잠시 후 한 손에는 머그잔을, 한 손에는 토스트 접시를 들고 와서 아들 앞에 놓아 주고 맞은편에 앉았다.

윌은 이마의 5센티미터 정도 되는 흉터를 가려 주는 옅은 금갈색 앞머리 사이로 접시를 살폈다. 땅콩버터를 바른 두 조각의 토스트 틈으로 꼬마 기관차 토마스와 눈이 마주쳤다. 머그잔에 그려진 붉은 증기기관차 제임스의 미소는 비웃음처럼 느껴졌다.

"늦겠다. 빨리 먹어." 대니가 말했다. 윌은 차갑게 식은 차를 한 모금 마시고 얼굴을 찡그렸다.

윌은 기차 캐릭터가 보이지 않도록 머그잔을 돌렸다. 머뭇거리며 한 입 베어 문 토스트로 토마스의 얼굴도 가려 버렸다.

"오늘 엄마 생일인 거 알지?" 대니가 말했다.

윌은 토스트를 씹다 멈추고는 접시만 쳐다봤다. 정적 속에서 라디오 소리만 웅얼거렸다.

"월?" 대니가 다시 아들을 불렀다.

월은 쳐다보지도 않고 고개만 한 번 끄덕였다.

그때 초인종이 울려 대니가 일어났다. 문구멍으로 확인하니 뻥 뚫린 복도에 모하메드가 서 있었다. 모하메드는 뿔테 안경을 쓰고 보청기를 낀 통통한 소년이었다. 그의 어깨 너머로 런던의 풍경이 펼쳐졌다.

대니가 문을 열자 소년이 말했다. "안녕하세요, 머룰리 아저씨. 대왕고래가 방귀 뀔 때 생기는 물방울이 말 한 마리가 들어갈 정도로 크다는 거 아세요?"

"아니, 모. 정말 몰랐어."

"어제 〈동물의 왕국〉에 나왔어요." 또래 아이들은 폭력적인 유튜브 영상을 즐겨 보는 데 반해 모는 동물 다큐멘터리를 좋아했다.

"그건 좀 잔인한걸. 대왕고래의 방귀 방울에 말을 어떻게 집어넣은 거지?"

"몰라요. 그건 안 나왔어요." 모가 말했다.

"그래." 대니는 그런 실험을 준비하는 과정이 떠올라 얼굴을 찌푸렸다.

"월은 준비 다 했어요?"

"2분만 기다려 주렴. 지금 아침 먹고……."

말이 끝나기도 전에 월이 대니를 휙 지나쳐 현관으로 나갔다.

모가 윌에 의해 계단 쪽으로 밀쳐지면서 말했다. "안녕히 계세요, 머룰리 아저씨."

"안녕, 모. 윌, 학교 끝나고 보자, 응?"

윌은 대답 없이 모퉁이를 돌아 사라졌다.

대니는 거실로 돌아가 식탁 위의 컵과 접시를 치웠다. 윌이 손도 대지 않은 차는 싱크대에 부어 버리고 먹지 않은 자신의 토스트는 쓰레기통에 버렸다. 그날의 사고 이후로 거의 매일 아침 똑같이 되풀이되는 일상이었다.

2

대니는 노란색 안전모와 바람에 펄럭이는 형광색 작업복 차림으로 공사장을 가로질렀다. 작업반장 알프에게 가는 길이었다. 알프도 비슷한 차림이지만 그는 클립보드를 들고 있었다. 가드를 제대로 올리지 못하는 권투선수처럼 울퉁불퉁한 얼굴에 통통하고 머리가 벗겨진 남자였다. 그는 대니가 오는 것을 보더니 옆에 서 있는 남자를 쓱 돌아봤다. 검은 양복을 입은 남자였다. 얼굴은 창백하고 살이 없어 안전모만 아니면 저승사자처럼 보였다. 그가 손목시계를 두드리며 대니를 가리켰다. 알프가 한숨을 쉬었다.

위쪽에서 팰릿을 실은 기중기가 천천히 돌고 굴착기가 흙을 퍼 올리느라 시끄러워 대니는 큰소리로 외쳤다. "좋은 아침입니다, 알프."

"지각이잖아, 대니."

대니는 얼굴을 찡그리고 휴대전화를 보더니 알프에게 내밀었다. "제 시계로는 지각 아닌데요."

"저분 시계로는 지각이야." 알프는 그의 휴대전화를 무시하고 고갯짓으로 양복 입은 남자를 가리켰다.

"누군데요?" 대니가 물었다.

"빅토르 오를로프. 새로 오신 관리자님이셔."

"오를로프요?"

"러시아 쪽이야. 엄청 깐깐해. 오늘 아침에만 두 명을 해고했어. 인정사정 안 봐 줘."

대니가 양복 입은 남자를 쳐다보았다. 남자도 얼음처럼 차가운 표정으로 이쪽을 보았다.

"빨리 움직여." 알프가 말했다. "가서 이반하고 시멘트 작업해. 그리고……."

"네?"

"앞으로는 지각하지 마."

대니는 삽을 들고 이반에게 갔다. 우크라이나 출신의 이반은 근육질의 거구로 영어는 유창하지 못하지만 굴착기보다 흙을 많이 푸고 마인크래프트 챔피언보다 빠르게 건물을 지을 수 있었다. 대니는 그가 사람을 죽인 적도 있을 거라고 확신했다. 분명 맨손으로 죽였을 것이다. 울퉁불퉁한 팔뚝에 교도소에서 새겼을 법한 조잡한 문신들이 그런 의심을 부추겼다. 들쭉날쭉한 글씨와 보기 흉한 얼굴,―왼쪽 팔꿈치 근처에는 오목 비슷한 삼목 게임판까지― 물어보기도 겁나는 제멋대로 휘갈긴 낙서가 이반의 팔뚝을 뒤덮었다.

두 사람은 두어 해 전 대니가 이반의 목숨을 구해 주면서 친해졌다. 적어도 대니를 비롯해 공사장에서 일하는 모두가 기억하기로는 대니가 이반을 구해 준 것이 맞았다. 하지만 이반 혼자 아니라고 우겼다. 이반이 공사장에서 일한 지 2주밖에 되지 않았을 때였는데 강한 바람에 비계가 느슨해지면서 무너졌다. 마침 옆에서 일하고 있던 대니가 달려가 이반의 육중한 몸을 밀치지 않았더라면(어깨가 빠질 뻔했다) 이반은 아마 강철 파이프에 깔렸을 것이다. 그날 대니는 영웅으로 받들어졌지만 탱크에 깔리고도 멀쩡하게 살아남았다는 이반은 다들 드라마 〈이스트엔더스〉 주인공들처럼 호들갑을 떤다면서 머리에 30킬로그램짜리 강철 파이프를 맞았어도 죽기는커녕 하루만 쉬면 멀쩡해졌을 거라는 주장을 굽히지 않았다. 어쨌든 그 사건은 대니와 이반 사이에 자주 농담처럼 등장하는 소재가 되었다. 물론 재미있다고 생각하는 사람은 대니뿐인 듯했지만.

"대니." 이반이 외바퀴 손수레에 시멘트를 퍼 담으면서 말했다.

"이반, 저 양복 입은 사람 누구야?" 대니가 엄지로 어깨 너머를 가리켰다.

"빅토르?" 이반이 말했다.

"알프 말로는 오늘 아침에만 두 명을 해고했다던데?"

"모스크바에서 보냈다. 우리 공사 속도 느리다."

"속도가 느리다면서 해고를 해?"

이반이 어깨를 으쓱했다. "우크라이나에서 빅토르 같은 사람 이렇게 부른다."

"뭐라고?" 대니가 물었다.

"머저리."

대니는 웃음을 터뜨렸다. "휴가는 잘 보냈어?" 삽으로 시멘트 반죽을 푸며 물었다.

"휴가? 휴가는 무슨. 이바나랑 우크라이나에 다녀왔다. 처가에서 일주일 있었다. 이바나 엄마, 나 싫어한다. 이바나 아버지, 언니도. 그 집 개까지 나 싫어한다."

"안 봐도 알겠네." 대니가 이반의 팔뚝에 생긴 이빨 자국을 가리켰다.

"어?" 이반의 시선이 대니의 손가락을 쫓았다. "아니, 아니. 이건 이바나 할머니가 그런 거다."

"그렇군."

이반은 주머니에서 종이 뭉치를 꺼내 멋쩍은 듯 건넸다.

"자."

열어 보지 않아도 뭔지 알 수 있었다. 비계 사건 후 이반은 대니와 그의 아내 리즈, 아들 윌을 저녁 식사에 초대했다. 이반이 2미터짜리 꼬챙이에 찔릴 뻔한 것을 대니가 구해 준(어떻게 보느냐에 따라, 구해 주지 않은) 이후로 두 남자는 말을 거의 하지 않았다. 사실 구해 준 그날 처음 말해 본 것이나 다름없었다. 이반은 갑작스럽게 초대한 이유에 대해 설명하지 않았다. 대니는 고마움의 표시라고 추측했다. 그날 이후로 두 가족은 자주 저녁을 함께했다. 어른들은 웃고 떠들고 우크라이나 전통주 호릴카를 마셨다(가장 많이 마신 사람도, 숙취로 가장 고생한 사람도 리즈였다). 웃고 떠드는 부모를 지켜봐야 하는 민망함을 공유한 윌과 유리―이반과 이바나의 아들―는 엑스박스를 같이 하면서 동병상련의 우정을 키웠다. 리즈는 이바나가 수집해 창턱에 주르륵 세워 놓은 알록달록한 목각 달걀에 반했다. 그 후로 우크라이나에 다녀올 때마다 이반이 리즈를 위해 목각 달걀을 사 왔다. 상황이 비극적으로 바뀐 뒤에도 계속 그렇게 했다.

"고마워." 대니가 알록달록한 달걀 장식품을 받아 들며 말했다. 이 행동을 계속 이어가야 할지 수없이 고민했을 이반이 지금 얼마나 어색할지 느껴졌다. 그만둬 주지 않아서 고마웠다.

"윌은 어때?" 이반이 화제를 바꾸려고 애쓰며 물었다.

"잘 있어." 대니는 달걀을 재킷 주머니에 넣었다. "그런 것 같아. 잘 모르겠어."

"아직도 말 안 해?"

"응. 한 마디도. 잠꼬대조차 안 해."

한 남자가 빈 손수레를 가져오고 시멘트가 담긴 손수레를 가져갔다.

"윌이 말하는 걸 수도 있다."

"나한테는 안 해."

"그게 아니야. 말 안 하지만 말하는 거다. 무슨 뜻인지 알겠어?"

"아니, 진짜 모르겠는데." 대니가 말했다.

"들어 봐." 이반은 시멘트 반죽에 삽을 꽂고 삽자루에 기대었다. "이바나는 화나면 소리 지르고 나 멍청이라 한다. 그런데 진짜 화나면 며칠 동안 말 안 한다. 쥐 죽은 듯 조용히. 하지만 사실은 뭐라고 말하고 있는 거다. 알겠어?"

"뭐라고 말하는 건데?"

이반은 어깨를 으쓱했다. "오븐에 내 머리 집어넣고 싶다거나."

"월이 내 머리를 오븐에 집어넣고 싶다는 말을 하고 있다는 거야?"

"아니. 월이 하는 말을 네가 못 듣는 걸 수도 있다."

"할 말이 있으면 그냥 하면 될 것을." 대니가 말했다. "1년도 넘었어. 아무 말이라도 좋으니까 그냥 말만 했으면 좋겠다고."

3

여학생들은 삼삼오오 모여 수다를 떨거나 휴대전화를 만지작거리며 남학생들을 안 보는 척했다. 남학생들은 발로 축구공을 튕기거나 친구들끼리 괜히 치고받는 듯한 모습을 연출해 동영상으로 촬영했다. 그리고 역시 여학생들에게 잘 보이려고 애쓰면서도 쳐다보지 않는 척했다. 다들 서로를 주시하면서도 시선을 마주치지는 않았다. 몰래 쳐다보기 대회라도 하는 것 같았다. 눈은 얼마든지 깜빡여도 되지만 쳐다보는 걸 들키는 순간 소금 뿌린 달팽이처럼 쪼그라든다. 운동장에서 모두의 눈을 쳐다보는 자신감을 가진 사람은 딱 한 명, 마크뿐이었다. 이날도 어김없이 마크는 월을 발견했다.

"진짜 장난 아니었다니까!" 다른 수많은 아이들 틈에서 학교로 걸어가며 모가 말했다. "사자가 여덟 마리인가 그랬거든. 아니, 정확히는 암사자야. 수사자는 사냥을 하지 않거든. 아무튼, 사자들이 물소인지 들소인지를 먹는데 아직 살아 있는 거야. 마치 풀을 뜯고 있던 먹잇감을 그냥 산 채로 잡아먹는……"

월이 팔꿈치로 모의 옆구리를 쿡 찔렀다.

"아야, 왜 그래?" 모가 옆구리를 문질렀다.

월이 운동장을 가로질러 다가오는 꾀죄죄한 남학생 세 명을 턱으로 가리켰다. 월과 모보다 키가 크고 나이도 많은 그들은 그 사실을 과시하듯 으스대며 걸었다. 교복 셔츠가 바지 밖으로 나오고 넥타이는 느슨해서 꼭 야근한 세 명의 형사 같았다. 하지만 마크 패거리가 범죄 현장에서 목격된다면 범죄를 해결하는 쪽이 아니라 저지른 쪽일 터였다. 마크는 셋 중에서 키가 제일 작았다. 몇 센티미터 정도나 차이가 났다. 키는 물론 외모와 지성, 앞니도 가지지 못했지만 리치먼드 중고등학교 최고의 악당이라는 명성을 얻을 만은 했다. 누구든 굳이 잘못한 것 없이도 마크의 적이 될 수 있었다. 어차피 마크에게는 적뿐이었다. 자기 의지와 상관없이 그냥 숨만 쉬어도 누구나 마커스 롭슨에게 괴롭힘당하는 복권에 당첨될 수 있었다. 이유 따윈 없다. 게다가 월의 당첨 확률은 다른 아이들에 비해 최소 두 배는 더 높아 보였다.

"얼른 가자." 모가 말했다. 모와 월은 빨리 교실로 들어가고 싶은 마음에 걸음을 재촉했다. 마크 패거리도 속도를 냈다. 그들은 마치 똑같은 바짓단을 붙잡으러 우르르 달려가는 족제비 세 마리처럼 속도를 내 성큼성큼 걸었다.

"이게 누구야." 마크가 중앙 출입구를 막았다. "멍청이 2총사잖아. 아니, 귀머거리와 벙어리라고 해야 하나?"

"말했잖아, 난 귀머거리가 아니라고. 난……." 모가 말했다.

"뭐라고?" 마크가 한 손으로 귀를 감쌌다. "안 들려."

"나 귀머거리가 아니라고. 난……."

"뭐라고?"

"난……."

"안 들려, 모. 좀 크게 말해라." 마크가 말했다.

마침내 모는 마크가 자신을 놀리고 있음을 깨닫고 한숨을 쉬었다. "바보 멍청이." 보청기를 만지작거리며 중얼거렸다.

"지금 뭐라고 했냐?" 마크가 말했다.

"안 들린다며?" 모가 빈정거렸다.

"너 입 함부로 놀리지 마라." 마크가 모의 넥타이를 거칠게 잡아당겼다. 넥타이 매듭이 콩알만 하게 줄어들었다. "네 남자친구한테 좀 배워."

마크의 시선이 월을 향했고 모는 넥타이를 느슨하게 풀려고 애썼다.

"뭘 봐?" 마크가 쏘아붙였다.

윌은 어깨를 으쓱하고 신발을 쳐다봤다.

"너 나 좋아하냐? 그런 거야?"

윌은 고개를 저었다.

"그럼 내가 별로라는 거야?"

또 고개를 저었다.

"그럼 나 좋아하는 거네?"

"그냥 내버려 둬." 모가 끼어들었다. 방금 전 넥타이로 목을 졸려서 목소리가 깍깍거렸다.

"닥쳐, 이 모비 딕 멍청이."

"모비 딕 멍청이래." 마크의 두 심복 가운데 키가 큰 쪽인 토니였다. "기발하다."

"난 이해 안 되는데." 게빈은 얼굴에 여드름이 얼마나 많은지 뇌에도 고름만 가득 차 있을 것 같았다.

"모비 딕 있잖아." 토니가 설명했다. "고래하고 외발 아랍인가 뭔가 나오는 책."

"아랍인? 모처럼?" 게빈이 물었다.

"아랍이 아니라 아합이거든? 아합 선장. 그리고 난 아랍인 아니야. 펀자브 사람이야."

"그게 그거지." 게빈이 말했다.

모가 펀자브어로 욕을 중얼거렸다.

"팔은 좀 어떠냐?" 마크가 윌의 팔 윗부분을 가리켰다.

윌은 어깨를 으쓱했다. 가짜 용기라도 최대한 쥐어짜 보았지만 얼마 되지도 않았다.

"그럼 다음에 또 때려도 되겠네, 그치?" 마크가 펀치를 날리는 척했다. 윌은 자신도 모르게 팔을 가렸다. 마크가 씩 웃었다. "그럴 줄 알았다." 그때 종이 울렸고 마크 패거리는 제 갈 길로 갔다. "그럼 점심시간 때 보자, 머저리들아."

모는 목을 문지르며 또 펀자브어로 중얼중얼 욕을 했다. 윌은 무슨 뜻인지 몰라도 분명히 나쁜 말이리라고 확신하면서 고개를 끄덕였다.

두 사람은 다른 아이들 사이에 끼어서 학교 안으로 들어갔다. 교실에서 모가 자리에 앉으며 옆자리의 윌을 쿡 찌르더니 화이트보드를 등지고 선 남자를 가리켰다. 그는 머리숱이 적고 철수세미 같은 수염에 안경을 쓰고 있었다. 마치 캄캄한 데서 아무거나 주워 입은 듯한 차림이었는데 옷 따위는 전혀 신경 쓰지 않는다고 온몸으로 외치는 것처럼 보였다.

"어딘가에서 탈출한 걸까?" 모가 말했다.

윌은 어깨를 으쓱했다.

"자, 인제 그만 조용히 하자." 평생 무시 받고 살아온 사람의 피곤함이 묻어 나는 목소리였다. "내가 도대체 누군데 이

자리에 있는지 궁금하겠지? 솔직히 나도 가끔 그런 의문이 든다. 너희도 나중에 크면 분명히 그럴 때가 있을 거야. 삶이 실망의 연속이란 걸 깨닫는 순간이지. 아무튼, 난 임시 교사 콜먼 선생님이다."

그는 화이트보드에 자신의 이름을 쓰고 밑줄을 그었다. "쿨 먼도 아니고 콜만도 아니야. 쿨맨도 아니고. 그렇게 부르고 싶으면 불러도 되지만. 아무튼, 콜먼 선생님이다, 알겠니?"

아이들이 알아들었다는 듯 웅얼거렸다.

"그럼 알아들은 걸로 알겠다. 내가 새로 온 선생님이라고 만만하게 보는 실수를 저지르기 전에 알려 줄 게 있어. 난 학 교에서 산전수전 다 겪은 사람이야. 별별 일을 다 겪었지. 안 겪어 본 일이 없어. 그러니 너희가 헤일 선생님을 놀려 먹은 방법은 내게 절대 통하지 않아. 다들 알겠나?"

콜먼 선생님은 눈을 치켜뜨고 반 아이들을 훑어보았다. 그 시선이 닿을 때마다 아이들의 얼굴에서 미소가 사라졌다.

"좋아. 그럼 출석을 먼저 불러볼까? 아주 간단해. 내가 호명 하면 '출석'이라고 답하도록."

콜먼 선생님은 출석부를 펼치고 빠르게 훑었다.

"앳킨스?" 그의 펜이 출석부 위에서 움직였다.

"출석." 월의 앞자리에 앉은 치아 교정기를 낀 여학생이 대 답했다.

"잘했다, 샌드라." 콜먼 선생님은 여학생의 이름 옆에 체크 표시를 했다. "전에도 해 본 적이 있나 보다. 카트라이트?"

"여기요." 뒷자리에 앉은 삐뚤어진 넥타이의 남자애였다.

"카트라이트는 처음인가 보네." 선생님의 말에 카트라이트만 빼고 모두가 웃었다. "진덜?"

"출석."

"잘 보고 배우거라, 카트라이트." 콜먼 선생님이 말했다.

"출석." 카트라이트가 대답하자 더 큰 웃음소리가 터졌다.

"아니지, 네 이름은 벌써…… 됐다. 카비가?"

"출석."

"머룰리?"

아무런 대답이 없었다.

"머룰리?"

콜먼 선생님이 반 전체를 훑어보자 조용한 가운데 몇 명이 킥킥거렸다. 빈 책상은 없었다. 윌이 손을 들었다. 선생님이 얼굴을 찡그렸다.

"왜 그러니?"

"얘가 머룰리예요, 선생님." 모가 말했다.

"그래?" 선생님이 윌을 쳐다봤다. "왜 '출석'이라고 대답하지 않니?"

"얘는 말을 안 해요, 선생님." 모가 또 대답했다.

"말을…… 안 해?"

"네."

"넌…… 대리인이라도 되나 보지?"

"대리인이 아니라 대변인입니다, 선생님." 모가 말했다. 반 전체에 웃음이 퍼졌다.

"그렇구나." 콜먼 선생님은 월의 이름 옆에 체크 표시를 했다. "아까 한 말은 취소해야겠다. 이런 일은 처음 겪어 보는구나."

～

점심시간에 월은 경비실 벽장에 갇혀 있었다. 사실 거기에서 종종 시간을 보냈다. 청소용품 냄새가 좋아서도, 오랫동안 캄캄한 공간에 앉아 있는 느낌이 좋아서도 아니었다. 마크 패거리가 학교 식당으로 가는 길에서 기다리고 있다가 붙잡아 여기에 가둬 놓았다. 녀석들은 벽장 안쪽 손잡이가 느슨하다는 사실을 알고 빼 버린 다음, 밖에서만 열 수 있는 이 좁은 감옥에 운 나쁜 희생양들을 가두기 시작했다. 그 감옥의 첫 번째 수감자가 되는 전혀 달갑지 않은 영광이 월에게 주어졌다. 월은 거기에 가장 오래 갇힌 수감자이기도 했다. 두 시간 내내 갇혀 있었던 적도 있다. 수학과 과학 시간이라서 굳이 빠져나가려고 애쓰진 않았지만.

요즘은 벽장 안에서 혼자 조용히 있는 시간이 꽤 좋아졌다. 그래서 녀석들이 가두려 해도 굳이 반항하지 않게 됐다(녀석들은 김이 새는 모양이지만 그렇다고 그만두지도 않았다). 이 안에 있으면 놀리거나 비웃거나 욕하는 사람이 없었다. '관종'(관심 받고 싶어하는 욕구가 병적인 상태―편집자)이라고 매도하는 사람도, 때리는 사람도 없었다(되도록 눈에 띄지 않으려고 애쓰는 월로서는 관종이라는 말을 들으면 짜증이 났다). 여기에 가두는 인간들이 바로 월을 때리는 인간들이니까. 월의 기분을 이해하는 척하는 사람도 없었다. 목감기에 걸려서 겨우 일주일 목소리가 안 나온 것 가지고 똑같다는 듯 말하는 사람도 없었다. 귀찮게 하는 사람이 아무도 없었다. 한 가지 유일한 단점이라면 배가 고파진다는 것이었다. 지금도 배가 고파서 어디냐고 묻는 모의 문자에 막 답하려는 찰나, 복도에서 소프 선생님의 목소리가 들렸다.

"안녕하세요, 데이브."

수 소프는 교장 선생님이다. 보통 교장 선생님들은 호랑이처럼 엄하고 코털도 툭 튀어나오고 자만 들면 학생이든 아니든 간에 때리고 싶어서 못 견딘다. 그 역시 자로 학생들을 때리고 싶은 충동을 억누르고 있는 것일지는 몰라도 겉으로 보기에 소프 선생님은 유쾌한 성격이라 학생들 대부분이 좋아했다.

"수, 반갑습니다." 월은 콜먼 선생님의 목소리를 곧바로 알아든진 못했다.

"오늘 아침 어땠어요?"

콜먼 선생님의 한숨이 들렸다. "이런 느낌 아시죠? 아이들이 말도 잘 듣고 점점 똑똑해지는 게 보여서 '아, 내가 이래서 선생님이 됐지. 그래, 바로 이거야.' 하는 느낌 말이에요."

소프 선생님은 잠시 말이 없었다. "모르겠는데요?"

"바로 그겁니다." 콜먼 선생님의 말에 월은 피식 웃었다.

"평소와 똑같다는 거군요."

"늘 똑같지요, 뭐." 콜먼 선생님이 말했다. "아니, 사실은 거짓말입니다."

"뭔데요? 말해 보세요."

"머룰리라는 학생 아세요?"

"월이요?"

"네, 그 조용한 학생."

"착한 아이죠. 훌륭한 학생이에요. 왜 그러시죠?"

"말을 정말 못하나요? 아니면 새로운 선생님을 위한 환영식으로 그러는 건지?"

"말할 수 있어요." 소프 선생님이 말했다. "말하고 싶지가 않은 거죠. 선택적 함구증이라고 하더군요."

"저런, 우리 애들도 그랬으면 좋겠네요."

"그러게요."

"그 아이가 처음부터 그랬나요?" 콜먼 선생님이 물었다. 윌은 소프 선생님의 입에서 나올 가슴 아픈 대답을 잘 알고 있었다.

"1년 전쯤에 엄마가 돌아가셨어요. 차 사고로. 얼음길에 미끄러져서 나무를 들이받았대요. 가엾게 윌도 차에 타고 있었고. 그 이후로 말을 안 해요."

콜먼 선생님이 뭐라고 중얼거렸지만 윌에게는 잘 들리지 않았다. 그저 놀라는 말이겠거니 했다. 어쨌든 소프 선생님도 맞장구쳤다.

"고학년 아이들에게 괴롭힘을 당하고 있으니 주시해 주세요. 제가 그 애들을 불러다 혼내기도 했지만 어디 애들이 말을 듣나요?"

"그렇죠."

함께 복도를 걸어가는 두 사람의 목소리가 점점 희미해졌다.

윌은 그대로 벽장에 몇 분 더 있었다. 갑자기 배고픔은 사라졌지만 안이 더 캄캄해진 느낌이었다. 모에게 꺼내 달라고 문자 메시지를 보냈다.

4

    종이 울리자 입구에서 아이들이 운동장으로 쏟아져 나왔다. 대니는 월을 찾으려고 붉은색 교복의 물결을 훑었다. 드디어 모와 함께 나오는 월의 모습이 보였다. 그 뒤를 마크 패거리가 바짝 쫓았다. 게빈은 모에게 땅콩을 던지고 토니는 자꾸만 월의 뒤꿈치를 밟아 휘청거리게 만들었다. 마크는 잘 훈련된 두 심복이 자랑스러운 듯 뒤쪽에서 씩 웃으며 걸었다. 그러다 저쪽에서 노려보는 대니를 발견하고는 급하게 친구들을 데리고 다른 아이들 틈에 섞였다.

    모와 작별 인사를 한 월은 두 손을 주머니에 넣은 채 땅만 보며 느릿느릿 길을 건넜다.

"쟤들 누구야?" 대니가 턱으로 마크를 가리켰다.

월은 어깨를 으쓱하며 고개를 저었다.

"내가 저렇게 생겼으면 부모 고소했겠다."

월의 얼굴에서 미소가 스치는가 싶더니 그대로 들어가 버렸다.

"쟤들이 괴롭히는 거면 아빠한테 솔직히 말해, 알았지?"

월은 고개를 끄덕였다. 대니는 미심쩍은 표정이었다.

"가자."

༺༻

아빠가 묘비들을 훑는 동안에도 월은 땅만 보고 있었다. 비둘기 날개 같은 구름이 하늘을 뒤덮어 공동묘지는 온통 차갑고 칙칙하기만 했다.

찾는 묘비가 어디 있는지 확실히 알면서도 대니는 자꾸만 꾸물거렸다. 이곳에서의 시간을 천천히 음미하고 싶어서는 아니다. 이곳에 있는 것 자체가 싫었다. 그건 월도 마찬가지였다. 1년도 더 지났지만 아직도 애도를 끝내지 못해 꾸물거리는 것이었다. 그는 아내가 죽었다는 사실을 완전히 받아들이지 못했다. 이제 아내가 곁에 없다는 사실은 알고 있다. 그건 알 수 있었다. 하지만 아내를 영원히 볼 수 없다는 사실만

큼은 도무지 납득되지 않았다. 그래서 대니는 곁에 없는 아내를 곁에 없는 아버지와 비슷하게 생각하기로 했다. 죽지는 않았지만 볼 수 없는 아버지처럼 말이다(그가 알기로는 그랬지만 확실히는 모르고 궁금하지도 않았다). 어떻게 보면 진짜 죽음보다 잔인한 죽음이었다. 진짜 죽음과 달리 조금이나마 희망을 주니까. 언젠가 길모퉁이를 돌면, 문을 열면, 아내가 앞에 서 있을 거라는 희망. 가끔 정말로 방에 들어가면 아내의 향수 냄새가 풍기고, 북적거리는 거리에서 아내의 목소리가 들리고, 홀로 선잠에 빠졌을 때 얼굴을 쓰다듬는 손길이 느껴졌다. 아내가 가까이에 있는 것 같아서 뒤돌아보면 그 순간 사라지고 없을 때도 있었다. 북적거리는 인파가 아내의 형체를 삼키고 바람이 아내의 목소리를 실어 갔다. 마치 아내가 평행 세계에 존재하는 듯했다. 서로 존재는 알지만 한 번도 마주친 적 없는 고층 건물에 사는 두 명의 타인 같았다. 그래서 그는 묘지에 오는 것이 내키지 않았다. 생명력 없는 차가운 화강암 묘비판에 새겨진 아내의 이름을 보면 환상이 와르르 깨져 버렸으니까.

"다 왔네." 대니는 금색 글자가 새겨진 까만색 묘비 옆에 섰다. 쭈그리고 앉아 한 손을 묘비에 올려놓았다. 윌은 근처에서 서성거렸다.

아내의 묘는 단출했다. 울적한 침묵이 내려앉은 공동묘지에서 종종 볼 수 있는 화려한 조각상과 기념물로 장식된 묘들과는 거리가 먼 자그마한 공간이었다. 그 직사각형의 공간을 장식한 초록색 유리 조각은 햇살이 내리쬘 때마다 호수의 표면처럼 반짝거렸다. 하지만 오늘은 대니가 지난번에 가져온 꽃다발만큼이나 칙칙했다. 묘비 아래 놓인 작은 금속 꽃병에 담긴 줄기가 갈색으로 시들었다.

"엄마는 튤립을 좋아했지, 응?" 대니는 시든 꽃다발을 꺼내고 새로 가져온 꽃을 넣었다. 조심스럽게 꽃을 펼쳐 정리하고 묘비에 있지도 않은 얼룩을 닦았다.

"엄마가 이 색깔 좋아할까?" 그가 윌을 쳐다보았다. "노란색 튤립이 없었거든."

윌은 입을 꽉 다물고 묘만 쳐다봤다.

"엄마한테 할 말 없어? 엄마 생일인데."

윌은 고개를 저었다. 묘비에 새겨진 엄마 이름만 물끄러미 바라볼 뿐이었다.

"그러지 말고." 대니가 아들의 어깨에 한 손을 올렸다. "말해 봐."

윌은 몸을 꿈틀거리며 어깨에 올려진 아빠 손에서 빠져나와 저쪽으로 걸어가기 시작했다.

"윌!" 대니가 소리쳤다. 그는 근처 다른 묘비 앞에 서서 째려보는 노부인에게 멋쩍게 사과한 뒤 저쪽 끄트머리에 있는 벤치에 앉은 아들을 바라보았다.

"녀석이 점점 당신을 닮아가네, 리즈." 대니가 말했다. "저 애를 어떻게 해야 할지 정말 모르겠어. 할 수 있는 건 다 해 봤는데 아직도 말을 안 해. 날 쳐다보지도 않을 때가 많아. 날 좋아하는지 싫어하는지도 모르겠어. 그냥 한때겠지, 더 크면 나아지겠지, 희망을 버리지 않고는 있지만, 이젠 영원히 이럴 것만 같다는 생각이 들어." 그는 한숨을 쉬고 고개를 저었다. "어쩌면 난 그날 두 사람을 다 잃은 걸까."

나무가 바람에 가볍게 흔들리고 위쪽에서 나뭇잎 바스락 거리는 소리가 들렸다.

"미안해, 리즈." 그는 몇 번 눈을 끔벅이고 방금 찬물에서 나온 사람처럼 숨을 내뿜었다. "나야, 뭐, 신나게 잘 지내고 있지. 우리 괜찮아. 아니, 사실 괜찮은 건 아니지만 괜찮아지 고 있어. 월도 학교 잘 다니고 나도 아직 일하고. 집주인은 여 전히 재수 없고 36호에 사는 아마디 부인은 아직도 당신 이 름이 수잔인 줄 알지만. 그 부인 말로는 월이 말을 안 하는 이 유가 악령이 목소리를 훔쳐 가서 그렇다나. 저렴한 가격으로 악령을 쫓아주는 앨런이라는 퇴마사의 전화번호까지 친절 하게 알려 주더라고. 아무튼, 그래."

그는 웃었다. 아니, 웃으려고 했는데 공허하게 느껴지는 소 리만 나왔다.

"있잖아." 대니가 잔뜩 흐린 하늘을 힐끗 쳐다보았다. "난 지금 여기 서서 돌에 대고 말하고 있어. 당신이 지금 내 말을 듣고 있지 않은 거 알아. 당신은 여기 없으니까. 여기 있을 리가 없지. 햇살이 비치지 않잖아. 그러니까 내가 지금 돌에 대고 말하고 있다는 거지. 당신은 지금 생일 기념으로 놀러 나갔으니까. 재미있게 놀아. 지금 어디서 뭘 하든 웃고 있어야 해. 춤추고 있으면 좋겠다. 들어올 때 나 깨우지 말고 조용히 들어와. 알았지?"

대니는 손가락을 입에 대었다가 묘비로 가져갔다.

"사랑해, 리즈. 생일 축하해."

5

그들은 감자튀김을 사서 공원에 앉아 먹었다. 둘 다 배고프지는 않았다. 대니는 무심하게 포크로 음식을 찔러 댔고 윌은 감자튀김을 손으로 튕겨 비둘기들에게 주었다. 근처에서 거리의 예술가들이 춤추고 노래하고 저마다 다양한 공연을 펼치면서 구경꾼들의 지갑을 열려고 했다. 떡 진 머리에 허름한 중절모 스타일의 밀짚모자를 쓴 꾀죄죄한 남자는 기타를 연주했다. 하지만 관객들을 불러 모으는 건 그의 연주가 아니라 그의 어깨에 앉은 약간 뚱뚱한 베이지색 고양이였다. 빨간색 니트 스웨터를 입은 고양이는 가끔 야옹 소리도 냈다. 자주색 가운을 입고 비슷한 색깔의 뾰족한 모자를 쓴 남자는 바쁘게 마술을 선보였다. 찡그린 심각한 얼굴로 무언가에 대고 손가락을 꼼지락거리면서 고대 언어 같은 주문을 외웠다. 구경꾼이 좀 더 적은 곳에서는 커다란 다람쥐로 변장한 사람이 축구공만 한 도토리로 저글링을 하고 있었다. 닭으로 변장한 사람은 브레이크 댄스를 추려다 실패했고 사람들의 관심을 얻는 데도 실패했다.

계속 지켜보는 대니의 눈에는 저 사람들이 거리 공연으로 꽤 짭짤한 수익을 올린다는 사실만 보였다. 뒤집어 놓은 중절모와 펠트 천을 덧댄 악기 케이스, 타파웨어 통, 흠집 가득한 담배 케이스에 동전이 넘쳐흘렀다. 춤추는 닭조차 바지 속에 말벌이라도 들어간 듯 몸을 비트는 것만으로 구경꾼들이 힘들게 번 돈을 내놓게 만들었다.

대니는 포크로 감자튀김을 찍고 팔꿈치로 월을 살짝 쳤다.

"아무래도 난 직업을 잘못 고른 것 같다."

〰

두 사람이 집으로 돌아왔을 때는 해가 진 뒤였다.

"숙제 있니?" 대니가 화장실에서 나온 월에게 물었다. 젖은 머리카락이 착 달라붙고 한쪽 뺨에는 치약이 묻었다.

월은 고개를 저었다.

"TV 볼래?" 대니는 답을 알면서도 물었다.

월은 가짜 하품을 하면서 자기 방을 가리켰다.

"그래. 9시까지는 불 꺼야 한다. 알았지?"

월이 고개를 끄덕이고 방문을 열었다.

"월." 대니가 아들을 불렀다. 월은 멈추었지만 돌아보지는 않았다. "힘든 거 알지만 괜찮아질 거야. 정말이야. 그냥, 시간이 걸리는 것뿐이야."

월은 아빠를 보았다. 대니는 희망이 전해지길 바라며 미소를 지어 보였다. 하지만 그 말에 별로 믿음이 가지 않기는 둘 다 마찬가지였다. 월은 고개를 끄덕이고 방문을 닫았다.

대니는 TV를 켜고 새벽까지 홀로 TV 앞에 앉아 있는 매일 밤의 일과를 시작했다. 눈꺼풀이 무겁고 몸도 피곤했다. 하지만 아무리 잠들려고 애써도 기나긴 밤 동안 천장이나 시계만 바라보다 몇 분, 몇 시간이 흘러 동이 튼다는 사실을 그는 잘 알고 있었다. 어쩌다 제대로 자는 날에는 오히려 더 힘들었다. 잠에서 깨 새로운 하루를 맞이할 때마다 리즈가 옆에 없다는 사실이 실감났다.

아내와 마지막으로 함께한 아침이 떠올랐다. 그날도 잠에서 깨어 보니 리즈가 자는 도중에 이불을 다 가져가 혼자만 덮고 있었다. 그녀는 항상 부인했지만 아침에 일어나 보면 이불을 혼자 뒤집어쓴 채 쿨쿨 자고 있고, 대니는 속옷 차림으로 웅크리고 누워 덜덜 떨고 있기 마련이었다. 하지만 그날 아침 대니는 둘둘 말린 이불을 조심조심 풀어내 덮은 다음 아내에게 파고들었는데—애정에서 우러나온 행동이기도 했지만 춥다는 이유가 더 컸다— 옆이 허전해서 깜짝 놀랐다. 주방에 켜 놓은 라디오를 따라 흥얼거리는 아내의 노랫소리를 듣고서야 아내가 옆에 누워 있지 않다는 사실을 깨달았다. 그때는 그냥 웃고 말았지만 지금 생각하면 끔찍한 장난처럼 느껴진다. 마치 잔인한 절대자가 리즈 없는 삶에 대비하라고 만들어 놓은 복선 같았다. 그날 차를 타고 나가려는 아내와 굿바이 키스를 할 때까지만 해도 그 순간이 서로에게 마지막이 될 것이라고는 생각지도 못했다.

원래 그날 리즈는 운전할 일이 없었다. 대니와 장인 로저 사이에 돌이킬 수 없는 깊은 골이 생긴 이유도 그래서였다. 사실 둘 사이는 처음부터 벌어져 있었다. 리즈가 결혼할 남자라면서 처음 대니를 집으로 데려갔을 때부터 시작해 점점 더 벌어졌다. 당시 열여섯 살이었던 리즈의 결혼 선언은 딸에게 남자친구가 있는지조차 몰랐던 부모에게는 당연히 깜짝 놀랄 일이었다. 대니는 그날 리즈네 집에 가고 싶지 않았다. 리즈의 부모, 특히 아버지가 그를 싫어할 게 불 보듯 뻔했기 때문이다. 경찰인 리즈의 아버지는 세상 모든 사람을, 특히 10대 소년들을 의심 가득한 눈으로 바라봤다. 거기에 아들의 열네 번째 생일에 영영 집을 나가 버린 아버지, 셋이 살기에는 아파트가 너무 좁다는 새 애인의 말에 아들을 내쫓아 버린 어머니를 둔 뉴엄 출신 남자애라면 더더욱 의심스러울 수밖에 없었다.

괜찮을 거라는 리즈의 설득에 대니는 어쩔 수 없이 따라갔다. 리즈의 엄마 캐럴에게 친엄마보다도 따뜻한 포옹을 받고 나니 괜찮을 거라는 리즈의 말이 정말로 믿어지기 시작했다. 하지만 로저를 만나고 대니는 깨달았다. 리즈가 새빨간 거짓말을 했거나 제 아버지의 성질을 완전히 과소평가했다는 사실을. 로저는 반기는 척 손을 내밀었지만 뼈가 으스러질 듯한 그의 악수에 대니는 그가 자신을 어떻게 생각하는지 알 수 있었다. 그것은 권위를 확고히 하려는 악수가 아니었다. 남자다움을 과시하는 악수도 아니었다. 할 수만 있다면 손이 아니라 목을 비틀어 버리겠다는 사실을 전혀 모호하지 않게 알려 주는 악수였다.

로저는 대니가 딸을 탈선시킨다고 생각했다. 하지만 대니는 그 지점이 항상 억울했다. 엄한 환경에서 자랐지만 오히려 둘 중에 더 반항적인 쪽은 리즈였으니까. 하지만 로저의 눈에는 딸의 그런 모습이 보이지 않았다. 대부분의 아버지들이 그렇듯 그는 명백한 반대 증거가 눈앞에 있는데도 딸의 좋은 모습만 보도록 세뇌되어 있었다. 지갑 속에 품고 다니는 사진 속의 착한 딸과 다른 면에 대해서는 무조건 대니 탓을 했다. 리즈가 여섯 살 때부터 배운 발레를 그만두었을 때도 대니를 탓했다. 하지만 대니는 발레를 계속하라고 리즈를 열심히 설득했다. 리즈가 임신했을 때도 대니를 탓했다. 그거라면 반박할 수 없는 사실이었지만 그래도 대니는 조금 억울했다. 해크니 다운스 공원에서 치러진 그 거사에서 먼저 다가온 쪽은 리즈였기 때문이다(대니는 인심 쓰는 척하고 그 사실을 로저에게 폭로하지는 않았다). 무엇보다 로저는 하나밖에 없는 자식인 리즈를 잃었을 때도 대니를 원망했다. 대니가 눈치나 느낌으로 알게 된 사실이 아니었다. 리즈의 장례식 때 로저가 직접 그렇게 말했다. 그날 장인은 대니가 운전했으면 딸이 살아 있었을 거라는 말로 평소 대니에게 잘해 주었던 장모에게는 미안함을, 조문객들에게는 충격을 안겼다. 대니의 뛰어난 운전 실력을 빙 돌려서 칭찬하는 말이 아니라(장인은 빙 돌리건 대 놓고 하건 대니를 칭찬한 적이 단 한 번도 없었다), 애초에 리즈에게 자동차를 사 준 사람이 자신이면서도 리즈가 평소 운전을 싫어했다고 말했다. 그리고 만약 대니가 운전했다면 얼음길을 만난 속도나 타이밍이나 각도가 달랐을 것이고 그럼에도 차가 길가에 부딪혔다면 죽어서 땅에 묻힌 사람은 사랑하는 딸 엘리자베스가 아니라 대니였을 거라는 것이다.

로저가 분노로 쏟아낸 그 말은 듣기에도 괴롭고 타이밍도 좋지 않았지만 틀린 게 하나도 없다는 사실을 대니는 알고 있었다. 사고 이후로 매일 생각했다. 그날 병가를 냈더라면, 아내가 차에 타기 전에 단 몇 초라도 더 붙잡고 있었더라면, 작업화를 또 현관에 벗어 놔 아내가 잔소리하느라 늦게 출발할 수 있었더라면. 그랬다면 리즈가 죽지 않았을 거라고. 짜증나기만 했던 아내의 잔소리를 다시 들을 수만 있다면 오른팔이라도 기꺼이 내놓을 수 있었다.

장인의 말이 거기에서 끝났다면 대니는 그를 용서할 수도 있었을 것이다. 도무지 받아들일 수 없는 현실을 어떻게든 이해하려고 애쓰는 딸 잃은 아버지의 절규 정도로 생각했을 것이다. 하지만 대니는 장인이 마지막으로 내뱉은 증오의 말만큼은 절대로 용서할 수 없었다.

"있어야 할 엄마는 잃어버리고……." 로저는 퇴원한 지 얼마 되지 않아 아직 이마에 붕대를 감고 온통 검은색 옷을 입은 사람들 사이에서 등대불처럼 빛나는 윌을 가리키며 말했다. "쓸모도 없는 제 아빠와 둘이 남겨졌구나."

그전까지 대니는 장례식장이 시끄러워질까 봐 가만히 있었다. 잘릴까 무서울 정도로 혀를 꽉 깨물고 있었지만 더는 참을 수 없었다. 이미 침착함을 잃은 상태였지만 장인에게 최대한 똑똑히 짚어 주었다. 그날 리즈가 운전한 이유는 원래 오기로 했던 장인이 막판에 생각을 바꿔 리즈더러 오라고 했기 때문이라고. 장인이 뭐라고 응수하기도 전에 대니는 그가 몇 년 동안 자신들을 만나러 오지 않았다는 사실도 짚어 주었다. 차가 고장 났다거나 감기에 걸렸다거나 갑자기 피곤하다거나 매번 말도 안 되는 이유를 댔지만 사실은 창피해서 그런 게 아니냐고. 딸이 자기 같은 남자와 결혼한 게 창피해서, 딸이 초록이 우거진 햄스테드 같은 쾌적한 교외 주택가가 아니라 타워 햄리츠의 좁아터진 아파트에 사는 게 창피해서, 상상했던 완벽한 미래와 전혀 딴판으로 살고 있는 딸을 보는 게 창피해서가 아니냐고.

그 후 두 사람은 6개월 동안 한 번도 연락하지 않았다. 장모 캐럴이 가끔 전화해 대니와 어색한 날씨 이야기를 나누고 윌과도 통화했다(혼자 말하는 것이었지만). 캐럴은 전화할 때마다 로저가 통화하지 못하는 이유를 둘러댔다. 두 남자가 조문객들이 다 보는 앞에서 서로를 향한 증오를 드러낼 때 볼로방 파이에 아무도 손대지 못하도록 지켜 가며 옆에서 전부 보고 있었으면서도 아무 일도 없었던 척해야 한다고 느끼는 듯했다.

그러다 몇 달 전 캐럴에게 문자 메시지가 왔다. 윌까지 다같이 잠깐 만나서 이야기나 하지 않겠느냐는 내용이었다. 그녀는 자신과 로저가 얼마든지 대니와 윌의 집으로 가도 되지만 그래도 올드 스트리트 역 근처의 샌드위치 가게 '프레 타망제'에서 만나면 어떻겠느냐는 제안으로 집에서 만나는 걸 교묘하게 피했다. 그쪽이 거리상 중간 정도 되는 동네라 그런 모양이었다.

대니는 장인과 장모가 도대체 무슨 얘기를 하자는 건지 알 수 없었다. 로저에게 사과하고 싶은 마음도 없었고 로저도 같은 생각일 것이다. 혹시나 월을 데려가겠다고 할까 봐 두렵기도 했다. 그래서 그는 약간 불편한 마음으로 장모와 포옹하고 장인에게는 고개만 끄덕이고 월이 할머니, 할아버지와 포옹하는 모습을 바라보았다. 결과적으로 그들이 만나자고 한 이유에 대한 대니의 추측은 완전히 빗나갔다.

로저는 멜버른에 가족이 있었다. 날씨가 우중충한 날마다 늘 꺼내는 이야기였다. 로저와 캐럴은 대니를 처음 만났을 때부터 언젠가 호주로 이사할 것이라는 이야기를 했다. 하지만 그는 실제로 그렇게 되리라고는 생각하지 않았는데—리즈 역시 마찬가지였다— 오늘 캐럴이 만나자고 한 이유는 정말 호주로 가게 되었다는 소식을 전하기 위해서였다. 그들의 존재가 아들과 그의 삶에서 별로 큰 부분을 차지하지 않았기에 대니는 딱히 슬프지는 않았다. 하지만 대니는 자신이 철저하게 혼자임을 깨달았다. 아내도 없고 아버지도 없고 어머니는 없느니만 못한데 이제 장인, 장모마저 없어진다. 그에게 남은 것은 월뿐이지만 아들마저 옆에 없는 것처럼 느껴질 때가 많았다. 대니의 인생에서 가장 지옥과도 같았던 사흘의 시간이 지나고 월은 혼수상태에서 깨어났지만 말문을 아예 닫아 버렸다. 아무도 이유를 몰랐다. 소아과 의사와 심리치료사, 정신과 의사, 언어 치료 전문가의 생각이 전부 달랐다. 누구는 사고로 조리 있는 문장을 만드는 능력이 영구 손상되었다고 했다. 말은 할 수 있지만 엄마를 잃은 사고의 트라우마 때문에 스스로 말을 하지 않기로 선택한 것이라고도 했다. 저마다 견해는 달랐지만 의학적인 영역을 벗어난 이유인 것만은 확실해 보였다. 집주인 레그는 흠씬 맞으면 말문이 트일 것이라고 했고, 같이 일하는 미장이는 최면술을 적극 추천했다. 대니가 슈퍼마켓에서 재활용 분리수거함을 뒤지고 있을 때 희끗희끗한 머리를 하나로 묶은 여자가 갑자기 나타나서는 월에게 은행을 먹여 보라고 한 적도 있었다. 해결책이 뭐든—해결책이 정말 있다고 해도— 찾을 수 있다는 희망을 대니는 오래전에 포기했다. 아침에 눈 떴을 때 그대로 영영 잠들어 버렸으면 좋겠다는 생각이 들지 않기를 바라는 것만 빼고 모든 희망을 버린 지 오래였다.

대니는 소파 옆 커피 테이블에 놓인 액자를 들었다. 2년 전 여름에 하이드 파크에서 그가 찍어 준 리즈의 사진이었다. 잔디밭에 누워 한 손으로 턱을 받치고 따뜻한 햇살과 레드 와인에 나른한 듯 미소 지은 모습. 사진 속에서 리즈가 입은 꽃

무늬 원피스는 유난히 비가 많이 내린 그해 여름에 거의 옷장 신세였다. 그날 마지막으로 입고 옷장에 걸어 둔 것이 지금도 그대로였다. 아내의 체취가 사라진 지 오래지만 대니는 아직도 가끔 원피스에 얼굴을 묻고 조금이라도 남아 있을지 모르는 미세한 향기를 찾으려 했다.

그는 엄지로 사진 속 아내의 뺨을 만지며 미소 지었다. 그리고는 액자를 가슴에 끌어안고 어깨를 들썩거리며 조용히 울기 시작했다.

6

월이 아침을 먹는 둥 마는 둥 하고 있을 때 누군가 문을 쾅쾅 두드렸다. 항의라도 하듯 이웃집 우편함이 달그락거렸다. 월은 초조하게 아빠를 보았다. 대니는 현관 쪽을 보고 있었다. 둘 다 움직이지 않았다. 대니의 팔은 머그잔을 입으로 가져가다 멈추었고 식은 토스트를 만지작거리던 월의 손에는 잔뜩 힘이 들어갔다.

나가서 누구인지 확인할 필요도 없었다. 문을 그런 식으로 두드리는 사람은 한 명뿐이었다. 아니, 문을 두드릴 사람이 한 명뿐이었다. 보통 사람들은 벨을 누른다. 레그는 평범한 사람이 아니었다. 그가 과연 사람이기나 할지는 운 나쁘게 그와 엮인 사람들 사이에 늘 벌어지는 토론 주제였다. 그는 분명 사람과 전혀 다른 존재일 거라는 의견이 다수였다. 그의 해로운 식습관과 고혈압, 의심스러운 도덕성도 문제지만 무엇보다 그가 없으면 더 좋은 세상이 될 것이므로 그는 지구상에서 사라져야 할 존재다. 그는 선악에 관계없이 세상 모두에게 악을 품었다. 레그는 불 난 고아원에 들어가 집기를 훔쳐 들고 나올 인간이었고, 울타리를 넘어 마당으로 날아온 축구공에 구멍을 뚫어서 돌려보낼 인간이었다. 무엇보다 월세를 제때 내지 않는 세입자, 특히 월세가 두 달 밀린 대니 같은 세입자의 몸에 구멍을 뚫어버리고도 남을 인간이었다.

쾅쾅 소리가 멈췄다. 라디오에서 흘러나오는 바보 같은 자동차 대리점 광고음악이 침묵을 메웠다.

"갔나 보다." 대니가 작게 말했다. 그의 눈이 파리를 쫓는 것처럼 사방을 훑었다. 그리고 다시 차를 마시려는 순간 쾅쾅 소리가 더 크게 울려 하마터면 차를 엎을 뻔했다.

대니는 문이 부서지면 레그가 수리비용을 청구할까 봐 걱정스러워져 자리에서 일어났다. 조심스럽게 현관문의 작은 구멍에 눈을 갖다 댔다.

레그가 복도에 서 있었다. 흘러내리는 몸뚱이를 꾀죄죄한 목발 두 개로 받치고 있었다. 등을 약간 구부리고 엉덩이를 빼고 선 그 모습을 볼 때마다 대니는 고릴라가 떠올랐다. 물론 고릴라는 그보다 더 친절하고 상대가 공격할 때만 공격한다. 레그의 뺨은 평소보다 더 상기돼 있었다. 엘리베이터가 고장 나 계단을 이용한 탓이었다. 그의 머리에는 수십 년간의 머릿기름을 듬뿍 흡수한 채 언제 빨았는지 모를 납작한 모자가 얹어져 있었다. 그리고 뒤에는 입고 있는 검은 양복만큼이나 검은 짧은 머리에 각진 얼굴을 한 남자가 우뚝 서 있었다. 현관문의 작은 구멍으로 보는 두 사람은 우스꽝스럽게 일그러진 모습이었다. 대니가 문을 열고 본 레그의 모습도 별 차이는 없었다.

"더는 못 봐 줘." 레그가 대니를 밀치고 안으로 들어왔다. "찻물 올려."

"레그." 대니가 말했다. 목을 길게 빼고 뒤에 선 남자와 눈이 마주쳤다. "덴트." 덴트가 안으로 들어오도록 문가에서 비켜 주었다.

윌은 두 남자가 거실로 들어오는 모습을 쳐다보았다. 여전히 시들시들한 토스트를 들고 있었다. 덴트는 레그의 목발을 잡고 의자에 앉는 걸 도와준 다음 자신은 윌의 옆자리에 앉았다. 대니는 상점 직원처럼 안절부절못하며 옆에서 서성였다. 윌이 덴트의 덩치에 가려졌다.

"물 끓는 소리가 안 들리는군." 레그가 말했다.

대니는 불청객들에게서 눈을 떼지 않은 채로 주방으로 가서 가스 불에 주전자를 올렸다.

"그건 뭐냐?" 레그가 윌의 토스트를 가리켰다. "땅콩버터야?"

윌의 시선이 자신의 아침 식사에서 레그에게로 향했다. 고개를 끄덕였다.

레그는 덴트를 쳐다보았다. 그가 윌의 접시를 레그 앞으로 옮겼다.

"나쁘지 않군." 레그가 말할 때 빵 조각과 땅콩버터가 식탁에 튀었다. "그래도 난 부드러운 빵이 좋아. 부드러운 남자거든."

대니가 웃었다. 너무 심하게 웃지는 않았다.

"아직도 말을 안 하나 보지?" 레그가 고갯짓으로 윌을 가리켰다. 그의 시선이 향하자 윌은 초조한 듯 꼼지락거리기 시작했다.

대니는 어깨를 으쓱하며 그렇다고 중얼거렸다.

"운 좋은 줄 알아. 자고로 애들은 조용히 입 다물고 있어야 하는 법이야. 우리 집 막내는 어찌나 주저리주저리 말이 많은지 입을 다물지 않아. 제 엄마랑 똑같다니까. 아주 사람 돌아 버리지."

레그는 입을 닦은 손등을 바지에 슥슥 문지르고는 슈퍼킹스 담뱃갑을 꺼내 한 개비 물었다.

"아, 우리 집에서는……." 대니는 얼른 말을 끊었지만 이미 늦었다.

"우리 집에서는 뭐라고, 대니?" 덴트가 내민 불 쪽으로 몸을 기울이며 레그가 물었다.

"아닙니다."

"우리. 집에서는. 뭐라고? 대니?" 세 번째 물어보게 하면 큰일 날 것만 같은 분위기였다.

"우리 집에서는…… 그…… 금연입니다."

"그런가?" 레그가 대니 쪽으로 연기구름을 길게 내뿜었다. "다시 한번 말해 봐, 대니. 내가 지지리도 멍청한지 헷갈리네. 이 집이 누구 집이라고?"

"레그의 집입니다."

"그렇지. 나도 그런 줄 알았는데 자네가 꼭 자기 집처럼 말하잖아. 내가 왜 헷갈렸는지 알겠어?"

"예, 레그. 죄송합니다."

"그래서 이 집이 누구 집이라고?"

"레그의 집입니다."

"그럼 이 집에서 뭘 하건 누구 마음이지?"

"레그 마음입니다."

"바로 맞혔어. 다신 내 집에서 이래라저래라 하지 마. 알아들어?"

"알겠습니다, 레그."

"그나저나." 레그가 대니의 찻잔에 담뱃재를 털었다. "내가 자네라면 담배 몇 대 피우는 것쯤은 신경 쓰지 않을 거야. 내가 자네라면 건강에 해로운 다른 문제를 걱정할 것 같은데. 글쎄, 예를 들면 밀린 월세 같은 거?"

"윌, 아래층으로 내려가서 모를 기다릴래?" 대니의 말에 윌이 주저했다. "괜찮아. 레그 씨하고 잠깐 얘기만 나누려는 거야."

윌은 책가방을 들고 느릿느릿 나갔다.

"좀 앉아." 레그가 윌이 앉아 있던 자리를 가리켰다. "거슬리잖아."

대니는 레그와 덴트에게서 최대한 멀리 떨어져 테이블 상석에 앉았다.

"저기요, 레그. 왜 오셨는지 아는데요······."

"내가 여기 있는 이유는 나도 알아. 내 집이니까. 그런데 자네가 왜 아직 여기 있는 건지는 통 모르겠네."

"그동안 봐 주셔서 정말 감사해요. 그런데 제가 요즘 좀 힘들었어요. 지난번에 월세를······ 너무 많이 올리셔서······ 제가 미처······ 그 부분까지는······ 생각을 못 했거든요······ 월세를 또 바로 올리시리라고는요······."

"그래. 그게 바로 물가상승률이라는 거야. 내가 아니라 경제를 탓하라고."

"네, 알죠. 그런데 저기…… 물가상승률은 3퍼센트 정도 아닌가요? 그런데 월세는 20퍼센트나……."

"인건비!" 레그가 말했다.

"네?"

"인건비!!"

"인건비라고요?"

"덴트, 여기 메아리라도 치는 건가?" 레그의 말에 덴트가 고개를 저었다.

"이, 인건비군요. 하지만 제가…… 수입이 많이 줄었어요. 아시다시피……."

"그래, 리즈 일은 안 됐어." 레그가 또 담배를 한 모금 빨아들였다. "좋은 여자였지. 나도 좋아했어. 내가 피도 눈물도 없는 노인네처럼 보이겠지만, 아, 생각해 보니 틀린 말은 아니네. 아무튼 자네 사정은 안 됐지만 그렇다고 해서 월세 두 달 치가 밀렸다는 사실은 변하지 않아."

"압니다, 레그. 밀린 월세 꼭 받게 되실 거예요. 약속드립니다."

"당연히 받고말고. 문제는 그게 아니야. 문제는 자네가 무슨 수로 그 돈을 구할 거냐는 거지. 난 현금이 좋지만 여기 덴트는 밀린 돈을 옛날식으로 받아내는 걸 좋아하거든. 안 그런가, 덴트?"

덴트는 고개를 끄덕였다. 그가 재킷을 들추자 안주머니에서 사용 흔적이 많아 보이는 장도리의 쇠머리 부분이 드러났다. 대니는 의자가 삐걱거릴 정도로 꿈틀거렸다.

"어쩔 텐가?" 레그가 물었다.

"돈 꼭 구할게요. 시간을 조금만 더 주세요."

레그는 생각에 잠긴 듯 담배를 빨아들였다. 한동안 침묵이 감돌았다.

"내가 보통은 이러지 않는데……." 그가 마침내 입을 열었다. "자네 상황을…… 정상 참작해서 자비를 보여 주는 게 맞겠지. 내가 생긴 건 이래도 괴물은 아니거든. 죽은 게 자네 마누라라서 다행인 줄 알아. 자네였으면 이런 배려는 어림도 없으니까."

대니는 이를 악물고 억지로 고개를 끄덕였다.

"앞으로 두 달 주지. 그 안으로 다 갚아. 그때까지 못 갚으면 아들하고 딴 집을 알아봐야 할 거야. 내가 충고 하나 해 주지. 장애인 편의 시설이 딸린 아파트는 찾기가 쉽지 않아."

"고맙습니다. 감사합니다."

"그래야지, 감사해야지. 이자는 30퍼센트면 적당하겠지, 응?"

대니는 따지고 싶었지만 목구멍까지 올라오는 말을 꾹 참았다.

"네, 적당합니다."

"좋아. 그럼 해결됐군." 레그가 말했다. 그의 담배꽁초가 대니의 찻잔으로 떨어지며 쉬익 소리를 냈다.

"죄송하지만 제가 일하러 가야 해서요. 공사장에 러시아인 관리자가 새로 왔는데 비탈리라나 뭐라나. 지각하면……."

"설탕 둘."

"네?"

"내 홍차에 설탕 둘 넣으라고." 레그는 토스트를 또 베어 물었다.

"아, 차요. 차는 당연히 드려야죠. 죄송합니다."

대니는 속으로 욕을 하면서 레그의 차를 타러 주방으로 달려갔다.

"우유 아끼지 말고 듬뿍!" 레그가 소리쳤다.

⌣

대니는 공사장을 가로질러 달렸다. 대들보와 굴착기 뒤에서 몸을 휙 숙여 피하는데 안전모가 까닥거렸다. 대형 트럭 뒤 칸에서 바쁘게 시멘트 자루를 내리는 이반에게 슬쩍 다가갔다.

"어, 대니!" 이반이 인사했다. "알프가 찾는다."

"혹시 왜 그러는지 알아?" 대니가 가쁜 숨을 고르며 물었다.

이반이 어깨를 으쓱했다. 대니가 아는 한 시멘트 자루를 짊어지고 어깨를 으쓱할 수 있는 사람은 이반뿐이었다.

"대니!!" 저쪽에서 누군가 소리쳤다. 알프가 조립식으로 지은 사무실 문 앞에서 붉으락푸르락한 얼굴로 미친 듯이 손짓하고 있었다. "당장 이리 와!"

༄

책상에 앉은 알프는 성난 듯 펜을 마우스 패드에 대고 눌렀다 뗐다 했다.

"저 왔는데요, 알프." 대니는 바닥이 삐걱거리는 사무실로 들어가 알프의 맞은편에 앉았다. "무슨 일이죠?"

"내가 어제 뭐랬지?"

대니는 안전모를 벗고 초조하게 머리를 헝클었다. "이반하고 같이 시멘트 작업하라고 하셨습니다."

"수작 부릴 생각하지 마. 무슨 말인지 알잖아."

대니는 한숨을 쉬었다. "네, 알죠. 정말 죄송합니다. 하지만 정말로 제 잘못이 아닙니다. 윌이랑 아침 식사 중이었는데 누군가 문을 쾅쾅 두드리는 거예요. 나가 보니 레그와 덩치 큰 멍청한 보디가드더라고요. 제멋대로 들어와서 식탁에 앉더니 글쎄 찻주전자가 텅 빌 때까지 안 가고 버티는 거예요."

"계속해 봐." 알프가 말했다.

대니는 얼굴을 찡그렸다. "뭘요?"

"얘기 끝까지 하라고."

"다 했는데요."

"그게 다야?" 알프는 갑자기 머리가 띵해진 듯했다. "그게 이유야? 지각하지 말라고 경고한 지 24시간도 안 돼서 또 지각해 놓고 고작 이유가, 내가 제대로 이해한 게 맞다면 말이지. 제발이지 오해한 거면 좋겠는데, 고작 이유가 집주인하고 테틀리 홍차 마시느라고 그랬단 말이야?"

"아, 정확히는 세인즈버리 홍차요." 대니가 말했다.

"뭐?"

"테틀리 제품이 아니라 세인즈버리에서 나온 가장 싼 제품이었어요. 저희 형편에 테틀리라뇨."

"아이고, 머리야." 알프는 눈을 감고 콧날을 꼬집었다.

"그래도 익숙해지면 먹을 만해요."

"빌어먹을 티백 얘기가 아니야!" 알프가 주먹으로 책상을 내리쳤다.

"예, 죄송합니다."

알프는 고개를 저었다. "대니, 내 말을 들었어야지. 다 자넬 위해서 그런 건데."

"잘 들었어요. 그런데 어떡합니까? 망치까지 들고 찾아왔다니까요. 아니, 망치가 아니라 장도리요. 도대체 그런 건 왜 들고 다니는 건지, 그걸로 뭘 하려는 건지 모르겠어요, 정말. 알고 싶지도 않고요. 장도리를 들고 차를 내오라는데 어떻게 거절해요? 알프, 정말 죄송해요. 하지만 선택의 여지가 없었어요."

"나도 선택의 여지가 없을 것 같아." 알프가 말했다.

대니가 눈을 가늘게 떴다. "그게 무슨 말이세요?"

"알잖아."

"아뇨, 알프, 몰라요."

"지시가 내려왔다는 말이야."

"무슨 지시요?"

"난 자넬 해고할 수밖에 없어."

"그런 지시가 어딨어요!"

"날 더 이상 곤란하게 하지 마." 알프가 말했다.

"대체 누가 지시한 건데요?" 대니는 숨어 있는 범인을 찾으려는 듯 주변을 두리번거렸다. "그 러시아놈이에요?"

"그건 중요하지 않아. 이미 결정됐어. 최대한 빨리 사물함을 비우라더군. 2주 휴가 아직 안 썼으니까 2주 전에 미리 통보받은 거라고 생각해." 알프는 대니를 보지 않으려고 애썼다.

"우리 4년 동안 같이 일했어요. 자그마치 4년이에요. 알프,

그동안 내가 실망시킨 적 있어요? 단 한 번이라도?"

"내 소관이 아니야. 내 소관이면 얼마나 좋겠어? 새로 온 관리자들이 가차없어. 싸게만 먹힌다면 제 어머니까지 남의 집 어머니하고 맞바꿀 인간들이라고. 자네만 그런 게 아니라 지금 다들 파리 목숨이야. 나도 마찬가지고."

"안 돼요. 저 일 꼭 해야 해요. 잘리면 절대 안 돼요."

알프는 자신이 어쩌다 이 자리에 있게 되었는지 한탄스러운 것처럼 한숨을 쉬었다.

"미안해. 그런데 나도 어쩔 수 없어."

7

대니는 얼마 되지 않는 소지품을 비닐봉지에 마구 처넣었다. 너무 격렬하게 움직이는 바람에 그만 봉지가 찢어져 버렸다. 팔에 걸린 봉지를 빼서 욕설과 함께 내동댕이치고는 바닥에 떨어진 봉지를 발로 걷어찼다. 찢긴 부분에 발이 걸리자 또 욕을 퍼부었다. 그리고 봉지를 홱 잡아당겨 공처럼 구겨버리고 로커룸 벤치에 앉아 양손으로 머리를 감싸쥐었다. 잠시 후 이반이 들어와 대니 옆에 앉았다.

"방금 알프한테 들었다."

대니는 고개만 끄덕이고 아무 말도 하지 않았다.

"내 사촌 있다." 이반이 말했다. "나한테 신세 많이 졌다. 지금 전화할까? 알프 혼내 준다." 이반이 손을 총 모양으로 만들어 머리에 쏘는 시늉을 했다. "빵! 응?"

"알프 잘못이 아니야." 대니가 고개를 들었다. "그래도 죽여 주겠다고 해 줘서 고마워. 위로가 된다."

"일자리는? 일자리 필요해? 나 아는 사람 많다."

"이반, 기분 나쁘게 듣진 마. 난 합법적인 일이 필요해."

"합법적?" 이반이 얼굴을 찡그렸다. "무슨 뜻?"

"그러게."

이반은 이해하지도 못했으면서 고개를 끄덕였다.

"괜찮을 거야. 걱정하지 마. 공사장이 여기만 있는 것도 아니잖아. 요즘은 건물을 많이 올리니까. 브런즈윅에도 사무실 건물 공사가 있고 패링던에서도 큰 공사를 하고 있어. 근처에 일할 데가 많아. 일자리가 없어서 문제가 아니라 고르기 힘든 게 문제라니까."

"잠깐." 이반이 돌아서는 대니를 불렀다. 이반은 로커를 열어 은박지로 포장된 벽돌 모양의 꾸러미를 꺼냈다. "자." 그가 꾸러미를 대니에게 주었다. "이바나가 주라고 했다."

이반의 아내는 리즈가 죽은 뒤로 몇 주에 한 번씩 호두 케이크를 구워서 보냈다. 사실 대니는 그 케이크를 받는 날이 요즘 가장 기다려졌다(그런 날이 정말 올지는 모르겠지만 윌이 마침내 다시 말하게 되는 날 다음으로). 케이크가 맛있기도 했지만 윌이 잠들고 온통 고요한 집에서 떨쳐 버리고 싶은 생각만 밀려들고 철저히 혼자라고 느껴지는 밤에 그 호두 케이크가 혼자가 아님을 깨닫게 해 주었기 때문이다. 호두 케이크가 주방에 있는 한 그는 혼자가 아니었다.

"오. 냄새 진짜 좋다." 대니가 꾸러미의 냄새를 맡으며 말했다. "고마워, 이반. 이바나한테 고맙다고 전해 줘."

"이반!" 밖에서 알프가 불렀다.

"얼른 가 봐." 대니가 말했다.

이반은 고개만 끄덕일 뿐 움직이지 않았다. "괜찮지?"

"당연하지, 친구. 걱정 마. 일 금방 구할 거야. 두고 봐."

☙

대니는 스물여덟 해 동안 한 번도 런던을 떠난 적이 없었다. 일곱 살 때 마게이트에 한 번(엄마가 그를 찻잔 모양 놀이기구에 혼자 태워 놓고 술 마시러 가서 한 시간 후에야 돌아왔다), 리즈와 브라이튼에 두 번 갔던 것만 빼고. 브라이튼에 갔던 건 한번은 두 사람이 10대 때였고, 또 한번은 부모가 되어 윌과 함께였다. 고향 런던을 그 누구보다 잘 안다고 자부한 그였지만 지난 2주 동안 비로소 런던의 구석구석을 보았다. 거의 모든 자치구를 지나고 모든 구역을 돌았다. 지금까지 알지도 못

했던 런던의 새로운 모습(9번 구역을 포함해)을 볼 수 있었다.

대니는 직장에서 잘린 것을 월이 알면 걱정할까 봐, 그리고 설명하기도 불편하고 싫어서 그냥 평소처럼 행동하기로 했다. 그래서 매일 아침 지저분한 작업복으로 갈아입고 함께 아침 식사도 했다. 월이 학교에 가면 그도 집을 나서서 온종일 일자리를 찾아 돌아다녔지만 수확은 없었다.

우선 런던 중심부의 대규모 건설 시공팀을 찾아갔다. 오이와 통조림 햄처럼 부엌에서 흔히 볼 수 있는 것들과 닮은 고층 빌딩을 지어 런던의 스카이라인을 바꾸는 그런 공사를 맡은 사람들 말이다. 그다음으로는 런던의 2번 구역으로 가서 카나리 워프와 도크랜즈에 들어서는 고층 건물 공사를 알아보려 했는데 성과를 얻지는 못했다. 그래서 주택 공사가 이루어지고 있는 그리니치에 들렀다. 시내에서 멀어질수록 기회도 줄었다. 대규모 공사 대신 누군가의 첫 집 공사나 주택 리모델링 작업뿐이었다.

대니는 엄청나게 많은 페인트를 뒤집어쓴 채 차고를 칠하는 노인에게 일거리를 부탁해 보기까지 했지만 아무리 돌아다니고 아무리 많은 사람을 만나도 결과는 똑같았다. 대니가 가진 기술을 필요로 하는 사람은 없었다. 애초에 별다른 기술이 없었기 때문이다. 그는 미장공도 목수도 아니었다. 지붕 공사 전문도 타일 전문도 벽돌공도 아니었다. 용접도 할 줄 몰랐다. 기본적인 배선과 배관 작업은 할 줄 알지만 전기 기사도 배관공도 아니었다. 그가 하는 일은 구멍을 뚫고 벽돌을 나르고 시멘트를 섞고 못을 박는 것이었다. 전부 썩 잘했다. 문제는 그런 일꾼이라면 널리고 널렸다는 것. 그에게는 역시나 일거리를 원하는 널리고 널린 비숙련 노동자들과 차별화되는 기술이 없었다. 남들보다 조금이라도 낫다고 내세울 만한 경쟁력이 없었다. 이제는 다 까먹었지만 몇 해 전에 응급 처치법 1일 과정을 수료한 것 말고는 특별한 교육도 받은 적 없고, 미술 C-, 지리 D를 받고 중학교를 졸업한 것 말고는 그 흔한 졸업장도 자격증도 하나 없었다. 그동안 목공부터 창문 시공, 건축 측량 같은 자기 계발로 고용주에게 시멘트 푸는 것 말고 다른 능력도 있음을 증명할 수 있는 각종 강의와 워크숍, 교육 프로그램 광고를 수없이 보았지만 그때마다 어떻게든 핑계를 대며 도전하지 않았다. 바쁘지도 않은데 바쁘다는 핑계, 돈이 있어도 돈이 없다는 핑계를 댔다. 마음속으로는 언젠가 이런 날이 올 줄 알고 있었다. 다만 이렇게 빨리 올 줄은 몰랐다. 대니는 한순간에 빚투성이의 실업자가 된 것도 모자라 어떻게든 빨리 일자리를 구하지 않으면 텐트의 장도리가 어떻게 쓰이는지 직접 확인할 위기에 처했다.

저소득층 복지 혜택을 신청해 볼까 싶었지만 오래 기다려야 한다는 생각에 포기했다. 5주 후가 아니라 지금 당장 돈이 필요하다. 대니는 일할 만한 곳이 있는지 닥치는 대로 알아보기 시작했다. 슈퍼마켓, 창고, 개인 사무실, 화물차 운전, 공장, 음식 배달, 가판대, 패스트푸드점, 옷가게, 빵집, 백화점, 세탁소, 쓰레기 수거, 도축장, 보석 가게, 식당, 샌드위치 가게, 휴대전화 가게, 반려동물용품점, 영화관, 서점, 미용실, 미술관, 동물원, 공동묘지, 택시운전, 세상 사람들이 다 혐오하는(당사자들도 싫어한다) 주차 단속원 모집에도 지원했다. 하지만 사람을 뽑지 않는다고 해서, 아니면 경력이라고는 포스트잇 하나에 다 들어갈 정도로 이력서가 텅텅 비어서 대니는 그 어디에도 취직할 수 없었다.

예상치 못하게 싱글 대디라는 점도 구직에 애로사항으로 작용했다. 전에는 한 번도 생각해 본 적이 없었는데 이제야 깨달았다. 리즈가 살아 있을 때는 아들을 집에 혼자 둔 적이 한 번도 없었다. 대니와 리즈는 한 사람이 집에서 월을 보살필 수 있도록 서로 일하는 시간을 조율했다. 리즈가 세상을 떠난 후에도 그는 월이 학교에 가면 출근했다가 저녁 식사 시간에 맞춰 퇴근하도록 시간을 조절하면서 일해 왔다. (런던에 사는 사람들이 대부분 그렇듯) 아들을 돌봐 줄 사람을 쓸 형편이 되지 않으니 시간대가 맞는 일을 구해야 했다. 월을 오래 혼자 두는 것도 내키지 않았다(월은 오히려 좋아할지도 모르지만). 곧바로 출근 가능한 야간 경비라든가 웨이터와 술집, 콜

센터 직원처럼 별다른 기술 없이도 야간에 일할 수만 있으면 되는 서비스업종의 구인 광고가 종종 눈에 띄었다. 대니는 그 누구보다 자격 요건을 충족했지만 아무리 절실해도 그런 일은 처음부터 제외할 수밖에 없었다.

༄

직장을 잃은 지 2주째, 하릴없이 이즐링턴을 돌아다니던 대니는 어느 상점의 흐릿한 창문 안쪽에 붙은 작은 종이를 보았다. 상근직 조수를 구한다는 손으로 쓴 광고문이었다. 창문으로 들여다보니 상점이 아니라 장기 매매나 평평한 지구 협회 모임처럼 지극히 미심쩍은 일이 벌어질 듯한 곳처럼 보였다. 톱니 이빨을 가진 광대 가면, 외과 의사의 피투성이 수술 가운, 형광 오렌지색 공에 재갈까지 딸린 검은색 PVC 소재의 신체 결박용 의상 등 온통 기이한 옷을 입은 구부러지고 빛바랜 마네킹들이 안에서 그를 쳐다보고 있었다. 대니는 한걸음 물러나 문 위쪽의 간판을 읽고서야 그곳이 코스튬 가게임을 깨달았다. 곧바로 옷매무새를 다듬고 머리도 정리했다. 창문에 비친 자신의 모습을 확인하고 안으로 들어갔다.

가게 안은 분실물 센터에 온 듯한 냄새를 풍겼다. 꼭 기부받은 옷을 파는 자선 단체의 가게 같았다. 가학적인 성관계를 즐기는 여성이나 서커스 단원, 파격적인 예술 축제에 다녀온 사람들이 기부한 옷만 모아 놓은 것 같았지만. 안은 이상할 정도로 조용했다. 선반들을 지나 안쪽 계산대로 가는 동안 마룻바닥 삐걱거리는 소리와 갑자기 아득하게 느껴지는 거리의 웅웅거림만 들려 왔다.

"계세요?" 대니는 계산대 너머의 열린 창고 쪽을 보았다. 답을 오래 기다리지는 않았다. 이상하게 불안하고 초조한 기분이 드는 곳이라 얼른 나가고 싶을 뿐이었다. 나가기로 마음먹고 돌아서는 순간 계산대 뒤에서 갑자기 해적이 튀어나왔다.

"어어이!" 해적이 소리쳤다.

비명을 지르며 뒤돌아선 대니가 본 것은 한쪽 눈에 안대를 끼고 어깨에 앵무새를 얹은 남자였다. 봉제 인형이 아니라 박제한 진짜 앵무새였다. 그것도 박제 실력이 형편없었다.

"미안허이, 친구." 남자의 낮고 걸걸한 목소리가 앳되어 보이는 얼굴과 대조를 이루었다. "놀라게 하려는 건 아니었는데."

"어우! 왜 그렇게 갑자기 나타나요!" 대니가 소리쳤다.

남자는 잠시 생각에 잠겼다.

"흠, 정정할게요. 놀라게 하려던 거 맞습니다. 여기 있다 보면 너무 심심해서요." 해적의 말투가 브리스톨 억양으로 바뀌었다. "그쪽이 오늘 첫 번째 손님이거든요. 아니, 이번 주."

"그럴 만도 하네요." 대니가 심장 부근을 주물렀다.

"거짓말 안 보태고 배리가 없었다면 전 지금쯤 미쳐 버렸을 거예요."

"배리요?"

남자가 턱으로 어깨의 앵무새를 가리켰다.

"그렇군요."

"그나저나 뭘 도와드릴까요?" 남자가 물었다.

"아, 그게……."

"잠깐. 제가 맞혀 보죠. 제가 원래 촉이 좀 좋거든요. 어디 보자, 부활절은 이미 지났고 핼러윈은 너무 이르고 크리스마스는 당연히 너무 이르니까…… 아하, 창녀와 목사 파티에 입고 갈 의상을 보러 오셨군요!"

"아뇨, 그게 아니라……."

"그럼 경찰과 도둑 파티? 경찰과 도둑 파티 맞죠?"

"아뇨……."

"살인 사건 추리 파티?"

"아니 제 말 좀……."

"알았다!" 남자가 손가락을 튕겼다. "여동생의 디스코 테마 생일파티에 입을 점프슈트 보러 오셨구나."

"여동생 없거든요."

"그럼 코스튬 장례식?"

"그런 게 진짜 있어요?"

"알면 놀라실 겁니다."

"저 의상 보러 온 거 아니고요. 광고 보고 왔어요."

"무슨 광고?"

"창문에 붙은 광고요." 대니가 가게 앞쪽을 가리켰다. "사람 구한다고."

"아, 그거! 미안해요. 오래전에 붙여 놓은 거라 까먹고 있었네."

"제가 왔으니까 이제 떼셔도 되겠요." 대니가 자신을 소개하는 과장된 손동작을 취했다.

"전 여자가 필요해요." 남자가 말했다.

"그러실 것 같네요." 대니가 남자를 위아래로 훑어봤다.

"아, 저 말고요. 전 아는 여자 많아요. 주인이 여자를 구하고 있어요. 가게에서 일할 여자분."

"주인은 어디 계시죠?" 대니가 주위를 둘러보았다.

해적이 안대를 고쳐 쓰고 중얼거렸다. "내가 주인인데요."

"그렇군요." 대니는 고개를 흔들고 그만 가려고 했다.

"번호 적어 놓고 가실래요?" 남자가 물었다.

"뭐 하려요?"

남자가 어깨를 으쓱했다. "나중에 술이나 한잔하든가요. 우리 셋이서." 남자가 턱으로 배리를 가리켰다.

대니는 밖을 가리켰다. "전 그만 가야겠습니다." 그는 밖으로 걸어갔다.

남자는 문이 닫히는 것을 보며 한숨을 쉬었다.

"너 때문이야, 배리."

배리는 말이 없었다.

∽

그날 저녁 대니가 집에 가 보니 월은 소파에서 TV를 보고 있고, 테이블에는 편지 한 통이 놓여 있었다. 대니는 요금 청구서일까 겁이 나 그냥 무시했다. '작업복'을 벗고 느릿느릿 샤워를 하고 차를 준비했다. 그는 월에게 의심 받지 않으려고 퇴근을 하면 늘 하던 세 가지 일을 계속하고 있었다. 그러고 나서 안락의자에 앉아 폭탄이라도 든 듯 조심스레 봉투를 열었다.

다행히 청구서는 아니었다. 하지만 월이 다니는 학교 이름을 보는 순간 좋은 일이 아님을 직감했다. 월이 무슨 문제를 일으켰거나 돈 내라는 이야기일 게 뻔했다. 차라리 월이 말썽을 부린 것이었으면 했다.

"또 현장학습이야?" 대니의 말은 혼잣말 같기도, 월에게 하는 말 같기도 했다. "이번엔 어디야?"

대니가 안내문을 읽는 동안 월은 계속 자동차 프로그램 〈톱 기어〉를 보고 있었다.

"스톤헨지? 거긴 가 봤잖아, 엄마랑. 기억나지? 그땐 50파 운드까진 안 들었고 말이야. 또 가기 싫지?"

월이 어깨를 으쓱했다.

"가고 싶으면 가도 돼. 네 마음이야. 물론 스톤헨지는 네가 갔을 때 이후로 하나도 안 바뀌었어. 완전 똑같아. 가슴에 손 을 얹고 저번에 배우지 못한 뭔가를 이번 현장학습에서 배울 수 있다고 생각하면 가도 돼. 솔직히 저번에 갔을 때 네가 워 낙 많은 걸 배웠잖아. 아빠도 그때 널 보면서 '아, 이제 얘가 스톤헨지 박사가 됐구나. 다시 갈 일은 없겠다.'라고 생각했 던 게 똑똑히 기억나. 그렇지만 또 그 멀리까지 가서 하나도 변하지 않은 돌덩이를 보고 싶다면 그것도 괜찮아. 가고 싶 으면 말만 해. 아니, 꼭 말로 안 해도 돼. 그러니까…… 무슨 말인지 알지?"

월은 반응이 없었다. 대니는 안내문을 빤히 보았다.

"있잖아, 나중에 아빠랑 같이 가면 어떨까? 재미있을 거야. 엄마랑 같이 갔을 때처럼. 어때?"

월은 또 어깨만 으쓱했다. TV에서는 마력에 대해 주저리주 저리 떠드는 소리가 들려왔다.

"그래." 대니는 전혀 관심 없어 보이는 아들의 모습을 무시하려고 애썼다. "그럼 난 가서 저녁 차릴게."

대니는 주방 문을 닫고 얼른 안내문을 다시 훑었다. 혹시 돈을 내지 않아도 된다는 내용을 모르고 지나친 건 아닌가 하고 바랐다. 하지만 아니었다. 대니는 안내문을 봉투에 도로 집어넣고 쓰레기통에 던졌다.

∽

화창한 날씨였다. 벤치에 앉은 은퇴한 노인들, 유모차를 밀고 가는 젊은 부모들, 점심 식사를 하거나 햇볕을 쬐는 사무직 직장인들로 공원이 북적거렸다.

대니는 그늘에 놓인 벤치에 앉아 휴대전화에 시선을 고정한 채 정신없이 구인 광고를 읽었다.

"경력 필수, 경력 필수, 경력 필수." 대니가 구인 목록을 읽으며 중얼거렸다. 아무리 간단하고 하찮은 일자리라도 경력을 요구했다. 판매 점원도 경력이 필요하고 빙고 게임장 청소부도 경력이 필요했다. 심지어 반려견을 산책시키는 일도 최소 2년의 경력이 필요하고 '알래스칸 맬러뮤트 수준'의 대형견까지 산책을 시켜 봤어야 한단다(따로 설명은 없었지만 치와와나 시츄 정도 산책을 시켰으면 초보라고 할 수 있는 모양이었다).

이메일에 로그인해 보니 탈락 통보 이메일이 받은 편지함에 두 통, 스팸함에 한 통 와 있었다. 페이스북 프로필을 보고 멋있어서 연락한다는 스베틀라나라는 여자의 이메일도 있었다. 대니는 페이스북 계정도 없다.

대니는 한숨을 쉬고 휴대전화를 집어넣은 다음 천천히 공원을 걸었다. 저기 앞쪽으로 사람들이 모여 있었다. 2주 전 월과 왔을 때 본 거리 공연을 구경하는 사람들이었다. 휴대전화로 영상을 찍는 사람들 앞에서 어깨에 고양이를 얹은 남자가 연주를 하고 있었다. 마술사 앞에도 구경꾼이 꽤 몰렸고 도토리 저글링을 하는 다람쥐와 춤추는 닭도 보였다. 무언극 배우, 1인 밴드, 바이올리니스트, 최선을 다해 약을 올리는 어린아이들을 역시나 최선을 다해 무시하는 인간 동상 등 처음 보는 공연자들도 있었다.

대니는 한동안 서서 거리 공연을 구경했다. 변장하고 바보짓을 하는 것으로 꽤 짭짤한 수익을 올린다는 사실에 다시 한번 감탄했다. 인기 있는 이유를 단번에 알 만한 공연들도 있었다. 예를 들어, 바이올리니스트나 마술사처럼 실질적인 재능을 가진 사람들이 그랬다. 하지만 형편없는 공연자들도 돈을 벌어간다는 사실은 도무지 이해하기가 어려웠다. 1인 밴드가 들려주는 음악은 순전히 제멋대로였다. 어쩌다 맞는 음이 나오길 바라면서 아무렇게나 팔다리를 퍼덕이고 차고 당졌다. 다람쥐로 변장한 남자는 실제로 저글링을 하는 것보다 떨어진 도토리를 줍는 일이 더 많았다. 대니는 그날 아침에만 경력이 없다는 이유로 지나쳐야 하는 구인 광고가 얼마나 되는지 세다가 그만뒀는데 저 사람들은 제대로 할 줄도 모르는 일로 돈을 벌고 있었다. 그것도 꽤 짭짤하게.

순간 한 가지 생각이 대니의 머리를 스쳤다.

8

"환영하노라, 지친 여행자여!" 코스튬 가게의 남자가 계산
대에서 말했다. 적어도 대니의 귀에는 그렇게 들렸다. 남자가
머리부터 발끝까지 갑옷 차림이라 투구에 목소리가 가려져
서 제대로 알아듣기는 힘들었다. "아하, 또 오셨군요." 남자
가 대니를 보고 투구를 올렸다.

"배리는요?" 대니가 주위를 둘러보았다.

"그레이엄이라는 나이 지긋한 홀아비 손님께 대여 중입
니다."

"해적 파티에 나이는 숫자에 불과하군요."

"코스튬은 대여 안 했어요. 배리만 빌려 갔습니다."

"도대체 뭐에……."

"이유는 안 물어봤습니다. 매출이 우선이라."

"그렇군요. 여기에서 가장 저렴한 옷이 뭐예요?"

"그대의 요청을 받들어 저쪽 세일 판매대를 살펴보겠나이다." 남자는 뒤쪽의 매대로 돌아서 옷걸이를 뒤지기 시작했다. "이건 어떤가요?" 그가 양복을 꺼내 계산대에 펼쳤다.

대니가 얼굴을 찡그렸다. "이건…… 나치 제복이잖아요?"

"저희 가게에서는 '역사적 고증이 정확한 밀리터리 코스튬'이라고 합니다만."

"역사적 고증이 정확한 나치 제복이네요."

"꼭 꼬치꼬치 따지셔야겠다면, 맞습니다."

"솔직히 말씀드리면 길 가다 뭇매 맞을 일이 없는 의상을 찾고 있는데요."

남자는 다시 옷걸이를 뒤지더니 파란색 넥타이가 딸린 쓰리피스 양복을 집었다. 다른 손으로는 지저분한 금발 가발을 움켜쥐었다.

"흠?"

"뭐죠?" 대니가 물었다.

"어떠신가요?"

"그게 뭔데요?"

"보시다시피 보리스 존슨 총리 코스튬이죠."

"뭇매 맞을 일 없는 옷으로 달라니까요."

"그럼…… 싫으신 거군요?"

"네, 싫어요. 보리스 존슨처럼 보이고 싶은 사람이 세상에 어디 있어요?"

"없죠." 남자가 말했다. "그래서 가격이 싼 겁니다."

"다른 거 보여 주세요."

남자는 세 번째로 옷걸이를 뒤졌다. 검은색과 흰색으로 된 코스튬을 탈과 함께 계산대에 올려놓았다.

"이게 뭐죠?" 대니가 물었다.

남자는 갑옷 장갑을 낀 손으로 계산대를 탁탁 치며 생각에 잠겼다. 의상 안쪽의 라벨을 확인하더니 갑옷이라 잘 티가 나지는 않았지만 어깨를 으쓱했다.

"판다입니다."

"확실해요?"

"아뇨. 라벨에 그렇게 쓰여 있어요."

대니는 의상을 바라보았지만 확신이 들지 않았다. 저게 정말 판다라면 세상에서 가장 슬픈 판다이리라. 애꿎은 명줄만 질기고 배우자들의 배신과 투자 사기로 가득한 실망스러운 삶을 살았으리라.

"냄새가 지독하네요." 대니는 자기도 모르게 코를 찡그렸다.

"솔직하게 말씀드리죠." 남자가 말했다. "이걸 빌려 간 대학생이 신입생 환영 파티에 입고 갔다가 토를 했어요. 아, 오해는 마세요. 세탁은 했어요. 그래도 예거마이스터 냄새가 희미하게 남아 있죠."

"얼맙니까?"

남자는 잠깐 생각했다.

"10파운드?"

"5파운드로 하죠."

"10파운드에 보리스 존슨 코스튬은 서비스로 드리죠."

대니는 주머니에서 꾸깃꾸깃한 5파운드 지폐를 꺼내 계산대에 탁 내려놓았다.

"5파운드로 해요!"

"콜!" 남자가 말했다.

꘏

공원으로 돌아간 대니는 공중화장실 한 칸을 차지하고 전혀 모양새 나지 않는 변신을 시도했다. 좁아터진 임시 탈의실에서 힘겹게 옷을 벗으려다가 한 발이 변기에 빠질 뻔했다. 의상에 다리를 집어넣다가는 또 다른 발이 빠질 뻔했다.

"괜찮으세요?" 인형 옷으로 갈아입고 나온 대니는 소변기에서 놀란 얼굴로 쳐다보는 남자에게 한마디를 건넸다. 남자는 고개를 끄덕였다. 거대한 판다가 거울 보는 모습을 멍하니 쳐다보던 그는 조준이 빗나간 것도 몰랐다.

대니는 적당한 장소를 찾아 공원을 돌았다. 일단은 다른 공연자들과 거리를 두는 게 좋을 것 같았다. 아직 다가갈 자신이 없기도 하고 첫날부터 영역 다툼에 휘말리고 싶지도 않았다. 먼저 자기소개를 하거나 잘 봐달라고 부탁하지 않는 것이 공연자들 간의 암묵적인 예의를 어기는 것일 수도 있었다. 어쩌면 집단으로 구타를 당할 수도 있고 적어도 기분 나쁜 눈빛을 받을지 모른다.

대니는 다른 공연자들과 멀찍이 떨어져 있지만 여차하면 바로 도망칠 수 있도록 그들이 잘 보이는 장소를 발견했다. 뒤쪽 잔디밭에 옷 가방을, 발 옆에는 빈 도시락통을 놓았다. 통에 잔돈을 한 움큼 넣어 두고 초조한 듯 의상을 매만지고는 어떡할지 생각했다.

초조해하는 먹잇감의 냄새라도 맡았는지 갑자기 꼬마 여자아이가 앞에 나타났다. 엄마는 근처에 서 있었다. 여자아이는 노란색 원피스를 입고 파란 안경을 쓰고 머리를 양 갈래로 묶은 지극히 아이다운 모습이었지만 기대하는 눈빛으로 가만히 기다리는 아이를 보자 대니는 약간 겁이 났다. 저글링도 못 하고 기타도 못 치고 어깨에 올려놓을 고양이도 없는 그가 할 수 있는 일은 하나뿐이었다. 손을 흔드는 것.

여자아이는 계속 쳐다보았다. 휘둥그레진 아이의 눈은 이상한 냄새를 풍기며 앞에 서 있는 판다가 신기해서가 아니라 두꺼운 안경 때문이었다.

벌써 아이디어가 바닥나 어색해진 대니는 또 손을 흔들었다. 꼬마가 엄마를 쳐다보았다. 엄마는 되레 미안한 듯이 대니에게 미소 짓고는 핸드백에서 지갑을 꺼내 딸에게 돈을 주었다.

"나 주는 거야?" 대니가 1파운드 동전을 들고 다가오는 꼬마를 쳐다보았다.

하지만 꼬마는 돈을 주지 않았다. 도시락통에 든 동전에 마음을 빼앗기더니 얼른 한 움큼 집어 주머니에 넣었다. 눈치채지 못한 엄마는 계속 웃으며 바라보고 있었다.

"야!" 대니가 본능적으로 꼬마의 팔을 잡았다.

꼬마의 커다란 비명에 지나가던 몇몇 사람들까지 멈춰서 무슨 일인지 쳐다보았다.

"타마라!" 엄마가 악을 썼다. "우리 애한테서 떨어져, 이 변태!"

"얘가 내 돈을 훔쳐 갔어요!" 달려와 딸을 들어 안는 엄마에게 대니가 말했다.

"나쁜 아저씨가 만졌어!" 꼬마가 울었다.

"안 만졌어요!" 대니가 구경꾼들에게 항변했다. 한 명은 휴대전화로 찍고 있었다. "만지긴 했죠. 하지만 그런 뜻으로 '만진' 건 아닙니다." 대니는 강조의 의미로 양손을 까닥거렸지만 전혀 도움이 되지 않았다.

"경찰에 신고하지 않은 걸 다행으로 알아요." 엄마가 말했다.

"경찰에 신고해야 할 사람은 오히려 나예요!" 대니가 북슬북슬한 가슴을 탁탁 쳤다. "내가 피해자라고요!"

"피해자?" 엄마가 딸을 가리켰다. "고작 다섯 살밖에 안 된 어린애예요!"

"영화 〈오멘〉에 나오는 악마의 아들도 다섯 살이었거든요!"

"지금 우리 딸이 적그리스도라는 거예요?" 그녀는 영상을 찍고 있는 남자를 쳐다보았다. "저 말 들었어요? 우리 딸더러 적그리스도라고 한 거?"

"찍지 말아 주실래요?" 대니가 말했다.

"안 되죠. 유튜브에 올릴 건데." 휴대전화로 찍고 있는 남자가 말했다.

"적그리스도가 뭐야?" 꼬마가 엄마에게 물었다.

"아무것도 아니야, 우리 딸. 얼른 가자. 나쁜 아저씨가 없는 곳으로."

여자는 딸을 데리고 가버렸다. 꼬마가 대니를 뒤돌아보더니 우는 연기를 잠깐 멈추고 의기양양하게 씩 웃었다.

대니는 도시락통을 들고 한숨을 쉬었다. 동전이 절반 넘게 없어졌다. 정확히 얼마나 손해를 봤는지 세어 보기도 전에 남자아이가 튀어나와 대니의 정강이를 걷어찼다. 대니가 도시락통을 밟는 바람에 동전이 사방으로 흩어졌다.

대니는 아픈 다리를 움켜쥐고 느릿느릿 흩어진 동전을 줍기 시작했다. 남자아이가 깔깔거리며 또 걷어찼다.

"하지 마!" 대니가 소리쳤다. 그는 두 팔을 흔들어 큰 덩치에 너무 작은 양복을 입고 옆에서 전화기에 대고 으르렁거리는 남자를 불렀다. 하지만 남자는 수화기 너머의 데이브라는 사람에게 무능력하다고 욕하느라 바빠서 아들의 만행을 알아차리지 못했다.

남자아이는 2파운드 동전을 주워 들고 대니를 약 올렸다.

"이리 내!"

아이가 고개를 저었다.

"이리. 내라고." 대니가 최대한 엄한 목소리로 말하자 아이가 수그러들었다. 빵 반죽 같은 작은 손바닥에 놓인 동전을 내밀었다. 하지만 대니가 집으려는 순간 손을 홱 빼고 또 정강이를 걷어차고는 미치광이처럼 웃었다. 방금 2파운드 동전을 '주웠다'며 아빠에게 보여 주려고 달려갔다.

지친 대니는 바닥에 무릎을 꿇고 앉아서 손으로 바닥을 훑었다. 바로 앞에 나타난 신발을 보고서야 다른 아이들이 다가왔음을 알았다.

"넌 뭐니?" 빨간 구두의 주인이 물었다. 귀가 늘어진 토끼 인형을 껴안은 여섯 살 정도로 보이는 여자아이였다.

"오소리잖아, 멍청아." 똑같이 붉은 머리에 주근깨가 있는 오빠가 대꾸했다.

"난 오소리 싫은데." 여자아이가 말했다.

"난 판다야." 대니는 일어나 몸을 털었다.

"판다 싫은데." 여자아이가 또 말했다.

"쿵후 할 수 있어?" 남자아이가 물었다.

"판다는 쿵후 못해." 대니가 답했다.

"〈쿵푸 팬더〉는 할 수 있는데." 남자아이가 말했다.

"〈쿵푸 팬더〉는 진짜 판다가 아니야." 대니가 말했다.

"너도 진짜 판다 아니야." 남자아이가 말했다.

대니는 대꾸할 말이 없었다.

"쿵후 해 봐!" 남자아이가 소리쳤다.

"쿵후 해 봐!" 여자아이도 소리쳤다.

"싫어."

"왜?" 여자아이가 물었다.

"못하니까 그러지." 남자아이가 말했다.

"맞아." 대니도 말했다.

"넌 최악의 판다야." 여자아이가 말했다.

"알았어. 자, 잘 봐." 대니는 어설픈 가라데 동작을 선보였다. "이제 됐지?"

"그건 쓰레기야."

"그건 쓰레기야!" 남자아이를 따라 여자아이가 외쳤다.

남자아이가 공원 저쪽을 가리켰다. "저기 있는 아저씨는 마술할 줄 아는데."

"좋겠네." 대니가 말했다.

"나 없어지게 해 봐!" 여자아이가 소리쳤다.

"그럴 수 있으면 좋겠다."

"저글링은 할 수 있어? 다른 아저씨는 저글링 하던데." 남자아이가 말했다.

"그래, 저글링 해 봐!"

"얘들아." 대니가 동전 하나를 들었다. "이거 50펜스야. 딴데로 가면 이거 줄게."

"두 명 다 주는 거야?" 남자아이가 물었다.

"난 1파운드 줘!" 여자아이가 말했다.

"얘 1파운드 줄 거면 나도 줘."

대니는 한숨을 쉬고 사금이라도 채취하듯 도시락통을 흔들었다.

"자, 2파운드다. 둘이 하나씩. 이제 제발 가버려."

아이들은 돈을 낚아채고 달려갔다. 누구 동전이 더 큰지 싸우면서.

대니는 근처 벤치에 앉아 양손으로 얼굴을 감쌌다. 얼마나 그러고 있었을까, 옆에 누가 앉는 소리가 났다. 고개를 들어 보니 젊은 거리의 악사가 옆에서 담배를 말고 있었다. 어깨에 앉은 고양이는 세련된 보라색 카디건을 입었고 그는 낡은 트위드 재킷에 축 처진 나비넥타이, 분홍색 코듀로이 바지, 비둘기 깃털이 달린 낮은 중절모 차림이었다. 약간 허수아비 같았다. 주머니에 지푸라기가 아니라 말아 피우는 담배가 삐죽 튀어나온 허수아비.

"어떻게 그렇게 어깨에 가만히 앉아 있어요?" 대니가 턱으로 고양이를 가리켰다.

"아, 밀턴요?" 남자는 고개를 들지도 않고 계속 담배를 말았다. "그냥 자기가 올라가 앉아요. 녀석은 전망이 마음에 들어서 그러는 척하지만 난 알죠. 사실은 우월감을 느끼는 게 좋아서 그런다는 거." 남자는 담배를 물고 한 손을 내밀었다. "팀이라고 합니다."

"대니라고 해요."

"첫날인가요?" 악수를 하며 팀이 물었다.

"마지막 날에 더 가깝죠."

"그렇게 별로였어요?"

"뭐, 변태라는 소리 듣고, 종아리를 걷어차이고, 돈을 벌기는커녕 오히려 잃었어요. 시작한 지 20분도 안 돼서요."

"그 정도면 내 첫날이랑 비슷하네요."

"정말요?"

"아, 변태라는 말은 안 들었어요. 대신 별의별 말을 다 들었죠. 노숙자, 학생, 재수 없는 새끼 등등?" 팀은 담배가 골고루 타도록 손가락에 침을 발라 문질렀다. "그나저나 어쩌다 변태라는 말을 들었어요?"

"꼬마 여자애를 만졌다네요." 대니가 어깨를 으쓱했다. "그게 뭐라고."

팀은 담배를 길게 빨아들였다.

"그렇죠."

"아니, 그게 아니라 그 애가 내 돈을 가져가서 팔을 붙잡은 것뿐인데 순식간에 오해가 커져 버린 거예요."

"그런 일은 조심하는 게 좋아요. 허가증이 취소될 수도 있으니까."

"허가증이요?"

"거리 공연 허가증이요." 팀의 말에 대니가 얼굴을 찡그렸다. "허가증 있죠?"

"당연하죠." 대니가 말했다.

"없네. 그렇죠?"

"네, 없어요."

"경찰이 돌아다닐 수도 있으니까 허가증 얼른 받아요. 경찰들은 불법으로 공연하는 사람들 잡아가는 거 되게 좋아하거든요. 우릴 허울 좋은 거지로 본다니까요."

"맞지 않아요?"

"허가증이나 빨리 받으세요. 허가증 없으면 인형 옷 입은 괴짜일 뿐이니까."

"허가증이 있으면요?" 대니가 물었다.

팀은 어깨를 으쓱했다. "허가증 있는 인형 옷 입은 괴짜죠."

"허가증 나오려면 얼마나 걸려요?"

"5~6주 정도."

"5~6주요?" 대니가 소리쳤다.

"운 좋으면 4주."

"난 그렇게 오래 못 기다려요."

"기다려야죠, 뭐." 팀이 말했다. "가짜 허가증을 구할 수 있으면 모를까." 그는 담배 연기로 도넛보다 통통한 링 모양을 만들었다. 밀턴은 먹을까 말까 고민하는 것처럼 보였다. "뭐가 그렇게 급한데요?"

"월세가 두 달 밀렸는데 6주 안으로 내지 않으면 필시 사탄이거나 최소 사탄의 가까운 친척뻘일 집주인한테 두들겨 맞고 우리 둘 다 쫓겨날 거예요."

"우리 둘?"

"나하고 아들 월이요."

"그러니까 지금 그게……." 팀은 대니의 의상을 가리켰지만 적당한 단어를 찾지 못했다.

"판다예요."

"그렇군요." 팀은 전적으로 믿지는 않는 눈치였다. "판다로 변장하면 문제가 해결될 거라고 생각한 거예요?"

"아뇨. 원래 일하던 공사장에서 잔업을 맡으면 문제가 해결될 줄 알았는데 해고당했어요. 새로 일자리를 구하면 해결될 줄 알았는데 못 구했고요. 그러다 거리 공연 수입이 짭짤한 것 같아서 에라, 모르겠다, 나도 한번 해 보자 했죠."

"꽤 많이 버는 사람들도 있는 건 사실이지만 실력도 있고 열심히 합니다. 이 바닥에서 살아남으려면 기술이 필요해요."

"기술이요?"

"네. 그쪽은 뭐 전문이죠?"

"이걸로 부족한가요?" 대니가 자신의 인형 옷을 가리켰다.

"그걸로는 월세 못 내서 쫓겨나기 딱이죠." 팀이 담배를 한 모금 빨아들였다. "칠 줄 아는 거 있어요?"

"음, 배드민턴?"

"악기 말이에요."

"아, 아뇨."

"춤은 잘 춰요?"

"쿵후 실력이랑 비슷합니다."

"오! 쿵후 할 줄 알아요?"

"아뇨."

"그럼 고양이 한 마리 구해요." 팀이 말했다. "여기 이 녀석, 돈을 끌어당기는 자석이에요. 다들 좋아하죠. 아, 엘 마그니 피코만 빼고. 그자는 밀턴을 별로 안 좋아해요."

"엘 마그니피코요?"

팀이 저쪽의 마술사를 가리켰다. "저 사람요. 진짜 괴짜예요. 자기가 간달프 같은 진짜 마법사인 줄 안다니까요. 지난 주엔 밀턴에게 불을 붙이려고 했어요."

"뭐로 불을 붙여요?" 대니가 물었다.

"생각으로요." 팀이 관자놀이를 톡톡 쳤다. "아무튼, 나라면 저자를 가까이하지 않을 겁니다. 저 인간의 문제점을 다 대려면 밤을 꼬박 새워도 모자라거든요."

"충고 고마워요." 대니가 말했다.

"천만에요. 아무튼, 기술 꼭 준비해요." 팀이 담배를 탁 털어서 버렸다. "아, 그리고, 마지막으로……." 그가 자리에서 일어났다. "소지품 잘 챙기세요. 여기선 묶어 놓지 않으면 죄다 훔쳐 가니까."

"알았어요. 고마워요."

대니는 사라지는 팀을 바라보았다. 어깨에 얌전히 앉아 있는 통통한 고양이를 보면서 또 감탄하다가 까맣게 잊어버리고 있던 옷 가방이 생각났다. 벌떡 일어나 달려가 보았지만 이미 늦었다. 그의 옷이 든 가방은 사라지고 없었다.

9

언젠가 대니는 헐렁한 팬티만 입은 60대 남자가 리젠트 스트리트 끝까지 스카이 콩콩을 타고 가는 모습을 보았다. 피커딜리 광장에 가까워질수록 그의 속옷이 아슬아슬하게 내려갔다. 대니 말고도 수많은 사람이 남자를 보았지만 큰 관심을 보이는 사람은 없었다. 대니는 언제나 런던 사람들의 그런 무심함이 좋았다. 아무리 이상한 장면을 보아도 눈 하나 꿈쩍하지 않는다. 괴상망측할수록 오히려 더 무심해진다. 대니는 지금까지 그렇게 생각했다. 하지만 문이 닫히고 버스가 출발한 순간, 자신이 그동안 런던 사람들을 완전히 잘못 알고 있었는지도 모른다는 생각이 들기 시작했다.

판다로 변장하고 대중교통을 이용하는 중인 대니는 최대한 평범하게 행동하려고 애썼다. 하지만 승객들은 그가 런던 사람들은 무심하다는 착각에 계속 빠져 있기 어렵게 만들었다. 특히 휴대전화로 촬영하는 10대 아이들과 그가 앉을 때 홱 노려본 큼지막한 더플코트를 입은 노부인이 그랬다. 탈이라도 벗을까 고민했다. 땀도 났지만 자신의 꼴이 자기가 생각하기에도 우습다는 이유가 더 컸다. 하지만 공사장의 누군가가(더 나쁘게는 아들을 아는 사람들이) 알아보기라도 할까 봐 마지못해 계속 쓰고 있기로 했고 사람들의 시선을 피하려고 애썼다.

　끽 소리와 함께 버스가 서고 까만 머리의 젊은 여자가 탔다. 큰 키에 다른 승객들을 방해하지 않고 지나갈 수 있을 정도로 날씬했다. 하지만 길을 막고 있지 않은 사람들까지도 알아서 그녀를 피했다. 그녀의 거대한 링 귀걸이는 버스 손잡이보다도 컸고 요란한 껌 씹는 소리는 그녀가 핸드백으로 대니의 머리를 치기 훨씬 전부터 귀를 때렸다.

　"조심 좀 해주세요." 대니가 말했다.

　"네?" 여자가 맞은편에 앉으며 대꾸했다. 안 그래도 짧은 미니스커트가 더 올라갔다.

　"방금 가방으로 제 머리 쳤잖아요."

　"그래서요? 그쪽도 머리로 내 가방을 쳤지만 난 구시렁거리지 않았는데."

"가방에 벽돌이라도 들었나 보죠?" 대니가 머리를 만졌다.

"브라스 너클 들었어요. 보여 줘요?"

대니는 그녀의 손가락을 보았다. 브라스 너클이 필요하지 않을 정도로 손가락 한가득 반지를 끼고 있었다. 손톱은 형광 분홍색 매니큐어로 칠했고 휴대전화에는 반짝이 보석 스티커로 '크리스털'이라는 글자가 붙어 있었다.

대니는 고개를 흔들고 창밖으로 시선을 옮겼다. 10대 무리가 그를 보고 웃으면서 자위하는 손 모양을 만들어 보였다. 그는 바닥을 내려다보며 몇 정거장이나 지났는지 생각했다.

"그나저나 왜 스컹크 옷을 입고 있어요?" 크리스털이 물었다.

대니는 그냥 놔두기를 바라며 아무 말도 하지 않았다. 하지만 그녀는 포기하지 않았다.

"어이, 스컹크. 스컹키. 스컹크맨. 스컹케리노. 스콩카트론. 업타운 스컹크."

"스컹크 아니에요." 대니가 한숨을 내쉬었다.

"스컹크가 아니라고요?" 그녀는 코를 킁킁거렸다. "스컹크 냄새 나는데."

"냄새 안 나요." 대니는 냄새가 난다는 사실을 잘 알면서 말했다.

"냄새 나요. 어제 토한 양말 냄새."

"스컹크는 그런 냄새 안 납니다." 대니는 스컹크가 분사하는 악취에서 타이어 타는 냄새와 곰팡이 핀 양파가 합쳐진 냄새가 난다는 모의 설명을 떠올렸다. 저 크리스털이라는 여자에게 말해 줄까도 싶었지만 관두기로 했다.

"이 스컹크는 그런 냄새 나요." 그녀가 대니를 가리켰다.

"말했잖아요. 스컹크 아니라고."

"그럼 뭔데요? 피부병 걸린 족제비이신가?"

"아닙니다."

"에볼라 걸린 쥐?"

"그것도 아닙니다."

크리스털은 옆에 앉은 더플코트 입은 노부인을 쳐다봤다. "또 뭐가 있을까요?"

"변태." 노부인이 대니를 째려봤다.

"맞는 것 같네요." 크리스털이 말했다.

"저 판다예요. 알겠어요? 판다라고요!!"

크리스털이 박장대소했다. 너무 격렬하게 웃어 대는 바람에 씹던 껌이 날아와 대니에게 붙었다. 꼭 작은 회색 배꼽 같았다.

"판다래! 너무 웃겨. 진짜 기발하다."

"아오, 진짜!" 대니가 인형 옷에 착 붙어 버린 껌을 쳐다보았다.

"가만히 있어 봐요." 크리스털이 휴대전화로 대니를 찍으려고 했다. 계속 웃음보가 터져서 초점을 맞추기가 힘들었다. 그녀는 찍은 사진을 보고 또 깔깔 웃었다.

"뭐가 그렇게 웃겨요."

"쉿, 조용." 크리스털은 휴대전화에 대고 손가락을 바쁘게 움직였다. "이 남자 엄청 불쌍하다. 판다가 멸종될 만도 하네. ㅋㅋ 저거랑 누가 짝짓기하겠냐고. 해시태그 불쌍한 놈, 해시태ㄱ 변태."

"휴지라도 좀 줄래요?" 버스의 속도가 줄어들고 내리려고 일어선 크리스털에게 대니가 말했다.

"자요." 그녀가 가방에서 냅킨을 한 움큼 꺼내 던졌다. "나중에 봐, 젤리곰. 알았지? 젤리곰?"

"아주 웃겨 죽네." 대니가 중얼거렸다. 크리스털은 버스에서 내리고 그는 냅킨으로 껌을 떼어내려고 애쓰다가 여전히 노려보는 노부인을 쳐다보았다. "저 변태 아닙니다."

이바나는 문을 열자마자 비명과 함께 쾅 닫았다.

복도에 서 있는 대니는 방금 무슨 일이 일어난 건지 어리둥절했다. 아직도 인형 탈을 쓰고 있다는 사실을 깨닫고 벗으려는 순간, 다시 문이 확 열리더니 이반이 성큼 나왔다. 대니가 뭐라고 말하기도 전에 목을 잡고 벽으로 밀어붙였다. 이바나는 빗자루로 두들겨 팼다.

"그만해." 대니가 이반의 손을 떼어내려고 애쓰며 켁켁거렸다. "나야…… 대니……."

"대니?" 이반의 손이 느슨해졌다.

"대니?" 이바나도 곧바로 빗자루를 내려놓았다.

"왜 쥐 옷을 입고 있어요?"

"그러게. 왜 쥐 옷 입고 있어? 이바나 쥐 싫어해."

"쥐 아니야." 대니가 탈을 벗고 목을 문질렀다. 후두가 부러진 건 아닐까. "판다야."

"진짜 판다처럼 까만 눈 될 뻔했다." 이반이 대니의 얼굴 앞에서 주먹을 흔들었다. "들어와. 누가 보겠다."

이반이 대니를 아파트 안으로 데려갔다. 이반의 덩치에 비해 너무도 작은 아파트였다. 자판기나 냉장고, 소형차 등 절대로 작지 않은 물건들도 이반 옆에 있으면 무조건 작아 보이곤 했다.

대니는 핸드메이드 자수 쿠션이 넘쳐나는 소파에 앉았다. 이반은 도일리로 덮인 낡은 안락의자에 앉아 대니를 쳐다보았다. 유감스러운 소식을 전해야 하는데 도무지 적당한 말이 떠오르지 않는 듯한 표정이었다.

"근데……." 이반이 대니의 인형 옷을 가리켰다. "이런 걸

'신경쇠약증'이라고 하나 보다."

"아니 이건 '신경쇠약증'이 아니라 '기업가'라고 하는 거야."

"프랑스어야?"

"그래, 프랑스 말로 '기업가'라고 하는 거야."

"기업가가 프랑스어로 '신경쇠약증'이라고?"

"아니."

"나 헷갈린다."

"나 신경쇠약증 걸린 거 아니라고. 알았지?" 대니는 배에 붙은 딱딱해진 껌을 자신도 모르게 긁었다. "이제 이게 내 직업이야. 이걸로 돈 벌 거야."

"그렇게 바보 같은 옷을 입으면 사람들이 돈 줘?"

"그 바보는 당신 생명의 은인이야!" 주방에서 이바나가 소리쳤다.

"생명의 은인 아니다!" 이반은 맞받아치고 우크라이나어로 뭐라고 마구 지껄였다. 그러고는 대니를 보고 말했다. "너나 구해 준 거 아니다."

"누가 뭐랬나."

"그래. 안 구해 줬으니까."

"마음대로 해." 대니는 웃음을 참으려고 애썼다.

"판다 옷 입으면 돈 생긴다고?" 그는 이바나에게 잘 들리도록 '판다'라는 단어를 강조했다.

"아직은 아니야." 대니가 말했다. "하지만 그렇게 될 거야. 저번에 베란다 공원에 갔었거든? 거리 공연하는 사람들 많은 공원 있잖아? 음악가, 마술사, 댄서 등등. 가만히 보니까 돈을 많이 벌더라고. 정말이지 쓸어 담더라니까. 그래서 나도 한번 해 보기로 했지. 오늘이 첫날이었어."

"어땠는데?"

"어디 보자." 대니는 손가락을 세면서 말하기 시작했다. "꼬마 애한테 돈을 뜯겼고, 옷을 도둑맞았고, 내가 꼬마 여자애를 적그리스도라고 부르는 영상이 인터넷에 돌아다니게 생겼고, 버스에서 웬 여자가 나한테 껌을 뱉었고, 거구의 우크라이나인한테 목을 졸렸고, 빗자루로 머리도 맞았네. 뭐, 첫날은 다 힘든 법이지."

"미안."

"미안해요, 대니!" 이바나도 주방에서 소리쳤다.

"옷 빌려 주면 용서해 줄게. 윌한테 이 꼴을 보일 순 없어."

"윌은 너 판다맨인 거 몰라?" 이반이 물었다.

대니는 고개를 저었다. "아직 공사장에서 일하는 줄 알아. 걱정시키고 싶지 않아."

"네 정신 상태에 대해?" 이반이 관자놀이를 톡톡 두드렸다.

"아니. 우리 경제 상태에 대해. 월세가 밀렸는데 집주인이 별로 이해심이 없거든."

"내 말 들어라. 너 돈 필요하니까 내가 일자리 구해 준다. 나 인맥 넓다."

"아, 혹시 가짜 신분증 구해 줄 수 있는 사람도 알아?"

"당연하지. 뭐가 필요해? 면허증? 여권? 세인즈버리 포인트 적립 카드?"

"거리 공연 허가증."

"판다도 허가증 필요해?"

"그러게. 구해 줄 수 있어?"

이반이 어깨를 으쓱했다. "알아볼게."

"잘됐다. 고마워, 이반. 넌 내 생명의 은인이야." 그러자 이반이 노려보았다. "미안. 민감한 얘길 했네."

대니는 재채기를 하고서 크리스털이 던져 준 냅킨을 주섬주섬 꺼냈다.

"스트립 클럽 냅킨 어디서 났어?" 이반이 물었다.

"응?"

"패.니.스." 이반이 대니의 손에 들린 냅킨을 가리켰다. "이 스트립 클럽 쇼디치에 있다."

이바나가 주방에서 얼굴을 쏙 내밀고 노려보자 이반의 몸이 줄어드는 듯했다.

대니는 손에 든 냅킨을 보았다. 구불구불한 분홍색 글씨로 '패니스'라고 쓰여 있었다.

"얘기하자면 길어." 대니의 말에 이반이 히죽거렸다. "네가 생각하는 그런 건 아니야."

"뭐가? 아무 생각 안 했는데?"

"그럼 그렇게 웃지 좀 마."

"어떻게 웃었는데?"

"됐고, 나 옷이나 좀 줘."

이반은 계속 웃으면서 일어나 복도로 사라졌다.

대니는 주방으로 갔다. 이바나는 채소를 써느라 바빴다.

"케이크 맛있게 잘 먹었어요." 대니가 주방 문가에 서서 말했다. "윌이 혼자 다 먹을까 봐 몰래 숨겨 놓기까지 했다니까요."

이바나는 칼을 내려놓고 앞치마로 손을 닦았다.

"윌은 좀 어때요?" 그녀가 조리대에 기대어 물었다.

대니는 한숨을 쉬었다. "알 수 없으니 답답하네요."

"대니는요? 대니는 어때요?"

"이 꼴만 봐도 뻔하죠." 대니가 인형 옷을 훑어보았다. 둘 다 웃음을 터뜨렸지만 금세 조용해졌다.

이반이 카고바지와 앵그리 버드 티셔츠를 들고 왔다.

"자." 그가 대니에게 옷을 건넸다.

"이거 유리 옷이야?"

"당연하지."

"유리 열두 살이잖아. 나더러 열두 살짜리 옷을 어떻게 입으라고."

"그럼 내 옷 입을래?"

대니는 이반을 보며 한숨을 쉬었다. 인형 옷 지퍼를 허리까지 내리고 러닝셔츠 위에 앵그리 버드 티셔츠를 입었다.

"이런." 대니가 양팔을 퍼덕거렸다. 옷이 매우 넉넉했다. "혹시 유리 더 어릴 때 입던 옷은 없어?"

_ㅇ_/

월은 대니보다 몇 분 늦게 도착했다. 대니가 앵그리 버드 티셔츠를 막 갈아입었을 때 현관문이 열렸다 닫히는 소리가 들렸다.

"왔니." 방에서 얼굴을 쑥 내민 대니는 거실로 들어오는 월과 모를 보았다. "아, 모도 안녕."

"안녕하세요, 아저씨. 일은 잘 다녀오셨나요?"

"일?" 대니는 순간 멍해졌다. 해고당한 뒤 처음 받는 질문이었다. "아, 일? 공사장 말이지? 내가 일하는 곳. 그래, 아주 좋았지. 고맙다, 모. 아니, 그렇게 좋았던 건 아니고. 생각해 보니 영 별로였어. 땅 파고 이것저것 나르고…… 저녁 먹고 갈래?"

"감사하지만 월하고 저희 집에서 저녁 먹으면 안 될까요? 비디오게임 하려고요."

"그렇구나." 저녁거리가 통조림 콩과 냉동 감자 와플 몇 개뿐이라는 사실을 생각하면 조금 안심되었지만 월과 저녁 시간을 보내지 못한다니 실망스럽기도 했다. 할 말도 별로 없지만 아들과 함께하는 침묵의 저녁 식사는 여전히 그에게 하루 중 가장 기다려지는 시간이었다.

월은 비디오게임 몇 개를 가방에 챙겨 넣고 모를 현관문으로 슬슬 밀었다.

"아저씨, 안녕히 계세요."

"잘 가, 모. 재미있게 놀아, 월." 그는 두 아이가 복도에서 사라질 때까지 지켜보았지만 월은 한 번도 돌아보지 않았다.

∽

대니는 인형 옷을 세탁기에 집어넣고 세제 칸을 꽉 채웠다. 세탁과 건조까지 세 시간이나 걸리는 초강력 코스를 선택했다. 월이 지금보다 어릴 때 리즈가 종종 사용한 코스였다. 그때의 월은 개들마저도 꺼리는 곳에서 뒹굴기를 좋아했다. 드디어 건조까지 끝나자 조심스럽게 냄새를 맡아 보았다. 조금 나아지기는 했지만 그래도 야생 곰이 풍길 만한 냄새가 났다.

대니는 판다 옷에 손이 저릴 정도로 페브리즈를 뿌려 댄 후 숨길 곳을 찾아봤다. 옷장 안에 두면 다른 옷들에까지 냄새가 밸까 봐 옷장 안쪽 문고리에 따로 걸었다. 하지만 결국에는 옷장에서 꺼내와 창문 근처 방문과 벽 사이 좁은 틈에 숨겼다(창문도 열었다).

파란만장한 하루 뒤의 피곤함이 몰려왔다. 거실 소파에 쓰러져 두 손으로 천천히 얼굴을 감쌌다. 시선이 느껴져서 뒤를 돌아보니 커피 테이블에 놓인 액자 속 사진에서 리즈가 미소 짓고 있었다. 대니도 미소를 보냈다.

"리즈, 나 도대체 지금 뭐 하고 있는 거지?"

10

다음 날 대니는 그냥 집에 있었다. 허가증 없이 다시 공원으로 나가기도 꺼려졌고 분노에 찬 부모들과 정강이를 걷어차는 어린 괴물들을 마주할 준비도 되지 않았다.

팀이 해 준 말이 떠올라 구경꾼들의 지갑을 열게 할 만한 일들을 적어 보았다. 10분이 지났지만 백지 그대로였다. 반대로 자기가 할 수 없는 일들을 적어 보기로 했다.

악기 연주는 확실히 불가능했다. 배울 시간도 없었다. 트라이앵글이라면 몰라도. 학교 다닐 때 밴드부에서 잠깐 트라이앵글을 친 적이 있는데 음악 선생님이 그의 수준에 너무 무리라고 생각했는지 그냥 숨만 불어넣으면 되는 카주 담당으로 강등시켰다. 하지만 제아무리 트라이앵글계의 모차르트, 체명악기계의 제이지라고 할 만큼 연주 실력이 세계 최고라도, 과연 삼각형 철 쪼가리를 채로 두드리는 판다가 사람들을 모을 수 있을까?

대니는 마술에 대해서도 아는 것이 전혀 없었다. 최고의 마술사 데이비드 코퍼필드도 부러워할 순식간에 뿅 하고 사라져 버리는 마술을 성공시킨 아버지를 두긴 했다. 하지만 위대한 마술사들이 그렇듯 아버지는 그 비결을 알려 주지도, 앙코르 공연을 위해 돌아오지도 않았다. 저글링도 불가능했다. 볼링핀이나 테니스공, 대형 도토리 등 사람들의 눈길을 끌 만한 물건을 한꺼번에 여러 개 던졌다가 받는다는 건 그로서는 꿈도 못 꿀 일이었다. 춤은 더더욱 불가능했다. 춤 아래에 밑줄을 두 줄 긋고 느낌표도 몇 개 넣었다.

대니와 리즈는 비슷한 점이 많았다. 둘 다 잘 때 양말을 신었다. 호불호가 극명하게 갈리는 마마이트 잼도 좋아했다. 시트콤 〈프레시 프린스 오브 벨에어〉의 주제곡도 다 외웠다. 독넣은 저녁 식사에 초대하고 싶은 사람으로 방송인 피어스 모건을 꼽는 것도 똑같았다. 이처럼 많이 닮은 두 사람이지만 댄스 플로어에서는 그렇게 다를 수가 없었다. 리즈는 음악만 나오면 몸을 흔들었다. 팝, 클래식, 펑크, 트랜스, 레게, 컨트리, 심지어 포스트록 음악에도 춤을 췄다. 대니로서는 생각해 본 적도 없는 일이다. 장모에 따르면 걷기도 전에 춤을 추었을 정도로 리즈는 몸을 자연스럽게 움직였다고 한다. 부모가 어린 딸에게 발레를 가르친 것도 그래서였다. 하지만 발레는 리즈에게 너무 엄격한 춤이었다. 남이 정해 놓은 법칙에 따라 춤추는 인내심도, 절제력도 그녀에게는 없었다. 법칙이 많을수록 재미가 줄어들었다. 재미없으면 춤이 아니라 공연이었다. 리즈는 공연에는 관심이 없었다. 춤을 직업으로 삼지 않고 초등학교에서 시간제 보조 교사로 일한 것도 그래서였다. 특별한 재능을 낭비한다는 생각은 들었지만 대니는 그런 결정을 내린 리즈가 속으로 존경스러웠다.

리즈의 재능은 첫 만남에서부터 확실히 드러났다. 두 사람은 대니와 같은 학교에 다녔던 친구 케이트가 학교 디스코 축제에 리즈를 초대한 것을 계기로 만나게 됐다. 나중에 케이트는 대단히 못생기고 뚱뚱한 남자와 결혼했는데 남자는 그런 외모에도 밝혀진 것만 해서 세 번이나 바람을 피웠다. 아무튼, 그해의 디스코 축제는 춤을 춘 사람이 정말 있었다는 사실로 모두의 기억에 남겨졌다. 아이들은 학교 디스코 축제에 춤추러 가지 않는다. 누군가를 디듬거나 디듬는 척한 깃을 친구들에게 자랑 삼아 떠벌이기 위해 간다. 댄스 플로어는 생일파티에 초대된 괴짜 친척 같은 존재였다. 예의상 파티에 부르기는 하지만 다들 어떻게든 피하려고 애쓰는 그런 존재.

하지만 딱 한 사람, 리즈는 댄스 플로어를 피하지 않았다. 다른 아이들이 어둑한 곳에서 서로 더듬거리거나 누군가 몰래 가져온 도수 낮은 알코올 음료에 취한 척할 때, 리즈 혼자 댄스 플로어를 누볐다. 그 자리에 있을 이유를 잃어버린 DJ에게는 그저 반가운 일이었다. 마침내 음악이 멈추고 선생님들이 아이들을 전부 집으로 돌려보내자 아이들의 진짜 파티가 시작되었다. 케이티와 리즈, 대니, 대니 친구 스투는 케이티네 집으로 갔다. 마침 케이티의 부모가 주말 동안 여행을 떠나고 없었다. 네 사람은 장식장 안쪽에서 꺼낸 독한 우조(그리스 전통주—편집자) 한 병을 다 마셨다. 다음 날 케이티는 정원 화단에 얼굴을 처박은 채로, 스투는 치아 두 개가 주머니에 든 채로, 대니와 리즈는 옷을 다 입고 꼭 껴안은 채로 깨어났다. 어쩌다 둘이 그러고 있게 되었는지는 기억나지 않았지만 떨어지고 싶지도 않았다.

죽은 아내가 타고난 춤꾼이었다면 대니는 타고난 몸치였다. 그의 문제는 간단했다. 리듬감이 없다는 것. 리듬을 따라 머리를 그럴듯하게 흔들다가도 팔다리가 끼어들려는 순간 산통이 깨졌다. 춤만 추려고 하면 팔다리가 제멋대로 날뛰었다. 발을 내지르고 손을 휘젓는 모습이 깊은 바닷속에서 갑자기 물 위로 올라와 잠함병으로 괴로워하는 잠수부 같았다. 그의 팔다리는 음악에도, 그 자신에게도 순종하지 않았다. 오로지 몸치의 신에게만 복종했다. 기어이 사람들 앞에서 웃음거리가 되는 걸 제물로 바쳐야만 잠잠해지는 무자비한 신 말이다. 그래서 대니는 댄스 플로어에 얼씬도 하지 않았다. 거기만 빼고 불이 났다면 모를까.

하지만 생각하면 할수록 점점 더 확실해졌다. 너무 싫지만, 좋든 싫든 춤이야말로 가장 가능한 선택지라는 것. 춤은 음악이나 마술 같은 공연과 달리 별다른 장비도 필요하지 않았다. CD 플레이어와 두 다리만 있으면 된다. 그는 CD 플레이어도 있고 적어도 앞으로 6주간 두 다리도 멀쩡할 것이다. 대니는 멍든 정강이를 쓰다듬으면서 생각했다. 움직이는 목표물이라면 기타리스트나 무언극 배우처럼 인간 펀칭백을 자처하는 용감하거나 멍청한 사람들보다는 아이들의 발차기가 명중할 가능성도 작을 거라고.

그는 방금 휘갈긴 글자를 노려보았다. 춤. 글자를 보는 것만으로 진저리가 났지만 덴트의 장도리가 떠오르자 경련으로 변했다. 목덜미에 닿은 셔츠 라벨을 거미로 착각한 순간처럼.

그가 아직 떨고 있을 때 휴대전화가 울렸다.

"무슨 판다야?" 이반이 물었다.

"응?"

"판다. 무슨 판다냐고."

"중국 판다겠지? 몰라. 판다가 중국 말고 다른 데에서도 나오나?"

"아니, 판다 허가증." 이반이 말했다. "도와줄 사람 찾았는데 무슨 판다냐고 물었다. 판다 노래해? 춤춰? 아코디언 연주? 뭔데?"

대니는 무릎에 놓인 수첩을 쳐다보았다.

"대니?"

"춤." 대니가 말했다. "난 '춤추는 판다'야."

11

다음 날 저녁 대니가 혼자 TV를 보고 있을 때 이반에게 전화가 왔다. 윌이 모네 집에서 자고 온다기에(말한 사람은 모였지만) 마지못해 허락해 주었다. 자정에 페컴에서 만나자는 이반의 연락을 받고는 잘됐다 싶었다. 가짜 허가증 발급에 드는 30파운드를 이반이 빌려 주겠다고 했지만 대니는 정중하게 거절했다. 아무리 친구라도 더는 누군가에게 필요 이상의 빚을 지는 게 싫었다. 비록 무서운 속도로 줄어들고는 있지만 정말로 긴급한 상황에 쓰려고 모아놓은 돈이 좀 있었다. 대부분 리즈의 돈이었다. 정확히 말하자면 리즈의 부모가 해마다 생일이나 크리스마스 같은 날을 핑계로 봉투에 두둑이

담아서 주던 선물이었다. 그 선물은 리즈를 짜증나게 했다. 자신들의 돈벌이가 별 볼 일 없다고 무시하는 처사라고 단정 지으며 그 돈을 쓰기를 거부했다. 하지만 지금 지폐 세 장을 꺼낸 빈약한 봉투를 주머니에 집어넣으며 대니는 새삼 감사함을 느꼈다.

〰

이반과 만나기로 한 건물은 마치 폭파 계획이 일부분 진행되었다가 시의회가 갑자기 마음을 바꾸는 바람에 흉측하게 망가진 채로 남게 된 것처럼 보였다. 그래피티 가득한 입구에서 이반이 서성이고 있었다. 그래피티를 보아하니 '칙엔윙스(ChikNwings)'라는 사람과 '범퓨즐(Bumfuzzle)'이라는 사람이 벽면을 최대한 많이 차지하는 쪽이 이기는 낙서 전쟁을 벌였고 범퓨즐의 승리로 끝난 듯했다.

초조해 보이는 이반의 모습에 대니도 불안해졌다. 이반이 초조해하면 분명히 그럴 만한 이유가 있을 테니까.

"괜찮아?" 대니가 물었다.

"돈 가져왔어?" 이반이 무시하고 되물었다.

지폐를 슬쩍 보여 주자 고개를 끄덕였다.

"무기 있어?"

"무기?"

"빵빵. 퍽퍽. 그런 거." 이반은 손짓도 해 보였다.

"아니. 없어. 가져오라고 안 했잖아."

이반은 고개를 끄덕이고 시계를 확인했다.

"이반, 혹시 뭐 숨기는 거 있어?"

"괜찮다. 가자."

대니는 이반을 따라 건물 안으로 들어갔다. 소변기 탈취제 냄새를 풍기는 어둑한 로비가 나왔다. 이반이 엘리베이터 버튼을 눌렀다. 놀랍게도 작동이 되었다. 덜컹거리면서 내려가는 소리로 보아하니 조만간 고장 날 듯했지만.

"계단이 더 안전할 것 같은데." 대니가 말했다.

"계단으로 가고 싶으면 계단으로 가라." 엘리베이터 문이 덜컹 열릴 때 이반이 말했다. "난 엘리베이터 탄다."

대니는 어둑한 계단 쪽을 슬쩍 보았다. 너무 어두워서 바로 앞의 다섯 계단밖에 보이지 않았다. 계단에 옷 뭉치가 놓여 있었는데 자세히 보니 사람이었다. 숨이 붙어 있는지는 알 수 없었다. 대니는 얼른 엘리베이터에 탔다.

"지금 만날 업자랑 어떻게 아는 사이야?" 대니가 물었다.

"난 몰라." 이반이 말했다. "친구가 소개해줬다. 친구 여동생의 친구가 샤크랑 한 번 거래했다. 서비스 좋다고 한다."

"샤크? 그게 그 사람 이름이야?"

"진짜 이름 아니다. 그냥 사람들이 그렇게 부른다."

"당연히 진짜 이름은 아니겠지." 대니가 말했다. "왜 샤크라고 부르는데?"

"물 좋아해서? 글쎄. 다른 이유 있을까?"

"이유야 많지. 엄청나게 비싼 이자로 돈을 빌려주는 고리대금업자라서? 사람을 잡아먹어서? 피도 눈물도 없는 괴물이라서?"

이반은 잠시 생각에 잠겼다.

"좋은 지적이다."

엘리베이터가 덜컹거렸다. 순간 대니는 이반의 팔을 덥석 잡았지만 추락하는 게 아님을 깨닫고 얼른 놓았다.

"감쪽같았어?" 대니가 물었다.

"뭐가?"

"친구 여동생의 친구가 샀다는 물건. 뭘 샀는데? 여권? 운전면허증?"

"다이너마이트." 이반이 말했다.

"다이너마이트?!"

"아니다. 그거 아니다. 다이너마이트 아니다."

"휴, 천만다행이네."

"손 폭탄 샀다. 당기고 던지는 그거."

"수류탄?"

"그래, 수류탄. 수류탄 샀다. 러시아 레몬 수류탄 리몬카. 아주 좋다."

"제정신이야, 이반? 문서 위조해 주는 업자 아니었어?"

"이것저것 다 판다." 이반이 웃으며 말했다. "네 말대로 하면 기업가."

엘리베이터가 멈추고 문이 열렸다. 대니는 이반 옆에 바짝 붙어서 길고 우중충한 복도를 걸어 유일하게 문틈에서 빛이 새어 나오는 곳으로 향했다. 이반이 총 여섯 번 문을 두드렸다. 세 번, 두 번, 한 번. 아파트 안에서 안전고리를 풀고 자물쇠를 여는 소리가 들리더니 검은 가죽 재킷을 입은 다부진 체격의 남자가 나왔다. 매끈하게 뒤로 넘긴 머리에 수염이 덥수룩했다.

"샤크 만나러 왔습니다." 이반이 말했다.

남자가 툴툴거리며 이반을 위아래로 훑어보았다. 대니에게도 똑같이 했다. 거북할 정도로 철저하게 몸수색을 하더니 또 툴툴거리며 옆으로 물러서 들어오라는 시늉을 했다.

아파트 안에는 쓸모나 가치 있는 물건이라고는 하나도 없었다. 카펫도 없어서 썩은 마룻바닥이 드러났고 문 경첩은 녹슬고 덮개 없는 조명은 전선이 튀어나왔다. 창문도 사라지고 없었다. 검은색 쓰레기봉지와 축축한 골판지가 흉측하게 창틀을 덮었다. 집 안에 남은 것이라고는 책상과 의자 하나뿐이었다. 금니가 반짝이고 왼쪽 눈의 초점이 약간 오른쪽으로 치우친 남자가 책상에 앉아 있었다.

"춤추는 곰씨!" 샤크가 맨체스터보다는 위쪽, 뉴캐슬보다는 아래쪽 지방의 억양으로 말했다. 자리에서 일어나 환영의 의미로 두 팔을 벌렸다.

긴장한 데다가 지하 범죄 세계의 인사법에 익숙하지 않은 대니는 그가 포옹을 원한다고 생각해 포옹으로 답했다. 샤크는 놀랐고 이반은 경악했다.

"자, 그럼." 샤크는 어색하게 재킷을 매만졌다. 다시 자리에 앉더니 의자도 없는데 대니와 이반에게도 앉으라는 시늉을 했다. "몇 개나 드릴까?"

"몇 개라뇨?" 대니가 힐끔 쳐다보았지만 이반은 어깨를 으쓱할 뿐이었다. "하나만 부탁합니다."

"하나만 부탁합니다." 샤크는 대니의 말을 따라 했다. 꼭 배우 딕 반 다이크가 자신을 흉내 내지만 하나도 비슷하지 않은 사람을 따라 하는 것 같았다. 샤크는 책상 서랍에서 지퍼락 봉투를 꺼내 앞에 슬며시 놓았다. 봉투 안에는 분홍색 알약이 가득했다. "자, 여기 있습니다."

"이게 뭡니까?" 대니가 초조하게 웃으며 말했다.

"이게 뭡니까?" 샤크가 또 대니를 흉내 냈다. '이 놈 헛소리하는 것 좀 보게'라고 말하는 듯한 표정으로 자기 친구를 쳐다보았다. "뭐긴요, 부탁하신 물건이죠."

대니는 설명을 바라며 또 이반을 쳐다보았지만 혼란스러운 표정이기는 마찬가지였다.

샤크는 지퍼락을 열어 알약을 한 움큼 꺼냈다. 입안에 하나를 털어 넣고 대니에게도 권했다.

"한번 잡숴 보셔." 그가 꺼림칙하게 한쪽 눈을 찡긋했다.

"사양하겠습니다."

"좋은 겁니다. 약속하리다."

"감사는 하지만……."

"얼른."

"저는……."

샤크가 가죽 재킷 주머니에서 전기충격기를 꺼내 책상에 올려놓았다.

"그럼 감사히 잘 먹겠습니다!" 대니는 엄지와 검지로 샤크의 손에서 알약을 집어와 바싹 마른 목구멍으로 아프게 꿀꺽 삼켰다. 이반도 똑같이 했다.

샤크는 금니를 드러내며 씩 웃고 최소 6~7개는 되어 보이는 나머지 알약도 꿀꺽 삼켰다. 그러더니 갑자기 얼굴을 씰룩거리고 가슴을 움켜쥐었다. 순간 대니는 그가 심장마비를 일으키는 줄 알았다. 하지만 예전에 배운 응급처치법을 기억해 내기도 전에(흉부 압박할 때 동요 '코끼리 넬리'를 부르라고 했던가, 아님 '꼬마 아가씨 머펫'을 부르라고 했던가? 흉부 압박 15회 후 인공호흡 2회였던가, 인공호흡 15회 후 흉부 압박 2회였던가?), 수류탄도 취급하는 마약상을 살리는 것이 과연 윤리적인 일인지도 결정 내리기 전에, 샤크는 재킷에서 진동하는 휴대전화를 꺼냈다. 그는 로드니라는 남자와 통화하기 시작했다. 대니는 이반과 슬쩍슬쩍 눈빛을 주고받으며 무언의 대화를 시도했다.

"우리 방금 대체 뭘 먹은 거야?" 대니가 눈빛으로 말했다.

"뭐?" 이반이 눈빛으로 물었다.

"나 몸이 좀 이상해. 손이 저려. 너도?"

"왜 그렇게 쳐다보는 거야?"

"뇌졸중인가? 정말 뇌졸중 아닐까?"

"그만 쳐다봐라."

"우리 여기서 빨리 나가야 할 것 같아." 대니가 눈썹으로 말했다.

"너 지금 미친 것 같다."

"어떻게 생각해? 도망치는 게 좋을까?"

"대니, 눈썹이 마음대로 움직인다?"

"하지만 상대가 전기충격기를 가졌잖아. 도망칠 생각은 하지 않는 게 좋을지도 몰라."

"손 저린다." 이반이 손가락을 문지르기 시작했다. "너도?"

"혹시 내가 지금 춤을 춘다면 이상해 보일까?"

"어디까지 얘기했더라?" 샤크가 전화를 끊으며 말했다.

"돈." 지금까지 대니가 까먹고 있었던 샤크의 친구가 뒤에서 말했다.

"저기, 뭔가 착오가 있었던 것 같아요." 대니가 말했다. "방금…… 저희가 먹은 게 뭔지 모르겠지만…… 그걸 사러 온 게 아니에요."

"착오?" 샤크가 되물었다. 금니가 반짝였지만 미소에서 따뜻함은 느껴지지 않았다. "무슨 착오? 춤추는 곰 달라고 했잖아. 이게 춤추는 곰이야." 그가 알약 봉투를 쿡쿡 찔렀다. "1킬로그램 구해 달라며, 여기 1킬로그램." 이번에는 좀 더 거칠게 봉투를 찔렀다.

"아뇨. 제가 춤추는 곰이에요. 제가요."

"형씨가 춤추는 곰이라고?"

"네." 왜 그런지 대니의 몸이 자꾸만 좌우로 흔들렸다. 샤크는 북이라도 치듯 책상을 두드리기 시작하더니 이반을 쳐다보았다. "저 친구 지금 농담하는 건가?"

"이 친구가 춤추는 곰입니다." 이반이 말했다. 그도 자신에게만 들리는 리듬에 따라 몸을 움직이기 시작했다.

"전 거리 공연을 하는 사람이에요." 대니는 오스트리아 알프스 지방의 전통춤 '슈플라틀러'를 추는 것처럼 발을 구르고 허벅지를 철썩 쳤다. "공연 허가증이 필요하다고요."

"친구 춤춰야 합니다." 이반이 두 팔을 벌리고 제자리에서 빙글 돌았다. "춤추려면 허가증 필요합니다."

"춤 허가증?" 샤크가 점점 더 격렬하게 책상을 두드리며 머리를 까닥거렸다.

"네." 대니는 자기도 처음 보는 동작으로 춤을 추었다. "춤 허가증요."

"춤추는 데 허가가 왜 필요해!" 샤크는 의자를 뒤로 확 밀치고 일어났다. "그렇지?" 그는 손을 빙빙 돌리고 발을 허공에 대고 차더니 친구의 다리를 붙잡고 문지르는 동작을 취했다. 체념한 듯한 친구의 표정은 이런 수모를 겪는 것이 처음도 아니고 마지막도 아닐 것임을 말해 주었다.

"맞아, 우린 허가 필요 없다!" 하며 이반이 어린이 프로그램에나 나올 법한 율동을 하듯 손을 움직였다.

"넌 필요 없지!" 대니는 문워크를 하려고 했지만 실패했다. "하지만 난 필요하다고!"

"우린 필요 없지!" 이반이 머리를 까닥거리며 우크라이나 민속춤을 추었다. "하지만 얘는 필요해!"

"도와줄 수 있어요?" 대니가 재킷을 벗어 던지고 이마의 땀을 훔쳤다.

"있지!" 샤크는 손가락으로 딱 소리를 내고 제자리 뛰기를 했다. "내가 도와주지! 우선 춤이나 추자고!"

"춤추고 있잖아요!" 대니가 외쳤다.

"춤이 멈추지 않는다." 이반의 목소리에서 약간 당황한 기색이 묻어났다.

"이거 약효가 얼마나 가요?" 대니가 물었다.

"음악이 멈출 때까지!" 샤크가 말했다.

"음악 없는데?" 이반이 물었다.

"그러니까 계속 춰야지!" 샤크가 외쳤다.

～

대니는 샤크의 사무실에서 얼마나 오래 춤을 추었는지 기억나지 않았다. 집에 언제, 어떻게 왔는지도. 하지만 아침에 일어났을 때 이반과 춤추면서 로더하이드 터널을 지났고 차들이 그들을 피해 핸들을 휙 돌린 기억이 얼핏 났다. 대니는 샤크가 정말로 허가증을 구해 줄지, 과연 구해 줄 수 있는지도 알 수 없었다. 그런데 이틀 후 아침, 우편함에 꽂힌 봉투를 발견했다. 안에는 약속대로 거리 공연 허가증이 들어 있었다. 대니는 동봉된 메모를 읽으며 미소 지었다. "춤을 계속 춰!"

12

대니는 도시락통을 발로 찼다. 마음과 달리 엎어질 정도로 세게 차지는 않고 안에 든 동전이 흔들릴 정도로만. 혹시라도 큰 동전이 밑에 숨겨져 있지 않았을까 싶어 슬쩍 돈통을 쳐다보았다. 2파운드나 1파운드, 50펜스 같은 동전. 아니, 무조건 은색이기만 해도 좋으련만 닳은 구릿빛 동전만 가득했다.

그는 동전을 손바닥에 쏟았다. 얼마인지 계산해서 장부로 사용하는 수첩에 적었다.

"1파운드 12펜스." 그가 중얼거렸다. 앞에 마이너스 부호를 넣기 전부터도 매우 초라한 숫자였다. 다른 날의 수입을 다 합쳐도 그의 첫 주 수입은 총 13.46파운드였다. 시간당 34

펜스로 노숙자의 수입과 비슷했다. 그냥 추측이 아니라 그날 아침 노숙자에게 직접 들은 정보였다. 노숙자는 자신의 수익을 말해 주면서 전혀 우쭐대지 않았고 오히려 대니를 진심으로 불쌍히 여겼다.

일주일 동안 리즈의 유행곡 모음 CD '나우 댓츠 왓 아이 콜 뮤직!(Now That's What I Call Music!)'을 틀어 놓고 어깨와 엉덩이를 흔들고 뽐내듯 걷고 발을 헛디뎌 휘청거리고 땀을 비오듯 흘렸다. 그런데도 대니가 거둔 수익이라고는 매일 저녁 집까지 6킬로미터를 걸어오느라 아낀 버스비뿐이었다. 가장 많이 번 날은 7파운드가 조금 넘었는데 그중 5파운드는 번 것도 아니고 공원 여기저기에서 주운 것이었다. 일주일 동안 가장 많이 끌어 모은 관객은, 사실 관객이라고 할 수도 없었지만, 잠깐 숨을 고르려고 멈춘 빠르게 걷기 모임 회원들이었다. 잠시 후 그들은 요란하게 엉덩이를 씰룩거리며 다시 걸어갔다.

대니의 실패 원인은 전혀 불가사의하지 않았다. 그는 문제가 무엇인지 확실히 알았다. 춤을 못 추기 때문이었다. 그의 춤은 늙어 가는 아버지가 갑자기 떠올라 안부 전화를 걸고 싶게 만들 만큼 엉성하지만 정겹게 봐 줄 수 있는 그런 춤도 아니었다. 그렇다고 해서 못 추지만 웃기긴 해서 10대들이 유튜브에 올리고 싶게 만드는 그런 춤도 아니었다. 별별 유튜브 영상이 인기라는 사실을 생각하면 자존심이 좀 상하기도 했다. 그를 조금이나마 재미있어하는 사람은 크리스털뿐이었다. 크리스털은 대니가 한창 마카레나를 추고 있을 때 공원을 지나갔다.

껌을 씹으며 지나가는 그녀를 본 대니는 또 씹던 껌에 맞을까 두려웠다. 못 본 체하며 조금씩 뒤로 멀어지면서 춤을 추었다. 그녀가 바로 앞에 서 있었기 때문에 쉬운 일은 아니었다. 크리스털은 대니가 춤을 출수록 웃었고 대니는 그녀가 웃을수록 짜증이 났다. 결국, 음악을 끄고 팔짱을 끼고는 크리스털이 가기만을 기다렸다.

"왜 안 춰요? 오늘 본 것 중에 제일 재미있는데."

"오늘 거울을 한 번도 안 보셨어요?" 버스 사건을 생각하면 여전히 화가 치미는 대니가 쏘아붙였다.

"방금 치질 걸린 오소리처럼 생긴 분께서 말씀하셨습니다."

"말했잖아요. 판다라고."

"알 게 뭐야. 구급차 불러 줄까요?" 그녀가 휴대전화를 흔들었다.

"구급차를 왜 불러요?"

"왜냐하면…… 방금 막 발작하는 것 같아서?"

"하나도 안 웃겨요. 모르나 본데 춤이라는 겁니다."

"모르나 본데 그건 춤이 아니라 '안구 테러하기'라고 하는 거예요.”

“다들 좋아하기만 하던데.”

“과연?” 크리스털이 초라한 도시락통을 힐끔 쳐다보았다. “그렇다면 사람들의 표현 방식이 참 이상하네.”

“당신은 얼마나 잘 추는지 궁금하네요.”

“시간 낭비하기 싫어요.”

“자신 없으니까 그러겠죠.”

“자신은 있거든요!”

“그럼 어디 증명해 봐요.” 대니는 처음으로 인형 탈을 벗은 민낯으로 크리스털과 마주 보았다.

“뭐라고요?”

대니는 인형 탈을 그녀에게 던지고 판다 옷을 벗었다. 옷 가방이 사라진 그날 얻은 교훈에 따라 추리닝 바지와 티셔츠 차림이었다.

“당신이 10분 동안 나보다 돈을 많이 벌 수 없다는 것에 20파운드 걸죠.” 대니는 인형 옷을 그녀의 발치에 탁 내려놨다.

“춤은커녕 옷만 입어도 20파운드를 준다고 해도 안 입고 싶은 옷이거든요!” 그녀는 인형 옷을 발로 차더니 살아서 움직이면 어쩌나 싶은 듯 뒤로 물러섰다.

“50파운드.”

“이런 헛짓거리에 낭비할 시간 없어요.” 크리스털은 휙 뒤

돌아 걸어가기 시작했다.

"그럴 줄 알았지." 대니는 씩 웃으며 실로 오랜만에 승리감을 맛보았다. 잔디밭에서 인형 옷을 줍고 담배꽁초를 털었다. 그가 인형 옷을 다시 입기도 전에 크리스털이 쿵쾅거리며 돌아왔다.

"100파운드로 해요."

대니가 씩 웃었다. "그렇게 하죠."

크리스털은 핸드백을 내려놓고 판다 옷을 입기 시작했다. 어찌나 조심스러운지 어떻게든 닿지 않고 입으려 애쓰고 있었다.

그러더니 CD 플레이어 옆에 쭈그려 앉아 리즈의 CD 가운데 한 장을 뽑아 틀었다. 그 와중에도 CD가 죄다 구닥다리뿐이고 요즘도 CD 플레이어를 쓰는 사람은 초등학교 교통안전 도우미나 숫처녀총각, 반려동물로 뱀을 키우는 사람들뿐이라고 중얼거렸다. 도대체 무슨 근거로 하는 말인지 대니는 알고 싶지도 않았다.

크리스털은 심해로 뛰어들기 전의 잠수부처럼 몇 번 심호흡하더니 숨을 참고는 판다 탈을 쓰고 재생 버튼을 눌렀다. 대니는 100파운드는 떼놓은 당상이라고 생각하며 옆에서 의기양양하게 쳐다보았다. 하지만 크리스털의 춤이 시작되자 그의 미소가 점점 옅어졌다. 크리스털은 엄마 배 속에 잉

태된 순간부터 들어온 음악인 것처럼 자연스럽게 몸을 움직였다. 구경꾼들이 곧바로 몰려들었다. 지나가는 사람마다 걸음을 멈추고 그녀의 춤을 구경했다. 나중에는 너무 북적거려서 대니도 인파를 헤치고 앞으로 나가야만 할 정도였다. 춤추는 판다를 보려고 관객들이 빠져나가자 저 너머의 공연자들도 공연을 멈췄다. 크리스털이 뒤로 공중제비를 넘고 다리 찢기로 마무리하자 구경하는 사람들로부터 터진 함성이 그곳까지 들렸다. 하지만 그 누구보다 크게 환호하고 박수를 친 사람은 대니였다. 도시락통에 돈이 마구 쌓였다.

음악이 끝나자 크리스털은 탈을 벗어 대니에게 던졌다.

"정말 대단하네요!" 구경꾼들이 사라지기 시작할 때 대니가 말했다.

"나도 알아요. 돈이나 줘요."

"어떻게 그렇게 잘 춰요?"

"난 댄서예요. 돈이나 줘요."

"나 좀 가르쳐 줄 수 있어요?"

"그럴 생각 전혀 없어요." 크리스털은 판다 옷을 벗어 대니 쪽으로 걸어갔다.

"제발요. 내가 일자리도 잃고……."

"흑흑. 어쩌나 그것참 안 됐네요. 돈이나 줘요."

"집주인이 날 죽이려고……."

"잘됐네요. 죽기 전에 빨리 돈 줘요." 그녀가 손바닥으로 대니를 쳤다.

"없어요." 대니는 인형 옷을 주워 입기 시작했다.

"뭐라고요?"

"돈이 없어요."

"내기 했잖아요!"

"알아요." 대니가 지퍼를 올렸다. "정말 미안해요. 나한테 춤을 가르쳐 주면……."

"그럼 이거라도 가져가겠어요." 크리스털이 도시락통에 담긴 동전을 핸드백에 쏟았다. "재수 없어."

뒤돌아 가려던 그녀는 곧장 엘 마그니피코와 부딪혔다. 엘 마그니피코의 양옆에는 도토리 저글링을 하는 다람쥐와 브레이크 댄스 추는 닭이 있었다. 다람쥐와 닭은 우스꽝스러운 인형 옷을 입은 주제에 위협적으로 보이려고 애썼다.

팀의 조언대로 지금까지 그 마술사를 멀리해 온 대니였건만 순식간에 눈앞에서 마주치고 말았다. 가까이에서 보니 마술사는 대니와 나이대는 비슷하지만 면도를 안 해서 턱이 까칠하지도 않았고 머리숱은 더 많았다. 아이라이너를 눈에만 칠한 것이 아니라 입술 위쪽에도 아이라이너로 가느다란 콧수염을 그려 넣었다. 엘 마그니피코는 손님에게 음식과 잘 어울릴 만한 와인을 추천했다가 무시당한 프랑스인 웨이터 같은 표정이었다.

"아니, 이게 누구신가. 크리스티나 아닌가."

"아니, 이게 누구신가. 재수 없는 엘 마그니피코딱지 아니신가."

"그렇게 부르지 말랬잖아."

"난 엿이나 먹으라고 대답했지, 아마." 크리스털이 말했다.

엘 마그니피코는 한숨을 쉬었다. "이렇게 보니 하나도 안 변했군."

"이렇게 보니 넌 내 목욕 가운 입었잖아!" 그녀가 마술사가 입은 가운을 가리켰다. "네가 가져갔을 줄 알았어!"

"네 거 아니야." 엘 마그니피코가 말했다. "그리고 이건 그냥 가운이 아니야. 마술사의 가운이지."

"아니, 그냥 가운 맞아. 아니다, 정확히는 여자 목욕 가운이지. 내 거고."

"또 시작이군. 맞장구치지 않겠어."

"이 인간이 내 목욕 가운을 훔쳐 갔어요." 크리스털이 대니에게 말했다.

"훔치지 않았어, 크리스티나. 몇 번을 말해. 우리 엄마가 사 준 거라니까."

"엄마가 너한테 여자 목욕 가운을 왜 사 주니?"

"여자 목욕 가운 아니라고! 마술사 가운이라니까! 원래 마술사들 이런 옷 입어!"

"데이비드 블레인은 안 입어." 크리스털이 말했다.

"그 사람은 환영술사잖아!" 엘 마그니코가 말했다. "마술사하고는 드레스 코드가 달라!"

"그럼 유리 겔러는?"

"내가 숟가락 구부리는 사람으로 보여? 아, 그냥 대답하지 마."

"폴 대니얼스도 그런 거 안 입었어요." 대니가 말했다.

"미안한데 그쪽은 누구?" 마술사가 얼굴을 찡그렸다. "아, 맞다. 새내기지. 저번에 짐을 도둑맞았다던데 정말 안 됐어요. 요즘 세상에는 믿을 사람 하나 없다니까, 안 그래요?" 그가 찔리는 구석이 있는 듯 어색하게 웃었다. 다람쥐와 닭도 따라 웃었다. 대니가 눈을 가늘게 떴다. "아, 그만 가봐야겠네요. 만나서 반가웠어, 크리스티나. 족제비맨도……."

"판다입니다."

"행운을 빌어요, 판다맨. 춤추는 거 보니까 행운이 아주 많이 필요하겠던데. 수리수리마수리, 사라져라. 뿅!" 그는 바닥에 연막탄을 던지더니 완전히 가려졌다고 확신하는 듯 연기 구름 뒤로 종종걸음을 쳤다. 자기가 보인다는 사실을 모르는 듯했다.

"재수 없는 자식." 크리스털은 다람쥐와 닭을 뒤세우고 걸어가는 마술사를 노려보았다.

"둘이 무슨 사이……."

"입 다물어요."

"미안해요." 대니는 웃음을 참으려고 애썼다. "아무래도 우리 첫 단추를 잘못 끼운 것 같네요."

"그쪽은 헛발질이나 계속하세요." 크리스털이 엘 마그니피코와 반대 방향으로 걸어가기 시작했다.

"그러니까 춤 좀 가르쳐 줘요!" 대니가 소리쳤다.

크리스털은 계속 걸어갔다.

"첫 번째 가르침." 그녀가 빙글 돌아 가운뎃손가락을 내밀었다. "회전하는 법을 배워라."

대니는 한숨을 쉬고 손에 든 인형 탈을 보았다.

"우리 둘만 남았구나." 그는 탈을 쓰고 CD 플레이어에 다른 CD를 넣었다.

재생 버튼을 누르려는데 공원 한구석에서 무슨 소리가 들렸다. 나무들이 모여 있어 작은 숲처럼 생긴 곳이었다. 고개를 드니 교복 차림의 10대 세 명이 보였다. 그들은 고개를 푹 숙이고 몇 걸음 앞서 걷는 덩치 작은 금발 아이에게 웃으며 소리치고 있었다.

대니는 말하는 소년들은 알지 못했지만 말하지 않는 소년은 금방 알아보았다.

“어디 가냐, 윌리?” 마크가 말했다. 토니는 도토리를 월의 뒤통수에 던졌다. “야! 윌리! 윌리 웡카! 남자친구 찾냐?”

세 명이 계속 뒤따라오자 월은 좀 더 빨리 걷기 시작했다.

“야, 머저리!” 게빈이 소리쳤다. “마크가 묻잖아.”

“윌리가 밖에서 옷을 벗는다면 분명 불법이겠지?” 마크가 말했다.

“아마 그럴걸.” 토니가 맞장구쳤다.

“토 나오는 행동이지.” 게빈도 말했다.

“그럼 차라리 안 보이게 가려 버리자.” 마크가 또 말했다.

게빈이 월의 어깨에서 책가방을 낚아챘고 토니는 외투 자락을 끌어 올려 머리에 씌웠다.

“훨씬 낫네.” 마크가 말했다.

월이 외투 속에서 꿈틀거렸다. 녀석들은 움직이지 못하게 월의 머리를 눌렀다.

“훨씬 낫다.” 토니도 말했다.

“그래도 따끔하게 혼내 줘야 할 것 같은데. 이런 일이 또 있으면 안 되잖아. 안 그래?” 마크가 말했다.

“그래, 혼내줘, 마크.” 게빈도 부추겼다.

마크가 월의 배에 주먹을 날렸다. 헉 소리와 함께 월의 몸이 앞으로 구부러졌다.

"한 번 더!" 토니가 외쳤다.

"한 번 더?" 마크가 외투에 뒤덮인 윌에게 바짝 다가가 물었다.

윌이 고개를 젓자 외투가 바스락거렸다.

"뭐라고? 안 들려." 마크가 말했다.

"좋은가 본데?" 게빈이 말했다.

"그만하라고 말하면 그만하지. 말만 하면 가만 놔둘게." 마크가 말했다.

윌은 말이 없었다. 넘어지거나 도망치지 못하도록 팔을 꽉 붙잡힌 몸이 축 늘어졌다.

"빨리. 3초 준다." 마크가 말했다. "하나."

윌은 몸부림쳤지만 녀석들이 꽉 붙잡고 있어 소용없었다.

"둘, 그만하라고 하면 그만한다니까."

윌이 울타리에 갇힌 사슴처럼 날뛰기 시작하자 토니와 게빈은 손에 더 꽉 힘을 주었다. "셋." 마크가 또 주먹을 들었다. 하지만 주먹을 날리기 전에 뒤쪽 덤불에서 대니가 튀어나왔다.

그는 두 팔을 마구 휘두르고 으르렁대면서 소년들에게 달려들었다. 정말 통상적인 이미지와 달리 이성을 잃은 판다처럼 보였다. 소년들은 털북숭이 가면을 쓴 미치광이가 공격해

온 줄 알고 곧장 나무 사이로 달아났다. 마크가 앞장서고 부하들은 바짝 뒤따라갔다. 윌만 혼자 남아 느릿느릿 외투 속에서 나오려고 애썼다.

"고맙습니다." 윌이 얼굴을 빼고 교복 매무새를 정리하며 말했다.

대니는 고개를 끄덕였다. 그의 눈은 도망친 녀석들을 향해 있었다. 당장 쫓아가 주먹을 휘두르며 살짝만 겁주고 싶은 마음이 간절했다. 그래 봤자 결국은 하나도 무서워 보이지 않겠지만. 대니는 몇 초 후에야 방금 무슨 일이 일어났는지를 깨달았다. 방금 들은 말, 들은 것 같은 말, 제발 들은 것이 맞기를 바라지만 믿어지지 않는 말을. 그는 곧바로 이어진 침묵에 열심히 귀 기울여 보았다. 윌의 목소리가 남긴 파편이라도 붙잡으려 했다. 하지만 조금 전의 말소리는 흔적도 없이 사라지고 그의 기억에만 남아 있을 뿐이었다. 대니는 윌이 정말로 말을 한 건지, 자신의 상상이었는지 헷갈렸다.

그는 아들에게로 고개를 돌리고 뭐라 말하려고 했다. 목소리도 나오지 않았고 뭐라고 말해야 할지도 몰랐지만 단 몇 초 동안이라도 대화를 이어가고 싶었다. 하지만 윌은 이미 가버린 뒤였다.

13

'사팔뜨기 염소'는 누군가가 누군가의 머리통으로 주크박스를 부수는 바람에 음악이 멈추곤 하는 그런 술집이었다. 낯선 사람만 들어오면 꼭 승부를 보려는 사람들이 있었다. 화장실 벽에 적힌 번호로 전화를 걸면 정말로 연결이 되었다. 대니가 그 사실을 아는 이유는 리즈가 죽은 지 얼마 안 되어 그 번호로 전화를 해 본 적이 있기 때문이었다. 전화번호 옆에 립스틱으로 적어 놓은 저급한 서비스를 받으려고 한 게 아니라 완전히 술에 취해 말할 상대가 필요해서 걸었다. 전화를 받은 사람은 스무 살의 버나뎃이라는 여자라고 했지만 이상하게 저쪽 길 아래 피자가게의 마흔 살 아르바이트생 이안의 목소리 같았다. 빨지 않은 행주 냄새가 풍기는 그 술집은 별별 중독자와 훌리건, 술꾼, 도망자 같은 이들에게는 제2의 집이나 마찬가지였다. 그들은 바에 죽치고 앉아 술을 마시거나 출구가 잘 보이는 구석에 숨어 있는 모습이 자주 눈에 띄었다. 가끔 슬롯머신 뒤에서 자고 화장실에 칫솔까지 놓아둔 여자 같은 사람들에게는 진짜 집이었다. '사팔뜨기 염소'는 값이 저렴했다. 집에서도 가깝고 목요일에는 기대 이상으로 맛있는 카레도 팔았다.

대니는 구석 지리에 앉아 조용히 1파인트 맥주를 마셨다. 좋게는 '수상한 켄'(나쁘게는 '더듬거리는 게리')이라고 불리는 단골손님이 TV에 대고 마구 욕을 퍼붓고 있었다. 그는 지금 TV에 나오는 경마 게임이 '스패출러'라고 하는 또 다른 단골의 꼬임에 넘어가 자신이 큰돈을 건 경주가 아니라 1998년 그랜드 내셔널 재방송이라는 사실을 알지 못했다. 결승선을 통과하는 말들 사이에 그가 돈을 건 말이 있을 리 없었다.

이반이 들어오자 모두의 시선이 향했다. 몇몇이 그를 훑어보고는 지혜롭게도 마시던 술이나 계속 마셨다.

"빨리 가서 마누라랑 베이킹 프로그램 봐야 한다. 늦으면 이바나한테 혼난다. 급한 일이 뭔지 말해 봐라." 이반은 등받이 없는 의자를 당겨 대니의 맞은편에 앉았다.

"월에 관한 일이야."

"괜찮은 거야?"

"그 이상이야, 이반. 월이 말을 했어."

"말을 했다고?" 대니는 자주 볼 수 없는 이반의 미소를 지금 보았다.

"그래, 놀라운 일이지. 믿기지 않아."

이반이 등을 탁 쳤고 대니는 움찔했다. 왼쪽 어깨의 눌린 신경이 풀린 대신 오른쪽으로 옮겨간 기분이었다.

"정말 잘됐다! 뭐라고 말했어?" 이반이 물었다.

"'고맙습니다'라고." 대니가 어깨를 주무르며 말했다.

"넌 뭐라고 했어?"

"아무 말도 안 했어."

이반이 얼굴을 찡그렸다. "아들이 오랜만에 말했는데 대꾸도 안 해?"

"응. 알아, 그러면 안 되지. 뭐라고 말하고 싶었지만 그럴 수가 없었어."

"왜?"

"너무 놀라서 그랬나 봐. 전혀 예상 못 한 일이었으니까. 그때 인형 옷을 입고 있었거든."

"그 쥐 말이야?"

"판다."

"쥐, 아니, 판다 변장 안 보여 줄 거라며?"

"그래. 그래서 아무 대꾸도 못 한 거야. 공원에서 윌이 저보다 나이 많은 애들한테 맞는 걸 보고 내가 달려가서 도와줬어. 그랬더니 고맙다고 말하는 거야. 난 아무 말도 안 했고. 그 뒤로 윌이 또 말하진 않았어. 어떻게 해야 할지 모르겠어. 말을 또 안 하면 어떡하지? 그게 끝이면 어떡하지?"

"간단하다." 이반이 들고 있던 비닐봉지에서 꺼낸 은박지 꾸러미를 건넸다. 대니가 알기로 은박지로 싼 수상쩍은 꾸러미를 주고받는 모습이 보여도 누구 하나 놀라지 않는 술집은 '사팔뜨기 염소'가 유일했다. "말 안 하면 케이크 못 먹는다고 해라. 끝까지 말 안 하면 너 혼자 다 먹어. 넌 손해 볼 거 없다."

대니는 웃었다. "고마워, 이반."

이반의 주머니에서 요란한 우크라이나 대중가요가 흘러나왔다. 그가 휴대전화를 꺼내 화면을 보더니 욕을 하고는 전화를 받았다. 수화기 너머에서 이바나가 60초간 쉬지 않고 고래고래 소리를 질렀다. 쩌렁쩌렁 울려 퍼지는 그녀의 목소리에 잠이 깬 손님도 있었다. 그는 테이블에 엎드려 있다가 고개를 들더니 뺨에 맥주잔 받침을 붙인 채 어리둥절하게 두리번거렸다.

"가야겠다." 이반은 이바나의 목소리가 아직 흘러나오는 전화를 끊었다. "뭘 걱정하지 마. 한 번 말했으니까 또 말할 거다. 두고 봐."

"그랬으면 좋겠다. 그럼 빵 만드는 프로그램 재미있게 봐."

"거시기를 떼어 버리고 말지." 이반이 중얼거리며 어두운 밖으로 나갔다.

이반이 열고 나간 문이 아직 흔들릴 때 덴트가 들어왔다. 레그가 절뚝거리며 뒤따랐다. 의자 움직이는 소리와 초조한 수군거림이 퍼졌다. 남들을 겁주는 게 직업인 사람들까지 포함해 다들 겁에 질린 표정이었다. 대니는 들키지 않고 빠져나갈 수 있을지 비상구 쪽을 훑었다.

"늘 드시는 거죠, 레그?" 술집 주인 찰리가 소리쳤다.

"여기 대니도 한 잔 더 줘." 레그가 대니의 테이블로 천천히 다가오며 말했다. 그는 목발을 덴트에게 건네고 조금 전 이반이 앉았던 의자에 조심스럽게 앉았다. 거구의 덴트는 걱정이 지나친 보호자처럼 옆에 떡하니 서 있었다.

"레그, 감사하지만 전 방금 마셨……."

대니의 말이 끝나기도 전에 찰리가 대니의 맥주와 레그의 칵테일을 가져왔다. 작은 종이우산과 알록달록하고 구불구불한 빨대, 가운데 얹은 체리, 가장자리에 끼운 파인애플 조각 등으로 화려하게 장식된 칵테일이었다. 음료라기보다는 스페인 토레몰리노스로 떠난 싸구려 패키지여행을 떠오르게 했다.

레그는 칵테일을 들어 대니의 맥주잔에 쨍 부딪혔다.

"잘 만든 피나 콜라다는 정말 맛있지." 그가 구불구불한 빨대를 한 번 빨고 두툼한 혀로 입술을 핥았다.

"모르는 사람들이 많은데 맛있는 피나 콜라다의 비결은 코코넛이야. 안 그런가, 덴트?"

전문 분야와 거리가 멀어 보였지만 덴트가 고개를 끄덕였다.

"보통은 코코넛 우유를 쓰지만 진짜 피나 콜라다는 푸에르토리코산 코코 로페즈로 만들지. 진짜 코코넛 과육. 여기선 구하기가 쉽지 않은데 찰리가 특별히 수입하거든. 실력이 아주 좋다니까."

레그는 칵테일을 한 모금 더 마셨다. 대니는 이 대화가 어디로 흘러가려나 생각했다.

"젊었을 때가 생각나는군." 레그가 앓는 소리와 함께 향수에 잠겼다. "태양 가득한 바닷가에서 지나가는 여자들을 구경하던 시절 말이야."

"푸에르토리코에서요?" 대니는 그가 푸에르토리코 산후안은커녕 이 동네를 벗어난 적 있다는 사실이 놀라울 뿐이었다.

"브라이튼에서. 대니, 계속 들어 봐."

"아, 브라이튼이군요."

"누구랑 어울리는지에 따라 푸에르토리코하고 비슷하기

도 했지."

레그는 파인애플 조각을 집어 요란한 소리와 함께 즙을 빨아 먹었다.

"내가 어쩌다 목발 신세가 됐는지 말해 준 적 있던가, 대니?"

"아뇨, 레그." 대니는 그가 직접 시범을 보여 줄까 봐 두려운 듯 두 손으로 슬며시 무릎을 잡았다.

"이게 다 에어 바운스 때문이야."

대니는 고개를 끄덕이고 곧바로 얼굴을 찡그렸다.

"에어 바운스에서 떨어지신 거예요?"

"아니지, 멍청하긴. 에어 바운스에서 떨어진 게 아니야. 내가 에어 바운스 놀이방 주인이었다고."

"아, 죄송합니다. 전 또……."

"부기 바운스라는 이름이었지. 알아, 촌스러운 이름이지. 1970년대였거든. 그땐 무조건 부기우기 다 그랬어. 어쨌든 브라이튼 바닷가에 놀이공원이 있었는데, 놀이공원에 있을 만한 것들은 다 있었지. 코코넛 떨어뜨리기 게임, 범퍼카, 솜사탕 기계 그런 것들. 지금은 없어졌지만 그땐 꽤 인기였어."

그는 칵테일 잔에서 우산을 빼내 깨끗하게 핥고 우산대로 이를 쑤셨다.

"그 놀이공원 주인 해리 맥과이어는 천하에 고약한 놈이었지. 거구의 집시 놈. 왜 그런 놈들 알지? 금니에 손가락에는 반지를 주렁주렁 끼고. 생각해 보니 이런 반지랑 비슷했군." 그가 인장 반지와 1파운드짜리 금화를 얹은 반지, 각종 소속을 나타내는 반지로 그득한 두 손을 들었다. 해리 맥과이어의 이니셜이 새겨진 반지도 있었다.

대니는 부정축재의 이동 박물관과도 같은 그 모습에 감탄하는 척했다.

"난 해리 맥과이어한테 자리를 빌려 놀이공원에 에어 바운스 놀이방을 차렸어. 범퍼카와 회전목마 사이의 명당자리였지. 입구 바로 옆이라 놀이공원에 들어오고 나갈 때면 꼭 지나쳐야 했어. 나야 대환영이지만 부모들은 울상이었지. 애들이 에어 바운스를 보면 그냥 지나치려고 하지 않았거든. 다들 놀고 싶어서 난리였지. 자릿세가 엄청 비쌌지만 첫 한 달동안 돈을 어마어마하게 벌었어. 헛짓거리 안 하고 잘만 모으면 1년 자릿세를 미리 낼 수 있을 정도의 돈이었지. 하지만 철없던 20대에 돈이 넘치니 바보 같은 짓을 하고 말았어. 돈을 펑펑 다 써버린 거야. 1974년 6월은 끝내주는 한 달이었어. 그전에도 그 후에도 그런 시간은 없었지."

레그는 빨대를 빙빙 돌리더니 오래전 기억이 깨어나기라도 한 듯 칵테일 잔을 들여다보며 미소 지었다.

"최악의 여름이 코앞으로 다가온 걸 몰랐거든. 알았다면 만약을 위해 조금이라도 돈을 아껴두었을 텐데. 그해 여름 내내 최악의 날씨가 이어졌어. 신문에서는 '무서운 드레스덴 이슬비'라고 하더군. 왜 하필 드레스덴인지 모르겠지만 독일 탓을 하고 싶었던 거겠지. 그땐 독일 놈들을 싫어하는 게 아직 유행이었거든. 저먼 셰퍼드를 저먼 셰퍼드라고 하는 것도 나치 동조자처럼 보이던 시절이었어. 그래서 알자스 셰퍼드라고 해야 했지. 흥, 프랑스 편드는 건 좀 낫나. 어쨌든 6월은 탈 듯이 더웠는데 7월은 비버의 살갗처럼 축축했지. 그래도 걱정할 것 없다고, 곧 날씨가 좋아질 거라고 생각했어. 하지만 4주가 흐르고 8월이 되었는데도 계속 비가 퍼붓는 거야. 눈 깜짝할 사이에 9월이 됐고. 9월은 어땠을까?"

"설마 비가 계속 왔나요?" 대니가 말했다.

"비가 계속 왔지. 가을이 되도록 내렸어. 그때쯤 난 빚을 잔뜩 지게 됐고. 놀이공원의 다른 점포들은 비바람에도 걱정이 없었어. 지붕이 있거나 방수포를 덮어놨으니까. 그런데 부기 바운스는 지붕도 없이 뻥 뚫렸단 말이야. 에어 바운스가 폭삭 주저앉아서 오리 인형 낚시터가 되어 버렸지. 그것도 인형이 아니라 진짜 오리들이 둥둥 떠다니는! 손님이 단 한 명도 없었어. 리키라는 꼬마 한 명만 빼고. 고놈 참 웃겼어. 광견병 걸린 원숭이처럼 사람을 물었거든. 에어 바운스를 물어뜯으려는 걸 내가 붙잡은 적도 있어. 물고 놓지를 않아서 그 녀석 신

발로 머리를 때렸다니까."

레그는 칵테일 잔의 체리를 입안에 던져 넣었다. 대니는 으드득 소리에 움찔했지만 레그는 악어가 뼈를 씹듯이 체리 씨까지 씹어 먹었다. 대니는 체리 씨가 배 속에서 청산가리 성분으로 변한다는 사실을 모에게 들어서 알고 있었지만 말해주지 않기로 했다.

"어디까지 말했더라?"

"광견병 걸린 원숭이 같은 꼬마 얘기요."

"그전에. 아, 그래. 해리가 매주 자릿세를 받으러 왔어. 매번 수중에 가진 만큼만 주면서 나머지는 다음 주에 갚겠다고 했지만 그럴 수가 없었지. 해리가 이자를 계속 올리는 바람에 삶이 너무 고달팠어. 빚이 점점 불어났지. 난 손님이 없으니까 손해고 해리는 내가 자릿세를 못 내니까 손해고. 내 잘못도 해리 잘못도 아니었지. 독일 잘못은 더더욱 아니고. 간단해. 운이 엄청 나빴던 거야. 아무튼, 그런 상태가 언제까지고 계속될 순 없었지. 난 해리가 날 놀이공원에서 쫓아냈을 때 놀라지 않았어. 내 빚 대신 부기 바운스를 가져간다고 했을 때도 놀라지 않았지. 내가 진 빚보다 세 배는 더 값이 나갔지만 상관없었어. 빨리 다 털고 빠져나가고 싶었거든. 그딴 거 그냥 가져 버리라고 했어. 그런데 해리가 부기 바운스의 가치가 내 빚의 절반도 되지 않는다고 하더군. 그땐 나도 놀랐어. 그걸 제하고도 엄청나게 많은 빚이 남는다는 얘기였으니까. 난 그걸 갚을 능력이 없었고. 해리도 그걸 잘 알고 있었어. 해리가 돈보다 좋아하는 게 뼈를 부러뜨리는 거였거든. 영화 〈미저리〉 봤나?"

대니는 고개를 끄덕였다.

"〈미저리〉는 〈미저리〉인데 캐시 베이츠 대신 해리였지. 침대에 묶인 게 아니라 해리의 아들 넷이 나를 당구대에 묶었어. 일곱 아들은 그걸 지켜봤고. 나머지 셋은 어디 있었나 모르겠네. 해리는 천막 말뚝 박을 때 쓰는 대형 망치로 내 다리를 쳤어. 내 두 다리가 부서진 비스킷 봉지처럼 되어서야 빚 청산이 끝났다고 말하더라고."

레그는 빨대로 꾸르륵 소리를 내면서 마지막 한 방울까지 칵테일을 다 마셨다.

"그 끔찍한 늙은이는 그날 나에게 아주 값진 교훈을 가르쳐 줬지. 고통스럽지만 값진 교훈이었어. 좋든 싫든, 잘못하지 않았어도 대가를 치러야 할 때가 있다는 거. 살다 보면 도저히 어쩔 수 없는 일도 생기더라고. 갑자기 여름 내내 비가 쏟아지는 것처럼 말이야. 미치고 펄쩍 뛰게 억울해도 대가를 치러야 하지. 무슨 말인지 알겠나?"

"네, 레그." 대니는 축축해진 손을 바지에 문질렀다.

"그래, 이해할 줄 알았어. 덴트?"

덴트가 레그에게 목발을 건네고 자리에서 일으켜 주었다.

"그럼 잘 마시게." 레그가 나가면서 말했다. "술값 계산할 때 찰리한테 팁 주는 것도 잊지 말고."

14

신나게 춤추려고 애쓰는 대니 앞에 있는 관객이라고는 프릴 달린 실내화를 신고 바퀴 달린 체크무늬 장바구니를 끄는 노부인 한 명뿐이었다. 노부인의 발 옆에는 지저분한 검은색 슈나우저가 앉아 있었다. 대니는 개가 너무 오랫동안 눈을 깜빡이지 않는 걸 보고 자신의 춤에 충격을 받아 죽은 건 아닌지 걱정스러웠다. 음악이 끝나자 대니는 인사를 하고 반응이 나오기를 기다렸다. 물론 돈을 내놓는 것 같은 반응 말이다. 하지만 노부인도 개도 꿈쩍하지 않았다. 은근슬쩍 돈통을 흔들어도, 실수인 척 돈통을 발로 차도 아무 반응이 없었다. 대니는 열 개 층을 서지 않고 올라가는 꽉 찬 엘리베이터 안에서 방귀라도 뀐 사람처럼 어색해하며 마냥 서 있었다. 노부인도 어색함을 못 견디고 반응하기를 바랐지만 너무도 편안해하는 모습에 더욱 어색해진 대니는 어쩔 수 없이 계속 춤을 추었다. 벌써 45분째다. 거의 한 시간을 채워 갈 즈음 노부인이 일어났다. 핸드백에서 지갑을 꺼내 초콜릿이 들어 있는 라임 사탕 두 개와 지저분한 독일 마르크를 도시락통에 떨어뜨렸다. 바퀴 달린 장바구니를 끌고 저쪽으로 걸어가는 그녀를 바라보며 대니는 감사 인사를 했다. 노부인은 자신의 개가 아직 여기 앉아 있다는 사실을 알아차리지 못한 듯했다. 대니가 발가락으로 쿡 찌르자 슈나우저가 느릿느릿 되살아나 비틀비틀 주인 뒤를 따라갔다.

대니는 사탕을 까서 입안에 넣었다. 사탕 껍질을 주머니에 넣으려는데 주머니 안에 뭔가 있었다. 꺼내 보니 크리스털이 준 냅킨이었다. 냅킨을 도로 집어넣고 돈통을 이리저리 움직여 보았다. 오늘도 역시나 쥐꼬리만 하다.

대니는 지금까지 살아온 자신의 인생에 대해 심각하게 고민하기 시작했다. 뭐 처음 있는 일은 아니다. 거울에 비친 자신을 보기가 힘들어진 것은 진즉부터였지만 요즘은 더 그렇다. 거울을 보면 희망이라고는 하나도 느껴지지 않는 판다가 쳐다보고 있었다. 쉽게 빨리 돈을 벌기 위해 판다 옷을 샀지만 빚 갚을 일이 막막하기는 3주 전이나 지금이나 같았다. 춤추는 법도 여전히 몰랐다. 이런 같잖은 방법이 통할 거라고 생각하다니 잠시 머리가 어떻게 된 모양이었다. 제정신으로 돌아온 지금은 현실이 똑바로 보였다.

"정말 어이없네." 그는 도시락통에 담긴 얼마 되지 않는 동전을 쳐다보며 중얼거렸다.

한숨을 쉬고 시계를 확인했다. 오후 늦은 시간이라 공원에서 사람들이 점점 빠져나가고 있었다. 대니와 달리 수입 짭짤한 하루를 보낸 다른 공연자들도 마무리에 분주했다. 무릎에 단 심벌즈도 떼지 않고 퇴근하는 1인 밴드가 보였다. 대니는 그 사람이 형편없는 뮤지션일 뿐 아니라 분명히 청각 장애가 있다고 확신했다. 인간 동상은 동상으로 있어야 했던 시간을 보상받으려는 듯 마구 뛰어서 공원을 나갔다. 엘 마그니피코는 웃으면서 두둑한 지폐 뭉치를 세고 있었다. 대니는 저 돈이 바람에 날아가 지금 공원에서 한창 돌아가고 있는 커다란 잔디 깎는 기계에 빨려 들어가기를 기도했다.

팀이 기타를 메고 목에는 복슬복슬한 보아뱀처럼 밀턴을 두르고 다가왔다.

"춤추는 판다, 잘 지내고 있어요?"

"직접 보세요." 대니가 도시락통을 가리켰다.

"이런." 팀이 내용물을 보았다. "잠깐, 저거 혹시 초콜릿 라임 사탕이에요?"

"사탕, 병뚜껑, 단추, 돌멩이도 법정통화라면 얼마나 좋을까요. 그럼 밀린 집세를 벌써 내고도 남았을 텐데."

"풍선껌하고 바꾸죠."

"무슨 맛?" 대니가 물었다.

팀이 주머니를 뒤져 껌을 확인했다. "체리 맛이요."

"좋아요."

"저 초콜릿 라임 사탕 좋아하거든요." 팀은 사탕을 까서 입 안에 넣었다. "초콜릿 라임 사탕만 보면 할머니 생각이 나요. 우리 할머닌 꼭 초콜릿 라임 사탕 자판기 같았거든."

"나한텐 멍청한 짓을 하고 있다는 생각만 들게 해 줄 뿐이네요."

"난 구경꾼한테 초콜릿 라임 사탕을 처음 받기까지 몇 달이나 걸렸어요. 긍정적으로 생각해요. 발전하고 있으니까."

"발전이 너무 느려요." 내니는 한숨을 쉬며 도시락통을 닫고 가방에 넣었다. "이 일 시작한 지는 얼마나 됐어요?"

"4년요. 대학 때 하우스메이트들이 시끄럽다고 할 때마다 여기 와서 연습했어요. 이걸로 먹고살 줄은 몰랐는데. 뭐, 내가 고양이한테 입양될 줄도 몰랐죠."

"둘이 환상의 콤비네요." 대니가 고갯짓으로 밀턴을 가리켰다.

"콤비요?" 팀이 웃음을 터뜨렸다. "우린 콤비가 아니에요.

장기 인질극에 가깝지. 어느 날 밀턴이 내 기타 케이스에서 자고 있더라고요. 그 뒤로 날 졸졸 따라다녔어요."

"대학에서는 뭘 공부했어요? 음악?"

"경영학이요."

대니가 웃었다. "정말요?"

"왜요?"

"아니, 그게…… 경영학하고 거리가 멀게 생겨서."

"칭찬으로 받아들이죠. 정말 투자 은행가가 되고 싶기는 했어요. 정확히 말하면 어머니가 그걸 바랐죠. 등록금 내 주는 사람 말을 들어야지 별수 있나요."

"학교를 그만둬서 어머니가 속상해하셨겠네요." 대니가 말했다.

"기타 치고 어깨에 고양이 얹고 다니니까 자퇴생이라고 생각하는 거예요?"

"아뇨. '자퇴생'이라고 쓰여 있는 배지를 달고 있잖아요." 대니가 팀의 가슴 주머니를 가득 덮은 알록달록한 배지들을 가리켰다.

"아, 이거요. '경제학 전공'보단 멋진 것 같아서 샀어요."

"그럼 졸업한 거예요?"

"수석으로요."

"기분 나쁘게 듣진 마세요. 그런데 여기서 왜 이러고 있는 거예요? 돈 많이 벌 수 있잖아요. 이런 거 할 필요 없잖아요."

"거리 공연하는 사람들은 어쩔 수 없어서 이 일을 하는 게 아닙니다. 즐거우니까 하는 거지. 돈으로 움직이는 용병 부대 같은 게 아니죠. 무슨 문제가 있어서 길로 나온 게 아니라고요. 물론 당신은 빼고요. 기분 나쁘게 듣진 마세요." 팀이 미소 지었다.

"대단하네요." 대니가 말했다.

"난 금융 쪽에서 2년 동안 일하기도 했어요. 정말 싫었어요. 돈은 많이 벌었지만 너무 불행했죠. 동료들도 비슷했어요. 돈으로 행복을 살 수 있다는 말은 뭘 몰라도 한참 모르는 소리예요."

"그런 말 없는데." 대니가 말했다.

"네?"

"'돈으로 행복을 살 수 있다'가 아니라 '돈으로 행복을 살 수 없다'라는 말이 있죠."

"정말요?"

"네, 확실해요."

"그럼 우리 어머니 거짓말쟁이네요."

"그래도 저 사람은 돈 때문에 행복한 것 같은데요?" 대니가 고갯짓으로 엘 마그니피코를 가리켰다. 그는 몇 번째인지 모를 정도로 지폐를 또 세고 있었다.

"저 인간한테 중요한 건 돈뿐이죠. 아, 가운하고요. 가운에 얼마나 집착하는지. 한번은 어린아이가 모르고 밟았는데 죽여 버리겠다고 협박했어요. 정말로 그렇게 말했다니까요. 아이 엄마는 당황해서 어쩔 줄 모르고."

"저거 사실은 여자 목욕 가운이에요. 예전 여자친구한테 훔쳤다죠."

"정말요?"

"그렇게 들었어요."

"아니, 저 인간한테 여자친구가 있었다는 게 정말이냐고요. 현실의 여자친구 맞아요?"

"현실의 인물 맞죠. 성격은 못됐지만 춤은 정말 잘 춰요. 그런 춤은 처음 봤어요. 좀 가르쳐 달랬더니 멍청이라고 욕하고 가운뎃손가락을 내밀었어요. 내 돈까지 다 가져가고."

"선물 같은 걸 주면 도와주겠다고 할지도 모르죠."

"무슨 선물요? 집에 갈 버스비도 없는데."

"멋진 실크 목욕 가운은 어때요?" 팀이 말했다. 그의 눈이 돈 세는 것을 드디어 멈추고 조심스럽게 가운을 개는 엘 마그니피코에게 고정되었다. 대니도 그가 가방에 가운을 넣는 모습을 지켜보았다.

"안 돼요." 대니가 말했다.

"왜요?"

"도둑질이니까."

"훔친 걸 훔치는 건 도둑질이 아니죠. 일사부재리의 원칙 같은 거예요. 당신 옷을 훔쳐 간 데 대한 복수라고 생각해요."

"저 사람이 훔쳤다는 게 확실하지도 않잖아요."

"인간 동상이 봤대요. 나한테 말해 줬어요."

"훔치는 걸 보고도 왜 안 말렸대요?"

"인간 동상 연기 중이어서요."

"직업정신이 아주 투철하네요." 대니가 말했다. 그는 입술을 깨물며 엘 마그니피코를 노려보았다. "좋아요. 그런데 어떻게 훔치죠?"

팀이 씩 웃었다.

"따라와요."

‿

엘 마그니피코는 소매 안에서 꽃과 카드, 오색의 손수건을 꺼내느라 팀이 오는 걸 보지 못했다.

"밀턴이 널 위한 노래를 만들었어. 들어 볼래?"

엘 마그니피코는 무시했다.

"좋아." 팀은 기타를 튕기고 줄감개를 만지작거리며 소리를 조율했다. 헛기침한 뒤 중세 사랑의 세레나데 스타일로 노래를 부르기 시작했다.

"돌팔이 마술사가 있었네, 눈보라처럼 차가운 눈, 도마뱀처럼 못생긴 얼굴, 그의 이름은 엘 마그니피코."

"꺼져, 히피." 엘 마그니피코가 돌아보지도 않고 말했다.

"그는 여자 옷을 즐겨 입었다네, 마술쇼에는 가운을 입었지, 안에는 팬티스타킹. 주말에만 그런 게 아니었다네."

"경고다." 엘 마그니피코는 뒤에서 대니가 슬금슬금 다가오는 것도 모르고 팀을 쳐다보았다. "불붙여 버리기 전에 사라지는 게 좋을 거야."

"그는 생각만으로 불을 붙일 수 있다고 믿었지. 얼굴에 잔뜩 힘을 주었지만 아무 일도 일어나지 않았다네."

"더는 못 참아! 다 네가 자초한 거야!" 엘 마그니피코는 고양이 밀턴을 가리켰다. "네 소중한 친구에게 작별 인사나 해라!" 그는 손가락을 관자놀이에 대더니 발가락을 찍히기라도 한 것처럼 얼굴을 찡그렸다. 그러느라 대니가 가방에서 가운을 슬쩍 꺼내는 걸 전혀 알아차리지 못했다.

"그러던 어느 날 그의 머리가 펑 터져 버렸지! 사람들은 '하느님, 감사합니다!' 노래하고 꽃들은 피어나고 교회 종이 울리고 세상에 평화가 찾아왔다네."

엘 마그니피코는 극장 맨 뒷줄에 앉아 성인 영화를 보는 사람처럼 몸을 떨기 시작했다. 뒤쪽에서 대니가 팀에게 엄지를 척 들어 보였다. 대니는 가운을 겨드랑이에 끼고 살금살금 도망쳤다. 팀은 고개를 끄덕이고 반대 방향으로 걸어가기 시작했다.

"그게 이 이야기의 결말이야. 우린 인제 그만 가 봐야겠다. H&M에서 세일을 하는데 밀턴이 터틀넥 스웨터를 사달라고 해서 말이야."

마술사는 숨이 턱 막히는 듯 어깨와 양손을 축 늘어뜨렸다.

"두고 봐, 히피. 다음엔 안 봐 줘!" 그가 팀의 등 뒤에 대고 소리쳤다.

15

    대니는 쓰레기가 발에 채는 길을 걸었다. 밤낮 할 것 없이 항상 컴컴한 동네였다. 술 취한 남자가 와서 부딪혀 놓고는 도리어 큰소리를 치더니 폭풍우 속에서 갑판 위를 걷는 선원처럼 비틀비틀 길 한가운데로 걸어갔다. 이 동네는 비둘기마저 사나웠는데 깃털 달린 깡패처럼 자리를 차지하고 있는 통에 대니가 되레 비둘기를 피해 갔다.

    그는 두 개의 검은색 문 앞에 멈췄다. 불이 밝혀지지 않은 투명한 해골 모양의 간판에는 '패니스'라고 적혀 있었다. 아침 10시부터 스트립 클럽에 들어가는 모습을 혹시 누가 볼세라 대니는 지나가는 사람이 한 명도 없을 때까지 밖에서 기다렸다. 마지막으로 주위를 살핀 다음 한쪽 손잡이를 돌렸더니 문이 열렸다. 조심스레 클럽 안으로 들어갔다.

길고 컴컴한 복도가 나왔다. 아기 물티슈 냄새와 알 수 없는 또 다른 냄새가 났다. 잃어버린 꿈의 냄새가 이런 냄새일까. 지키는 사람 없는 외투 보관소와 화장실을 지나 커다란 방으로 들어갔다. 빈 포디엄 몇 개와 호르헤 루이스 보르헤스의 단편집에 나오는 것보다 많은 거울이 있었다. 각 포디엄의 중앙에 세워진 기둥을 받친 천장의 타일은 실내 흡연 금지법이 시행되기 적어도 10년 전에 만들어진 듯한 누런색이었다.

저쪽 바에는 예쁜 어린이 선발 대회 심사위원 같은 옷차림의 여자가 있었다.

"안녕하세요." 대니가 말했다.

"꺼져." 여자는 계산기에서 눈도 떼지 않은 채 말했다. "영업시간 아니야."

"크리스털을 찾는데요."

"다들 크리스털을 찾지. 밤에 다시 와. 다른 손님들도 다 밤에 오니까. 지금은 꺼지시고."

"저기, 1분이면 됩니다. 크리스털이 보면 좋아할 만한 게 있는데."

"다들 그렇게 말하지."

"정말요?"

여자는 한숨을 쉬더니 그제야 대니를 쳐다보았다. 그녀의 진한 화장도 온갖 골칫거리와 상심, 늦은 밤의 호출과 새벽의 음주로 얼룩진 생활이 만든 주름을 가리지 못했다.

"그래, 이 역겨운 인간아. 그거 알아? 네 달랑거리는 거시기에 관심 보일 사람이 찾아보면 분명 있을 거야. 세상엔 힘든 사람들이 워낙 많으니까. 돈을 주든 술을 먹여서 취하게 만들든 열심히 꼬시든 온라인에서 주문하든 네 제안을 받아 줄 사람이 어딘가에 있을 거라고. 그러니까 문 열고 나가서 그런 사람을 찾아봐. 크리스털은 네 쪼글거리는 거시기 따위 보고 싶어 하지 않을 테니까. 알아들어?"

"내 쪼글거리는…… 잠깐…… 뭐라고요? 내 말은 그런 게 아니라…… 아니, 직접 보여 드릴게요."

"베수비어스!" 여자가 소리쳤다.

대니가 베수비어스가 뭐냐고 묻기도 전에 바 뒤쪽 문에서 한 남자가 튀어나왔다. 팔에 근육이 울퉁불퉁하고 문신도 가득했다.

"이 미친놈이 거시기 보여 주려고 해." 여자가 말했다.

"그런 거 아니라니까요!" 대니가 소리쳤다. 이런 대화가 이루어지고 있다는 것 자체가 믿기지 않았다.

"출구로 좀 안내해 줘."

"몸수색을 먼저 해 줄까? 좋아할 것 같은데." 베수비어스가 말했다.

대니는 남자의 주먹을 쳐다보았다. 오른손에는 '활짝', 왼손에는 '벌려라'라는 글자가 새겨져 있었다. 무슨 뜻이든 분명 아플 것 같았다.

"괜찮아요, 패니." 대니 뒤쪽에서 크리스털의 목소리가 들렸다. "위험한 사람 아니에요. 멍청하긴 하지만."

"맞아요." 대니가 고개를 끄덕였다. "위험한 사람 아니라는 거요."

"오늘 운이 좋으시네." 패니가 말했다. "가자. 둘이 즐거운 시간 보내게 우린 빠져 주자고."

폭력을 쓰지 못하게 돼 실망한 기색이 역력한 베수비어스는 패니를 따라 바 뒷문으로 사라졌다.

"고마워요." 대니가 말했다. "저기, 내가……."

"빚진 돈 가져온 건가요?"

"네? 아뇨. 그게 아니라……."

"그럼 꺼져요." 크리스털이 가려고 했다.

"잠깐만요!" 대니는 들고 있던 저가 슈퍼마켓 봉지를 뒤적거렸다. "이거 주려고 왔어요." 엘 마그니피코의 가운을 꺼내며 말했다.

크리스털은 가운을 빤히 쳐다보았다. 인상을 찌푸리려고 했지만 입꼬리가 씰룩거렸다.

"이게 어떻게 여기 있어요?" 그녀가 물었다.

"마술이죠."

크리스털이 웃음을 터뜨렸다. 대니도 미소 지었다.

"뭐가 그렇게 재미있어요?" 그가 물었다.

"내 거 아니에요."

"네?"

"이 가운 말이에요. 내 거 아니라고요. 그 사람 열 받게 하려고 한 말이에요."

대니는 어깨를 으쓱했다. "없어졌으니까 더 열 받았겠네요."

그녀가 대니의 손에서 가운을 가져갔다.

"이걸 왜 가져온 거죠?"

"난 좋은 사람이니까요." 크리스털이 그를 쳐다보았다. "그리고 당신의 도움이 꼭 필요하니까요."

"그럴 줄 알았어!"

"기본기만 가르쳐 줘요. 제발 기본기만이라도. 다른 건 안 바라요."

"싫어요."

"제발."

"안 돼요."

"100파운드 줄게요." 그녀를 웃게 하려는 말이었지만 실패했다.

"버스에 뛰어들면 내가 100파운드 주죠."

대니는 잠깐 고민해 보았다.

"꼭 달리는 버스여야 하나요?"

"물론."

"얼마나 빨리?"

"죽을 정도로 빠르고 즉사는 하지 않을 정도로 느리게 달리는 버스."

"그렇군요. 별로 좋은 조건이 아니네요."

"나도 마찬가지예요. 그런 푼돈으로 춤을 가르쳐 주는 건 시간 낭비라고요."

"이렇게 생각해 봐요. 내 춤 실력이 늘면 수입이 늘어나고 내 수입이 늘어나면 엘 마그니피코가 벌 돈을 빼앗아 오는 게 되죠. 날 도와주는 게 아니라 전 애인을 따먹는…… 아니, 그게 아니라, 등쳐 먹는 거라고 생각해 봐요."

이번에 크리스털은 말이 없었다. 입술을 깨물더니 보이지 않는 조언자의 말에 반대하는 듯 고개를 저었다.

"제발 부탁해요. 이 부탁만 들어주면 다시는 귀찮게 하지 않을게요."

"약속할 수 있어요?"

"내 목숨을 걸고 약속합니다."

"알았어요. 따라와요." 크리스털이 따라오라고 손짓했다.

"빨리 끝내 버리자고요."

"지금요?" 대니가 놀라서 물었지만 크리스털은 이미 가 버린 뒤였다.

대니는 그녀를 따라 바 뒷문으로 들어갔다. 짧은 복도를 지나자 커다란 방이 나왔다. 나무 바닥에 뒤쪽 벽은 전체가 지저분한 거울이었다. 발레 교실 같았지만 디스코 조명과 폴 댄스 기구가 있고 담배와 레드불 냄새가 풍겼다.

"두 시간 줄게요. 그 안에 기본기를 익히지 못하면 그냥 예전에 하던 일이나 다시 해요. 그게 콩 자루를 나르는 거였든 화장실에서 변태 짓을 하는 거였든 뭐든."

"공사장에서 일했어요. 한 달 전에 해고 당했지만."

"안 물어봤어요. 관심 없어요." 크리스털은 구석의 커다란 스테레오 오디오 앞에 쭈그리고 앉았다. "얼른 시작하죠. 나 시간 없어요."

스피커에서 아바의 '김미! 김미! 김미!(Gimme! Gimme! Gimme!)'가 흘러나오자 거울이 떨렸다.

크리스털은 코트를 걸고 방 한가운데에 섰다. 대니는 초조해하며 계속 문가에 서 있었다.

"이리 와요, 멍청이 씨." 크리스털이 옆자리를 가리키며 소리쳤다.

대니는 심호흡을 하고 그녀 옆으로 가서 거울 앞에 섰다.

"자, 이렇게 서요. 발은 벌리고 고개는 숙이고 비트가 들어오길 기다려요. 셋, 둘, 하나, 어깨부터 시이이이작! 편하게 자연스럽게, 힘 빼고."

그녀는 음악에 맞춰 어깨를 살짝 흔들었다. 대니는 공장에서 일하는 고장 난 로봇처럼 팔을 앞뒤로 움직였다.

"이제 반대쪽 어깨. 이렇게. 왼쪽, 오른쪽, 왼쪽, 오른쪽. 리듬을 따라가요."

대니도 리듬을 따라가려고 했지만 리듬이 그를 보고 도망쳐 버린 것 같았다.

"그다음에는 천천히 엉덩이를 움직이고 그다음에는 팔. 이렇게. 복잡할 것 없는 단순한 동작이에요. 손가락으로 딱 소리를 내면서 해도 돼요. 이렇게. 딱. 움직이고. 딱. 움직이고."

대니도 손가락을 튕겼지만 오히려 혼란만 커졌다. 새로운 차원으로 들어는 갔지만 어떻게 나가야 하는지 모르는 사람처럼 보였다.

"이제 발. 남자들은 맥주 흘릴까 봐 발을 잘 사용하지 않죠. 발을 움직이지 않으면 춤을 출 수가 없어요. 역시 간단하게. 이렇게 스텝을 밟아요. 하나, 둘, 하나, 둘."

대니는 팔로 이마를 닦았다. 방금 마라톤을 출발해 결승선까지 얼마나 많이 남았는지 깨달은 느낌이었다.

"얼른. 따라 해요. 잘하고 있어요. 이제 머리, 팔, 어깨, 엉덩이, 다리를 전부 같이 움직여요. 느껴 봐요. 얼른. 춤을 춰요. 지금 노래 가사처럼 정말 새벽에 같이 있어 줄 남자가 필요한 것처럼 춤춰요."

"머리, 어깨, 팔, 머리, 어깨." 대니는 입으로 말하는 것과 다른 신체 부위를 움직였다. 위에서 돌아가는 디스코 조명 불빛에 얼굴이 땀인지 눈물인지로 반짝거렸다.

"마지막 구간이에요. 멈추지 말고 계속 춤춰요. 마지막 20초 동안 모든 걸 쏟아부어야 해요. 10. 얼른. 5. 4. 3. 2. 1. 휴식."

대니는 휘청거리는 몸이 앞으로 고꾸라지지 않도록 두 손으로 무릎을 받쳤다. 콧등에서 땀방울이 뚝뚝 떨어지고 호흡이 거칠어졌다. 금방이라도 토할 것처럼 혹은 죽을 것처럼 보였다. 아니면 토한 다음에 죽거나.

크리스털은 그를 보며 미소 지었다. 배우자를 죽일 작정으로 함께 스카이다이빙을 하기 직전에 보이는 사악한 미소였다.

"2라운드 준비됐어요?"

∽

대니는 고통을 겪을 만큼 겪어 본 사람이었다. 오히려 고통이 익숙했다. 그런데 두 시간 동안 지금까지 그를 괴롭혔던 문제들이 감쪽같이 사라지는 기적이 벌어졌다. 춤이나 음악에 취해서가 아니었다. 크리스털의 동작을 흉내 내는 것만도 너무 버거워서 다른 문제들이 쏙 들어가 버렸다.

뭐가 가장 힘들었는지 꼬집어 말할 수도 없었다. 처음부터 끝까지 다 어려웠으니까. 가장 큰 장애물은 체력이었다. 평소 건강을 자부해 온 대니였다. 물론 엄청난 괴물에 쫓긴다면 모를까 마라톤이나 장거리 달리기까지는 힘들겠지만, 떠나는 버스를 잡으려고 뛰다가 뇌동맥류로 쓰러질 일도, 엘리베이터가 고장 나 계단을 이용하다가 시체로 발견될 일도 없을 정도는 되었다. 매일 아침 두부와 유기농 케일을 먹지는 않지만 담배도 피우지 않고 술도 거의 마시지 않았다. 공사장 동료들은 매일 몸을 쓰니까 페이스트리 정도는 매일 먹어도 된다는 믿음으로 자신을 속이면서 몇 년 사이에 점점 혈색이 어두워지고 몸무게가 불어났다. 반면 빼빼 마른 소년이었던 대니는 육체노동으로 다져진 군살 없는 몸매의 힘 센 남자가 되었다.

하지만 힘만 좋다고 될 일이 아님은 춤 연습이 시작되자마자 분명해졌다. 그에게 필요한 건 힘이 아니라(시작과 거의 동시에 가출해 버린 정신력은 필요하지만) 체력이었다. 노래 한 곡이 끝날 때까지 버티지 못하고 중간에 멈춰 버렸다. 숨을 고르면서 맥박을 쟀고 1분 심박수가 몇 회 이상이면 심장이 터질 수 있는지 검색했다. 판다 옷을 입지 않았는데도 땀이 너무 많이 나서 크리스털이 안전을 위해 청소부를 불러 바닥을 닦아 달라고까지 했다.

한참 부족한 신체 협응 능력도 문제였다. 대니의 몸은 흔들어야 할 때 떨었고 돌아야 할 때 흔들었고 뽐내며 걸어야 할 때 돌았다. 그의 어떤 움직임은 크리스털이 설명할 말을 찾지도 못했다. 게다가 크리스털이 쉽게 가르쳐 주는 것도 아니었다. 그녀의 동작을 따라 하는 것은 혼자만 아는 길로 도망치는 사람을 따라가는 것과 같았다. 그녀는 직선로를 총알처럼 빠르게 달려 모퉁이를 돌았고 대니가 길을 잘못 들거나 웅덩이에 빠질 때만 멈추었다. 그녀가 속도를 줄여도 따라가기가 쉽지 않았다. 그렇게 힘겨운 두 시간이 계속됐다. 마침내 크리스털이 음악을 끄고 바에서 쓰는 마른 행주를 대니에게 던졌다. 그는 빨지 않은 행주로 기꺼이 얼굴을 닦았다. 반면 크리스털은 숙면으로 활력이 충전된 사람처럼 평온해 보였다. 대니를 부축해 복도를 지나 바로 돌아갈 때만 땀을 흘렸다.

"물 두 병 주세요. 이 사람은 인공호흡도 필요할 것 같네요." 그녀가 힘겹게 의자에 앉는 대니를 고갯짓으로 가리켰다.

"키스는 공짜야." 베수비어스가 카운터에 물 두 병을 내려놓으며 대니에게 윙크했다.

"걱정 마요." 베수비어스가 마저 컵을 씻으러 가자 크리스털이 대니에게 말했다. "베수비어스는 유부남만 좋아하니까."

"나 유부남이에요." 대니가 물을 벌컥벌컥 마시다가 말했다. "뭐, 그런 셈이죠."

"그런 셈?"

"얘기하자면 길어요." 대니는 텅 빈 넷째 손가락을 바라보았다. 평소 신경도 쓰지 않던 결혼반지였지만 리즈가 떠난 후에는 갑자기 잃어버릴까 봐 두려워졌다. 솜으로 잘 싸서 성냥갑에 넣어 침대 옆 협탁 서랍에 숨겨 두었다. 그리고 그 후로 손대지 않았다.

"여기 오는 사람들은 다 사연이 길죠. 내가 한번 맞혀 볼게요. 부인이 딴 남자랑 눈 맞아서 도망갔죠? 그런 사람들 많거든요."

대니는 고개를 젓고 물을 한 모금 더 마셨다.

크리스틸은 잠깐 생각에 잠겼다.

"혹시 남자가 아니라 여자랑 눈 맞아서?"

"아뇨."

"판다랑?"

"재미있네요."

"아니면 난쟁이랑? 이런 남자도 있었거든요. 마누라가……."

"죽었어요." 대니가 말했다.

크리스틸은 잠시 그를 쳐다보았다. 떨리는 미소로 입술이 씰룩거렸다.

"농담이죠?"

"농담이었으면 좋겠네요." 대니가 물통 뚜껑을 닫았다.

"어쩌다?"

"차 사고로 죽었어요. 1년 전에."

"젠장." 크리스털이 말했다. "미안해요." 그녀는 손가락으로 튕긴 병뚜껑이 날아가는 것을 쳐다보았다.

"우리 엄마가 항상 난 그놈의 입이 문제라고 했어요."

"그쪽 어머니랑 나랑 잘 통할 것 같네요." 대니가 미소 지었다.

"그쪽이 우리 엄마의 유일한 친구겠네요." 크리스털은 물을 한 모금 마셨고 두 사람은 한동안 아무 말이 없었다.

"그 사람도 춤을 췄어요." 대니가 말했다. 크리스털이 얼굴을 찡그렸다. "내 아내, 리즈요."

"그쪽한테는 춤을 안 가르쳐 줬나 보네요."

"그러네요. 아무튼, 오늘 고마웠어요. 하기 싫었을 텐데. 나 오늘 밤에 자다가 죽을지도 몰라요. 그게 위로가 될지 모르겠지만."

"사실 아까 죽을 줄 알았는데."

"거의 죽을 뻔했죠. 갑자기 눈앞이 깜빡거리는데 끝이구나 싶더라고요. 아, 이렇게 죽는구나."

"조명 좀 고치라고 패니한테 몇 번을 말했는데."

둘 다 웃었다.

"정말 고마워요."

"됐어요. 두 시간 동안 토하기 직전까지 괴로워하는 성인 남자를 보는 게 이렇게 재미있을 줄 몰랐네요."

"그쪽은 어떻게 그렇게 멀쩡한지 놀랍네요." 대니는 무릎을 문지르면서 움찔했다.

"간단해요. 일찍 일어나서 늦게 자요. 냉장고에는 얼음을 꼭 챙겨 놓고요. 진통제를 너무 많이 먹어서 중독되어야 하고. 일주일에 6~7일 동안 하루 4~5시간씩 춤춰요. 한 달, 두 달, 그리고 5년. 그러면 그쪽도 컴컴한 나이트클럽에서 기둥을 붙잡고 빙빙 돌면서 느끼한 늙은이들이 속옷에 끼워 주는 축축한 10파운드를 받을 자격이 될 거예요."

"내 춤 실력으로는 축축한 10펜스 동전을 속옷에 끼워 주는 것만으로 감지덕지할걸요."

"솔직히 그렇게 나쁘지 않았어요. 착각하진 말아요. 그쪽 춤 진짜 못 추니까. 너무너무 못 춰요. 이젠 좀 불쌍하기까지 할 정도로 형편없어요. 그래도 생각만큼 나쁘진 않았어요. 연습하면 나아질 거예요. 연습이 엄청나게 많이 필요하겠지만 나아질 수 있어요."

"리듬감을 찾는 게 우선이겠죠. 난 박자를 맞추는 것보다 날아오는 총알을 잡는 게 더 쉬울 것 같은데."

"도움 될 만한 방법을 알려 줄게요." 크리스털의 목소리에 진심이 묻어났다.

"좋아요."

"메트로놈을 준비해요."

"뭐요?"

"이렇게 똑딱똑딱 움직이는 바늘이 달린 물건이에요." 크리스털이 말했다. 대니의 눈이 좌우로 흔들리는 그녀의 손을 따라 움직였다. "시간 잴 때 쓰는 거요."

"그냥 시계 아니고요?"

"아니에요, 멍청이 씨. 시계는…… 시계가 뭔지는 설명하지 않을게요. 메트로놈 검색해 봐요. 하나 사서 춤출 때뿐만 아니라 뭘 하든 항상 쓰는 거예요. 양파를 썰 때도 설거지할 때도 양치질할 때도 창문 닦을 때도. 메트로놈을 따라 움직이다 보면 리듬감이 저절로 몸에 밸 거예요."

"검색해도 안 나오는데요." 대니가 크리스털에게 휴대전화를 보여 주었다.

"메추리놈이 아니고. 아, 정말…… 이리 줘 봐요." 크리스털이 휴대전화를 낚아채 검색어를 입력했다. 화면에 닿는 손톱이 딸깍거렸다. "자요." 그녀가 휴대전화를 건넸다. "하나 사요. 아, 무료로 다운로드하는 게 낫겠네. 메트로놈 앱 찾아

봐요."

"고마워요. 또 다른 팁이 있나요?"

"지금까지 본 춤 영화를 전부 다시 보고 안 본 춤 영화도 전부 보세요."

"다 보려면 한참 걸리겠네."

"춤 영화 본 적 없어요?"

"춤 영화가 뭔지에 따라 다르죠."

"춤에 관한 영화죠."

"그럼 없네요."

"〈플래시댄스〉? 〈자유의 댄스〉? 〈빌리 엘리어트〉? 〈댄싱 히어로〉? 다 안 봤어요? 그래도 〈더티 댄싱〉은 봤겠죠? 안 봤다면 용서할 수 없는 일인데."

대니는 고개를 저었다. "리즈가 같이 보자고 했었는데." 대니는 그때마다 거절했던 이유가 단 한 가지도 떠오르지 않았다. "아내가 제일 좋아한 영화였거든요."

"그쪽 부인 내 마음에 쏙 드네요."

"나도요." 대니는 물통을 거꾸로 들고 떨어지는 물방울을 쳐다보았다.

"아무튼 〈더티 댄싱〉 꼭 보세요. 백 번은 봐요. 당신이 알아야 할 모든 게 그 영화에 다 들어 있어요. 춤뿐만 아니라 인생에 대해." 크리스털이 자리에서 일어났다. "난 인제 그만 가서 몸을 풀어야겠네요."

"몸을 풀어요? 아직도 안 풀렸어요? 두 시간을 쳤는데?"

"다른 준비 운동." 크리스털이 포디엄을 가리켰다. 댄서 하나가 입술에 담배를 문 채로 기둥을 돌고 있었다.

"그렇군요." 대니가 알아듣고 말했다. "얼른 가 보세요."

"판다 일 잘되길 바랄게요." 그녀가 걸어가면서 뒤돌아보고 말했다.

"고마워요." 대니는 행운이 따라 주지 않으면 안 된다는 사실을 잘 알고 있었다.

16

월은 콜먼 선생님이 화이트보드에 대문자로 뭔가를 끽끽 휘갈겨 쓰는 것을 쳐다보았다.

"세계 '부모님 직업'의 날." 콜먼 선생님이 방금 쓴 글자를 읽었다. "들어 본 사람?"

몇 명은 고개를 흔들고 또 몇몇은 멍한 표정으로 바라보았다.

"나도 못 들어 봤는데 이런 게 있나 보더라고. 오늘 우리는 이 주제로 얘길 해야 하고. 궁금해할까 봐 알려 주는데 어제는 세계 오리의 날이었어. 그래, 아쉽게도 그냥 지나쳐 버렸네. 그리고 내일은 '훌륭하지만 제대로 인정도 못 받고 업무는 많은데 월급은 쥐꼬리만 한 교사의 날'이니까 꼭 주변에 널리 알리도록."

누군가의 책상에서 연필이 굴러 떨어지는 소리가 들렸다.

"오늘의 핵심은 자본주의를 찬양하는 거야. '교육의 신들'이 친절하게 나눠 준 자료표에 따르면 그렇다네. '부모님이 세상을 돌아가게 해 주는 여러 다양한 방법을 찬양하는 날'이란 거야. 참고로 너희 부모님 덕분이 아니라 물리 법칙 덕분에 세상이 돌아가는 거지만. 어쨌든 무슨 말인지 알 거야. 부모님이 현재 실직 상태인 아이들도 있겠지만 그렇다고 세상이 갑자기 멈추는 건 아니니까 걱정할 필요는 없어. 태양이 폭발해서 이 작은 지구가 증발해 버리는 날까지 세상은 계속 돌아갈 테니까 말이야. 현재 부모님이 일하고 있다면, 부모님이 무슨 일을 하는지 아는 사람?"

최근 아빠에게 일어난 변화를 알 리 없는 윌을 포함해 다수가 손을 들었다.

"좋다." 콜먼 선생님이 말했다. "누가 나와서 부모님 직업에 대해 말해 줄래? 엄마든 아빠든 상관없어. 일장 연설까진 필요 없고 그냥 짧게 하면 된다."

콜먼 선생님은 올라간 팔들 사이에서 윌의 팔이 스르르 내려가는 것을 보았다.

"아, 얘들아? 우리 게임을 해볼까? 부모님의 직업을 말하지 않고 보여 주는 거야."

"영상 같은 거로요?" 진딜이 물었다.

"엄마가 일하는 영상 없는데요?" 앳킨스가 말했다.

"나 우리 아빠가 자라에서 보안요원으로 일할 때 도둑을 잡아서 때리는 영상 있어!" 카비가 휴대전화를 스크롤했다.

"영상 얘기가 아니야. 상상력을 발휘해 보라는 거야!" 콜먼 선생님이 말했다.

'상상'이라는 말에 아이들이 웅성거리며 불만을 터뜨렸다.

"제스처 게임 같은 건가요?" 모가 물었다.

"바로 그거야, 모. 제스처 게임." 콜먼 선생님이 말했다.

"그냥 말로 하면 안 돼요?" 뒷자리에 누군가 말했다.

"그건 너무 시시하잖아! 다른 반 애들도 죄다 그렇게 하잖니. 이게 더 재미있을 거다." 콜먼 선생님은 윌을 바라보았다. 윌은 동의하는 뜻으로 희미하게 미소 지었다.

"재미의 기준이 이상해요."

"내가 먼저 보여 줄게. 알았지? 내가 우리 아버지 직업을 몸짓으로 설명할 거야."

콜먼 선생님은 재킷을 벗어 의자에 걸었다.

"선생님 아버지가 스트리퍼였어요?" 누군가의 말에 교실이 웃음바다로 변했다.

"재미있네. 근데 아직 시작 안 했어. 자, 시작한다."

그는 의자에 앉아 두 손으로 드럼 스틱을 잡는 시늉을 했다. 그다음에는 록페스티벌 무대에 오른 가수처럼 상상의 드럼 스틱을 머리 위에서 맞부딪히더니 열정적으로 드럼을 치기 시작했다. 소리 없는 드럼 솔로 연주였다.

"기타리스트!" 카트라이트가 소리쳤다.

"드러머!" 카트라이트를 뺀 나머지가 일제히 소리쳤다.

"맞았다!" 콜먼 선생님이 이마에서 땀을 닦았다.

"기타리스트나 드러머나." 카트라이트가 중얼거렸다.

"정확히는 런던 교향악단 타악기부에 계셨지. 너희도 본 적 있을지 몰라. 정말 잘나가셨거든."

"당연히 그랬을 거예요." 모가 말했다. "여자들은 드러머를 좋아하니까."

"네가 어떻게 알아?" 카비가가 말했다.

"자기도 여자니까 알지." 모의 뒷자리에 앉은 클레어 윌킨스의 말에 다들 킥킥거렸다.

"아니거든!" 모가 말했다. 아이들이 일제히 "싸워라!", "멍청이!" 하고 외치기 시작했다.

"아, 그런 뜻이 아니야." 콜먼 선생님은 자신의 말실수를 깨달았다. "그런 식으로 잘나갔다는 게 아니라 연주 실력이 훌륭했다는 뜻이야. 물론 여자들한테도 인기가 많았지. 정작 어머니는 아버지를 별로 안 좋아하셨지만. 어쨌든, 다음에는 누가 해 볼래? 모? 어떻게 하는 건지 네가 제대로 보여 주는 거 어때?"

"쉽죠." 모는 콜먼 선생님의 의자에 앉아 운전대를 잡고 경적을 울리는 시늉을 했다. 펀자브어로 뭐라고 소리치며 매너 없는 상상 속 운전자들을 향해 가운뎃손가락을 들어 보였다.

"택시기사!" 아이들이 일제히 소리쳤다.

"아주 잘했다, 모." 자리로 돌아가 앉는 모에게 선생님이 말했다. "네 아빠 택시에는 절대 타지 말아야겠구나."

"아빠는 부동산 중개인이세요. 엄마가 택시기사예요."

"학부모 상담 때 부모님께 네 칭찬 많이 해 주마. 윌, 이번엔 네 차례다. 나와서 한번 해 보렴."

윌은 느릿느릿 앞으로 나갔다. 잠깐 멋쩍게 서 있더니 대충 삽으로 땅을 파는 시늉을 했다.

"광부!" 누군가 소리쳤다.

"사기꾼!" 또 누군가 소리쳤다.

"드러머!" 카트라이트였다.

윌을 포함해 모두가 웃었다. 윌은 삽을 내려놓더니 벽돌을 쌓기 시작했다. 이번에는 좀 더 적극적이었지만 벽을 만드는 게 아니라 벽에 기어오르는 것처럼 보였다.

"암벽 등반가!"

"스파이더맨!"

월은 더 활짝 웃었다. 도와달라는 뜻으로 콜먼 선생님을 쳐다보았지만 선생님은 웃으면서 어깨만 으쓱했다.

"날 쳐다보면 안 되지, 스파이더맨!"

월은 망치로 못을 박는 시늉을 했다.

"집 고치는 사람!" 진덜이 소리쳤다.

월이 진덜을 가리키며 비슷하다는 시늉을 했다.

"목수!" 진덜이 소리쳤다.

"건설 노동자!" 카트라이트가 소리쳤다.

월이 카트라이트에게 두 엄지를 들어 보였다.

"잘했다, 월. 카트라이트도 잘했다!" 카트라이트의 얼굴이 수학에서 C-를 받은 것처럼 환해졌다. "얼른 가서 앉으렴, 월. 방금 힘들게 일했으니 피곤하겠어."

아이들은 자리로 돌아가는 월의 등을 두드려 주고 장난으로 팔을 치기도 했다.

"좋아." 콜먼 선생님은 월과 시선을 교환했다. 둘 다 고개를 끄덕였다. "이번엔 누가 해 볼까?"

∽

제스처 게임이 몇 차례 더 이어지고(몇 명 더 할 수도 있었지만 한 아이가 위내시경 전문의라는 엄마의 직업을 설명하느라

10분이나 잡아먹었다) 종이 울렸다. 종이 울리자마자 아이들의 모순적인 이동이 시작됐다. 아이들은 늘 다음 수업이 있는 교실을 향해 무척 서두르는 것 같으면서도 발을 질질 끌면서 걸었다.

"월?" 월과 모가 동시에 교실 문을 나설 때 콜먼 선생님이 불렀다. "잠깐 얘기 좀 할까?"

두 소년은 걱정스러운 눈빛을 주고받았다. 월은 무슨 잘못을 저질렀는지도 모르면서 벌을 받으러 가는 아이처럼 교실로 들어갔다.

"괜찮아, 모." 콜먼 선생님이 문가에서 머뭇거리는 모에게 말했다. "고맙지만 오늘은 대변인 안 해 줘도 돼."

모는 월을 한 번 쳐다보고 어깨를 으쓱하고는 문을 닫았다. 월은 자리에 앉았다.

"아까 연기 정말 좋았어." 콜먼 선생님이 말했다. "영화배우 해도 되겠던데? 무언의 영화배우."

월이 미소 지었다. 만지작거리던 손을 멈추고 선생님의 입에서 본론이 나오기를 기다렸다.

"월, 내가 참견할 일이 아니란 걸 잘 알아. 사람들이 조언이랍시고 해 주는 말이나 잔소리도 이젠 지겨울 테니까. 그래도 이 말은 꼭 해 주고 싶었어. 난 이해해. 네가 말하지 않는 거. 지금 네 기분이 어떤지, 1년 동안 무슨 일을 겪었는지는 내가 다 알 수 없겠지만 나도 사랑하는 가족을 잃은 기분이 어떤지 조금은 알거든."

월은 손을 내려다보며 손톱 밑을 살짝 후볐다.

"나도 네 나이 때 할아버지가 돌아가셨어. 나에겐 할아버지가 아니라 아버지나 마찬가지였지. 아버지는 밴드 연습 때문에 바쁘시고 간호사였던 어머니는 야간 근무를 자주 했거든. 그래서 태어나 열 살 때까지는 할아버지가 날 키워 주셨어. 머리도 회색, 눈도 회색, 옷장의 옷도 다 회색이었지만 할아버지가 들어오면 등 뒤에서 빛이 비쳤지. 그때도 나이가 꽤 많으셨지만 난 할아버지가 영원히 사실 줄 알았어. 다들 그렇게 생각하잖아? 그래서 할아버지가 돌아가셨을 때 충격을 크게 받았어. 갑자기 튀어나온 기차에 치인 기분이었지. 그 후로 오랫동안 할아버지 이야기를 전혀 하지 않았어. 어머니에게도, 아버지에게도, 친구들에게도. 뭐라고 말해야 할지 몰랐거든. 할아버지에 대해 과거형으로 말한다는 게 너무 이상하게 느껴져서 아예 입에 올릴 수조차 없었던 거야. 선생님 말이 이해될지 모르겠다."

월은 여전히 손을 쳐다보며 고개를 끄덕였다.

"어느 날 아버지가 낡은 토끼 봉제 인형을 주셨어. 처음 보는 인형이었는데 할아버지 거였다는 거야. 할아버지 유품을 정리하다가 내가 좋아할 것 같아서 챙겨 왔다고 하셨어. 그

토끼 인형 이름은 콜린이었는데 얼마나 애처롭게 생겼는지 몰라. 다리는 세 개에 귀는 하나뿐이고 털도 한 움큼이나 빠졌어. 꼭 잔디깎이가 밟고 지나간 것처럼. 분명 잔디깎이가 밟고 지나갔을 거야. 하지만 귀가 하나뿐인 콜린은 그 누구보다 내 이야기를 잘 들어 줬어. 그래서 콜린에게만은 할아버지 이야기를 할 수 있었지."

윌의 입꼬리가 약간 씰룩거렸다.

"그래, 그래. 웃기지? 웃어. 네가 아무한테도 말하지 않을 기란 걸 아니까 이런 얘기를 하는 거야. 만약 네가 소문내면 난 내일 당장 잘릴지도 몰라."

윌은 비밀을 지켜 주겠다는 뜻으로 손가락을 입에 대고 고개를 살짝 끄덕였다.

"고마워." 콜먼 선생님은 의자를 약간 뒤로 당기고 발을 꼬았다. "내가 토끼에게 말하는 게 좋았던 이유는 가족이나 친구, 선생님 등 주변 사람들과 달리 콜린은 날 바로잡으려고 하지 않았기 때문이었어. 내 감정을 아는 척하지도 않았고. 콜린은 내가 '예전'으로 돌아가기를 바라지도 않았지." 콜먼 선생님은 '예전'을 강조하려고 두 손을 올려 손가락을 까딱까딱거렸다. "가슴에 커다란 구멍이 뚫렸는데도 아무 일 없었던 것처럼 똑같이 살아가기를 바라지 않았지. 콜린은 나에게 바라는 게 없었어. 뭐, 그냥 봉제 인형일 뿐이니까. 할 수 있는 거라곤 내 말을 들어 주는 것뿐이었지. 그래서 콜린은 내 말을 들어 주었단다. 그게 큰 도움이 됐어. 그전까지는 할아버지 이야기를 다시는 입 밖으로 꺼낼 수 없을 줄 알았거든. 하지만 콜린 덕분에 어려운 이야기라고 꼭 말하기가 어려운 것만은 아니라는 걸 깨달았지. 말할 사람을, 토끼를, 찾는게 어려울 뿐. 물론 앞으로 인형에 대고 말해 보라는 조언은 아니야. 정말로 인형한테 말을 걸더라도 어디 가서 내가 시켰다고 하면 안 된다. 콜린이라면 너에게 기꺼이 무료 상담을 해 줄 거야. 말할 상대가 필요하면 언제든 날 찾아와도 좋아. 물론 지금쯤 넌 내가 제정신이 아니라고 생각하겠지만. 네가 원한다면 제스처 게임을 해도 되고."

월은 택시기사를 흉내 내며 소리치던 모가 떠올라 웃음 지었다.

"월, 그러니까 내가 하고 싶은 말은 이거야. 이해할 수 없는 끔찍한 일이 일어났을 때, 역시나 전혀 예상치도 못했던 일이 그 일을 이해하도록 도와주기도 한단다. 무슨 말인지 알겠니? 내가 너무 횡설수설하고 있나?"

월은 둘 다라는 뜻으로 고개를 좌우로 흔들었다.

"그래, 그럼 됐다." 콜먼 선생님은 스프링 달린 수첩을 한 장 찢어 '제가 붙잡고 횡설수설한 탓에 월과 모가 수업에 늦었습니다.'라고 휘갈겨 쓰고 서명한 뒤 월에게 건넸다. "다음 수업 시간 선생님께 드리면 늦었다고 혼내지 않으실 거야."

월은 종이에서 모의 이름도 발견하고 얼굴을 찡그렸다. 콜먼 선생님이 고갯짓으로 뒤쪽의 문을 가리켰다. 월이 돌아보는 순간 창문에서 모의 얼굴이 황급히 사라졌다.

"밖에서 계속 기다리고 있구나." 콜먼 선생님이 말했다. "모가 제스처 게임은 잘하지만 숨바꼭질은 영 형편없네. 얼른 가보렴."

17

대니는 열두 살 때 한동네 사는 여자아이에게 잘 보이려고 플라타너스 나무에 올라간 적이 있었다. 물론 자신의 나무 타기 기술─또래 남자아이들이 그렇듯 대니는 나무 타기 기술이야말로 멋진 남자친구의 필수조건이라고 믿었다─을 과시하기 위해서였지만 여자아이의 것도 아니고 위험에 처하지도 않은 고양이를 구하려는 목적도 있었다(사실 고양이를 도와줄 필요가 전혀 없다는 것을 알고 있었지만 자신의 풋풋한 남성성을 보여 주려는 구실로 내세웠다). 그런 그의 마음을 읽기라도 한 듯 고양이는 대니가 나무의 가장 험난한 부분을 무사히 오를 때까지 얌전하게 기다렸다. 하지만 손 내밀면 닿을 만큼 가까워지자 잽싸게 내려가 옆 나무로 올라가 버렸다. 나뭇가지에 위태롭게 서서 자신의 꼴이 얼마나 우스워 보일지 생각하는 순간 대니는 발을 헛디뎌 아래로 떨어졌다.

나뭇가지란 나뭇가지는 모조리 피해 떨어지는 기적이 일어났다. 비록 자존심은 산산이 조각났을지언정, 그나마 땅에 떨어지는 순간 엄청난 행운이 찾아온 덕에 다친 곳 하나 없이 약간 절뚝거리며 현장을 벗어날 수 있었다. 대니는 그만하길 천만다행이라는 생각을 자주 했다. 온몸의 장기가 멀쩡하고 머리통도 깨지지 않았다. 가끔 배 속이 뒤틀리는 생생한 느낌과 함께 높은 곳에서 떨어지는 꿈을 꾸다가 한밤중에 깨어나기는 했지만. 대개 추락하는 꿈이 그렇듯 항상 땅에 부딪히기 직전에 깼다. 하지만 크리스털과 춤 연습을 한 그날 밤은 달랐다. 침대로 기어간 대니는 또 추락하는 꿈을 꾸었다. 이번에는 끝까지 떨어졌다. 이웃집 딸은 경악하고 고양이는 소름 끼치게도 재미있다는 표정이었다. 그리고 떨어지기 전 나뭇가지마다 전부 부딪혔다. 그렇게 나무 아래에서 고통스러워하고 있을 때 알람이 울렸다. 알람을 끄려고 힘겹게 눈을 떴다. 조금만 움직여도 온몸이 아팠다. 한밤중에 든 도둑에게 야구방망이로 밤새 두들겨 맞기라도 한 듯했다. 순간 꿈속의 고통이 현실로 전해진 것인가 싶었지만 어렴풋이 깨달았다. 어제 패니스에 다녀와 생긴 진짜 고통 때문에 그런 꿈을 꾸었다는 것을.

억지로 일어나 실내화를 신었다. 호기심 어린 윌의 시선을 무시하고 절뚝이며 주방으로 갔다. 아침 식사를 준비하고 윌을 학교에 보냈다. 뜨거운 욕조에 들어가듯 소파에 조심조심 앉아서 생각에 잠겼다.

오늘 춤을 출 수 없다는 사실은 확실했다. 기적처럼 울버린의 치유력이 생기지 않는 이상 며칠은 불가능할 것 같았다. 그동안의 시원찮은 벌이를 생각하면 며칠 공원에 나가지 못해도 현재의 재정 상태에는 아무런 영향도 주지 않을 터였다. 연습 시간을 날리는 것이 안타까울 뿐이었다. 하지만 혹시라도 떨어져 나갈까 봐 손가락 하나도 움직이기 조심스러운 지경이니 아쉬워도 당분간은 머릿속으로 연습할 수밖에 없었다.

크리스털과 나눈 대화를 떠올리며 구르듯 소파에서 일어나 TV 장식장으로 갔다. DVD와 비디오게임을 뒤적거리며 리즈의 〈더티 댄싱〉 DVD를 찾기 시작했다. 원래 있던 비디오테이프는 너무 많이 봐 늘어져서(특히 패트릭 스웨이지가 상의를 탈의하고 나오는 장면) 대니가 크리스마스 선물로 사 준 것이었다. 역시나 DVD도 너무 많이 봐서 손때가 탔다.

대니는 리즈가 〈더티 댄싱〉을 몇 번이나 같이 보자고 했는지도 잊어버렸다. 처음에는 진심이었던 리즈도 그가 같이 보겠다고 할 일은 절대 없을 것임을 깨닫고 나중에는 그냥 농담처럼 제안하게 됐다. 그리고 시간이 지나서는 이 상황이 두 사람만 아는 농담으로 자리 잡았다. 리즈가 〈더티 댄싱〉을 보자고 할 때면 대니가 일부러 말도 안 되는 변명을 내놓는 게 당연해진 것이다. 대니는 그러다 언젠가는 갑자기 같이 보겠다고 말해 그녀를 놀라게 해 줄 생각이었다. 그녀가 제안할 때 승낙하든 본인이 먼저 제안하든. 그런데 그럴 기회가 영영 사라져 버릴 줄은 꿈에도 몰랐다. 둘만의 농담이 더는 웃기지 않고 너무도 잔인하게 느껴지는 날이 올 줄은. 오프닝 크레디트와 함께 '비 마이 베이비(Be My Baby)'가 흘러나올 때 대니가 할 수 있는 일은 리즈의 사진을 가져와 소파 옆자리에 앉히는 것뿐이었다.

"아예 안 하는 것보다 늦게라도 하는 게 낫잖아?" 그가 아내에게 말했다. 여주인공 베이비 하우스먼의 독백 장면이 흘러나올 때는 대니의 눈에서 눈물이 떨어졌다. "스포일러 하면 안 돼, 알았지?"

그들은 100분 동안 함께 앉아 있었다. 대니는 조용히 메모를 하기도 했다. 제니퍼 그레이의 발놀림이나 패트릭 스웨이지의 털 한 올 없이 매끈한 몸 같은 내용을 메모할 때마다 아내에게 양해를 구하고 뒤로 감기를 했다. 자니 캐슬이 베이비는 구석에 있으면 안 된다며 데려가 같이 춤출 때는 환호했다. 엔딩 크레디트가 올라갈 때는 리즈의 사진을 끌어안고 엉엉 울었다. 우는 소리가 얼마나 컸는지 옆집 개까지 짖었다. 같이 춤추자는 아내를 매번 거절했던 것이 떠올랐기 때문이다. 아내를 혼자 춤추게 했던 것 말이다. 아무리 춤추는 걸 좋아했다지만 모르는 사람들에게 둘러싸여 댄스 플로어에서 혼자 춤추는 아내를 옆에서 보고만 있었던 것이 떠오르면서 가슴이 찢어졌다. 나는 아내를 웃게 해 주는 것보다 나의 체면을 더 중요하게 여겼던 것이다. 그러다 웃음이 터졌다. 사람들 시선이 무서워서 춤추지 않던 사람이 춤 잘 추는 판다가 되는 방법을 메모까지 하면서 연구하고 있다는 사실이 우스웠다. 어쩌다 이 지경까지 이르렀을까. 하지만 리즈는 분명히 그를 자랑스러워할 것이다. 이제야 춤을 추려 한다고 눈은 좀 흘기겠지만 분명 그럴 것이다.

대니는 소매로 눈물을 닦고 춤 영화를 최대한 많이 검색해 보기 시작했다. 크리스털이 말한 것부터 시작해 말하지 않은 것까지 목록을 작성했다. 〈토요일 밤의 열기〉, 〈사랑은 비를 타고〉, 〈물랑 루즈〉, 〈스텝 업〉 시리즈(마지막 편까지 전부), 〈실버라이닝 플레이북〉, 〈세이브 더 라스트 댄스〉, 〈매직 마이크〉, 〈라라랜드〉, 전설의 아이스댄싱 듀오 제인 토빌과 크리스토퍼 딘의 영상도 최대한 많이 찾아 봤다. 이틀 동안 그는 윌이 학교에 간 후로 돌아올 때까지, 그리고 잠자리에

든 후 일어날 때까지 영화만 봤다. 화장실에 가거나 주방에서 먹을 것을 가져오거나 뻣뻣하지만 조금씩 회복되는 근육을 풀어 줄 때만 빼고 소파에서 일어나지도 않았다.

몸이 어느 정도 회복되자 크리스털이 가르쳐 준 것을 연습하기 시작했다. 마라톤 하듯 쉬지 않고 본 영화들에서 배운 동작도 연습했다. 메트로놈 앱도 다운로드해 뭘 하든 틀어 놓고 박자에 따라 움직였다. 양치질할 때, 손톱 깎을 때, 한 손으로 식탁을 두드릴 때, 현관문과 주방 사이를 왔다 갔다 할 때, 고개를 끄덕일 때, 어깨를 움직일 때, 머리와 어깨를 같이 움직일 때, 리즈가 죽은 후 처음으로 창문을 청소할 때, 창문 청소를 한 번 더 할 때(덕분에 창밖의 풍경도 훨씬 나아졌다), 더러운 작업화로 생긴 카펫 얼룩을 닦을 때, 당근을 자를 때, 그 당근을 더 잘게 썰 때, 그걸 더 잘게 다질 때. 덕분에 아무도 좋아하지 않는 당근이 한동안 식탁에 자주 올랐다. 당근 썰기 덕분인지, 메트로놈 덕분인지, 크리스털 덕분인지, 자니 캐슬 덕분인지, 아니면 이 모든 것이 합쳐진 결과인지, 닷새 후 공원으로 돌아갔을 때는 확실히 뭔가가 달라져 있었다. 여전히 굉장한 실력은 못 되었지만 어느 정도 사람을 모을 만큼 발전했다. 전에는 구경하던 사람들이 대니를 샌드위치에서 발견한 생쥐만도 못하게 취급했다면, 지금 몰려든 구경꾼들은 대니의 춤을 보고 정말로 즐거워하는 듯했다. 엄청나게 좋아하지는 않더라도 마침 가진 잔돈을 내놓을 정도로는 좋아했다. 다시 돌아간 첫날에만 그전까지의 수익을 전부 합친 것보다 많은 돈을 벌었다. 레그에게 갚을 돈에 비하면 새 발의 피도 안 되었지만 대니는 노력의 결실이 나타난 듯해 기뻤다.

자주색 목욕 가운 같은 것을 입고 쿵쾅쿵쾅 달려오는 엘 마그니피코를 보았을 때는 가뜩이나 좋았던 기분이 더 좋아졌다.

"그거 어딨어!" 엘 마그니피코가 다짜고짜 소리쳤다. 예전의 가운을 입지 않은 그는 살던 고등에서 강제로 쫓겨난 소라게처럼 창백하고 연약해 보였다.

"지금 목욕 가운 입고 있는 거예요?" 대니가 인형 탈을 벗고 그의 옷을 쳐다봤다.

"그래. 내가 왜 목욕 가운을 입고 있는지는 네가 더 잘 알겠지, 이 털북숭이 놈아."

"안에 아무것도 안 입은 건 아니죠?"

"잡소리는 집어치워, 이 족제비야. 그거 어딨어?"

"뭐가 어딨어요?" 대니는 태연한 표정을 지으려고 애썼다.

"뭔지 알잖아! 가운 어딨냐고!"

"무슨 가운요?"

"무슨 가운인지 알잖아!"

"미안한데요, 라 판타스티코 씨, 지금 무슨 말씀하시는지 정말 모르겠네요."

"내 이름 일부러 틀리게 부르지 마! 무슨 얘긴지 넌 너무 잘 알아. 너하고 저 빌어먹을 허수아비 놈이 훔쳐 간 내 가운!" 그가 저 너머의 팀을 가리켰다.

"가운을 도둑맞았어요? 끔찍해라. 요즘은 정말이지 믿을 사람 하나 없다니까요." 대니는 웃음을 가리려고 탈을 다시 썼다.

엘 마그니피코의 몸이 부들부들 떨리고 한쪽 눈이 씰룩거리기 시작했다.

"잠깐, 지금 그냥 화내는 건가요? 아니면 나한테 불붙이려고 하는 건가요?" 대니가 물었다.

"가만 안 둘 거야!" 엘 마그니피코는 성큼성큼 걸어갔다. 뒤에서 목욕 가운 자락이 신문을 엉망으로 배달한 소년을 찾는 성난 집주인처럼 펄럭거렸다.

대니는 자리에 앉아 피식 웃으며 신발 끈을 매고 다음 무대를 준비했다.

"안녕하세요." 낯설면서도 익숙한 목소리였다.

대니는 신발을 빤히 쳐다보았다. 흥분감으로 온몸이 찌릿하고 피가 귀로 몰려 고동쳤다. 심호흡을 한 뒤 고개를 들었다. 앞에 아들이 서 있었다.

"저번에 감사했어요." 윌이 말했다.

대니는 어찌해야 할지 몰라 고개만 끄덕였다. 어색한 침묵
이 내려앉았다.

"그런데 뭐로 변장하신 거예요?" 윌이 한 손으로 교복 넥타
이를 꼬았다 풀었다 하며 물었다. "혹시 판다 같은 건가요?"

대니는 또 고개를 끄덕였다. 그가 판다라는 사실을 누군가
처음으로 정확하게 알아봐 준 것이었지만 정신이 멍해서 기
뻐할 겨를도 없었다.

"왜 말을 안 하세요?"

대니는 예, 아니오가 아닌 질문에 어떻게 답해야 할지 난감
했다. 발 옆에 놓인 가방이 눈에 들어왔다. 평소 이것저것 적
어두는 수첩을 꺼내 뭐라고 휘갈겼다. 자신의 형편없는 필
기체를 아들이 알아보지 못하도록 일부러 대문자로만 썼다.

'난 판다니까.'

윌이 미소 지었다. "저도 이해해요. 말하기 싫은 마음 말이
에요. 저도 말을 안 하거든요."

'아닌 것 같은데?' 대니가 글씨로 말했다.

"아, 평소엔 말을 안 해요. 사실 1년 만에 처음으로 말하는
거예요. 판다한테 말하는 건 태어나 처음이고요."

'기분이 어떤데?'

"모르겠어요." 윌이 어깨를 으쓱했다. "평범하기도 하고 이
상하기도 하고 둘 다요."

'왜 말을 안 하게 됐지?' 사고 이후로 자신을 괴롭혀 온 질문의 답을 알 수 있다는 기대감에 글을 쓰는 대니의 손이 약간 떨렸다.

"설명하기 힘들어요." 잠시 생각하던 윌이 말했다.

'해 봐. 판다는 이야기를 잘 들어 주거든.' 대니는 강조의 뜻으로 나방이 좀먹은 귀를 툭툭 쳤는데 귀가 떨어지고 말았다.

"다음에요." 윌이 대니의 귀를 주워 주며 말했다. "전 이만 가 볼게요."

대니는 펜을 종이에 댄 채 어떻게든 대화를 이어가게 해 줄 말을 생각해 내려고 애썼다. 그가 글씨를 다 썼을 때 윌은 저 멀리까지 가버린 뒤였다. 대니는 수첩을 보며 한숨을 쉬었다.

수첩에는 이렇게 적혀 있었다. '잠깐.'

18

"안녕, 윌!" 대니가 현관문을 열고 들어와 잔뜩 들뜬 채로 집 안을 돌아다녔다. "윌? 집에 있니?"

그는 일찍 공원을 나왔다. 예상치 못하게 아들을 만난 다음부터 영 집중이 되지 않았다. 마치 기적처럼 불치병이 나은 듯 몇 시간이 지난 지금까지도 현실로 믿어지지 않았다.

대니는 침대에서 아이패드를 하는 윌을 발견했다.

"거기 있구나!" 대니는 평소와 다름없어 보이려고 애쓰면서 문에 기대어 섰다. 순간 한 번도 문가에 기대어 선 적이 없다는 사실이 떠올라 수상해 보일까 봐 똑바로 섰다. "오늘 하루 잘 보냈니?"

월은 어깨를 으쓱하고 다시 아이패드로 눈길을 돌렸다.

대니는 좌절하지 않고 계속 말을 걸었다. "뭐 재미있는 일은 없었고?"

월은 쳐다보지도 않고 고개를 저었다.

"학교는 괜찮았어?"

월은 여전히 화면에 시선을 집중한 채 고개만 끄덕였다.

대니는 주제를 바꾸었다. "저녁 뭐 먹을까?"

월이 어깨를 으쓱했다.

"네가 먹고 싶은 걸로 먹자. 피자, 햄버거, KFC? 아무거나 말만 해."

그제서야 월은 아이패드를 내려놓고 대니를 쳐다보았다.

"뭐든 괜찮아." 대니가 재촉했다. 주인이 테니스공을 던져주기를 기다리는 반려견 같았다. "말만 해."

월이 눈을 가늘게 떴다. 입이 살짝 벌어졌다. 잠깐이지만 뭐라고 말하려는 것처럼 보였다. 대니는 한마디도 놓치지 않으려고 몸을 앞으로 숙였지만 월에게서 나온 소리라고는 커다란 재채기뿐이었다. 월은 코를 닦고 어깨를 으쓱한 뒤 다시 아이패드로 시선을 돌렸다.

대니는 슬그머니 돌아서서 문을 닫았다. 그리고 이렇게 간단히 해결되리라고 생각한 자신을 책망했다. 하지만 성에를 제거한 지 오래돼 북극 황무지처럼 변해 버린 냉동실을 뒤져

라자냐를 꺼내면서 미소가 절로 나왔다. 다음 날 아침 공원으로 나가는 길에도 웃음이 나왔다.

〰

　그날 대니는 그 어느 때보다 많은 관객 앞에서 춤을 추었다. 적어도 서른 명은 되는 것 같았다. 사람들은 그의 뛰어난 춤 실력을 보려고 모여든 것이 아니었다. 춤 실력은 여전히 별로였다. 기막힌 타이밍 때문도 아니었다. 관객들을 불러들인 것은 부족하지만 모든 것을 쏟아부어 최선을 다하는 그의 모습이었다. 대니는 자신조차도 처음 보는 굉장한 에너지로 춤을 추었다. 실력을 한참 뛰어넘는 자신감으로 움직였다. 자신의 꼴이 우스워 보이면 어쩌나 하는 두려움 없이 춤을 췄다. 물론 우스운 건 사실이었지만 상관없었다. 그날은 그랬다. 그의 눈에는 자신을 둘러싼 인파가 보이지 않았다. 저쪽에서 노려보는 엘 마그니피코도 보이지 않았다. 아무것도 보이지 않고 아무것도 들리지 않았다. 오직 음악만을 느꼈다. 음악이 끝나고 관객들에게 인사할 때 대니를 미소 짓게 한 것은 도시락통으로 쏟아지는 동전 소리가 아니었다. 박수갈채, 진심 어린 박수갈채가 그의 마음을 따뜻하게 해 주었다. 관객들이 흩어지고 나서야 돈을 확인해 보고 충격을 받았다. 5분도 안 되는 공연으로 모인 동전이 10파운드도 넘었다.

그날 그는 총 60파운드하고도 몇 페니를 벌었다. 일주일이 지난 후에는 공사장에서 일할 때의 절반 가까운 수익을 올리게 되었다. 게다가 일은 훨씬 더 즐거웠다. 춤추는 판다가 정신 나간 도전이 아닐지도 모른다는 생각을 처음으로 하게 됐다.

"세상에 이런 일이." 돈을 세는 대니를 보고 팀이 말했다. "밀턴한테도 동물 인형 옷을 입혀야 할까 봐요."

"원래 동물이잖아요." 대니가 고갯짓으로 밀턴을 가리켰다.

"사람들이 이젠 고양이를 별로 안 좋아해요. 판다를 좋아하지. 요즘은 형씨가 이 공원의 명물이잖아요. 봐요, 지금 아주 돈을 쓸어 담고 있네!"

"글쎄요. 그래도 밀린 월세를 내기엔 역부족이에요."

"그럼 이게 도움이 될지도 모르겠어요." 팀이 안주머니에서 전단 하나를 꺼내 대니에게 내밀었다.

"이게 뭐죠?" 대니가 털북숭이 손가락으로 종이를 집었다.

"거리 공연 배틀. 4주 후. 하이드 파크. 1등 상금……."

"1만 파운드!" 대니가 소리쳤다. "세상에."

"이거면 월세 낼 수 있을 거예요."

"하지만 우승해야 하잖아요."

"우승하면 되죠."

"잠깐만요." 대니가 휴대전화를 확인했다. "지금 몇 시죠?"

"4시 되어 가요."

"젠장." 대니는 손등으로 전단을 철썩 쳤다. "늦었네요. 접수가 오늘 3시까지였어요."

"알아요." 팀이 말했다. "그래서 내가 오늘 아침에 형씨 이름도 접수했죠."

"정말이에요?" 대니의 물음에 팀이 고개를 끄덕였다. "당장 껴안아 주고 싶네요. 껴안아도 될까요?"

"안 그러는 게 좋겠어요. 밀턴이 질투가 심하거든요. 그래서 제가 여자친구를 안 사귑니다. 제 얼굴 탓도 있지만."

"그래요. 그럼 악수만 해야겠네요."

"그게 좋겠군요." 두 남자는 악수를 했다.

"그런데 왜 나를 도와주는 거예요?" 대니가 물었다. "서로 경쟁자가 되는 거잖아요."

"그렇죠. 하지만 더 중요한 건 엘 마그니피코의 경쟁자가 많아지는 거예요. 경쟁자가 많으면 그가 우승할 가능성이 줄어드니까. 형씨한테는 져도 상관없지만 저기 저 가짜 데이비드 코퍼필드한테 지는 건 싫거든요."

대니는 물끄러미 전단을 바라보았다. 확실히 이만 한 돈을 구할 다른 방법은 없었다. 그가 우승할 확률은 팀의 귀에 꽂혀 있는 둘둘 말린 담배보다도 하찮았지만 시도는 해 봐야

했다. 그리고 확률을 조금이라도 높이기 위해서 모든 방법을 동원해야 한다.

꩜

음악이 요란하게 울려 퍼지고 화려한 디스코 조명이 돌아갔다. 넌더리난다는 표정의 여자 댄서들이 시끄럽게 떠드는 남자들을 위해 춤추고 있었다. 남자들은 머리가 번들거리고 칼라는 축축했다. 대니는 인파를 헤치고 바 쪽으로 갔다. 바쁘게 손님을 상대하고 있는 베수비어스는 대니를 보자 윙크를 날렸다.

"키스 받으러 온 거야?"

"그건 다음을 위해 아껴 둘게요. 아마 비 오는 날?" 대니가 말했다.

"그건 빗물 아니고?" 베수비어스가 여기저기 얼룩진 대니의 셔츠를 가리켰다.

대니는 생판 모르는 사람들이 튀긴 땀방울을 보고 얼굴을 찡그렸다. "아쉽게도 아니네요." 냅킨을 뽑아 셔츠를 닦으며 물었다. "크리스털 있어요?"

"지금 손님이 왜 이렇게 많게?"

음악 소리가 작아지고 사람들의 웅성거림이 커졌다.

"시간 딱 맞춰서 왔네." 베수비어스가 대니의 뒤쪽을 가리켰다. 조명이 흐려지더니 실내가 어두워졌다.

대니가 뒤돌아보니 스포트라이트 조명 몇 개가 전부 텅 빈 포디엄 하나를 비추고 있었다. 포디엄 한가운데 있는 기둥 뒤로 붉은 커튼이 보였다. 그날의 하이라이트 공연을 제대로 보려고 사람들이 서로 밀치면서 앞으로 나갔다. 온몸을 뚫고 들어오는 날카로운 베이스 소리가 울려 퍼지자 벽과 바닥이 흔들리고 잠시 후 크리스털이 모습을 드러냈다. 카우보이 모자와 카우보이 부츠, 손바닥만 해서 젖소가 잃어버린 줄도 모를 것 같은 젖소 가죽 속옷, 엉덩이에 찬 벨트와 권총집 차림을 한 그녀가 커튼 뒤에서 살그머니 나와 스포트라이트 조명을 향해 뽐내듯 걸어갔다.

그녀가 기둥으로 다가가자 남자들이 환호하고 휘파람을 불었다. 한 남자는 지나가는 그녀의 다리를 만지려다가 얼굴을 세게 걷어차였다.

"잘한다." 베수비어스가 딸을 자랑스럽게 바라보는 아버지처럼 말했다.

대니는 스트립 클럽에 가 본 적이 딱 한 번 있었다. 알프와 일하게 된 지 얼마 되지 않았을 때 벽돌공 하나가 총각 파티에 모두를 초대했다. 처음에는 그냥 술집 순례였지만 독한 삼부카로 취기가 오르자 한 명이 유명 스트립 댄스 클럽 선

셋 불리바드에 가자고 제안했다. 대니도 리즈에게 전화로 허락받고(리즈가 반대하기를 바랐는데 그녀는 대니가 스트립 클럽에 간다는 것 자체가 신기한 모양이었다) 마지못해 따라 나섰다. 아까운 돈을 알지도 못하는 여자의 끈 팬티에 끼워 넣는다니 내키지 않았다. 하지만 공사장에서 일한 지 겨우 2주 정도밖에 안 된 새내기가 제일 먼저 집에 가 버릴 수도 없는 노릇이었다.

입장료를 내자 랩댄스 서비스 티켓이 따라왔다. 대니는 필요 없어서 동료에게 넘겼는데 동료가 댄서에게 티켓을 주면서 대니에게 춤을 춰 주면 된다고 말해 버렸다. 금발에 까만 눈동자의 빼빼 마른 10대 댄서가 어리둥절해진 대니의 무릎으로 와서 앉았다. 일어나 달라고 말하면 댄서의 기분이 상할 테고 직접 일으켜 세웠다가는 댄서들에게 손대면 안 된다는 규칙을 어기는 인간이 나오기만을 눈에 불을 켜고 기다리는 보안요원들에게 흠씬 두들겨 맞을 것이 뻔했다. 그래서 대니는 댄서가 그의 무릎에 앉아 어깨에 손을 올리고 그와 구석에서 험악한 표정으로 지켜보는 남자를 번갈아 쳐다보며 몸을 비벼 대는 어색한 2분 동안 그저 천장만 바라보았다. 춤이끝나자 그는 어색해하며 그녀에게 팁을 주었다. 끈 팬티에 찔러 주지 않고 직접 건넸다. 어린 댄서는 웃음기를 조금도 보이지 않고 구석의 남자가 손가락으로 가리킨 다음 손님의 무룬으로 가서 앉았다. 아무튼, 대니의 스트립 클럽 첫 경험은 전혀 에로틱하지 않았다. 차라리 별로 좋아하지도 않는 이케아에 가는 편이 나을 것 같았다. 댄서도 생판 모르는 남자들의 무릎에 앉아 몸을 비비는 것보다 차라리 로프 없이 번지 점프하는 게 낫다고 생각하는 듯했다. 하지만 지금 관객들을 열광시키는 크리스털은 진정으로 무대를 즐기는 것 같았다. 그녀는 서로 팔꿈치로 밀쳐 가며 주택 대출금이나 아이들 학원비를 그녀의 부츠에 집어넣을 기회를 엿보는 남자들을 위해 춤추는 것이 아니었다. 그녀는 자신을 위해 춤추었다. 사람들은 그런 그녀를 보려고 돈을 내는 것이었다.

"참 아름답지?" 베수비어스가 말했다. 대니는 무슨 말인지 이해할 수 있었다. 크리스털은 그냥 공연을 하는 것이 아니었다. 관객들의 심리를 분석하고 얼굴을 훑고 몸짓을 관찰하고 성격을 파악하고 약점을 알아차리고 채워야 할 빈틈을 발견하고 방치되어 녹슨 감정을 자극하고 사람들을 서로 경쟁시켰다. 아무리 지독한 구두쇠라도 그녀가 옆 사람에게만 관심을 준다면 지갑을 열리라. 그녀는 가난한 남자의 손에서 마지막 10파운드 지폐를 가져가면서도 그 남자에게 부자가 된 기분을 느끼게 해 줄 수 있었다. 아무리 한심한 남자라도 그녀의 타이밍 기막힌 윙크만으로 복권에 당첨된 기분을 느꼈다. 크리스털이 대니를 발견하고 보낸 잠깐의 미소는 그녀가 쇼를 끝내고 와서 바에 앉았을 때까지도 그의 가슴을 두근거리게 했다.

"다시는 귀찮게 하지 않겠다면서요?" 크리스털은 베수비어스가 건넨 물을 벌컥벌컥 마셨다.

"당신이 보면 좋아할 만한 게 있어요." 마침 그 말을 할 때 또 패니가 지나가면서 의심스러운 눈길로 쏘아보았다. "패니, 당신이 생각하는 그런 이상한 거 아닙니다." 패니는 비꼬듯 웃더니 지하 저장고로 사라졌다. "바로 이겁니다." 대니가 전단을 펴서 바에 탁 내려놓았다.

"이게 뭐 어쨌다는 거예요?" 크리스털이 전단지를 물끄러미 쳐다봤다.

"거리 공연 배틀. 우승 상금 1만 파운드."

"대니, 나도 글 읽을 줄 알거든요? 내 말은 이걸 왜 보여 주냐는 거예요."

"내가 여기 나갈 거거든요."

"잘됐네요."

"꼭 우승할 겁니다."

"자신감이 넘치네요."

"당신이 날 도와줄 거니까요."

"그래요? 내가 어떻게 도와주면 되죠? 다른 참가자들을 쥐도 새도 모르게 없애 버리면 되나요?"

"당신이 아는 모든 걸 나한테 가르쳐 주세요."

"4주 안에?"

"네. 아니, 3주 반."

"취했어요?" 크리스털이 이렇게 말하면서 베수비어스를 쳐다보았다. "이 사람 술 마셨어요?"

베수비어스가 어깨를 으쓱했다.

"농담 아닙니다. 우린 할 수 있어요."

"아뇨, 대니. 불가능해요."

"상금은 나눠요. 50대 50. 딱 절반으로."

"안 돼요."

"돼요. 10을 2로 나누면 돼요. 간단한데."

"그게 아니고요, 멍청이 씨. 시간이 부족해서 안 된다고요."

"그럼 60대 40 어때요?"

"대니, 돈이 문제가 아니라……."

"좋아요, 그럼 70대 30. 나도 더는 양보 못 해요."

"100파운드도 아직 안 줘 놓고!"

"70대 30에 100파운드 추가."

"대니, 가능하면 나도 도와주겠지만 당신은 대회에 나갈 수준도 안 돼요. 몇 주 안으로 그런 수준까지 올라가는 건 절대 불가능해요. 나라면 대회 따윈 잊어버리고 내가 가르쳐 준 기본기를 완벽하게 익히는 데나 열중하겠어요." 크리스털은 빈

물통을 쓰레기통에 던지고 젖소 무늬 브래지어를 매만졌다.

"난 다시 일하러 가 봐야 해요."

"잠깐만요!" 대니가 가려는 크리스털에게 소리쳤다.

"미안해요, 대니."

"잠깐만 내 얘길 들어 줘요. 제발." 크리스털은 한숨을 내쉬고 계속하라고 손짓했다. "나한테는 아들이 있어요. 이름은 윌이고 열한 살입니다. 집사람이 사고로 죽었을 때 아들도 차에 타고 있었어요. 그 뒤로 애가 말문을 완전히 닫아 버렸어요. 한마디도 안 해요. 그런 상태라 더는 아들을 힘들게 하고 싶지 않아요. 그래서 직장에서 잘린 것도, 지금 춤추는 판다로 일하는 것도 알리지 않았어요. 아들은 아직도 내가 공사장에서 일하고 집세를 낼 수 있는 줄 알아요. 4주 후면 무자비한 집주인이 우릴 쫓아낼 겁니다. 하지만 그전에 마음에 드는 내 신체 부위를 골라 부러뜨리겠죠. 그렇게 무서운 사람이에요. 그걸 막을 방법은 이 대회에서 우승하는 것뿐입니다. 어려운 도박이라는 거 알아요. 승산이 거의 없겠죠. 하지만 그래도 난 해 봐야 합니다. 이것조차 해 보지 않으면 정말로 난 끝이니까. 그러니 제발 도와줘요. 태어나 처음으로 이렇게 애원합니다."

크리스털은 고개를 저었다. 하지만 '거절'의 의미가 아니라 '내가 전생에 무슨 죄를 지었기에 이런 지독한 벌을 받는 것일까? 작고 귀여운 판다라도 죽였나? 늙고 힘없는 할머니를 등쳐 먹기라도 했나?'라고 생각하는 것 같았다. 그녀는 내내 들고 있던 베수비어스를 쳐다보았다.

"어쩔까요?"

베수비어스는 대니를 쳐다보았다. 대니는 최대한 불쌍하게 보이려고 애썼다. 자신도 모르게 점점 능숙해지고 있는 일이었다. 베수비어스는 크리스털에게 고개를 끄덕였다.

"내가 못 살아!" 졸지에 업보를 치르게 된 크리스털이 믿을 수 없다는 듯 두 팔을 휘저었다.

베수비어스는 어깨를 으쓱했다.

"실망이에요, 베수비어스." 그녀는 한숨을 쉬고 대니를 쳐다보았다. "좋아요. 도와주죠. 하지만 절대로 우승할 수 없다는 건 알아 둬요."

"정말이에요?"

"절대 우승할 수 없다는 거요? 당연하죠."

"도와주겠다는 거요."

"도와주겠다니까요? 월요일 아침 8시. 늦지 마요."

"고마워요. 진심입니다. 얼마나 고마운지 모를 겁니다. 당신은 정말…… 재수 없는 인간!"

"지금 뭐라고……."

"당신 말고요!" 크리스털에게 한 대 맞기 전에 대니가 얼른 말했다. "저 사람!" 대니가 크리스털 뒤쪽에 서 있는 야위고 창백한 얼굴의 남자를 가리켰다. "저기 저 사람요. 저 사람이 날 해고했어요."

무대 근처에서 검은 양복을 입은 남자 세 명이 대화를 나누고 있었다. 장례식이라도 다녀온 듯한 차림이었는데 그중에서도 빅토르는 장례식 주인공 같았다. 안 그래도 핼쑥한 얼굴이 차가운 하얀 조명 아래에서 더욱더 파리했다.

"그러니까 내가 이 고생을 하게 된 게 다 저 사람 때문이라는 거죠?"

대니가 고개를 끄덕였다. 불붙이려는 대상을 쳐다보는 엘 마그니피코처럼 턱에 힘을 주고 빅토르를 노려보았다.

"마이크 좀 줘 봐요." 크리스털이 말했다.

베수비어스에게 마이크를 건네받은 그녀는 성큼성큼 바닷문으로 갔다. 어딜 간 건지 의아해하고 있을 때 안에서 환호성이 들려왔다. 대니가 무슨 일인지 가 보니 크리스털이 앙코르 공연을 하는 줄 알고 착각한 손님들에게 둘러싸여 무대 한가운데 있었다.

"즐거운 밤 보내고 계시죠?" 크리스털이 마이크를 관객들 쪽으로 가져갔다.

다들 그렇다고 환호했다.

"그러실 줄 알았어요. 우리 재미있는 게임을 해 볼까요?"

관객들이 또 일제히 환호성을 질렀다.

"1등 하신 분께는 저와 단둘이 춤출 기회를 드릴게요……." 그녀는 사람들의 흥분이 가라앉기를 기다렸다. "저 남자의 얼굴로 남자 화장실의 막힌 변기를 뚫어 주시는 분이 1등!"

베수비어스가 타이밍을 딱 맞춰 빅토르에게 스포트라이트 조명을 비추었다. 빅토르는 손으로 강렬한 조명을 가렸는데 변기 청소솔로 쓰이게 된 사람이 바로 나라고 반가워하며 광고하는 꼴이었다.

"그럼 멋진 분이 1등 하시길 바랄게요!" 크리스털의 외침과 동시에 남자들이 빅토르를 향해 돌진했다. 빅토르는 더욱더 파리해져서 화장실로 끌려갔다.

19

한 가닥의 거대한 레게머리처럼 생긴 남자가 곧 부서질 듯한 음료 카트를 밀고 지나갔다. 대니는 늘 춤추는 자리의 벤치에 앉아 그를 바라보았다. 대니는 조금 전 '강남 스타일'에 맞춰 춤을 춰 관객들을 즐겁게 해 주려다 실패하고 말았다. 옆에 벗어 놓은 축축한 인형 탈에서 김이 모락모락 피어오르는 듯했다.

그는 남자에게서 산 펩시 캔(자세히 들여다보니 펩시가 아니라 팝시였다)을 이마에 갖다 댔다. 화창한 날씨에 비해 너무 두툼한 카디건을 입은 노부인이 과하게 발랄한 비글의 목줄을 묶으려고 애쓰고 있었다. 목줄을 가까이 가져가면 비글은 저만치 달려가 주인이 따라오기만을 끈질기게 기다렸다. 그런 실랑이가 무한 반복됐다. 생김새 때문인지, 판다 옷을 아무리 빨아도 가시지 않는 냄새 때문인지, 대니를 발견한 비글이 종종걸음으로 다가왔다. 그러더니 그의 털북숭이 다리에 대고 코를 킁킁거리며 물어야 할지 몸을 비벼야 할지 오줌을 갈겨야 할지 고민했다. 비글이 계속해서 고민하는 동안 노부인이 슬그머니 다가와 정신 팔린 개의 목걸이에 더듬더듬 목줄을 채웠다. 그녀는 마치 오래전부터 두 사람이 그렇게 한 팀을 이루어 개를 잡아 온 것처럼 대니를 보고 의미심장한 표정을 지으며 고개를 끄덕였다. 대니도 고개를 끄덕이고 목줄에 매인 상태로도 마음대로 달려가 주인을 넘어뜨리려는 비글과 노부인의 모습을 바라보았다.

인형 탈을 다시 막 썼을 때 누가 뒤에서 말을 걸었다.

"온종일 공원에 앉아 계세요?"

눈앞에 윌이 나타났다. 대니는 판다 발로 더듬더듬 펜과 수첩을 꺼냈다.

'도로 한가운데에 앉아 있는 것보단 낫지.' 그가 수첩에 썼다.

"그게 아니라, 직업 없으세요?"

'난 판다야. 이게 내 직업이야.'

윌은 씩 웃더니 책가방을 벗고 벤치에 앉았다.

'그러는 넌 직업 없어?' 대니가 또 썼다.

"있어요." 월은 넥타이를 벗어 한 손에 둘둘 감았다. "학생이에요. 온종일 일하는데 돈은 못 받아요. 최악의 직업이죠."

'내 직업이 낫네.'

"제가 생각해도 그래요. 오늘은 빼고요." 월이 햇살에 눈을 찡그렸다. "오늘은 판다로 일하기엔 너무 더워요."

'괜찮아. 판다에겐 열을 식혀 주는 복잡한 시스템이 있단다.'

"정말요? 그게 뭔데요?"

대니가 팝시를 들었다. 월이 눈알을 굴렸다.

"참 복잡하기도 하네요."

대니는 아직 열지 않은 캔을 바라보았다. 탈을 벗지 않고도 마실 수 있다면 얼마나 좋을까.

"카터 선생님의 복잡한 수학 문제." 월이 중얼거렸다.

어리둥절해진 대니가 월을 쳐다봤다.

"수학 시간에 나오는 거예요. 카터 선생님은 수업 시작 때마다 칠판에 문제를 적어 놓고 끝나기 전에 한 명한테 풀어 보라고 시켜요. 선생님이 직접 '카터 선생님의 복잡한 수학 문제'라고 이름 붙였어요. 정말 싫어요."

'왜?' 대니는 이야기가 어디로 가고 있는 건지 도통 알 수 없었지만 어떻게든 월이 계속 말하도록 유도하고 싶었다.

"문제를 풀 수가 없거든요. 아는 문제일 때도 가끔 있지만 모르는 문제일 때가 더 많아요. 답을 모를 때마다 조용히 고개를 숙이고 있어요. 선생님이 날 보지 않길 바라면서요." 윌은 잠깐 생각에 잠겼다. "설명하기 어려운데 제가 말을 안 하게 된 이유가 그것 때문이기도 해요."

'수학 시간 때문에?' 대니가 적었다. 카터 선생이라는 작자를 찾아가 인생을 복잡하게 만들어 주리라 다짐했다.

"아뇨. 수학 시간 때문은 아니에요. 작년에 있었던 일 때문이에요. 정말 나쁜 일, 정말로 이해되지 않는 일이 있었거든요." 윌이 손에 감은 넥타이의 끝부분을 당겼다. 넥타이가 작은 보아뱀처럼 손을 꽉 조였다. "카터 선생님의 복잡한 수학 문제 같지만 100만 배는 더 어려운 문제였어요. 어떻게 해야 할지 몰라서 그냥 수학 시간에 하는 대로 해 버렸어요."

'그냥 조용히 있고 싶어서 말을 안 하게 된 거니?' 대니가 적었다. 윌은 고개를 끄덕였다. 대니는 학교 주차장에서 카터 선생을 기다리겠다는 생각을 지워 버렸다.

"계속 무시하면 다 사라질 거라고 생각했어요. 사람들의 관심을 끌지 않으면 문제가 그냥 없어지거나 할 줄 알았어요." 윌은 넥타이를 풀고 다시 손에 감기 시작했다. "머릿속으로만 생각하면 큰 문제가 아닌 것처럼 느껴졌거든요. 정말 이상한 말이지만요."

대니는 드디어 알게 되었다. 14개월 동안 그렇게 궁금했던 질문의 답을 갑자기 얻었다. 안도감이 온몸을 뒤덮기를 기대하면서 좀 더 편안하게 기대어 앉았다. 하지만 그를 찾아온 안도감은 예상과 달리 폭우가 아니라 이슬비 수준이었다. 오히려 슬픔이 그를 뒤덮었다. 월이 지금껏 말문을 닫고 느꼈을 고통을 생각하니 너무 슬펐다. 자신이 아이를 그렇게 만들었다는 사실이 슬펐다. 이렇게 말도 안 되는 방법으로 마침내 진실을 알게 되어 슬펐다.

월이 쳐다보는 것을 느끼고 대니는 종이에 휘갈겼다.

'이상하지 않아.'

"고맙습니다."

'판다와 말하는 게 이상하지.'

"우리 선생님은 귀가 하나뿐인 콜린이라는 토끼하고 말을 한대요." 대니는 이 말에는 대꾸하지 않았다. "판다랑 말하는 제가 이상하면 판다 아저씨는 뭐죠?"

'엄청나게 이상하지.'

"그럼 우린 공원의 이상한 두 사람이네요." 월이 말했다.

'난 그래도 괜찮아.'

월이 미소 지었다. "저도 괜찮아요." 대니는 아들에게 위험하니까 공원에서 이상한 사람들과 어울리지 말라고 꼭 주의를 시켜야겠다고 생각했다.

그는 아들을 바라보며 이제 무슨 이야기를 꺼낼지 고심했다. 보통의 상황이라면 작년에 무슨 일이 있었는지 물어보는 것이 정상이겠지만 그가 고통스러울 정도로 잘 아는 이야기 인 데다 윌에게 억지로 말하게 하고 싶지도 않았다(원하지 않는 말을 하게 만드는 것 자체가 불가능하다는 사실을 지난 1년의 시간이 깨우쳐 주기도 했고). 하지만 만약 윌이 그 이야기를 하고 싶어 하는 거라면? 무슨 일이었는지 지금 물어보지 않는다면 아들의 마음을 여는 처음이자 마지막 기회를 놓칠 수도 있다. 대니는 계속 고민하면서 수첩만 쳐다보았다.

"혹시 아는 사람이 죽은 적 있어요?" 윌이 물었다.

대니는 가장 좋은 대답이 뭘까 고민했다. 자신의 정체를 사실대로 밝히고 싶지는 않았지만 거짓말하고 싶지도 않았다.

'응.' 더 자세히 물어봐 주기를 바라며 이렇게만 썼다.

"보고 싶어요?"

대니는 고개를 끄덕였다. '아주 많이.' 그는 나뭇가지에서 들려오는 참새 한 쌍의 지저귐을 들었고 아들은 옆에서 가만히 꼼지락거렸다.

"엄마가 차 사고로 돌아가셨어요." 윌이 말했다. "1년 조금 넘었는데 아직도 엄마가 많이 보고 싶어요." 도망치려고 하는 듯 윌의 목소리가 아득해졌다. "이렇게 소리 내어 말하니까 기분이 이상해요."

대니의 펜이 수첩 위에서 머뭇거렸다. 할 수 있는 말은 많았

다. 장례식장에서, 그리고 그 후에 사람들이 어색하게 웅얼거
렸던 말들. 유감이다, 많이 슬프겠다, 천국에서 천사가 필요
해서 데려간 거다. 그런 말들이 얼마나 듣기 싫었는지 모른
다. 아무리 좋은 뜻으로 한 말이라도 그의 기분을 조금도 바
꿔 주지 못했다.

'분명히 멋진 엄마셨겠지.' 대니는 이렇게 썼다.

"네." 월은 소매의 실밥을 뽑아서 버렸다. "최고의 엄마였
어요."

두 사람은 잠시 침묵 속에서 서로 다른 방향을 바라보았지
만 마음속으로 같은 사람을 떠올렸다.

"사람이 죽는다는 건 정말 거지 같은 일이에요. 그렇죠?"
월이 말했다.

'정말 거지 같아.'

대니는 음료 카트를 끌고 다니는 남자가 부서진 파라솔을
고치는 모습을 바라보았다. 이쪽 살대를 펴면 저쪽 살대가 주
저앉았다. 겨우 살대를 다 폈나 싶으면 바람이 불어와 도루묵
이 되었다. 지나가던 커플이 보고 웃었다. 하지만 대니는 삶
의 모든 것이 무너져 내리는 것만 같을 때 버티기가 얼마나
힘든지 잘 알았다.

"바보 같은 얘기해 드릴까요?" 월이 말했다. 대니가 해 보
라고 손짓했다. "제가 엄마 얘길 하고 싶은 사람이 바로 엄마

라는 거예요. 엄마가 없어서 힘든 얘기를 엄마에게 털어놓고 싶어요. 항상 엄마에게 말하고 나면 기분이 좋아졌거든요."

대니는 고개를 끄덕였다. 탈을 쓴 것도 잊어버리고 손등으로 눈물을 닦았다.

'아빠한테 말할 순 없어?' 대니가 적었다.

윌은 고개를 저었다. "좀 달라요. 엄마는 엄마지만 제 친구이기도 했거든요. 하지만 아빠는 그냥 아빠예요. 아빠는 일찍 일하러 가고 늦게 들어올 때가 많아서 엄마랑 둘이서만 뭘 할 때가 많았어요."

'뭘 했어?'

윌은 어깨를 으쓱했다. "그냥 같이 놀았어요. 한번은 브라이튼에 갔었는데 정말 재미있었어요. 스톤헨지에도 갔어요. 엄마가 만들어 주는 팬케이크도 정말 맛있었는데. 엄마의 할머니한테 물려받은 비밀 레시피가 있거든요. 엄마가 요리책에 레시피를 숨겨 놨어요. 가끔 그걸 찾아봐요. 왜 그런지 모르겠어요. 그냥 아직도 있나 보려고 그러나 봐요. 엄마가 떠나고 아빠랑 둘이 남았는데, 몰라요. 좀 달랐어요."

'모르는 사람이랑 사는 것처럼?'

"맞아요. 모르는 사람. 아빠는 날 잘 몰라요. 아직도 제가 토마스 기차를 좋아하는 줄 안다니까요. 중학생인데. 땅콩버터도 싫어하는데 좋아하는 줄 알아요. 엄마와 달리 아빠랑은 같이 하는 게 없어요. 아빠는 엄마 얘기도 거의 안 해요."

'어쩌면 너무 슬퍼서 그럴지도 몰라.' 대니는 '어쩌면'을 지우고 싶었다.

"어쩌면요. 어쩌면 아빠는 엄마를 잊고 싶은지도 모르죠."

대니는 펜이 긁히는 소리를 내면서 격렬하게 뭔가를 휘갈겼다.

'그렇지 않아!' 대니는 밑줄을 두 번이나 쳤다.

윌이 얼굴을 찡그렸다. "어떻게 알아요?"

대니는 윌의 어깨를 붙잡고 리즈를 잊지 않았다고 설명하고 싶었다. 100만 년이 지나도 잊을 수 없을 거라고, 온 세상이 산산이 조각나서 저 먼 우주로 파편이 흩어져도 그녀와 함께할 것이고 거대한 미지의 공간으로 들어가더라도 그녀가 옆에 있는 한 끝없는 어둠을 기꺼이 맞이할 거라고. 하지만 아무 말도 할 수 없기에 그냥 가장 먼저 떠오르는 말을 적었다.

'난 판다니까.'

윌이 웃었다. "마음대로 하세요." 윌은 일어나 책가방을 멨다. "이만 가 볼게요."

'말해서 즐거웠어.'

"말 하나도 안 했잖아요."

대니는 '말해서'를 지우고 '얘기 들어서'라고 썼다.

"그게 낫네요. 그럼 다음에 봐요." 월이 말했다.

월은 바람에 금발을 휘날리며 걸어갔다. 대니는 아들이 점점 작아질 때까지 쳐다보았다. 완전히 사라지고 나서야 인형 탈을 벗고 두 손으로 얼굴을 감쌌다.

20

그날 밤 월이 자러 간 후, 아니 아마도 자는 척하면서 아이패드를 하러 간 후, 대니는 판다였을 때 수첩에 적은 말을 다시 읽어 보았다. 월이 했던 말을 사이사이에 기억나는 대로 적어 넣었다. 완벽하지는 않지만 마지막이 될지도 모르는 아들과의 대화를 기록해 두기 위해서였다. 어떤 단어와 문장에는 밑줄도 쳤다. '아빠는 날 잘 몰라요', '모르는 사람', '아빠는 엄마를 잊고 싶은지도 모르죠', '아빠는 엄마 얘기도 거의 안 해요'. 저마다 다른 이유로 마음 아프게 하는 말들이었다. 여러 번 동그라미 친 단어도 하나 있었다. '아빠는 그냥 아빠예요'라는 말에서 '그냥'이라는 단어가 자꾸만 마음 쓰였다.

잔인하거나 불공평한 말이라서 가슴 아픈 게 아니었다. 사실이라서 가슴 아팠다. 정말로 그는 그냥 아빠일 뿐이었다. 그는 엄마 리즈와 달리 아들을 잘 알지 못했다. 리즈는 윌 백과사전이라고 할 수 있었다. 신발 사이즈부터 스테고사우루스와 트리케라톱스가 싸우면 누가 이긴다고 생각하는지까지 그녀는 윌에 대해서라면 모르는 게 없었다. 윌이 머리를 어떤 모양으로 깎는 걸 좋아하는지도 알았다. 어디를 간질이면 가장 간지러워하는지도. 윌이 까먹은(혹은 까먹은 척하는) 어린 시절에 가지고 놀던 봉제 인형 이름까지도 알았다. 윌이 가장 좋아하는 음식, 가장 좋아하는 색깔, 가장 무서워하는 것을 다 알았다. 주머니에 뭐가 들어 있는지도 알았다. 다양한 맛 초콜릿이 들어 있는 통에서 무슨 맛을 고를지, 벗겨 낸 포장지를 어떻게 할지도 알았다. 윌이 타임머신을 타고 사라진다면 어느 시대 혹은 어느 성에서 찾을 수 있는지도 알았다. 레스토랑에서 어떤 디저트를 고를지, 버거킹 와퍼 햄버거를 뒤적거리며 어떤 수술 놀이를 할지도, '모노폴리' 게임에서 어떤 땅을 살지도 알았다. 대니는 전혀 모르는 것들이었다. 일이 좋아서가 아니라 아들은 자신보다 나은 삶을 살기 바라는 마음으로 아들이 태어난 후 줄곧 일하느라 바빴다. 일만 하다 보면 결국 아들에게 아빠의 존재가 사라지게 된다는 생각은 한 번도 해 본 적이 없었다. 사실 대니가 어쩔 수 있는 상황도 아니었다. 잔업에는 선택권이 없었다. 필요하면 하고 필요 없으면 건너뛰는 것이 아니었다. 항상 필요했기에 항상 했다. 리즈가 가끔 일중독이라고 놀리기도 했지만 욕심이 아니라 그럴 수밖에 없는 선택임을 두 사람은 잘 알고 있었다. 리즈도 일했지만 두 사람의 벌이를 합쳐도 집세와 생활비로 쓰고 나면 저축할 돈이 거의 남지 않았다. 리즈가 떠난 뒤에는 더 빠듯해져서 일을 늘려야만 했다.

사실 돈 때문만은 아니었다. 대니는 휴가를 떠났다가 익사사고로 딸을 잃은 목수와 일한 적이 있었다. 조금 전까지만 해도 바닷가에서 잘 놀고 있던 딸이 순식간에 사라져 거센 물살에 휩쓸려 돌아왔다. 아이의 숨은 이미 끊어져 있었다. 딸을 잃은 지 단 이틀 만에 다시 출근한 목수가 대니는 도무지 이해되지 않았다. 그렇게 끔찍한 비극이 닥쳤는데 일할 생각이 들까 싶었다. 대니는 리즈를 잃고 나서야 그 목수를 이해할 수 있었다. 자신에게 닥친 일을 도저히 이해할 수 없을 때, 머릿속이 해로운 생각으로 꽉 찼을 때, 일이야말로 정신을 놓지 않도록 붙들어 주는 유일한 동아줄이라는 사실을 깨달았다. 공사장에서 일하다 보면 아무 생각도 하지 않을 수 있었다. 머릿속 리모컨을 온종일 사물함에 놓아두었다. 일할 때만이라도 모든 것을 잊을 수 있었다. 밤이 되면 어둠을 몰고 집으로 들어왔고 다음 날 아침까지도 떨쳐 버리려 애썼다. 월이 침묵을 선택한 것처럼 대니는 일을 선택했다. 지난 14개월 동안 그들은 각자의 방법으로 각자의 시간 속에서 발버둥친 것이었다. 적어도 대니가 내린 결론은 그랬다. 정말로 그렇게 생각해서인지, 자기연민에 빠질 수 있는 답이라서인지는 알 수 없었다. 그래도 그는 월과의 대화를 통해 확실히 깨달았다. 그동안 아들은 이겨내고 있었던 게 아니었다. 침묵은 월이 아픔을 이겨내는 방법이 아니었다. 도저히 이겨낼 방법이 없기에 침묵을 선택한 것뿐이었다.

그제야 대니는 리즈의 죽음이 그들의 삶에 두 개의 구멍을 남겼음을 깨달았다. 가족 전체에 뚫린 구멍, 그와 아들 사이에 뚫린 구멍. 두 사람 사이에 뚫린 구멍을 서로의 존재로 메워야 했지만 월은 침묵으로, 대니는 일로 채우려 했다. 여러모로 두 사람을 이어 주는 다리였던 리즈가 떠난 후 그 다리는 무너졌고 대니와 월은 저 멀리 반대편에서 서로를 바라보았다. 둘의 거리는 점점 멀어졌다. 빨리 방법을 찾지 못하면 영영 돌이킬 수 없을 정도로 벌어질 게 틀림없었다.

대니는 갑자기 마음이 급해졌다. 수첩을 샅샅이 훑으며 월이 공원에서 했던 말을 읽고 또 읽었다. 이미 너무도 많은 시간을 잃었기에 일분일초도 낭비하고 싶지 않았다. 월과의 관계를 긍정적으로 변화시켜 줄 무언가를 빨리 실행에 옮기고 싶었다. 월이 했던 말을 전부 다 실행에 옮길 수 있지만 화요일 저녁 10시에 당장 할 수 있는 일은 없었다. 자는 아이를 깨워 스톤헨지에 데려갈 수도 없고 바다로 깜짝 여행을 갈 만한 시간도 아니었다.

순간 어떤 생각이 떠올랐다. 주방으로 나가 찬장에서 땅콩버터를 꺼내 쓰레기통에 버렸다.

"천릿길 시작이다." 그가 중얼거렸다. 정확한 표현은 기억나지 않았지만 분명 이럴 때 쓰는 말이 맞는 것 같았다.

유통기한이 한참 지난 밀가루도 눈에 띄었다. 밀가루를 쓰레기통에 버리면서 원이 말한 리즈의 팬케이크가 떠올랐다. 리즈는 태곳적까지 거슬러 올라가기라도 할 것처럼 할머니가 할머니의 할머니에게 물려받은 비밀 레시피라고 했지만 사실 그 레시피는 비밀이랄 것도 없었고 할머니에게 물려받은 것도 아니었다. 리즈는 찻물을 담은 쟁반에 종이를 하룻밤 담가 놓았다가 말려서 양피지처럼 만들었다. 그 종이에 제이미 올리버의 웹사이트에 올라온 레시피를 한 글자도 틀리지 않고 똑같이 옮겨 적었다. 그리고 그 위에 '할머니의 일급 비밀 레시피'라고 썼다. 옆에는 보물 지도라도 되는 것처럼 내용을 열어 보면 저주가 쏟아질 것이라는 경고의 말도 잊지 않았다.

대니는 전자레인지 위쪽의 선반을 살폈다. 먼지 쌓인 요리책 몇 권을 꺼내 천천히 훑어보았다. 가끔 리즈가 페이지 위쪽에 남긴 메모가 나와 멈추기도 하면서(그린빈 캐서롤: 든든하지만 방귀 주범 / 볼로네제: 다음번에는 같이 마실 와인은 남겨두기 / 수제 파스타면: 고통을 즐기는 변태들을 위한 요리 / 케첩 만들기: 내가 왜 도전했을까?) 팬케이크 레시피를 찾았다.

재료를 메모했다. 평범한 팬케이크에 들어가는 평범한 재료들이었다. 요리에 대해 전혀 모르는 대니는 토씨 하나 빠뜨리지 않고 적은 뒤 요리책을 찬장에 넣었다. 조용히 동네 슈퍼마켓으로 가서 달걀과 밀가루, 우유를 잔뜩 사 왔다.

대참사가 뻔히 예상되므로 의자에 올라가 화재경보기의 배터리를 빼놓았다. 리즈의 앞치마를 두르고 끈을 뒤로 묶은 뒤 양손에 밀가루를 묻혔다. 하지만 그럴 필요가 없다는 사실을 깨닫고는 밀가루를 닦아내고 요리를 시작했다.

그날 밤 대니는 팬케이크를 잔뜩 만들었다. 첫 번째 반죽으로 만든 것은 전부 탔다. 두 번째 반죽은 아예 익질 않았고 세 번째는 팬에 들러붙었다. 들러붙지 않게 만드는 방법은 겨우 찾았지만(버터를 많이 넣으면 된다) 그 다음번 팬케이크는 천장에 가서 붙었다. 스무 개 가까이 만든 후에야 겨우 접시에 올려놓을 만한 팬케이크가 나왔다. 하지만 만족감도 잠시, 맛을 보니 너무 짰다. 다시 굽고(또 탔다) 또 굽고(또 덜 익었다) 바닥에 두 번 떨어뜨렸다. 대니는 새벽 2시에야 침대로 기어들어 갔다. 반죽처럼 이리 치이고 저리 치이며 데이고 멍들었지만 마침내 썩 괜찮은 팬케이크를 만들 수 있게 되었다.

꒰꒱

 아침에 느릿느릿 주방으로 나온 윌은 자리에 멈춰 얼굴을 찡그리고 코를 두 번 킁킁거렸다. 문워크 하는 좀비처럼 뒤로 물러서더니 문가에서 멈췄다.

 "좋은 아침." 대니가 고개를 돌리며 말했다. 가스레인지를 가리고 서 있어서 뭘 하고 있는지 보이지 않았다. "잘 잤니?"

 윌은 주방에서 나는 소리와 냄새에 너무 놀라 꼼짝도 하지 못했다.

 대니가 싱긋 웃었다. "앉아. *Le petit dé jeuner est prêt.*"

 윌은 멀뚱멀뚱 쳐다보고만 있었다.

 "프랑스어로 아침 준비가 다 됐다는 뜻이야."

 윌은 고개를 한 번 끄덕였지만 여전히 움직이지 않았다.

 "얼른 가서 앉아."

 메이플 시럽을 본 윌은 더욱더 혼란스러워졌다. 그게 뭔지, 어디에 쓰는 물건인지 몰라서가 아니었다. 그 물건이 도대체 왜 식탁에 놓여 있는지 알 수 없어서였다. 대니가 팬케이크 접시를 들고 나타났을 때도 윌은 여전히 메이플 시럽 병을 쳐다보고 있었다. 말하지 않는 윌이지만 수북하게 쌓인 팬케이크를 보고는 정말 할 말을 잃었다.

"왜?" 대니가 팬케이크를 식탁에 내려놓으며 물었다.

월이 식탁을 쳐다보며 양쪽 손바닥을 펴 보였다.

"변화를 줄 때가 된 것 같아서. 어떠니?"

월은 고개를 끄덕였다. 마치 용돈을 올려 줄까 묻는 말에 대한 대답 같았다.

"좋아." 대니가 주방으로 사라졌다. "잠깐만. 접시 가져올게."

그는 식기 건조대에서 토마스 기차 접시와 머그잔을 집어 그 둘을 번갈아 쳐다보았다. 그리고 팔을 번쩍 들어 떨어뜨렸다. 접시와 머그잔이 바닥에서 산산조각 났다.

"실수야." 놀라서 달려온 월에게 대니가 말했다. "손이 젖어서…… 미끄러졌네. 미안."

월은 머그잔을 집어 손에 올려놓고 천천히 돌려 보았다. 손잡이가 떨어져 가스레인지 아래로 굴러 들어간 것만 빼고는 멀쩡했다.

"새로 사 줄게. 약속해." 대니는 월의 표정을 좀처럼 읽을 수 없었다. 혹시 아들이 아끼는 것인데 잘못 생각한 게 아닐까 하는 생각도 들었다. 하지만 월이 머그잔을 높이 들어 바닥에 던진 덕에 그의 걱정은 완전히 사라졌다. 빨간 기차 제임스는 이번에는 살아남지 못했다.

"새로 안 사 줄지도 몰라." 월이 아빠를 보고 씩 웃는다. "치우는 것 좀 도와줘. 팬케이크 다 식겠다."

꩜

대니가 연습실에 도착해 보니 크리스털은 가운데에서 다
리 찢기를 하고 있었다.

"설마 그게 오늘 배울 건가요?" 대니가 크리스털 대신 얼굴
을 찡그리면서 물었다.

"전부 다 가르쳐 달라면서요?" 크리스털이 쳐다보지도 않
고 말했다.

"물리치료 받을 일 생기는 건 빼고 가르쳐 달란 뜻이었죠.
심리치료도요."

"걱정하지 말아요." 크리스털은 상체를 숙여 바닥에 완전
히 댔다.

"다리 찢기 안 해요." 그녀는 대니가 안도의 한숨을 내쉬기
도 전에 덧붙였다. "이건 다음 시간에 할 거니까." 대니가 웃
음을 터뜨렸다. 크리스털은 웃지 않았다.

"설마 농담이죠?"

"내일이면 알 수 있겠죠?"

"내가 내일까지 살아 있을지 모르겠네요. 지난주 연습한 게
아직도 아픈데." 대니가 말했다.

"그건 아무것도 아니랍니다. 지난주 연습은 할머니하고 공원 산책하는 수준이었죠."

"난 우리 할머니 싫어했어요."

"이런. 그럼 오늘 연습도 할머니랑 공원 산책하는 기분이겠네요."

"우리 할머니처럼 지팡이로 때리면서 아무짝에도 쓸모없는 놈이라고 욕할 건가요?"

"그럴 가능성도 충분이 있죠." 크리스털이 다리를 모으고 일어섰다. "얼른 스트레칭이나 시작해요, 멍청이 씨. 시간 없으니까."

대니는 코트를 벗어 구석에 아무렇게나 던졌다.

"나 우승하기 힘들겠죠?" 그가 한쪽 발을 들고 허벅지 뒷부분을 스트레칭을 하면서 말했다.

"힘들죠."

"거짓말이라도 해 주면 어디가 덧나요?"

"내가 거짓말을 잘 못 하거든요."

"한번 해 봐요."

"음……." 크리스털은 잠시 생각에 잠겼다. "당신 정말 잘생겼어요."

"그런 말이 아니잖아요."

"그럼 무슨 말이요? 우승하기 힘들다는 건 알잖아요. 그냥 힘든 것도 아니죠. 최고의 명사수라도 명중하기 어려운 목표물이니까. 우승할 수 있을 것 같냐고 물으면 제 대답은 '없다'예요. 못해요. 뭐 우승 가능성이 조금이라도 있느냐고 묻는다면 '그렇다'고 할 수는 있어요. 물론 가능성이 크진 않죠. 엉덩이 털 한 올만 한 가능성도 가능성이니까. 가능성이 전혀 없다고 생각했다면 지금 여기 있지도 않았어요. 술 취한 당나귀처럼 비틀거리는 당신 모습이 아무리 웃겨도 당신 가르치는 것보다는 넷플릭스나 보면서 쉬는 게 훨씬 낫거든요. 우리가 지금 무슨 '백조의 호수' 연습해요? 춤의 역사를 전부 배울 필요도 없고, 세계적인 안무가 마이클 플래틀리가 될 필요도 없어요. 그냥 몇 분짜리 안무를 보여 줄 수준만 되면 되는 거예요. 그렇다고 착각하지는 마요. 고작 몇 분짜리 안무라고 우습게 보면 안 돼요. 하지만 3주는 3분짜리 춤을 완전히 익히기에 충분한 시간이에요. 1주에 1분씩 끝내면 되니까. 그러니까 하루에 10초씩? 내가 하라는 대로 하고 스트레칭도 제대로 하면……." 대니가 즉각 스트레칭 자세를 가다듬었다. "그럼 누가 알아요? 강력한 우승 후보가 될 수 있을지. 자, 이런 거짓말은 어때요?"

"힘이 팍팍 솟는데요?" 대니가 말했다.

"내가 생각보다 거짓말에 재능이 있나 보네." 크리스털이 대니에게 한쪽 눈을 찡긋했다. "잘 보고 배워요. 내가 썩 괜찮은 안무를 짜 왔으니까."

크리스털이 음악을 틀자 벽이 흔들리기 시작했다. 그녀는 한가운데로 걸어가 거울을 보고 섰다. 싸울 준비를 하는 권투선수처럼 고개를 좌우로 흔들고 팔을 털었다. 음악이 점점 커지다 마침내 비트가 시작되자 우승 상금을 손에 넣을 수 있을지도 모른다는 대니의 희망은 차갑게 식고 말았다. 크리스털은 믿을 수 없을 정도로 빠르게 움직였다. 발이 거의 바닥에 닿지 않아 마룻바닥이 삐걱거리지도 않았다. 발이 바닥에 닿을 때는 여러 곳으로 동시에 마치 빗방울처럼 떨어졌다. 피겨 스케이트 선수처럼 우아하고 자유 암벽 등반가처럼 확고하고 록스타처럼 당당하게, 오로지 음악만을 따라가는 사람처럼 자유롭게 움직였다. 다시 음악 소리가 커지면서 비트가 빨라지자 크리스털의 춤도 굉장히 빨라졌고 전등도 깜빡거리기 시작했다. 패니가 전기세를 깜빡해서인지, 아니면 대니의 생각처럼 크리스털의 열정이 온 동네의 전기를 빨아들일 정도로 강력해서인지. 음악이 멈추고 크리스털의 춤이 끝났는데도 방은 계속 움직이는 것처럼 느껴졌다. 크리스털의 춤이 만들어 낸 에너지가 거세게 회전하며 출구를 찾아 헤매는 듯했다.

"어때요?" 크리스털이 물었다. 그녀는 땀 한 방울 흘리지 않았는데 대니의 이마만 반짝였다.

"당신 말이 맞네요. 난 절대 우승 못 할 거예요."

"안무가 마음에 안 들어요?"

"아뇨. 그냥 좋은 정도가 아니라 완전 좋아요. 그게 문제가 아니에요. 내가 절대 3주 만에 못 배운다는 게 문제지."

"그런 자세면 안 되죠."

"더 쉬운 거 없나요?"

"하고 싶은 대로 해요. 무대에 올라가서 돌돌 만 신문지에 대고 '아름답고 푸른 도나우강'에 맞춰 방귀를 뀌든 뭘 하든 난 상관없어요. 우승 못하면 길바닥에 나앉는 건 당신이지 내가 아니니까."

대니는 거울에 비친 자신이 멸종 위기에 놓인 판다로 보였다.

"내가 정말 할 수 있을까요?" 그가 물었다.

"불평 그만하고 춤을 춰 봐요. 일단 춰 봐야 알지 않겠어요?"

두 사람은 그렇게 세 시간 동안 춤을 췄다. 일주일 동안 하루도 빠짐없이 매일 그렇게 연습했다. 아침 8시부터 11시까지 춤을 추고 크리스털은 일하러 갔다. 대니도 공원으로 출근해 오후 늦게까지 춤추고 녹초가 되어 집으로 돌아왔다. 잠자리에 들기 전까지도 그날 배운 것을 조용히 연습했다. 주방에서 부딪히지 않으려 조심하면서 살금살금 여러 동작을 다시 해보았다. 크리스털이 골라 준 곡도 다운로드했다. CIA가 음악 고문에 사용하는 노래 목록에 들어 있을 것 같은 귀청이 터질 듯한 일렉트로니카 곡이었다. 아이팟에 넣고 어딜 가든 들었다. 무릎, 식탁, 버스 좌석 등 손 닿는 곳마다 두드리면서 완전히 외울 정도가 되었다. 공원에서 일할 때도 틀어 놓고 연습했다. 하지만 그 노래는 특정 관객층은 쫓아내고(중년, 노인, 테러 관련 범죄 경력이 없는 사람들) 10대 패거리 같은 달갑지 않은 관객층을 불러들이는 듯했다. 그들은 대니에게 망신스러운 셀카 포즈를 강요했고 요구를 들어준 다음에야 담보로 가져간 그의 돈통을 돌려주었다. 맥주 병뚜껑이나 단추, 초콜릿 라임 사탕, 주머니 보풀 같은 것들로 가득한 창고나 다름없었던 몇 주 전 같으면 돈통을 그냥 포기하고 말았겠지만 이제는 사정이 달랐다. 대니는 그 어느 때보다 돈을 많이 벌었다. 레그에게 갚을 돈이 아직도 몇백 파운드 모자랐지만 머리를 비우고 다가올 대회에만 집중하려고 노력했다.

21

햇빛을 사랑하는 사람들은 접이식 나무 의자에서 일광욕을 하고, 아이들은 파도를 피하거나 게 구멍을 쿡쿡 찔러 대며 놀았다. 갈매기들은 케첩과 카레 소스로 붉고 노랗게 물든 스티로폼 쟁반을 쪼아 댔다. 거침없는 젊은이들은 브라이튼 피어의 작은 하얀색 탑의 펄럭이는 깃발 그림자 아래에서 캔맥주를 벌컥 들이켜며 다른 사람들을 비웃듯 쳐다보았다. 대니와 윌은 산책로 중간에 자리한 시끄러운 오락실에서 서로 싸우느라 바빴다. 화면에서 이리 뛰고 저리 뛰는 두 명의 파이터를 따라 두 사람의 눈이 좌우로 빠르게 움직였다. 윌은 굉장히 집중하는 표정이었고 대니는 당혹스러워 보였다.

둘 다 콘솔 버튼을 쾅쾅 두드려 댔지만 작동법을 제대로 알고 두드리는 사람은 윌뿐인 듯했다.

"잠깐, 잠깐만. 기다…… 됐다! 하하! 발로 차! 한 번 더! 한 번 더!" 대니가 외쳤다.

그는 조이스틱을 좌우로 흔들고 주먹으로 버튼을 내리쳤다. 그의 파이터는 여러 동작이 섞인 화려한 기술을 선보였지만 아무런 성과도 거두지 못했다. 윌의 격렬한 복수에 대니의 파이터는 피를 흘리며 쓰러졌다. 게임기에서 나오는 무시무시한 목소리가 아예 숨통을 끊으라고 지시했다.

"끝이야? 끝? 또?"

윌이 고개를 끄덕이자 대니는 한숨을 쉬었다.

"그래, 그냥 빨리 고통을 끝내다오."

윌이 몸을 숙이고 한밤중에 트럭 운전사를 놀라게 한 토끼처럼 씩 웃으며 조이스틱을 움직이고 버튼 몇 개를 차례로 탕탕 두드렸다. 윌의 파이터가 날린 잔혹한 어퍼컷에 대니의 목이 말끔하게 잘리고 협곡 아래로 떨어졌다.

"이제 만족해?"

윌이 고개를 끄덕였다. 스스로 자랑스러운 기색이 역력했다.

"이제 그만하자. 오늘은 목이 그만 잘려도 될 것 같아."

브라이튼에 오기까지는 쉽지 않았다. 물론 오는 길이야 간단하지만 계획을 세우는 과정이 복잡했다. 대니는 엄마와 바닷가에 갔었다는 윌의 이야기를 들은 후로 어떻게 하면 의심을 사지 않고 나들이를 제안할 수 있을지 고민했다. 한밤중에 팬케이크를 마스터하고 토마스 기차까지 암살했으니 갑자기 브라이튼에 가자고 하면 윌이 눈치챌까 봐 걱정스러웠다. 구세주 역할을 해 준 것은 모였다. 모가 부모 손에 이끌려 주말 동안 클랙턴의 친척 집에 가게 되었다. 모가 없어서 심신해진 윌에게 우리도 바닷가에 가면 어떻겠냐고 제안하자 단번에 좋다고 했다.

두 사람은 수많은 오락기 사이에서 다른 게임을 찾아 나섰다. 대니의 눈길을 끈 것은 금방이라도 부서질 듯한 동전 밀어내기 게임기였다. 마지막으로 본 13년 전에도 골동품이었기에 지금쯤은 없어졌을 줄 알았다. 해체되어 고물상에 팔리거나 임신한 소와 맞먹는 무게 때문에 배송비가 너무 비싸서 이베이에 올려도 팔리지 않는 골칫거리로 전락했거나. 그런데 구석에 있던 그 게임기를 조금 전 두 10대 소년이 어떻게든 동전을 꺼내 보려고 엉덩이와 온몸으로 공격하고 있던 것이다.

대니는 게임기를 보자 리즈와의 첫 데이트가 떠올라 미소를 지었다. 그날 두 사람은 무임승차로 브라이튼행 기차에 올랐다. 화장실에 숨어 문을 잠그고 검표원이 문을 두드릴 때마다 리즈가 식중독과 멀미를 번갈아 일으키는 노부인을 연기했다. 그날 그들은 장난감 가게에서 물건을 훔치고 술집에서 쫓겨나고 모르는 사람 옆에서 몰래 과자를 던져 갈매기를 오게 해 깜짝 놀라게 하고 지금 그와 월이 있는 바로 이 오락실을 돌아다녔다. 대니는 정직하지 못한 방법으로 동전 밀어내기 게임기를 부수려고도 했었는데 돈 때문이 아니라(그 목적은 나중이었다) 리즈에게 강한 모습을 보여 주고 싶어서였다. 하지만 50킬로그램의 빼빼 마른 몸은 0.5톤에 육박하는 기계와 도저히 상대가 안 된다는 사실만 증명했을 뿐이었다. 그나마 경보음이 울려 조금은 자랑스러웠지만 보안요원이 오는 걸 보고 사색이 되고 말았다. 출구로 냅다 도망친 그는 리즈가 옆에 없다는 사실을 깨닫고 돌아가서 데려왔고, 함께 오락실 문을 지나 부두 저쪽으로 도망쳤다. 그렇게 처음 잡은 손을 그날 온종일 놓지 않았다.

대니는 지금 리즈의 손을 잡고 있는 것처럼 손끝으로 손바닥을 어루만졌다. 하지만 느낌이 되살아나기도 전에 월이 팔을 치더니 근처에 있는 뭔가를 가리켰다. 그 손가락을 따라가 보니 댄스 게임기가 있었다. 댄스 게임을 하자는 것이었다. 대니는 웃었다.

"좋아, 덤벼."

두 사람은 발판에 올라가 화면을 마주 보고 섰다. 머리가 알록달록하고 이목구비가 큼지막한 두 캐릭터가 게임이 시작되기를 기다리고 있었다.

"미리 말해 두는데 이 아빠가 사실은 춤을 좀 추거든. 기권하려면 지금 하는 게 좋을 거야."

월은 바지도 입지 않은 채 안 취했다고 박박 우기는 취객을 상대하는 나이트클럽 보안요원 같은 눈으로 아빠를 쳐다봤다.

"마음대로 해." 대니는 이미 승리한 것처럼 씩 웃었다. "난 분명히 경고했다."

게임이 시작되자 그들은 화면의 캐릭터에 따라 움직이며 춤을 추었다. 처음에는 기본적인 동작이 나왔다. 불과 몇 주 전의 대니였다면 따라 하느라 식은땀깨나 흘렸겠지만 지금은 따분할 정도로 간단한 동작들이었다. 하지만 머지않아 캐릭터들의 움직임이 점점 빨라지고 동작도 훨씬 복잡해졌다. 대니는 스텝을 몇 번 놓쳐서 몇 점을 잃었지만 개의치 않았다. 조금 전에 수없이 목을 잘린 수모를 갚아 줄 수 있으리라고 확신했다. 하지만 옆 화면을 보니 아들은 비트를 단 한 번도 놓치지 않았다. 대니는 두 배로 더 열심히 했다. 하지만 열심히 할수록 실수가 늘어나 점수를 많이 잃었다. 반면 아들의 점수는 날개 돋친 듯 계속해서 올라갔다. 시간이 지날수록 몸이 제멋대로 움직이자 대니는 화면을 보지도 않고 아예 월의 완벽한 발놀림에 정신이 팔렸다. 어느새 모여든 구경꾼들이 월을 향한 칭찬을 쏟아냈다(고수다! 천재야! 신이다!). 하지만 월은 대니가 이미 패배를 인정했다는 사실도, 주위에 가득한 구경꾼들도 알아차리지 못한 듯했다. 마침내 게임이 끝나고 모두가 환호했다. 가장 크게 환호한 사람은 대니였다. 대니는 아들의 춤 실력에 깜짝 놀랐다. 그동안 보아 온 것과 너무도 다른 자신감과 생명력과 행복이 넘치는 모습으로 눈앞에 서 있는 아들을 보고 그저 가슴이 뭉클했다.

~

카페에서 대니는 손끝부터 두 번째 손마디까지 침을 쭉 발라 신문을 넘기는 구석의 노인을 보면서 얼굴을 찌푸렸다. 또 다른 중년의 남자는 폭탄을 해체하듯 조심조심 박하사탕을 까는 부인 옆에서 졸고 있었다. 천장에는 거대한 거미줄 같은 그물이 매달려 있고 그물과 구명 부환, 나무로 된 배 키 같은 항해 테마의 인테리어 장식품들에는 진짜 거미줄이 쳐 있었다. '행복 산장'이라는 이름의 이 카페는 폐품처리장으로 보내야 하는 배에 더 가까워 보였다.

"전에도 댄스 게임 해 본 적 있어?" 대니가 월에게 물었다.

월은 고개를 젓고는 코카콜라를 마셨다.

"그럼 춤은 어디서 배운 거야?"

월은 어깨를 으쓱하더니 숟가락으로 컵에서 얼음을 집어 입에 넣었다.

"타고났구나. 엄마한테 물려받았나 보다. 나한테 물려받은 건 확실히 아니니까."

월은 웃으며 얼음을 오도독 씹었다.

대니가 주변을 둘러보았다. "있잖아, 이 카페는 엄마랑 아빠가 첫 데이트 때 왔던 곳이야."

월은 얼굴을 찡그리더니 카페가 그제서야 갑자기 눈앞에 나타나기라도 한 것처럼 두리번거렸다.

"그때랑 하나도 안 변했어. 테이블보까지 그대로야."

월이 끈적한 테이블보에서 팔꿈치를 뗐다.

"그때 저 사람도 여기 있었을걸." 대니가 고갯짓으로 옆 테이블에서 조는 남자를 가리켰다.

월이 미소 지었다.

"비싸고 좋은 곳에서 데이트하고 싶었는데 그땐 엄마도 나도 돈이 없었어. 그나마 있던 몇 파운드마저 뽑기 게임으로 다 날려 버렸거든." 대니는 한 손을 집게발 모양으로 만들어 월의 머리에 가져갔다. "네 방에 있는 오래된 곰 인형 있지? 엄마가 너한테 준 거 말이야. 그거 아빠가 뽑아 준 거야. 그냥 가게에서 살 수 있는 돈의 열 배는 더 들여서 간신히 뽑았어. 그래도 덕분에 결국 네 엄마의 키스를 받을 수 있었지만."

월은 길가에서 트럭에 치여 겨우 목숨만 달랑 붙어 있는 비둘기라도 본 표정이었다.

"그런 것까지는 몰라도 되나?" 대니가 물었다.

월이 동조하는 표정으로 고개를 끄덕였다.

"미안." 대니가 코카콜라를 마셨다. "넌 잘 모르겠지만 네 엄마는 너에 대해 모르는 게 없었어. 네가 태어나기 전부터 말이야."

월은 얼굴을 찡그리면서 방금 아빠가 한 말을 이해하려고 애썼다.

"정말이야. 엄마가 나한테 다 말해 줬어. 13년 전에 바로 저 테이블에서." 대니가 구석의 빈 테이블을 가리켰다.

월도 고개를 돌려 쳐다봤다.

"우린 이런저런 얘기를 하면서 서로에 대해 알아가고 있었지. 좋아하는 색깔, 좋아하는 영화, 선생님을 짜증나게 하는 방법 같은 거. 그러다 엄마가 나중에 아이를 갖고 싶은지 묻는 거야. 예상치도 못한 질문이었지. 열다섯 살짜리한테는 너무 심각한 질문이잖아, 안 그래? 그땐 몰랐지만 엄마는 그냥 내 반응이 궁금했던 것 같아. 엄마는 항상 사람들을 놀리는 걸 좋아했잖아?" 월이 고개를 끄덕였다. "여호와의 증인한테

자기는 사탄 숭배자라고 했던 거 기억나지?"

월이 웃었다. 손가락으로 이마에 동그라미를 그렸다.

"그래. 자기 이마에 오각성까지 그렸잖아. 가엾은 그 남자
는 할 말을 잃었지. 그래도 그 뒤론 두 번 다시 귀찮게 하지 않
더라. 어쨌든 그때 엄마가 아이를 원하느냐고 물어서 그렇다
고 했어. 사실 생각해 본 적도 없었지만 그게 엄마가 원하는
답인 것 같았거든. 나도 똑같이 엄마에게 아이를 낳고 싶은
지 물었어. 그랬더니 고개를 끄덕이면서 딱 한마디 하는 거
야. 엄마가 뭐라고 했는지 아니?"

월은 고개를 저었다. 테이블보에 닿을 정도로 몸을 앞으로
기울였다.

"'윌리엄.' 엄마는 딱 그렇게만 말했어. 무슨 뜻인지 물으
니까 이렇게 말했지. '내 아이의 이름이야. 윌리엄.' 그다음
에 너에 대해 설명하기 시작했어. 마치 네가 이미 세상에 존
재하는 것처럼, 그때 테이블에 같이 앉아 있는 것처럼. 금발,
파란 눈, 큰 발, 엄청나게 잘생긴 얼굴. 팔에 반점까지도 미리
알고 있었어."

월은 신기한 듯 자기 팔의 반점을 바라보았다. 자연스럽게
생긴 것이 아니라 엄마가 준 선물이라도 되는 것처럼.

"믿기지 않지? 나도 처음엔 웃었지만 네 엄마의 진지한 표
정을 보고 웃음을 멈췄지. 네 엄마의 진지한 표정 너도 알잖

아. 2년 후에 네가 태어났는데 엄마가 설명한 그대로였어. 물론 훨씬 더 잘생겼지만. 정말 놀라운 일이었어. 마치 네가 처음부터 엄마의 일부분이었던 것만 같았지. 지금은 옆에 없지만 엄마가 영영 떠난 건 아니야. 엄마는 너의 일부분이니까. 네 미소에도 눈에도 '고기'를 꼭 '꼬기'라고 하는 버릇에도 엄마가 있어. 차 마시는 여왕처럼 꼭 새끼손가락을 내밀고 칫솔을 잡는 너를 볼 때마다 난 엄마가 보여. 꿈속에서 야단이라도 맞은 것처럼 자면서 입을 삐죽거리는 네 모습에도 엄마가 있지. 왼손잡이인데도 오른손잡이처럼 나이프와 포크를 쓰는 모습에도. 아까 네가 끝내주는 솜씨로 춤출 때도 엄마가 보였어. 난 널 볼 때마다 엄마를 봐. 그래서 난 엄마를 절대로 못 잊어. 네가 내 옆에 있으면 엄마도 내 옆에 있는 거니까. 알겠니?"

월은 천천히 고개를 끄덕였다. 대니는 눈물이 그렁그렁 맺힌 아들의 눈에 비친 자신의 모습을 보았다. 그가 냅킨을 뽑는 순간 웨이트리스가 다 먹은 접시를 치우러 왔다.

"음식이 그렇게나 맛없었어요?" 그녀가 농담을 던졌다.

"그게 아니고, 눈에 뭐가 들어가서요." 대니가 월을 보며 눈을 찡긋했다. "우리 산책로에서 아이스크림 사 먹을까?"

아이스크림이라는 말에 월의 얼굴이 환해졌다.

"좋아할 줄 알았지." 대니는 코카콜라를 마저 마시고 지갑을 주머니에 넣었다. "그럼 빨리…… 끄어어억." 대니가 급하게 입을 가렸지만 트림 소리가 나와 버렸다.

월이 웃음을 터뜨렸다.

"미안." 대니의 얼굴이 천장에 걸린 그물 속의 플라스틱 로브스터보다 빨개졌다. "윽 창피해. 우리 빨리 나가자……."

"끄어어억."

월이 장난스럽게 씩 웃었다.

"하나도 재미없어, 윌."

아빠의 '엄한' 목소리에 윌의 웃음이 옅어졌다.

"아들이 아빠보다 크게 트림하면 못써요." 대니가 이번에는 일부러 트림을 했다.

월이 깔깔거리며 또 따라서 트림했다. 더 큰 대니의 트림 소리가 옆 테이블에서 졸고 있던 남자를 깨웠다.

"미안합니다." 대니가 한 손을 들어 사과했다. "코카콜라 때문에요. 너무 강하네요." 그는 가슴을 문지르며 진지한 표정을 지으려고 애썼다. 하지만 맞은편에 앉아 키득거리는 윌을 보는 순간 웃음보가 터지고 말았다. "안 되겠다. 얼른 나가자."

22

　언제부터인지는 정확히 알 수 없었다. 춤을 다 추고 난 다음, 관객들이 그에게 준 시간과 박수갈채, 무엇보다 돈에 감사 인사를 전하며 대니는 문득 깨달았다. 언제부터인가 춤추는 판다라는 새 직업을 진정으로 좋아하게 되었다는 사실을. 그는 갈수록 많은 구경꾼을 끌어들였고 공원의 공연자 가운데 돈도 가장 많이 벌었다. 여전히 온 힘을 쥐어짜내 춤을 추고 매일 저녁 땀에 푹 전 판다 옷을 들고 돌아가야 했지만 전혀 힘들지 않았기에 일처럼 느껴지지도 않았다. 그는 성인이 된 후로 줄곧 공사장 노동자로 힘들게 일했다. 하지만 일을 하며 인정을 받아본 적은 없었다. 피자 하나도 제대로 주문하지 못하는 사람들에게 명령받으며 일해야 했다. 동료가 심하게 다치는 모습을 볼 때마다 다음은 내 차례가 아닐까 생각한 적도 한두 번이 아니다. 특히 손의 감각이 무뎌지는 추운 겨울에는 머리 회전도 느려져 사고가 빈번하게 일어났다. 그런데 지금은 공원에서 춤추면서 수많은 사람들에게 환호와 박수를 받는다. 이래라저래라 명령하는 사람도(크리스털만 빼고) 없다. 어린아이들이 판다를 껴안다가 무심코 머리로 그의 고환을 들이받는 것만 빼면 안전을 위협받는 일도 없다.

그는 판다 덕분에 리즈와 더욱더 가까워진 기분이 들었다. 아내 인생의 큰 부분이었던 춤이 이제는 그의 인생에도 중요한 부분이 되었다. 비록 춤과 함께하는 삶을 그녀와 함께 즐기기에는—함께 춤을 연습하고 〈더티 댄싱〉을 보고 시내 클럽을 휩쓸며— 너무 늦어 버렸지만 아내가 그렇게도 좋아했던 일을 하면서 아내를 더 잘 알게 된 기분이었다. 이상하게도 아내가 살아 있을 때보다 더욱더 가깝게 느껴졌다. 판다가 단순한 인형 옷이 아니라 한쪽에는 자신의 손을, 다른 쪽에는 아내의 손을 잡고 전혀 생각지도 못했던 방식으로 두 사람을 이어준 매개체라고 생각될 정도였다.

무엇보다 윌이 아빠와의 거리를 좁히려고 진심으로 노력하고 있었다. 여전히 집에서는 말하지 않지만 한때 너무도 막막했던 둘 사이의 거리가 이제 마음만 먹으면 충분히 뛰어넘을 수 있을 정도로 좁혀졌다. 어제 윌은 평소보다 일찍 일어나 아침 식사를 준비하는 대니를 도와주었다. 아침 시간을 그렇게 싫어하던 아이였는데 작은 기적과도 같았다. 게다가 오늘은 학교에 가면서 누가 시키지도 않았는데 아빠를 껴안기까지 했다. 무엇보다 대니는 너무도 오랜만에 삶이 평온해진 것을 인정하지 않을 수 없었다. 레그를 생각하면 여전히 두렵지만 요즘 생활은 그냥 좋은 것 이상이었다. 끝내주게 좋았다. 하지만 구경꾼들 사이에서 박수치는 윌을 보았을 때, 대니는 해결해야 할 복잡한 상황이 집주인 말고 또 있음을 깨달았다.

"춤을 잘 추는지 몰랐어요." 구경꾼들이 흩어질 때 윌이 말했다.

대니는 벤치에 앉아 공책과 펜을 꺼냈다.

'판다는 멋진 능력이 많거든.'

"정말요? 또 뭐가 있는데요?"

대니는 잠깐 고민했다.

'투명하게 변할 수 있어.'

"거짓말."

'정말이야.'

"투명 판다는 한 번도 본 적 없어요." 윌이 말했다.

'투명하니까 안 보이는 거지!' 대니가 적었다.

월은 눈알을 굴리고 벤치에 앉았다. "모가 그러는데 판다는 하루에 똥을 50번이나 싼대요. 정말 대단해요."

'맞아. 우린 화장지 사느라 돈이 엄청 많이 들지.'

월이 웃음을 터뜨렸다.

'그런데 모가 누구니?' 대니가 적었다.

"저랑 제일 친한 친구예요. 원래 이름은 모하메드인데 다들 모라고 불러요. 모는 동물 박사예요. 판다 한 무리를 '판다의 창피함'이라고 부른다는 거 아세요? 그것도 모가 알려 준 건데 사실인지는 몰라요."

'술을 얼마나 먹었느냐에 따라 달라지지.' 대니가 적었다.

월이 웃었다. "춤은 어디에서 배웠어요?"

'폴 댄서 크리스털한테.' 대니는 월이 믿지 않으리라고 생각하며 적었다.

"재미없어요."

'진짜야. 마음속으로 주문을 외워 불을 붙일 수 있는 마술사가 훔쳐 간 목욕 가운을 찾아준 답례로 가르쳐 줬어.'

"난 열한 살이지만 바보는 아니라고요."

'열한 살? 적어도 스물네 살은 된 줄 알았는데.'

월이 웃었다. "그랬으면 좋겠어요."

'아니. 최대한 오랫동안 열한 살로 남아.'

"판다 아저씨는 몇 살인데요?"

'판다 나이로 여든네 살.'

"여든네 살인데 춤을 정말 잘 추네요."

대니는 곰 손바닥을 모아 감사 표시를 했다.

"우리 엄마도 춤을 췄어요. 정말 잘 췄는데."

'무슨 춤을 췄는데?' 대니가 적었다.

윌이 어깨를 으쓱했다. "아무거나 다요. 음악만 나오면 춤을 췄어요. 무슨 음악이든. 음악이 없어도 췄어요." 윌이 휴대전화를 꺼냈다. "여기요. 우리 엄마예요."

윌이 영상을 재생했다. 리즈가 바닥이 나무로 되어 있고, 천장이 높은 학교 강당처럼 생긴 널찍한 공간에서 혼자 춤추는 영상이었다. 대니는 처음 보는 모습이었다. 영상이 찍힌 장소가 어딘지도 모른다는 사실이 마음의 상처를 또 헤집었다.

"엄마가 학교에서 일했거든요." 윌이 대니의 마음을 읽기라도 한 듯 말했다. "가끔 엄마는 아무도 없을 때 혼자 춤 연습을 했어요."

대니는 고개를 끄덕였다. 눈앞이 흐려졌지만 하나도 놓치지 않으려고 애썼다. 리즈가 입고 있는 옷, 움직임, 머리카락을 쓸어 올리는 손길, 윌이 찍고 있다는 사실을 깨닫고 화나는 척하다가 터진 웃음, 영상이 끝나기 직전에 카메라를 막는 손. 대니에게도 리즈의 영상은 많았지만 있는지도 몰랐던 영상을 보고 있자니 순간적으로 그녀가 아직 살아 있다는 착각이 들었다. 죽은 게 아니라 시공의 틈에 빠져 이 영상 속에 갇혀 버린 것 같았다. 영상을 보고 또 보고 배터리가 나갈 때까지 보고 싶었다. 도대체 얼마나 그러고 있었는지 모르지만 그는 영상이 끝났는데도 계속 화면을 쳐다보고 있다는 사실을 깨닫고는 얼른 월에게 휴대전화를 돌려주고 수첩에 글씨를 휘갈겼다.

'보통 사람은 평생 얻기 힘든 재능이구나.' 월이 미소 지으며 고개를 끄덕였다.

근처에서 개 짖는 소리가 들렸다. 두 사람은 시끄러운 잭 러셀 테리어가 자꾸 목줄을 당기면서 되레 겁먹은 핏불에게 싸움 거는 모습을 쳐다보며 잠시 가만히 앉아 있었다.

'엄마 얘기를 해 봐.' 대니가 적었다.

월이 어깨를 으쓱했다. "어떤 얘기요?"

'아무거나.'

월은 자신의 눈에만 보이는 무언가를 쳐다보듯 저 너머를 쳐다보았다.

"우리 엄마의 팔에 난 점을 펜으로 연결하면 별 모양이 됐어요. 전 엄마 팔에 별을 자주 그렸어요. 유성 매직으로 그리는 바람에 한참 동안 안 지워졌을 때도 있었죠. 엄마는 낱말 맞히기를 정말 잘했어요. 암호처럼 정말 어려운 낱말도 잘 맞혔죠. 낱말 맞히기가 앞에 없을 때도 항상 머릿속으로 풀고 있었어요. 가끔 저녁을 먹을 때나 슈퍼마켓에서 장 볼 때 엄마가 갑자기 단어를 외쳤죠. 나라 이름이나 어떤 품종 말의 색깔 같은 거요. 한번은 지하철 안에서 엄마가 갑자기 '땅딸보'라고 소리쳤어요. 우리 앞쪽에 앉아 있던 키 작은 아줌마가 자기한테 하는 말인 줄 알고 엄마한테 막 뭐라고 했죠. 정말 웃겼어요. 그리고 엄마한테는 항상 오렌지 향이 났어요. 엄마가 가장 좋아하는 핸드크림 냄새였어요. 다 쓴 통을 가지고 있는데 아직도 엄마 냄새가 나요. 냄새가 사라질까 봐자주 열어 보진 않아요. 제 방 옷장에 들어가 앉아서 핸드크림 통을 열면 냄새가 그 안에 계속 남아 있어요. 눈을 감으면 꼭 엄마가 옆에 있는 것 같아요."

월은 소매의 덜렁거리는 단추를 손가락으로 튕겼다. 대니는 이제 자신이 말할 차례라고 생각했지만 뭐라고 적기도 전에 잠시 멈추었던 월의 이야기가 다시 이어졌다.

"엄마는 하루에 차를 열 잔씩 마셨어요. 항상 티백을 두 개씩 넣어 진하게 마시는 걸 좋아했어요. 진짜 이상한 맛인데. 엄마는 그걸 못 마시는 아빠를 자주 놀렸죠. 원래 공사장에서 일하는 사람들은 차를 진하게 마신다는데 말이에요. 아빠가 공사장에서 일하거든요. 엄마는 민트 차는 마시지 않았어요. 민트가 들어간 걸 먹으면 재채기가 나와서 민트는 무조건 안 먹었거든요. 엄마는 재채기할 때 생쥐 소리가 났어

요. 아빠 말로는요. 엄마는 생쥐는 재채기를 안 한다고 했고
요. 모가 그러는데 생쥐는 아플 때만 재채기를 한대요. 엄마
는 나처럼 왼손잡이였어요. 엄마와 난 왼손잡이용 가위를 못
쓰는 아빠를 자주 놀렸어요. 아, 엄마는 노란색을 제일 좋아
했어요. 그래서 노란색으로 된 물건이 많았어요. 옷, 신발 등
등. 우리 집 가위도 노란색이에요. 노란색 원피스를 입은 엄
마는 비 오는 날에도 햇살 같았어요. 지금은 그 옷이 어디 있
는지 모르겠어요."

대니는 고개를 끄덕였다. 대니는 그 원피스가 어디 있는지
잘 알고 있었다. 리즈가 땅에 묻힐 때 입을 옷으로 그 원피스
를 고른 사람이 그였으니까. 그렇게 끔찍한 용도로 쓸 옷을
찾아 옷장을 뒤적거리면서 도무지 현실이 실감 나지 않았었
다. 그 옷을 입은 리즈가 햇살이라는 월의 말이 사실인 듯 장
례식 날부터 시작해 오랫동안 줄기차게 비가 내렸던 것도 떠
올랐다. 그날 세상의 빛이 그녀와 함께 묻힌 것처럼 계속 비
가 내렸다.

'네가 좋아하는 색깔은 뭐야?' 대니는 답을 알지 못한다는
사실에 적지 않은 죄책감을 느끼면서 적었다.

"맞혀 보세요." 월이 초록색 책가방을 발로 슬쩍 찼다. "엄
마가 제 방 벽지도 초록색으로 해 준다고 했는데. 이층침대도
사준다고 했는데. 침대 두 개 있는 거 말고 이층은 침대, 일층

은 책상인 거요. 근데 둘 다 못했어요."

대니도 리즈가 죽기 얼마 전에 나눈 대화가 기억났다. 리즈는 윌의 방을 다시 꾸며 주자고 했다. 대니는 그럴 돈도 없고 나중에 윌이 10대가 되어 이층침대는 어린애나 쓰는 거라고 생각하게 되면 또 바꿔 줘야 할 테니 무슨 소용이냐고 했다. 두 사람은 그 문제로 다투었다. 지금 생각하면 함께 할 시간이 얼마 남지 않았을 때인데—정확히 기억나지 않지만 몇 주 정도였다— 싸움으로 흘려보냈다니 가슴 아프도록 허무했다.

'방이 마음에 안 들어?' 대니가 답을 알면서 물었다.

"벽지가 진짜 최악이에요."

'맞혀 볼게. 토마스 기차 벽지?'

"그렇게 어려운 걸 맞히다니!" 윌이 비꼬듯 말했다.

'아빠한테 말해 봐. 바꿔 줄지도 몰라.'

"엄마가 말했을 때 안 된다고 했어요."

'지금은 마음이 바뀌었을 수도 있지.'

윌은 어깨를 으쓱하며 벤치의 벗겨진 페인트 조각을 떼어 냈다.

'아직도 아빠랑 말 안 하니?' 대니가 적었다.

윌이 고개를 끄덕였다.

'계속 안 할 거야?'

"모르겠어요. 아빠는…… 요즘 이상해요."

'이상해?' 요즘 나름대로 열심히 노력했는데 돌아온 말이 겨우 그거라니 대니는 마음이 쓰라렸다.

"네. 하지만 좋은 쪽으로 이상해요. 저번엔 아침으로 팬케이크를 만들어 줬어요. 그런 적 한 번도 없는데. 아빠가 팬케이크를 만들 수 있는지도 처음 알았어요. 주말엔 같이 브라이튼에 갔고요. 거기 오락실에서 같이 댄스 게임도 하고 점심 먹으면서 엄마 얘기도 했어요. 다 아빠가 평소에 안 하는 것들이에요. 그래서 이상해요. 하지만 좋은 쪽으로요."

'아빠가 친구가 필요한가 봐.'

"그럴지도요."

'아빠 친구 있어?'

"많진 않아요."

'그럼 친구가 필요한가 보다.' 대니가 적었다. '너랑 친해지고 싶어서 팬케이크를 만들어 준 거야. 판다는 다 알아.'

"아저씨 진짜 판다 아닌 거 알죠?" 월은 벤치에서 일어나 가방을 멨다.

'너 실제로 판다 본 적 있어?'

"아뇨."

'그럼 잘 모르겠네.'

월이 웃었다. "마음대로 생각하세요. 진짜 판다가 아닌 판다 아저씨. 다음에 봐요."

'다음에 보자. 말하지만 말하지 않는 소년.' 대니가 수첩에
썼다.

23

대니는 초인종을 누르고 뒤로 몇 걸음 물러났다. 이번에는 판다 옷을 입고 있지 않았지만 이바나의 빗자루나 이반의 초크 공격이 닿지 않는 곳에 서 있어야 안심이 될 것 같았다. 문을 열어 준 사람은 유리였다. 유리는 농구 티셔츠와 몇 주 전에 대니가 빌려 갔던 바로 그 카고 바지를 입고 있었다. 큼지막한 손에 든 제일 큰 사이즈의 도리토스 봉지가 유난히 작아 보였다.

"안녕, 유리." 대니가 말했다. "와, 넌 도대체 언제까지 클 거니?"

"열일곱 살이나 열여덟 살 때까지 크겠죠. 보통은 키가 그

때까지 자라니까요."

"그렇지." 대니는 유리의 무뚝뚝한 성격을 잊고 있었다.

"도리토스 드실래요?"

"무슨 맛이야?"

유리가 봉지를 쳐다봤다.

"파란색인데요."

"그럼 줘." 대니가 과자를 한 움큼 집었다. "아빠 계시니?"

"네." 하지만 유리는 움직이지 않았다.

"아빠 좀 볼 수 있을까?"

"아뇨. 여기선 안 보여요." 유리가 현재 위치에서는 아빠가 보이지 않는다는 사실을 증명하기라도 하듯 이리저리 둘러보았다. "안으로 들어오세요."

"그거 좋은 생각이구나." 유리가 옆으로 비켜 주었지만 여전히 비좁아 대니는 간신히 안으로 들어갔다.

거실에 아무도 없어서 소리가 들리는 주방으로 갔더니 이반이 뒤돌아 서 있었다. 허리에 리본으로 묶은 앞치마 차림으로 조리대에 몸을 기울였다. 대니는 처음에 친구가 장난치는 거라고 생각했다. 하지만 그가 아는 이반은 '장난'을 칠 성격도, '앞치마'를 두를 성격도 아니었기에 이 상황이 이해되지 않았다. 그런 이반의 팔꿈치 옆에 펼쳐진 요리책을 보니 조금 알 것 같았다. 이반은 베이킹을 하는 중이었다. 대니가 한 번도 본 적 없는 모습이었다. 친구가 베이킹을 할 수 있는지도 몰랐는데 호두 케이크처럼 보이는 것을 한창 만드는 중이었다. 대니가 1년 넘게 먹어 온 바로 그 호두 케이크였다. 이반과 이바나, 유리가 호두를 좋아하지 않는다는 사실로 볼 때(리즈가 호두와 과일이 들어가는 그녀의 대표적인 요리—결국 악명을 떨치게 되었지만— 월도프 샐러드를 이반 가족에게 만들어 준 날 밝혀진 사실이었다) 이반은 그동안 오로지 대니를 위해 호두 케이크를 만들어 온 것이었다. 대니는 친구를 껴안아 주고 싶은 마음이 굴뚝같았지만 둘 다 멋쩍어질까 봐 참았다. 살금살금 뒤돌아 유리의 방으로 갔다. 유리는 침대에 앉아서 엑스박스 게임을 하고 있었다.

"안녕, 유리." 대니가 문을 살짝 열고 문틈으로 얼굴을 내밀었다.

"안녕하세요, 대니 아저씨." 유리는 한창 차량을 강탈하느라 바빴다.

"아빠한테 가서 나 왔다고 해줄래?"

"왜요?"

"못 찾겠어."

"부엌에 있어요." 유리는 여전히 화면에서 눈을 떼지 않았다.

"가 봤는데 안 보여."

유리는 한숨을 쉬고 게임을 멈추었다. 그리고 잠깐 가만히 있었다.

"지금 부엌에서 소리도 들리는데요? 들어 보세요."

"아무 소리도 안 들리는데." 대니가 복도 저쪽에서 분명하게 들려오는 소리를 무시하면서 말했다.

"부엌에 확실히 있다니까요." 유리가 말했다.

대니는 한숨을 쉬었다. "그냥 네가 가서 나 왔다고 전해 줘."

유리는 어른들이 이상한 행동을 할 때 아이들이 늘 그러듯이 단호하게 고개를 저었다. 하지만 결국 침대에서 구르듯 내려와 아빠에게로 갔다. 대니는 복도에서 부자의 대화를 엿들었다.

"대니 아저씨 왔어요. 아빠 부엌에 있다고 했는데도 못 찾겠다면서 나더러 전해 달래요."

대니는 앞으로 다시는 유리에게 뭘 부탁하지 말아야지 다짐했다.

"아빠 부엌에 있잖아요." 유리가 방으로 돌아와 전했다. 꼭 '내가 뭐랬어요?' 하고 나무라는 것처럼 들렸다.

"고맙다." 대니는 상황이 오히려 열 배는 이상해져 버렸음을 깨달았다.

"대니!" 이반이 부엌에서 얼굴만 쏙 내밀었다. 목소리에 당황함이 묻어나는 이반의 모습을 대니는 처음 보았다.

"안녕, 이반. 바쁠 때 왔나?"

"아니! 괜찮아. 거실 가서 앉아."

대니는 이반의 말대로 했다. 이반이 잠시 후에 나타났다. 주방에서 조심조심 나오더니 지나치게 활발한 강아지를 가둬둘 때처럼 얼른 문을 닫았다.

"그래." 이반은 살짝 숨을 헐떡거리면서 맞은편에 앉았다. "춤추는 쥐는 잘하고 있고?"

"복잡해." 대니는 이반이 이마를 닦으면서 밀가루가 묻은 것을 보고 웃지 않으려 애썼다.

"뭐가 복잡해? 창피한 옷 입고 춤추고 춤 다 추면 평범한 옷 입고. 간단하다."

"판다 한 무리를 '판다의 창피함'이라고 한다는 거 알아? 나도 오늘 처음 알았어. 판다의 창피함."

"한 무리 아니다." 이반이 대니를 가리켰다. "한 마리다. 한 무리는 창피함보다 나쁘다. 비극이다. 판다의 체르노빌이다."

"응원 참 고맙네. 뭐가 복잡하냐면 월 문제야. 월이 계속 나한테 말을 걸어."

"그런데 왜 슬퍼 보여? 좋은 일 아니야?"

"아니. 아니야."

"잠깐. 처음엔 월이 말을 안 한다고 불평, 이젠 너무 많이 한다고 불평? 대니 불평 너무 많다."

"복잡하다니까. 저번에 공원에서 월이 괴롭힘당하는 걸 내가 도와줬다고 했잖아? 그 후로 애가 계속 공원으로 나를 만나러 와. 월이 말하는 사람은 아빠인 내가 아니라 판다야."

"네가 판다잖아."

"그렇지. 하지만 월은 몰라."

"그럼 말해."

"그렇게 간단한 문제가 아니야. 월은 아빠 얘기, 엄마 얘기를 했어. 내가 판다인 줄 알았으면 절대로 하지 않았을 얘기들이지. 한편으로는 정말 좋아. 전혀 몰랐던 사실을 알아가고 있으니까. 게다가 월이 말을 하잖아. 이반, 월이 드디어 말을 한다고! 하지만 판다가 나라는 걸 알면 앞으로 두 번 다시 나한테 말하지 않을 거야." 대니는 한숨을 쉬었다. "어떻게 해야 할지 모르겠어. 너라면 어떻게 하겠어? 아니, 대답하지 마. 내가 어떻게 해야 하지?"

이반은 가끔 영어를 알아듣지 못하는 척할 때처럼 눈을 가늘게 떴다.

"좋은 생각 있다." 엄청나게 고민하는 표정이던 이반이 입을 열었다. 일급비밀이라도 말해 줄 듯 앞으로 몸을 기울였다. "월이 판다 말고 아빠한테 말하고 싶어지면 판다한테 말하고 싶은 마음 사라진다."

"이반, 월이 나한테 말하고 싶어지게 만들 방법을 알면 내가 이렇게 고민하고 있겠어?"

이반이 고개를 끄덕였다. "그렇지."

"잠깐." 대니가 입술을 깨물었다. "일리 있는 말 같기도 한데?"

"정말?" 이반은 놀란 듯했다.

"알프한테 공사장의 남는 나무 좀 달라고 하면 줄까?"

"나도 물어봤다." 이반이 고개를 저었다. "이바나 선반 만들어 주려고. 알프가 안 된다고 했다." 이반이 19세기의 눈보라 치는 어느 날에 찍은 듯한 흑백 가족사진 액자가 가득 진열된 3단 선반을 가리켰다.

대니가 얼굴을 찡그리며 덩달아 선반을 가리켰다. "저 선반?"

이반이 고개를 끄덕였다.

"저 선반이라고?"

"저 선반." 이반이 따라 말했다.

"알프가 나무 안 줬다며?"

"안 줬어. 내가 그냥 가져왔다."

"어떻게?"

"밤에 가서. 쉬워. 같이 가자."

"그래도 되겠어? 그러다 네가 또 감옥이라도 가면 이바나가 날 용서하지 않을 텐데." 대니의 입에서 자신도 모르게 튀어나온 말이었다.

"감옥? 무슨 감옥?"

"아, 아무것도 아니야." 대니가 화제를 돌리려고 했지만 이반은 말하지 않으면 절대로 그냥 넘어가지 않겠다는 표정이었다.

"그거 새긴 감옥." 대니가 이반의 문신을 가리켰다.

이반은 얼굴을 찡그리며 자신의 팔을 쳐다보더니 갑자기 박장대소했다. 쩌렁쩌렁한 웃음소리에 대니의 몸이 기우뚱했다.

"너 이게 감옥 문신이라고 생각해?"

"아니야?" 대니는 자신의 실망한 목소리에 스스로도 놀랐다.

"난 가정적인 남자다, 대니. 범죄자 아니야. 이거 유리 문신이다. 감옥 문신 아니다."

"아들이 새겨 준 문신이라고?"

"아니, 문신 가게에서 했지."

"무슨 말인지 모르겠어."

"봐봐." 이반이 소매를 올리고 문신 가득한 팔을 테이블에 올려놓았다. "일 다녀와서 너무 피곤해 의자에서 잠들었어. 깨 보니 유리가 펜으로 내 몸에 그림 그리고 있었다. 팔에, 얼굴에. 그때 유리 대여섯 살이었다. 너무 재미있어 하니까 말리고 싶지 않았다. 다 그릴 때까지 자는 척했다. 눈 뜨고 그림 봤다. 너무 아름다웠다. 마음에 쏙 들어서 그날 문신 가게 가서 영원히 남겨 달라고 했다."

"기분 나쁘게 듣지 말아 줘. 그래, 정말 흐뭇한 일이기는 한데 왜 그냥 사진으로 남겨 두지 않고?"

"왜? 휴대전화에 넣어? 아님 액자에 넣어? 휴대전화 잃어버릴 수 있다. 사진 잃어버릴 수 있다. 하지만 이건?" 그가 두 팔로 테이블을 탁탁 쳤다. "팔은 절대 잃어버릴 일 없다."

"솔직히 그건 아니지……."

"맞다! 팔을 어떻게 잃어버려? 소파 뒤에 떨어뜨릴 수도 없고 슈퍼마켓 카트에 두고 올 수도 없다. 택시 뒷자리에 놓고 내릴 일도 없고. 불가능하다."

"그래, 맞아." 대니가 말했다. 지금은 사지 절단 이야기를 꺼내기에 좋은 타이밍이 아닌 것 같았다.

"이건……." 이반이 웃으면서 뭔지 알 수 없는 유리의 그림 하나를 손가락으로 훑었다. "나와 영원히 함께야."

"죄책감이 드네." 대니가 말했다. "난 그동안 네가 사람을 죽였을 거라고 생각했거든."

"문신이 유리 그림이라고 했지, 사람을 안 죽였다고는 안 했다." 이반이 눈을 찡긋했다. 대니는 친구의 말이 농담인지 진담인지 알 수 없었다.

"그럼 인제 그만 가 볼까?" 대니가 자리에서 일어나 문으로 걸어갔다.

"잠깐만. 부엌에서 잠깐 할 게 있다. 이바나 부탁."

"도와줄까?" 대니는 답을 알면서도 친구의 반응이 궁금해서 물었다.

"아니!" 이반이 평소와 다른 고음으로 외쳤다. 헛기침을 하더니 다시 말했다. "아니, 괜찮다고." 그는 주방 문을 자신의 몸만 들어갈 정도로 열었지만 거의 활짝 연 거나 다름없었다.

"이반!" 대니가 부르자 이반이 돌아봤다. "고마워."

"뭐가?"

"알잖아."

"모른다."

"그냥…… 고마워." 대니가 말했다.

이반은 얼굴을 찡그리고 고개를 저었다. "괜히 그런다." 그는 이렇게 말하고 주방으로 들어갔다.

공사장에는 철망이 쳐 있었다. 입구를 가로막은 두 개의 커다란 철문으로만 드나들 수 있는데 초소에서 경비 두 명이 카드 놀이를 하고 있었다. 공사장의 네 모퉁이에서 쏟아지는 강렬한 투광 조명이 한가운데의 조립식 사무실로 합쳐졌다. 조명 바로 아래쪽은 그리 밝지 않아 숨어 있는 대니와 이반의 그림자를 아무도 보지 못했다.

"자." 어둠 속에서 이반이 뭔가를 건넸다.

"이걸 꼭 써야 해?" 대니가 검은 복면을 펼쳤다. "나무 훔치러 가는 거지, 이란 대사관에 쳐들어가는 건 아니잖아."

"카메라." 이반이 손가락을 들고 빙빙 돌리는 시늉을 했다.

대니는 복면을 쓰고 눈만 내놓았다.

"좋아. 준비됐어?" 이반이 말했다.

대니는 심호흡을 몇 번 하고 크리스털이 가르쳐 준 허벅지 뒤쪽 스트레칭을 했다.

"좋아. 시작하자고."

그는 철망을 잡고 울타리를 오르기 시작했다. 아니, 오르려고 했지만 손가락이 철망에 끼어 발이 당겨지지 않았다. 이반이 대니의 등을 붙잡고 끌어내렸다.

"뭐 하는 거야?"

"뭐긴 뭐야. 울타리 넘으려는 거지."

이반은 한숨을 쉬더니 고개를 저었다. 그러고는 울타리 맨 아래쪽을 위로 잡아당겼다. 두 사람이 딱 통과할 만큼의 구멍이 생겼다.

"이 방법도 괜찮네." 대니가 말했다.

두 사람은 최대한 어두운 그늘에만 붙어 슬그머니 공사장을 가로질렀다. 그리고 공식 명칭이 '찌꺼기 처리장'인 곳에 도착했다. 각종 버려진 건축 자재가 담긴 노란색 대형 용기가 쭉 서 있었다. 첫 번째 통에는 깨진 벽돌과 돌무더기가, 두 번째 통에는 플라스틱 배관과 시멘트 자루 같은 잡다한 쓰레기가 들어 있고 마지막 통에서는 자투리 목재가 튀어나왔다.

"좋아." 이반이 손바닥으로 받쳐 줄 테니 올라서라는 시늉을 했다. "넌 나무 찾는다. 난 망 본다."

대니는 최대한 조용하게 통 안을 뒤져 적당한 널빤지를 찾아 이반에게 건넸다. 이반이 받아 바닥에 살살 쌓았다.

나무가 어느 정도 쌓이자 이반은 양쪽 끝을 각각 밧줄로 묶어 손잡이처럼 만들었다. 마지막, 네 번째 나무 뭉치가 절반 정도 쌓였을 때 이반이 갑자기 굳어버리더니 저쪽을 쳐다봤다.

"왜 그래?" 대니가 속삭였다.

이반이 "쉿!" 했다. 그의 시선은 어둠 속의 무언가에 고정되어 있었다. "누가 온다!"

"젠장! 어떡하지?" 대니가 쉭쉭 댔다.

이반은 널빤지를 하나 꺼냈다. 이리저리 살펴보더니 야구 방망이처럼 자신의 손바닥을 쳤다.

"안 돼, 이반! 폭력은 안 돼!"

"더 좋은 생각 있어?"

대니는 미친 듯 주위를 둘러보았다.

"나무 숨기고 통 안으로 들어와!"

"뭐?"

"빨리 여기로 들어오라고! 얼른!"

손전등 불빛이 모퉁이를 도는 것을 본 이반은 나뭇더미를 안아 옆으로 치웠다. 그러고 나서 대니가 내민 손을 붙잡고 금속의 대형 용기 안으로 들어갔다. 이반의 무게에 대니가 떨어질 뻔하기는 했다.

"이제 어떡하지?" 이반이 물었다. 대니는 이미 널빤지와 나무 쪼가리로 몸을 가리는 중이었다. 이반도 거구를 최대한 가리고 커다란 합판 조각으로 덮기까지 했다.

"이쪽에서 난 소리 같은데." 잠시 후 경비가 나타났다. 그의 파트너도 바짝 뒤따라왔다. 대니와 이반은 첫 번째 경비가 쓰레기통 쪽으로 손전등을 이리저리 비출 때 눈을 꼭 감고 있었다.

"그냥 쥐였나 봐." 뒤쪽 경비가 말했다. 그는 첫 번째 경비와 비슷하지만 키가 더 작고 동글동글했다.

"쥐가 그런 소리를 내려면 엄청나게 커야 할걸?"

"쥐도 큰 건 얼마나 큰데. 난 개만 한 쥐도 본 적 있어." 키 작은 경비가 말했다.

"웃기고 있네."

"진짜야. 그레이트데인 같은 대형견 말고. 아무튼, 엄청나게 컸다니까."

"얼마나?" 키 큰 경비가 물었다.

"글쎄. 비숑 프리제만 했나? 레스터 광장에서 봤는데 덤불에서 살아 있는 까치를 물고 가더라니까."

"비숑 프리제는 별로 크지도 않잖아." 키 큰 경비는 여전히 믿을 수 없다는 투였다. "겨우 고양이만 할걸."

"뭐가 어쨌든 간에. 그 정도로 큰 쥐였어."

"그러니까 고양이만 한 쥐를 본 적 있다는 거네."

"아니, 개만 한 쥐." 키 작은 경비가 말했다.

"개나 고양이나 비슷하지."

"그래."

"그럼 고양이만 한 쥐였구먼." 키 큰 경비가 다시 말했다.

"아니, 개만 했다니까 그러네."

"아이고, 답답해. 개나 고양이나 똑같으면 개만 한 쥐가 고양이만 한 쥐지! 안 그래?"

"글쎄. 헷갈리네."

"자, 봐. 내 왼쪽 주먹이 고양이, 오른쪽 주먹은 개."

"왜 무섭게 협박하고 그래, 스투."

"협박은 무슨 협박!"

"그럼 왜 주먹을 휘두르는데!"

"어쩔 건데?"

"흠씬 때려줄 테다!"

그때 이반이 수면 위로 올라온 고래처럼 갑자기 쓰레기통에서 얼굴을 쳐들었다. 경비들은 비명을 질렀다. 이반이 달리는 대형 트럭에 묶인 느슨한 방수천처럼 퍼덕이는 바람에 대니는 쏟아지는 나무 조각을 맞으면서 낑낑거렸다.

"도망쳐!" 키 큰 경비가 소리쳤다. 그러나 키 작은 경비는 이미 달아난 뒤였다. 키 큰 경비는 손전등 불빛을 이리저리 마구 흔들면서 어둠 속으로 전력 질주했다.

이반은 괴상한 몸짓을 1~2분 더 계속하다가 멈췄다. 거친 숨을 내쉬며 복면을 벗고 이마에서 땀을 훔쳤다. 대니는 갑자기 움직이면 또 무슨 난리가 날지 몰라 뒤로 물러섰다.

"미안." 이반이 말했다.

"대체 무슨 일이야?" 대니가 물었다.

"내 잘못 아니다. 나무 벌레 때문이야."

"나무 벌레라니 무슨 소리야?"

"저거!" 이반이 떨리는 손가락으로 뭔가를 가리켰다. 자세히 보니 쥐며느리였다.

"쥐며느리?" 대니가 복면을 거칠게 벗었다. "겨우 쥐며느리 때문에 간 떨어지게 만든 거야?"

"날 물었어!" 이반은 물린 자국도 보이지 않는 팔뚝을 가리켰다.

"네가 나무도 아닌데 널 왜 물어!"

"흠…… 물려고 했어. 눈빛을 다 봤다."

"위대하신 이반 세브첸코 님께서 쥐며느리를 무서워하다니 믿을 수가 없군." 대니가 가슴을 살살 문지르며 말했다.

"이반 무서운 거 없다!" 이반이 말했다.

갑자기 대니의 눈이 휘둥그레졌다. 그가 이반을 가리켰다. "이반, 놀라지 마. 네 어깨에 쥐며느리가 있어!"

이반은 또 미친 듯 빙빙 돌면서 몸을 털다가 대니의 웃는 얼굴을 보았다.

"방금 뭐라고 했지? 무서운 게 없다고?" 대니가 물었다.

이반이 얼굴을 찡그렸다. "나무 너 혼자 잘 들고 가라고 했다." 이반은 공사장을 성큼성큼 걸어갔다.

"기다려!" 대니의 얼굴에서 웃음이 사라졌다. "이반! 돌아와! 장난이야!"

24

다음 날 아침 일어나 보니 월과 모가 거실에서 비디오게임을 하고 있었다.

"비디오게임 하는 거야? 이렇게 날씨도 좋은데?" 대니가 말했다.

소년들은 반응이 없었다. 화면에 시선을 고정한 채 전기톱으로 서로를 죽이려고 하느라 바빴다.

"나가 놀아. TV 앞에 붙어 있지 말고."

"비와요, 머룰리 아저씨." 모가 얼굴을 들지도 않고 말했다.

대니는 창문을 때리는 빗줄기를 바라보았다. "에이, 저건 아무것도 아니지. 비 좀 맞는다고 큰일 안 나."

"우리 파이살 삼촌은 홍수로 돌아가셨는데요." 모가 말했다.

"이런, 안타까운 일이구나. 모, 그래도 봐봐. 곧 날씨가 갤 거야." 대니는 저 멀리까지 하늘을 완전히 뒤덮은 잿빛 구름을 애써 외면하면서 창문을 가리켰다.

"글쎄요. 비가 많이 오는데요. 비 맞으면 내일 아플지도 몰라요."

"원래 애들은 아프면서 크는 거야. 그래야 면역력이 튼튼해지지. 정말 감기에 걸리면 학교를 빠질 수도 있으니 일석이조 아닐까?"

아이들은 전혀 설득 당하는 모습이 아니었다. 대니는 하는 수 없이 전략을 바꿨다.

"좋아." 지갑에서 10파운드 지폐를 한 장 꺼냈다. "자, 이걸로 나가 놀아."

모가 윌을 쳐다봤다. 윌은 고개를 저었다. 모가 대니를 보았다.

"죄송하지만, 아저씨. 저희 목숨은 10파운드보다 더 소중합니다."

"목숨? 나가도 안 죽는다니까, 모."

"파이살 삼촌도 그렇게 생각하셨을 거예요." 모의 말에 대니는 한숨을 쉬었다.

"알았다, 알았어." 대니는 10파운드를 한 장 더 꺼내 두 아이에게 내밀었다.

모가 윌을 쳐다봤다. 윌이 고개를 끄덕였다.

"저녁때까지 들어오지 마!" 우비를 입으려고 달려가는 아이들에게 대니가 소리쳤다.

～

아이들이 나간 후 대니는 이반에게 전화를 걸었다. 이반은 한 손에 공구 상자를, 또 한 손에는 은박지에 싼 꾸러미를 들고 찾아왔다.

"이바나가 보낸 거 맞지?" 대니가 웃었다.

"뭐야? KGB 심문도 아니고." 이반이 구시렁거리며 들어왔다.

그들은 비어 있던 차고에 놓아둔 나무 꾸러미를 들고 올라와(이반은 살 파먹는 쥐며느리가 없다고 확인받은 뒤에야 나무를 들었다) 윌의 방문 앞에 놓았다. 두 남자는 가장 좋은 방법을 상의한 뒤 곧장 작업에 돌입했다. 오전부터 초저녁까지 일했다. 점심 먹을 때와 이반이 전화로 이바나에게 사정을 설명할 때만 잠깐 쉬었다. 이반은 토요일에 아내와 함께 웨스트필드로 쇼핑하러 가지 않고 온종일 대니와 있어야 하는 이유를 설명해야만 했는데 대니도 어쩔 수 없이 통화에 끼어들었다.

그녀가 이반에게 54호 여자가 아니라 정말로 대니와 함께 있는지 증명하라며 대니를 바꿔 달라고 했기 때문이다(이반은 54호 여자가 문이 잠겨서 집에 들어가지 못하게 되었다며 목욕 가운 차림으로 찾아와서 딱 한 번 도와준 것뿐이라고 했다. 마침 집에 돌아온 이바나가 거의 헐벗은 차림의 여자를 본 건 그 때문이었다. 하지만 이반도 왜 거의 헐벗은 차림이었는지는 미스터리였다).

작업은 생각보다 훨씬 어려웠다. 방이 너무 작고 이반의 덩치가 너무 크기도 했지만 두 사람 모두 어떻게 해야 하는지 잘 모르는 탓이었다. 겨우 작업을 마쳤을 때 월이 한 손에 먹다 남은 작은 피자 상자를 들고 돌아왔다. 두 남자는 옷과 얼굴에 페인트가 묻고 찻잔에는 톱밥이 둥둥 떠다니는 채로 주방에 앉아 있었다.

"왔니?" 월은 증명할 길 없는 가짜 학생 카드를 쳐다보는 기차 검표원처럼 문가에 서서 그들을 바라봤다.

"무사히 돌아왔네?"

월은 고개를 끄덕였지만 찡그린 표정이 남아 있었다.

"그거 피자야?" 이반이 상자를 가리켰다.

월은 또 고개를 끄덕이고 상자를 건넸다. 이반은 피자 한 조각을 남은 두 조각 사이에 끼워 넣더니 한입에 다 집어넣었다.

월은 대니의 옷을 가리키고는 무슨 일이냐는 듯 어깨를 으쓱했다. 대니는 의미심장한 미소를 지어 보였다.

"곧 알게 될 거야." 그는 찻잔을 내려놓았다. "우선 눈을 감아야 해."

대니는 월의 감은 눈을 손으로 가렸다. 그 상태로 조심스럽게 월을 데려가 월의 방문 앞에서 멈췄다.

"됐어." 대니가 손을 치웠다. 이반도 뒤쪽으로 왔다. "이제 눈 떠도 돼."

월은 눈을 뜨고 방 안을 쳐다보았다. 다시 감았다가 떴다. 대니는 원하는 반응이 나오기를 바라면서 유심히 살폈지만 월의 표정은 마치 보톡스에 중독된 포커 선수처럼 헤아리기 어려웠다. 대니는 점점 초조해졌다. 우선 괜한 짓을 한 것일까 걱정스러웠고 자신이 판다라는 사실을 월이 눈치챌까 봐 두려웠다. 하지만 월의 미소를 보자 요동치던 맥박이 진정되기 시작했다.

토마스 기차 벽지는 대니와 이반이 오전 내내 칼로 벗겨내 결국 최후를 맞이했다. 그 자리를 앵무새를 닮은 초록색 페인트가 차지했다. 페인트는 아직 완전히 마르지 않은 상태였다(월이 손가락을 대 보았다). 침대는 구석 자리에 그대로였지만 거의 180센티미터 높이로 올라가 바닥보다는 천장에 가까웠다. 대니와 이반이 오후 내내 이웃들의 짜증을 돋우면서 열심히 망치질해 만든 튼튼한 널빤지와 기둥이 들어간 구조물로 받친 덕분이었다. 구조물의 옆쪽에는 직접 만든 사다리가 있고 침대 아래는 책상과 테이블 램프, 식탁 의자까지 갖춰진 튼튼한 공간이었다. 대니는 형편이 되는 대로 제대로 된 의자를 사 주리라고 다짐했다.

월의 시선을 끈 것은 책상이 아니라 책상 뒤쪽 벽에 걸린 액자였다. 대니가 사고 이후로 열어 보지 않았던 리즈의 앨범에서 밤새 사진을 추려서 완성시킨 콜라주였다. 리즈의 독사진도 있고 리즈와 월이 함께 찍은 사진도 있고 가운데에는 런던 동물원에서 리즈가 찍은 세 사람의 셀카도 있었다. 원숭이 우리 앞에서 웃으며 찍은 사진인데 뒤쪽에서 거미원숭이가 창살 사이로 웃으며 끼어든 모습이 같이 찍혔다. 대니는 그 사진에 설명도 달아 놓았다. 리즈는 '엄마', 자신은 '아빠', 월은 '원숭이', 원숭이는 '월'이었다.

월은 사진을 만졌다. 손가락이 약간 떨렸다. 월은 이반이 대니의 등을 두드려 주는 것도, 대니가 방 안으로 들어오는 것도 보지 못했다. 어깨에 아빠의 손이 놓였을 때에야 알아차렸다. 월은 아빠를 힘껏 껴안았다. 아무도 말하지 않았다. 말이 필요하지 않았다.

25

그 후 며칠을 대니는 흥분될 정도의 행복감에 젖어서 보냈다. 휘파람을 불면서 걸었다. 싱글벙글 웃으며 말했다. 샤워할 때 노래도 불렀다. 모르는 사람에게도 인사를 건넸다. 엘 마그니피코와 화해하려고까지 했다. 그의 공연이 끝나고 동전을 던져 주었는데 그가 2파운드 동전을 도로 집어서 대니의 얼굴에 던졌다(대니가 던진 동전은 1파운드였으니 결과적으로는 이득이었다). 하지만 어느 날 집에 돌아왔을 때 거실에 앉아 있는 레그와 덴트를 본 순간 대니의 행복은 불량 폭죽처럼 쉭 하고 꺼져 버렸다.

"왜 이렇게 늦게 와?" 소파에 앉은 레그가 말했다. 마치 귀가가 늦은 저녁 식사 당번을 나무라는 하우스메이트 같았다.

"아, 안녕하세요. 레그." 대니는 침착하려고 애썼다. 안락의자 뒤에 서 있는 덴트에게도 고갯짓을 했다. "덴트도 안녕하세요."

"〈플래시댄스〉야?" 레그가 물었다.

"예?"

"방금 휘파람 불었잖아. 좋은 영화지. 아, 제니퍼 빌즈." 그는 가랑이를 발로 차이고 황홀해하는 듯한 신음을 냈다. "〈플래시댄스〉 봤어, 덴트?"

덴트는 얼굴을 찌푸리고 고개를 저었다.

"덴트는 춤하고 거리가 멀어. 난 과거에 춤 좀 췄거든. 볼룸댄스를 주로 췄지."

"그러셨군요. 몰랐네요." 대니는 룸바를 추는 레그가 떠올라 얼굴을 찌푸렸다.

"자네가 모르는 걸 다 합치면 욕조 한가득이야. 앉아." 레그는 덴트가 뒤에 서 있는 안락의자를 가리켰다.

대니가 가서 앉았다. "무슨 일이세요?"

"무슨 일이세요? 무슨 일이겠어? 무슨 일인지 말해 줘? 내돈 받으러 왔다!"

"드릴게요, 다음 주에. 합의한 대로요." 대니가 말했다.

"다음 주가 아니라 오늘로 합의했지. 오늘이 두 달째 되는 날이야."

"다음 주가 두 달이에요." 대니는 메고 있지도 않은 넥타이를 풀고 싶을 정도로 답답해졌다.

"지금 내가 거짓말을 한다는 거야?" 레그의 목소리가 얼음 송곳처럼 차갑고 날카롭게 변했다.

"그럴 리가요. 제 말은……."

"아, 그럼 내가 바보 멍청이라는 거군? 내가 바보 멍청이야?"

"아뇨, 저는……."

"덴트, 지금 이 멍청이가 나보고 멍청이라는 건가?"

덴트는 어깨를 으쓱했다.

"제발요. 다음 주까지만 기다려 주시면 꼭 갚겠습니다. 약속합니다." 대니가 말했다.

레그의 시선이 무릎으로 향했다. 그제야 대니는 레그의 두 손에 리즈의 사진 액자가 들린 것을 알아차렸다.

"난 리즈가 왜 너 같은 걸 선택했는지 도통 이해되지 않았어. 참 사랑스러운 여자였지, 네 마누라. 더 좋은 남자를 만났어야 하는데. 어쩌다 너처럼 쓸모없는 인간하고 엮여서는. 기분 나쁘라고 하는 말은 아니야. 사실이 그렇다는 거지."

"감사합니다, 레그." 대니는 진심인 것처럼 말하려고 애썼다. "역시 친절하시네요."

"누구나 태어났을 땐 찰흙 같지. 안 그런가, 덴트?"

덴트는 무슨 뜻인지 분명히 알지도 못하면서 고개를 끄덕였다.

"처음엔 못생긴 회색 덩어리에 불과하지만 살면서 제각각 색깔과 모양이 생기고 지금의 모습이 되는 거야. 자네 문제가 뭔지 알아?"

"아뇨."

"지금도 태어났을 때와 똑같이 아무짝에도 쓸모없는 똥 덩어리라는 거야. 하지만 자넨 운이 좋아. 덴트는 조각 실력이 뛰어나거든."

순식간에 밧줄이 팔과 허리를 감싸고 대니는 의자에 꽁꽁 묶이고 말았다.

"이게 무슨……."

"그래도 경고는 해야겠네." 덴트가 밧줄을 세게 묶을 때 레그가 말했다. "덴트는 좀 과격한 예술가지."

또 다른 밧줄이 등장해 이번에는 발목을 묶었다. 대니는 몸부림쳤지만 이미 의자에 꽉 묶였다.

"지금 뭐 하시는 겁니까?"

2미터 가까운 거구의 덴트가 대니 옆으로 바짝 다가왔다. 손에는 장도리가 들려 있었다.

"레그, 돈 갚을 겁니다. 맹세코! 다리를 부러뜨리면 돈을 어떻게 갚으라고요!"

레그가 팔에 목발을 대고 뒤뚱뒤뚱 일어섰다.

"아프지 않으면 얼마나 좋겠냐마는 내 경험상 솔직히 말해
주지. 엄청나게 아플 거야."

대니는 앞 유리가 박살 난 조종사처럼 고래고래 소리 지르
며 몸부림쳤다. 덴트가 장도리를 높이 들고 두더지 잡기 게
임을 하는 어린아이처럼 씩 웃었다. 그가 장도리를 대니의
떨리는 무릎으로 내리치려는 순간 월이 거실로 뛰어들었다.

"우리 아빠한테서 떨어져!" 월은 대니와 덴트 사이로 뛰어
들어 작은 몸을 최대한 부풀리려고 애썼다.

다들 놀랐지만 대니가 가장 놀랐다.

"애 말 안 하는 거 아니었나?" 레그가 말했다.

"맞는데요." 심각한 상황이지만 대니는 월을 보고 미소 지
었다.

"말 안 할 때가 더 좋았는데." 레그가 말했다. 월은 핏발 선
눈으로 쳐다보는 레그에 지지 않고 눈에 힘을 꽉 주고서 깜
빡하지도 않고 맞섰다. "그래도 제 아비보다는 배짱이 있구
나. 그건 인정해 주지."

레그는 한숨을 쉬었다. 덴트는 장도리로 머리를 긁적이며
지시를 기다렸다.

"오늘은 운이 좋군. 다음번은 없을 테니까 이 기회를 허투

루 날리지 말라고. 다음에 볼 땐 반드시 돈이 준비되어 있어야 할 거야. 안 그랬다간……." 레그는 윌을 쳐다보았다. "덴트가 너만 부러뜨리진 않을 거야. 알아들어?"

"알겠습니다." 대니가 말했다.

"그래야지." 레그가 덴트에게 고갯짓을 했다. "가자, 꺽다리."

두 사람이 나가자 윌은 주방으로 달려가 가위를 가져왔다.

"고마워." 대니가 밧줄을 풀고 있는 윌에게 말했다. 그는 팔이 풀리자마자 아들을 가까이 잡아당겼다. "네 목소리 들으니까 정말 좋다." 숨이 막힐세라 아들을 꽉 끌어안았다.

"무슨 일이에요?" 윌이 물었다.

"아무것도 아니야." 무릎을 장도리로 맞는 게 흔한 일이라도 되는 듯한 말투였다.

"아빠, 사실대로 말해 주세요. 나 어린애 아니에요."

"알아. 넌 어린애가 아니지. 어린애 취급해서 미안하다. 그것 말고도 미안한 게 많아. 윌, 난…… 네 엄마가 떠나고 제정신이 아니었어. 아니, 그게 원래 내 모습이었던 건지 이젠 모르겠구나. 확실한 건 네 옆에 있어 줘야 했는데 그러지 못 했다는 거야. 미안하다. 정말 미안해. 네가 나한테 화났다는 거 알아. 당연히 그렇겠지. 나도 나한테 화가 나는걸. 하지만 앞으로 아빠가 잘할게. 약속해. 지금까지의 잘못을 되돌릴 순 없지만 네가 한 번만 더 기회를 준다면 이제부터 변할게. 내가 너에게 좋은 친구가 돼 주지 못했어. 좋은 아빠도 돼 주지 못했고. 하지만 잘하고 싶고 잘할 수 있을 것 같아. 네가 기회만 준다면. 어떠니? 우리 친구가 될 수 있을까?"

윌은 대니가 내민 손바닥만 쳐다보고 있었다. 대니는 팔이 아프기 시작했다. 손바닥이 축축해질 즈음 윌이 드디어 손을 잡았다.

"친구 해요."

"그래, 친구 하자." 대니도 말했다. "레그 일은 걱정하지 마. 그냥 오해가 있었던 거니까. 괜찮아. 다 괜찮아."

※

"다 끝장이에요." 대니가 벽면을 가득 채운 거울을 보며 이마의 땀을 닦았다. "우승 못 하면 모든 게 확실히, 완전히 끝장이에요. 나, 윌, 멀쩡한 내 두 다리, 모든 게 끝이죠."

"그래요." 크리스털이 수건을 건네고 대니를 따라 계단 옆자리에 앉았다. "나야 괜찮겠지만." 그녀가 그의 겨드랑이를 쿡 찔렀지만 대니는 웃지 않았다.

"어제 내 무릎이 으스러질 뻔한 걸 아들이 구해 줬어요. 그것도 우리 집 거실에서! 열한 살짜리가 그런 걸 봐야 한다니 말이 돼요?"

"봐야죠. 당신 아들은 아주 중요한 인생 교훈을 배운 거예요."

"무슨 교훈이요?" 대니가 허탈한 웃음으로 물었다. "커서 아빠처럼 패배자가 되면 안 된다?"

"그건 이미 알겠죠." 크리스털이 말했다. "이제 집주인들은 전부 쓰레기라는 걸 알았을 거예요. 학교에서 그런 걸 가르쳐야 한다니까. 수학이나 과학 같은 쓸데없는 거 말고 좀 실용적인 거. 북적거리는 술집에서 신속하게 주문하는 방법, 경찰에게 잘 말해서 속도위반 딱지 피하는 방법, 플러그 배선 교체하는 방법, 악랄한 집주인 알아보는 방법 같은 거요. 지금 사는 집으로 이사하기 전에 누군가 나에게도 가르쳐 줬다면 좋았을 텐데."

"배선 교체가 필요한 플러그가 많았군요?"

"아뇨. 머릿속의 배선을 교체해야 하는 몹쓸 집주인을 만났죠. 내가 일하러 나간 사이 집에 몰래 들어와서 속옷을 훔쳐 갔어요. 그것도 매번 비싼 것만. 자기 침대 옆 서랍에 전부 넣어놨더라고요."

"어떻게 잡았어요?"

"어느 날 그 인간이 앞마당 화단에 쭈그려 앉아 잡초를 뽑고 있는 걸 봤어요. 셔츠가 올라가서 속옷이 보였는데 가운데가 뚫린 내 팬티를 입고 있더군요."

대니는 마시던 물이 목에 걸릴 뻔했다. 입가를 닦고 크리스털을 쳐다봤다.

"왜요? 선물 받은 거였어요."

"차라리 레그가 그런 쪽이었으면 좋겠네요." 대니가 말했다. "내 속옷은 얼마든지 훔쳐 가도 되는데."

"보통은 집주인이 다리를 부러뜨리겠다고 위협하면 그냥 이사 가려고 할걸요. 말이 그렇다는 거예요."

"그렇게 간단한 문제가 아니에요." 대니가 말했다.

"물론 간단하지 않죠. 이사가 얼마나 골치 아픈데. 그래도 무릎이 으깨지는 것보다 낫죠."

"그게 아니에요. 내 말은…… 모르겠어요. 설명하기가 어렵네요."

"이해하기도 어렵진 않을걸요." 크리스털은 대니가 자세히 설명해주기를 기다렸다.

"그게…… 리즈하고 같이 이사한 아파트예요. 그래서 나한테는 아직도 그 아파트가 우리 집 같아요. 리즈는 떠났지만 그 아파트에 아직 있어요. 알 수 있어요. 느껴져요. 며칠 전에는 머리카락도 한 올 찾았어요. 내가 거실로 들어오기 직전에 앉아 있었던 듯 소파에 머리카락이 있었어요. 말도 안 되죠? 떠난 지 1년도 넘었는데 갑자기 그 사람의 일부분이 나오다니. 그래서 그 집을 떠날 수가 없는 거예요. 바보 같지만 리즈를 거기에 두고 떠날 수가 없어서."

"바보 같지 않아요." 크리스털이 말했다. "이해해요. 하지만 그녀가 그 집에 없다는 걸 알아야 해요. 그녀는 이제 여기 살아요." 그녀는 대니의 관자놀이를 두드렸다. "그리고 여기." 크리스털은 대니의 가슴도 톡톡 두드리고 셔츠에 손을 닦았다. "앞으로 당신이 어딜 가든지 아내도 함께할 거예요. 사이코패스 집주인이 없는 곳으로 이사해도 말이죠."

그들은 잠깐 말없이 앉아만 있었다. 방금 나눈 대화만 디스코 조명처럼 공기 중에 걸려 있었다.

"이젠 너무 늦었어요." 대니가 말했다. "지금은 이사 가고 싶어도 못 가요. 레그한테 빚진 돈을 갚기 전까지는. 우승 못하면 갚을 수도 없고."

"연습하지 않으면 우승 못 하니까 얼른 일어나요. 얼른 연습해요. 난 절대로 케빈이 당신을 이기게 두지 않을 거니까."

"케빈?"

"엘 마그니피코." 크리스털이 눈알을 굴렸다. "천하에 재수 없는 인간."

"당신 같은 사람하고 그자 같은 사람하고 어떻게 사귀게 된 건지 정말 궁금하네요." 대니는 절반은 호기심에서 절반은 또 몇 분간 연습시간을 늦춰 보려고 말했다.

크리스털이 어깨를 으쓱했다. "나한테 그런 시기가 있었나 보죠."

"그런 시기라면?"

"'자기 거시기를 마술봉이라고 부르고 오르가슴을 느낄 때마다 수리수리마수리 주문을 외우게 만드는 정신병자 마술사하고 사귀고 싶다'라고 생각하는 시기?"

대니가 몸을 움츠리며 질색했다. "정말 수리수리마수리 주문을 외웠어요?"

"몰라요. 항상 그놈이 먼저 끝내서."

대니가 몸서리쳤다.

"왜요? 물어봐서 답해 준 건데." 크리스털은 웃으며 고개를 저었다. "어쩌겠어요. 난 그때 너무 어리고 어리석었어요. 마술쇼 조수를 구한다기에 쉽게 돈 벌 기회라고 생각했죠. 그 사람한테 빠질 생각 같은 건 없었어요. 그냥 돈이 필요했을 뿐. 전혀 매력을 느끼지도 않았다고요. 하지만 인생이란 게 가끔 재미있게 돌아가잖아요? 여기에서 '재미있다'는 건 실제로는 재미없다는 뜻이지만. 절단 마술 알죠? 사람 반으로 자르는 마술. 그 사람이 반으로 자른 게 바로 나였어요. 말 그대로 날 진짜 두 동강 냈죠."

"감쪽같이 잘 붙었네요." 대니가 크리스털을 위아래로 쳐다보았다.

그녀가 웃음을 터뜨렸다. "정정할게요. 내 마음을 산산조각

냈다는 거예요. 난 매일 밤 상자 속으로 들어가면서 그 바보 같은 마술을 도와줬는데 그 인간은 매일 칼라랑 바람을 피우고 있었어요."

"칼라가 누구예요?"

"내 동생요."

"이런."

"그래요." 크리스털이 마구 씩씩대서 연기 냄새가 나는 것만 같았다. 대니는 그녀의 화가 가라앉기를 기다리며 괜히 운동화 끈을 묶고 또 묶었다.

"여동생이 있는 줄 몰랐네요."

"있었죠. 여동생이 있었죠."

"그 여동생은 어떻게 됐어요?"

"죽었어요." 크리스털이 말했다.

대니가 진지하게 고개를 끄덕였다. "미안해요."

"나한테는 죽은 사람이라고요." 크리스털이 말했다. "그 나쁜 년은 브랙널에 있는 물류창고에서 일해요."

"솔직히 나라면 죽는 게 나을 것 같네요." 대니가 말했다.

크리스털은 웃으며 주위를 둘러보았다. "사실 여기서도 케빈이랑 마술쇼를 한 번 했었어요. 초기에요."

"여긴 마술쇼랑은 어울리지 않는 곳 같은데."

"'에로틱한' 마술쇼였죠." 크리스털이 말했다. "케빈이 그렇게 홍보했어요. 그럴 듯하게 포장하는 능력 하나는 알아줘야 한다니까요. 물론 실제로는 전혀 에로틱하지 않았죠. 우리가 항상 하던 따분한 마술쇼였어요. 가장 큰 차이는 내가 속옷 차림으로 무대를 뽐내듯 걸어 다녀야 했다는 거. 그것도 별로였지만 평소 케빈이 입힌 반짝이 쫄쫄이보다는 훨씬 나았죠. 그 옷은 정말이지 미치도록 더웠거든요. 사탄의 음낭처럼 땀 뻘뻘 흘리지 않고 무대에 서니까 오히려 좋았어요. 쇼가 끝나고 패니가 일자리를 제안했죠. '그 뾰족 모자 쓴 얼간이' 밑에서 일하는 것보다 다섯 배는 더 많이 벌게 해 주겠다는 말에 솔깃했지만 거절했어요. 그땐 그 뾰족 모자 쓴 얼간이를 사랑하게 된 후였으니까. 그 인간과 그 나쁜 년의 관계를 알게 된 후에 에라, 모르겠다, 일단 다른 일을 찾을 때까지만 춤을 추자, 했죠. 그런데 5년이 지난 지금까지도 이러고 있네요."

"왜 그만두지 않아요?"

"이만큼 돈을 많이 주는 일자리도 흔치 않으니까요. 솔직히 말하자면 재미도 있고요. 자랑스러운 직업이 아닌 건 알지만 패니가 잘해 주고 베수비어스도 날 많이 챙겨 주고 얼간이들의 주머니에서 돈을 빼내는 게 쓰는 것보다 더 재미있어요."

"아무래도 춤은 내 길이 아닌 것 같네요." 대니가 말했다.

"당신도 소질은 있어요. 끈팬티가 잘 어울릴지는 모르겠지만."

"그런 건 그냥 마음속으로만 생각해요."

"이미 늦었어요." 크리스털의 입꼬리가 올라갔다. "벌써 떠올라 버렸어요."

"잘 어울리나요?"

"내 옛 집주인 같아요."

"이런."

크리스털이 웃음을 터뜨렸다.

"연습이나 하죠." 그녀가 일어나면서 말했다. "얼른 시작해요. 방금 그 모습이 자꾸 생각나서 춤으로 날려 버려야겠어요."

26

콜먼 선생님은 교실 바닥에서 종이비행기를 주워 공 모양으로 구겼다.

망가진 비행기를 쓰레기통으로 던지며 말했다. "인간은 에베레스트산 꼭대기에 올라갔지. 나일강이 시작되는 지점을 찾고 북극과 남극에도 모두 가고 열기구로 세계 일주도 했어. 그런데 너희는 지도와 나침반이 없으면 자기 자리도 찾아가지 못하는 거냐?"

"이걸로 어떻게 자리를 찾을 수 있어요?" 한 아이가 나침반을 휘두르며 물었다. 다들 웃음을 터뜨렸다.

"나침반을 책상 쪽으로 들고 바늘을 따라가면 된다." 콜먼 선생님이 말했다.

"선생님." 다른 학생이 콜먼 선생님에게 휴대전화를 보여주었다. 구글 맵에 '내 의자'라고 친 것이 보였다. "아무것도 안 나와요."

콜먼 선생님이 전화기를 가져다 검색창에 '윌슨의 뇌'라고 쳤다.

"아이고, 놀라워라." 그가 윌슨에게 휴대전화를 돌려주었다. "아무것도 안 나오는구나. 자, 다들 자리에 앉아라. 꼴찌로 앉는 사람은 선생님하고 같이 점심 먹어야 한다."

갑자기 반 전체가 분주하게 움직이더니 너나없이 앞다투어 제자리로 달려갔다.

"갑자기 배움에 열성을 보이니 기쁘네!" 콜먼 선생님이 말했다.

그는 책상에 앉아 안경집을 열었다.

"앳킨스?" 선생님이 출석부로 몸을 기울이고 이름을 부르기 시작했다.

"출석." 앳킨스가 말했다.

"카트라이트?"

"여기요. 아니, 출석."

"진덜?"

"출석."

"카비가."

"출석."

"머룰리." 콜먼 선생님은 윌을 힐끔 쳐다보고 바로 출석 표시를 했다.

"출석." 윌이 말했다.

"무어하우스."

무어하우스는 대답하지 않았다. 콜먼 선생님도 두 번 부르지 않았다. 그는 오늘 아침에 고양이 밥을 줬던가 생각하는 모습으로 이마를 찡그리며 출석부를 보았다. 안경을 벗고 아이들을 쳐다보았다. 반 전체의 시선이 윌에게로 향해 있었다. 콜먼 선생님도 윌을 빤히 쳐다보았다.

"윌?"

윌이 미소 지었다. "출석." 반 아이들, 특히 모가 믿기지 않는다는 표정으로 쳐다보았다.

콜먼 선생님은 너무 놀라서 할 말을 잃은 듯 고개만 끄덕였다. 그리고 주춤주춤 안경을 다시 쓰고는 헛기침을 하고 출석을 이어갔다.

"어…… 솔트웰?"

"얘들아, 좀 비켜 봐!" 모가 나서서 구경꾼들을 뒤로 조금 물러나게 했다. 그러자 안쪽에 파묻혀 있던 월의 모습이 드러났다. "얘 숨 막히겠다!"

"말 좀 해 봐!" 서로 거칠게 밀치는 아이들 사이에서 누군가가 소리쳤다. 월에 대한 소문이 순식간에 퍼져 나가서 다들 확인하려고 몰려든 것이었다.

"말." 월이 그대로 말하자 다들 웃었다.

"다른 말도 해 봐!" 다른 아이가 소리쳤다.

"다른 말." 또 깔깔 웃음이 터졌다.

"그럼 이거 해 봐. 앞뜰에 있는 말뚝이 말 맬 말뚝이냐 말 안 맬 말뚝이냐." 어딘가에서 여자아이가 외쳤다.

"앞뜰에 있는 말뚝이 말 맬 말뚝이냐 말 안 맬 말뚝이냐." 월이 말했다.

"이것도 해 봐! 대단하고 멋지고 영광스럽고 총명하고 최고이며 훌륭한."

"대단하고 멋지고 영광스럽고 총명하고 최고이며 훌륭한." 월이 또 따라 했다.

"이거 해 봐. 헨-가오싱-지안-다오-니." 한 학년 아래의 중국인 소년 간이 말했다.

월이 웃었다. "그건 못해."

"이거 해 봐라. '내 이름은 월이고 관종이다. 친구가 한 명도 없는 왕따이기 때문이다.'" 마크가 게빈과 토니를 달고 들어왔다.

"그냥 내버려 둬, 마크." 모가 말했다. 아이들 사이에 불안감이 퍼져 나갔다.

"닥쳐, 모. 꼬맹이 윌리가 이젠 어른스럽게 직접 말할 수 있잖아. 그렇지, 윌리?"

윌은 아무 말도 하지 않았다. 말하고 싶은 마음이 갑자기 사라져 버렸다.

"빨리 말하라고." 마크의 채근에 윌은 고개를 흔들었다. 마크가 칼라를 붙잡고 침방울이 튀길 정도로 얼굴을 가까이 가져왔다. "말해!"

윌은 한숨을 쉬었다. "내 이름은 윌이고 관종이다." 윌이 중얼거렸다.

"그다음은?"

"친구가 한 명도 없는 왕따이기 때문이다."

"들었니, 얘들아?" 마크가 게빈과 토니를 쳐다보았다.

"아니." 게빈이 대답했다.

"너무 작아서 안 들렸어." 토니도 말했다.

마크가 씩 웃었다. "잘 들리게 큰 소리로 말해."

"'내 이름은 윌이고 관종이다. 친구가 한 명도 없는 왕따이기 때문이다!'" 윌이 좀 더 크게 말했다.

"더 크게!"

"내 이름은 윌이고 관종이다. 친구가 한 명도 없는 왕따이기 때문이다!" 이번에는 고래고래 소리쳤다.

"까먹지 마라." 마크는 몸을 가까이 기울이고 낮은 목소리로 말했지만 여전히 분노로 이글거렸다. "엄마가 죽었다고 네가 특별한 것 같지? 응? 우리 아빠도 2년 전에 죽었지만 내가 애처럼 구는 거 본 적 있냐? 머저리처럼 그걸로 관심 받으려고 하는 거 못 봤지? 그러니까 너도 창피한 짓 그만하고 이제 철 좀 들어라." 마크는 윌의 목을 놓으면서 벽으로 밀쳤다. "가자, 얘들아."

마크는 아이들 사이에 뚫린 길로 걸어갔고 게빈과 토니가 뒤따랐다. 재미있는 일이 다 끝났다는 듯 아이들도 슬슬 흩어지기 시작했고 윌과 모만 남았다.

"저 녀석한테 아빠가 있었다니 놀라워. 실험실에서 태어난 줄 알았는데." 모가 말했다.

윌은 얼굴에 튀긴 침을 닦고 운동장을 가로지르는 마크를 쳐다보았다.

⌒

대니는 종이 치자마자 교문 앞에 도착했다. 중앙 출입구가 열리고 아이들이 우르르 쏟아져 나왔다. 마치 범죄 현장을 성급히 벗어나려는 것처럼 보였는데 몇몇은 정말로 그럴 수도 있었다.

대회가 일주일도 남지 않아서 대니는 연습 시간을 늘리려고 공원 출근을 건너뛰었다. 이제 대회에서 선보일 안무를 빠짐없이 다 외웠지만 절반도, 아니 조금도 숙달하지는 못했다. 겨우 끝까지 춤추는 수준이었다.

대니는 사타구니를 긁으며 신음하다가 문득 학교 앞이라는 사실을 깨달았다. 이날 그는 몸에 닿는 느낌이 어떨지, 숨쉬기는 편할지 알아보려고 인형 옷을 입고 리허설을 했다. 허벅지 안쪽이 심하게 쓸렸고 비닐봉지를 뒤집어쓰고 춤추는 것처럼 숨쉬기가 어려웠다. 땀에 전 인형 옷이 배낭을 흠뻑 적시는 것이 느껴질 때 길을 건너오는 윌이 보였다.

"왜 여기 계세요?" 윌이 물었다.

"미안. 네 스타일 구겨서." 대니는 윌이 좋아하는 여자애가 어딘가에서 보고 있을지도 모른다고 생각하며 주변을 두리번거렸다.

"구길 스타일 없어요." 윌이 농담했다. "일할 시간인 것 같아 물어본 거예요."

"아, 일찍 끝났어." 윌은 아들을 보고 싶은 마음에 공사장에서 일하고 있을 시간이라는 사실도 까먹었다. 그가 가방을 두드렸다. "작업복은 여기 있지. 같이 뭐라도 할까 해서."

"어떤 거요?" 윌이 물었다.

"너 하고 싶은 거."

윌은 잠시 생각에 잠겼다.

"그럼 버거킹 가도 돼요?"

"그래. 버거킹 가자."

"치즈 들어간 트리플 와퍼 먹어도 돼요?"

"그걸 다 먹을 수 있어?" 대니가 물었다.

윌이 어깨를 으쓱했다. "모르겠어요."

"직접 가서 알아보는 수밖에 없겠네, 가자."

"잠깐만요." 윌이 반대쪽을 가리켰다. "이쪽으로 가요."

"버거킹은 이쪽인데?"

"따라오세요."

∾

윌은 어디로 가는지 말하지 않았고 대니도 묻지 않았다. 대니는 그저 따라가면서 아들과 대화를 나누는 흔하지 않은 기쁨을 만끽했다. 윌은 마크가 계속 괴롭힌다는 사실을 빼고 학교 이야기를 했다. 대니는 두 달 전에 해고당했다는 사실을 빼고 일 이야기를 했다. 대화에 정신 팔린 나머지 그는 공원으로 향하고 있다는 사실을 깨닫지 못했다. 윌이 평소 판다가 춤추는 장소에서 멈추었을 때에야 깨달았다.

"무슨 일이니?"

"소개해 주고 싶은 사람이 있어요." 윌은 공원을 쭉 훑었다.

"누군데?" 대니는 답을 알면서 조심스럽게 물었다.

"판다로 분장한 아저씨요. 그 아저씨도 춤추는데 진짜 잘 춰요."

"공원에서 이상한 사람하고 말하지 말랬지?"

"이상한 사람 아니에요. 내 친구예요."

"대니 맞네." 뒤에서 누군가 말했다. "털옷을 입고 있지 않아서 못 알아봤어요."

대니는 뇌세포가 놀라서 마구 날뛰는 것을 느끼며 뒤돌아 팀을 쳐다보았다. 그의 어깨에 앉은 밀턴은 파란색 터틀넥 스웨터 차림이었다.

"오늘 쉬는 날이에요?" 팀이 물었다.

"실례지만 저 아세요?" 대니는 팀이 눈치채기를 바라면서 눈을 찡긋했다. 하지만 팀은 눈치채지 못했다.

"그쪽은 저 아세요?" 팀이 웃으며 받아쳤다. 처음에는 정말 웃겨서 터진 웃음이 초조하게 변했다.

"우리 만난 적 있나요?" 대니가 또 눈을 찡긋했다.

팀은 무슨 뜻인지도 모르면서 덩달아 눈을 찡긋했다. "글쎄요. 만난 적 있나?"

"아뇨. 없는 것 같은데요." 대니가 말했다.

"그럼 없나 보군요." 팀이 또 눈을 찡긋했다.

"그런데 이름을 어떻게 알아요?" 윌이 물었다.

"뭐?" 팀은 윌의 존재를 그제야 알아차린 듯했다. "모르는데. 몰라."

"대니라고 불렀잖아요."

"아닌데."

"그랬어요."

"아, 맞아. 그랬지."

윌은 무슨 말이 더 나오기를 기다렸다. 대니는 당황하고 팀은 꼼지락거렸다. 밀턴은 엉덩이를 핥았다.

"난 원래 아무나 대니라고 불러. 원래 그래."

"모든 사람을 대니라고 부른다고요?" 윌이 물었다.

"그래, 맞아." 팀은 대니를 쳐다보며 도와달라는 눈빛을 보냈다. 하지만 대니는 갑자기 꺼져서 아직 리부트되지 않은 컴퓨터처럼 자리에 얼어붙었다. 팀은 사태를 수습하려고 설명을 계속 했지만 점점 더 수렁에 빠졌다. "사실은 웃기면서도 슬픈 사연이 있단다. 난 아버지를 대니라고 불렀어. 우리 아버지의 이름은…… 버나드야. 그 칠면조 고기 회사 사장 버나드 매튜스 할 때 버나드. 확실히 말해 두자면 우리 아버지가 버나드 매튜스인 건 아니고. 어쨌든 어릴 때는 보통 아이들처럼 '대디'라고 불렀거든. 그런데 발음하기가 힘들었어. 왜냐하면 내가…… 언어 장애가 있었거든. 보다시피 지금은 없어졌지만. 아무튼, 어릴 때는 '대디'를 '대니'라고 발음했지."

겨우 정신이 돌아온 대니는 자신의 목에 대고 미친 듯이 뭔가를 자르는 몸짓을 해가면서 입 모양으로 '그만'을 외쳤지만 팀은 지어낸 이야기에 푹 빠져서 알아차리지 못했다.

"그러던 어느 날 아버지가 갑자기 가족을 버리고 집을 나가셨어." 팀이 손가락으로 딱 소리를 냈다. "어느 날 갑자기 사라져 버린 거야. 정말 가슴이 무너졌지." 대니는 목이 멘 팀을 기가 막힌다는 듯 쳐다보았다. "아버지가 어디로 갔는지 아무도 몰라. 우랄산맥부터 서파푸아 정글까지 전 세계에서 아버지를 봤다는 제보가 들어왔지만 확실한 증거는 없었어. 그래도 난 포기하지 않고 아버지를 찾아 헤맸지. 하지만 시간이 지날수록 우리가 서로를 알아보지 못하면 어쩌나 걱정되기 시작했어. 아버지처럼 생긴 사람을 볼 때마다 가서 '대니'라고 부르기로 했지. 그러면 아버지가 분명히 날 알아보실 테니까. 그래서 내가 모르는 사람을 대니라고 부르게 된 거란다."

팀은 스스로가 자랑스럽다는 표정으로 대니를 쳐다보았다. 윌은 더욱더 혼란스러워 얼굴을 찡그렸다.

"그러니까…… 우리 아빠가 아저씨 아빠인 줄 알았다고

요?"

순간 자신이 지어낸 이야기에서 생각지도 못했던 헛점을 알아차린 팀의 얼굴에서 미소가 사라졌다.

"그래. 아니. 어쩌면." 그는 대니를 쳐다보았다. "저기, 우리 아버지신가요?"

"아뇨." 대니가 짜증나는 듯 말했다. "내가 왜 그쪽 아버지예요?"

"마음대로 하세요. 난 저쪽으로 갈래요." 윌이 근처에 몰려 있는 사람들을 가리켰다. "공원에서 모르는 사람하고 말하지 말라면서." 윌은 중얼거리며 저쪽으로 향했다.

"도대체 뭐 하는 거예요!" 말소리가 들리지 않을 만큼 윌이 멀어졌을 때 팀이 소리쳤다. 그는 밀턴의 꼬리로 이마를 닦았다.

"그건 내가 할 소리예요! 방금 내 아들한테 내가 당신 아빠인 줄 알았다고 해 놓고서!"

"미안해요. 너무 당황해서. 그럼 어떡해요?"

"아니에요." 대니가 긴장해서 뻣뻣해진 목을 주물렀다. "내가 미안하죠. 내 잘못이에요. 팀한테 미리 말했어야 하는데. 아들은 내가 판다라는 걸 아직 모르거든요."

"왜요?"

"춤추는 판다니까요. 자랑스럽게 떠벌일 일은 아니잖아

요?"

팀이 대니의 어깨를 잡고 꽉 눌렀다. "난 대니가 자랑스러워요. 밀턴도 자랑스러워해요. 그렇게 보이진 않겠지만 당신을 자랑스러워한답니다."

"이걸 고맙다고 해야 할지." 대니가 말했다. "그나저나 아버지 일은 안 됐어요."

"우리 아버지가 왜요?"

"갑자기 사라졌다면서요?"

"내가 지금 얹혀사는 지하실이 누구 집 지하실인데요. 아무튼." 팀이 대니의 뒤쪽을 가리켰다. "아들이 엘 마그니피코 가까이 가지 못하게 해요."

"젠장." 대니는 구경꾼들 사이에 서 있는 윌을 발견했다. "아무튼, 고마워요. 신세 잊지 않을게요!"

"저 사람 정말 잘해요." 윌이 달려온 대니에게 말했다.

"그래." 대니는 사람들 뒤로 숨으려고 했다. "인제 그만 가자."

"다음에 보여 드릴 마술은……" 엘 마그니피코가 관객들에게 말했다. "지원자 두 분이 필요합니다."

대니는 고개를 숙이고 신발을 쳐다보았다. 윌이 옆에서 번쩍 손을 든 것도 몰랐다.

"희생양을 찾은 것 같습니다!" 마술사가 윌을 가리켰다. 사람들이 웃음을 터뜨렸다. "신사 숙녀 여러분, 길을 비켜 주세요."

"얼른 나가요." 월이 아빠의 손을 잡았다.

"월, 하지 마." 대니는 소란을 일으키지 않으면서 거부하려고 애썼다.

"이런, 이런, 이런." 엘 마그니피코가 사람들 사이에서 내키지 않는 표정으로 걸어 나오는 대니를 보고 말했다. "소개 좀 부탁드릴까요?"

"저는 월이고 이분은 저희 아빠예요."

"여러분, 월과 아빠에게 박수 부탁드립니다!"

사람들이 박수를 쳤다.

"자, 시작하기 전에, 월, 혹시 휴대전화 있어요?"

"네." 월이 주머니에서 휴대전화를 꺼냈다.

"좋아요. 휴대전화를 들어서 모두에게 보여 줄래요?"

월이 파노라마 사진을 찍는 것처럼 휴대전화를 좌우로 움직여서 사람들에게 보여 주었다.

"좋습니다." 엘 마그니피코는 대니를 보고 씩 웃었다. 마치 대니의 등에 '발로 차주세요'라고 적힌 메모지를 붙이는 데 성공이라도 한 것 같았다. "아버님은 성함이?"

"대니입니다."

"지갑 있으세요, 대니?"

"있습니다." 대니가 주머니에서 지갑을 꺼냈다.

"관객분들에게 지갑을 보여 주시겠습니까?" 대니는 엘 마그니피코의 말대로 했다. "여러분, 이 물건들에 집중해 주세요. 가짜 가죽이 분명하고 보아하니 바느질도 허접하네요. 지갑도 아주 홀쭉하고요. 감사합니다, 대니. 지갑은 인제 그만 넣어 주시고요. 실례지만 하시는 일이?"

"건설업요." 윌이 말했다.

"건설업?" 마술사가 팬터마임으로 과장된 몸짓을 보이면서 물었다. "정말인가요?"

"정말입니다." 대니는 눈빛만으로 엘 마그니피코를 죽이려고 애써 보았다.

"흥미롭군요." 엘 마그니피코가 자신이 그려 넣은 가짜 콧수염을 빙빙 돌리는 척했다. "다른 일은 안 하시나요? 부업 같은 거? 바텐더나 택배 기사? 아니면 춤추는 판다 같은 거?"

"아뇨." 대니가 이를 갈면서 답했다. "그냥 건설업에 종사합니다."

"그렇다면 그런 거겠죠." 엘 마그니피코가 윌을 보았다. "윌, 아빠를 믿나요?"

윌은 대니가 기대한 것 이상으로 확고하게 고개를 끄덕였다.

"대니, 아들을 믿나요?"

"물론입니다."

"아, 정말 흐뭇하지 않습니까, 신사 숙녀 여러분?" 엘 마그니피코의 말에 관객들도 웅얼거리며 동의했다. "그런데, 월, 만약에 이러면 어떡할래요? 아빠가 만약…… 도둑이라면?"

"아, 진짜 왜 저래." 대니가 중얼거렸다. 마술사가 잃어버린 가운 때문에 아직도 화나 있다는 사실이 기막혔다.

"거짓말 마요." 월이 말했다.

"아빠에 대한 믿음이 정말 확고하군요. 그런데 내가 거짓말쟁이라면 왜 월의 휴대전화가 아빠의 주머니에 들어가 있을까요?"

"아닌데요."

"확실한가요?"

"네." 월이 바지를 툭툭 쳤다. 하지만 어느새 주머니는 텅비어 있었다.

"어? 내 휴대전화 어디 갔지?"

"대니, 주머니를 확인해 보시겠습니까?"

대니는 아무것도 없으리라는 생각으로 바지 주머니를 대충 만졌다. 그런데 조금 전까지만 해도 없던 묵직한 무언가가 만져졌다. 그는 주머니에서 월의 휴대전화를 꺼냈다.

"월, 이 휴대전화가 맞나요?" 엘 마그니피코가 물었다.

"어떻게 하신 거예요?" 월은 지금까지 알고 있던 모든 것이 거짓임을 깨달은 사람처럼 받아든 휴대전화를 쳐다보았다. 몇 명이 박수를 쳤다. 주머니에 휴대전화가 잘 있는지 확인해보는 사람들도 있었다.

"나한테 물으면 안 되죠. 아빠에게 물어야지. 하실 말씀 없으신가요, 대니?"

"감쪽같이 당했네요." 대니는 항복하는 척 두 손을 들었다.

"아직도 아빠를 믿나요, 윌?"

"네. 그런데 이제는 80퍼센트 정도요." 관객들이 웃음을 터뜨렸다.

"지갑을 훔쳐 간 걸 알면 아빠도 윌을 믿지 않을걸요?"

"저 안 훔쳤어요." 윌이 자신의 주머니를 내보였다. "자, 없죠?"

"대니, 지갑 잘 있나요?"

"아뇨." 대니는 얼굴을 찌푸리면서 주머니를 한 번 더 뒤졌다.

"윌, 가방 안을 보여 주겠어요?"

윌이 어깨에서 가방을 내리고 안을 뒤지기 시작했다. "교과서밖에 없어요. 필통하고 있는지도 몰랐던 양말 한 켤레하고. 오래된 사과도 있어요." 윌이 시든 사과를 들어 보이자 관객들이 웃음을 터뜨렸다. "이게 다인데…… 아, 잠깐만요."

윌이 천천히 대니의 지갑을 꺼냈다. 관객들이 박수를 쳤다.

윌은 어리둥절한 표정이었다. 대니마저 감탄했다.

"윌, 아빠의 지갑이 맞는지 한번 안을 확인해 볼래요? 신분증 같은 걸 한번 찾아보세요."

"내 지갑 맞는데." 이제야 엘 마그니피코의 속셈을 깨달은 대니가 초조하게 웃었다. "확인 안 해도 됩니다."

"현금 카드가 있어요." 윌이 지갑을 뒤지며 말했다.

"다른 건?" 엘 마그니피코가 물었다.

"그만하면 됐습니다!" 대니가 쉭쉭 댔지만 엘 마그니피코는 씩 웃기만 했다.

"통합 포인트 적립 카드도 있어요."

"계속 찾아보세요."

"아, 여기 뭐가 있어요." 윌이 대니의 거리 공연 허가증을 꺼냈다.

"그게 뭐죠?" 마술사는 너무 기쁜 나머지 손바닥을 비볐다. "모두에게 읽어 주세요."

"이건……."

윌이 계속 말하기도 전에 밀턴이 테이블로 점프하더니 엘 마그니피코의 얼굴에 척 달라붙었다. 엘 마그니피코는 비명을 지르며 바닥에 주저앉았다. 사람들은 그 공격도 공연의 일부분인 줄 알고 휴대전화로 찍기 시작했다. 어수선해진 틈을 타서 대니는 지갑과 허가증을 낚아채 주머니에 쑤셔 넣었다. 그는 관객들의 끄트머리에 서 있는 팀을 발견하고 고마움의 표시로 양손 엄지를 들어 보인 후 윌을 데리고 얼른 자리를 피했다.

◡

집에 도착했을 때는 늦은 밤이었다. 그날 대니는 약속대로 윌을 버거킹에 데려갔고 약속대로 치즈가 든 트리플 와퍼를 사 주었다. 윌이 과연 그걸 혼자 다 먹을 수 있는지에 대해서도 드디어 밝혀졌다(혼자 다 먹었다. 대니는 놀라기도 했지만 실망스럽기도 했다. 잔뜩 남을 줄 알고 자신의 것은 주문하지 않았는데 결국 남은 건 피클 한 조각뿐이었다). 버거킹을 나와 극장을 지날 때 윌이 지겹게 또 나온 〈분노의 질주〉 시리즈를 보고 싶다는 말을 돌려 돌려 확실하게 했다. 얼마 안 있으면 극장에서 내릴 거라는 둥, 영화는 극장에서 보는 게 제 맛이라는 둥, 자신은 돈도 없고 어차피 12세 이상 관람가라 어른을 동반하지 않으면 나이를 속이고 들어가지 않는 이상(절대로 불가능한 일이었다) 혼자 볼 수가 없다는 둥. 결국 대니는 두 손들고 말았다.

"늦게까지 밖에 있었던 거 아무한테도 말하면 안 된다." 대니가 침대에 누운 윌에게 이불을 덮어 주며 말했다.

"그렇게 안 늦었는데." 윌이 하품하며 말했다.

"그런데 하품은 왜 해?"

"안 했어요." 아무리 애써도 눈이 감기는 모양이었다.

"난 하품 나온다." 대니가 손을 대고 하품을 했다. "얼른 자."

불을 끄고 문을 닫으려 하자 윌이 불렀다.

"아빠!"

"응?" 방문 손잡이를 잡은 대니의 손이 잠깐 멈췄다.

"오늘 재미있었어요." 윌이 말했다.

대니는 웃었다. "나도." 윌은 벌써 잠들었다.

대니는 거실에서 배낭을 열었다. 안에서 풍기는 악취에 토할 뻔했다. 숨을 참으며 재빨리 판다 옷을 꺼내려다가 안에든 다른 물건까지 쏟아졌다. 지쳐 있던 그는 판다 옷을 세탁기에 넣고 세탁 코스가 끝날 때까지 기다렸다가 침대로 기어 올라갔다. 수첩이 거실 카펫에 떨어졌을 줄이라고는 꿈에도 모른 채로.

27

월은 쾅 소리에 잠에서 깼다. 처음에는 현관문 소리인 줄 알았다. 레그와 덴트가 저번 일을 마무리하려고 다시 찾아온 줄 알고 순간 공포에 사로잡혔다. 하지만 주방에서 나는 소리 같았다.

월은 이층침대에서 내려와 교복 바지를 입고 방문을 열었다. 쾅 소리와 함께 노랫소리도 들렸다. 슬그머니 복도를 지나 냉장고 쪽을 보고서야 무슨 일인지 알 수 있었다.

부엌에서 아빠가 이어폰을 끼고 등을 보인 채 춤을 추고 있었다. 토스터에서 빵을 꺼내 공중에 던지고 접시로 받았다. 한쪽 발로 서서 빙 돌아 냉장고로 마가린을 가지러 갔을 때에야 대니는 문가에서 쳐다보는 윌을 발견했다.

"아, 안녕." 그가 재빨리 이어폰을 뺐다. "일찍 일어났네."

"〈더티 댄싱〉 OST 듣고 계신 거예요?" 윌은 간신히 웃음을 참으면서 입술을 꿈틀거렸다.

"응?" 대니는 음악을 끄려고 아이팟을 더듬거렸다. "아니. 아니, 그게 아니라. 그럴지도. 잠깐! 네가 〈더티 댄싱〉을 어떻게 알아?"

"엄마랑 같이 100번은 봤어요. 아빠 스타일은 아니라고 생각했는데."

"내 스타일 아니야. 이 노래가 〈더티 댄싱〉에 나오는 노래인지도 몰랐는걸. 들어 본 적 없거든."

"그런데 가사는 어떻게 다 외우세요?"

대니는 뭐라고 말하려다 말았다. 대신 토스트를 들었다. "잼 줄까, 마마이트 줄까?"

윌은 웃으며 눈알을 굴렸다. "잼 주세요." 거실로 가서 식탁에 앉았다. "마마이트 싫어요."

"언제부터?"

"처음부터요." 윌은 식탁에 놓인 2펜스 동전을 만지작거렸다.

대니는 아들이 마마이트를 싫어한다는 사실을 마음에 새겼다. "오늘은 무슨 수업 있어?" 주제를 바꾸려고 큰 소리로 물었다.

"역사, 과학, 영어, 수학." 윌이 손가락으로 동전을 잡고 빙 돌렸다.

"내가 제일 싫어하는 네 과목이네."

"다 싫어했잖아요." 동전이 식탁에서 빙글빙글 돌아 의자 옆으로 떨어졌다.

"그건 아니지. 미술은 C- 받았어."

"싫어했으니까 그렇죠." 윌은 동전을 주우려고 몸을 숙였 다가 대니의 수첩을 발견했다.

"블랙 선생님이라고, 여자 미술 선생님이 진짜 무서웠거든. 내가 그 선생님 얘기해 줬던가?"

윌은 대답하지 않았다. 수첩을 보며 거기 적힌 게 다 뭔지 파악하느라 바빴다.

"한쪽 눈이 의안이었는데 눈알을 빼서 애들이 다 보는 앞에 서 씻었어. 아직도 꿈에 나온다니까."

윌이 수첩을 휙휙 넘기다 말고 눈앞에 적힌 글자들을 빤 히 쳐다봤다. 본 적 있는 말, 들은 적 있는 말이었다. '아빠는 날 잘 몰라요', '엄마 얘기를 해 봐', '판다는 이야기를 잘 들 어 주거든'……. 윌은 지금 자신이 보고 있는 내용을 이해하 려 애썼다. 하지만 읽을수록 이해되지 않는 알 수 없는 농담 처럼 느껴질 뿐이었다.

대니가 한 손에는 차를, 한 손에는 토스트를 들고 주방에서 나왔다.

"한번은 블랙 선생님이 재채기를 너무 심하게 해서 눈알이……." 윌이 무엇을 보고 있는지 알게 된 순간 대니는 더 이상 말을 잇지 못했다.

"이렇게 알았던 거야." 윌이 수첩을 빤히 쳐다보며 말했다.

"윌, 그게……."

"브라이튼에 간 것도, 팬케이크를 만들어 준 것도, 방을 꾸며 준 것도. 다 내가 말하게 만든 거였어."

"그런 게 아니야." 대니가 말했다. 그는 윌의 아침을 내려놓고 맞은편에 앉았다. "말하고 싶었어. 정말이야. 그런데……."

"공원에서 그 남자가 아빠 이름을 알았던 것도 그래서였어. 그치?" 대니가 답하려고 했지만 윌이 가로막았다. "날 속였어. 나한테 거짓말을 했어."

"거짓말하지 않았어, 윌. 속이지도 않았어. 네가 먼저 말을 걸었잖아, 기억 안 나? 말을 거는데 어떻게 해? 그냥 무시해?"

"사실대로 말할 수도 있었는데 안 했잖아요. 내가 바보처럼 떠들게 놔뒀잖아."

"윌, 너 1년 넘게 말하지 않았잖아. 네가 다시 말하게 될 거라는 확신이 없었어. 그래서 네가 말하는 걸 들었을 때……."

"말하기 싫어서 안 한 거야!" 윌이 소리쳤다. 두 손으로 식탁을 내리치는 바람에 찻잔이 흔들렸다.

"나도 알아." 놀란 대니가 항복의 뜻으로 손을 들었다. "나도 알아. 네 말이 맞아. 미안해. 정말 미안하다."

"도대체 판다로 변장은 왜 한 거예요? 왜 공원에서 춤추고 있었던 거예요? 왜 일 안 해요?"

"그게 내 일이야." 대니는 한숨을 쉬었다. "두 달 전에 해고 당했어. 그 뒤로 판다가 된 거고."

"나한테 말해야 한다는 생각은 안 했어요?"

"걱정 끼치고 싶지 않았어."

"걱정?" 윌은 웃음을 터뜨렸지만 재미있어하는 기색은 전혀 아니었다. "저번에 집에 왔을 때 어떤 아저씨가 아빠를 망치로 치려고 했어요. 그건 내가 걱정할 거라고 생각 안 해요?"

"그런 걸 보게 해서 정말 미안하다. 하지만 다 잘될 거야. 약속해."

"사실대로 말해 주지도 않으면서 뭘 약속한다는 거예요?" 윌이 수첩을 대니에게 던졌다. "아빠를 믿었어요! 친구라고 생각했다고요!"

"믿어도 돼! 우린 친구야!"

"친구 아니야!" 윌은 자리에서 일어나 책가방을 집어들었다. "엄마는 내 친구였어요. 아빠는 아니야!"

"윌, 기다려. 제발." 대니가 현관문으로 아들을 쫓아갔다.

윌은 멈췄지만 돌아보지는 않았다. "내 소원이 뭔지 아세요?" 이제 고함치지 않았지만 차라리 고함치는 게 낫다고 느껴지는 말투였다.

"뭔데, 윌? 네 소원이 뭔데?" 대니는 답을 알고 있었다. 지금까지 그도 하루도 빠짐없이 똑같은 생각을 했으니까. "나이 길 바라지? 그날 죽은 게 엄마가 아니라 나이길."

"아뇨." 윌이 돌아서서 대니를 쳐다보았다. "내가 그날 죽었다면 좋겠어요." 윌이 자신의 가슴을 찔렀다. "그날 나도 엄마랑 같이 죽었다면 좋겠어요. 아빠랑 둘이 남겨지는 것보다 엄마랑 같이 죽는 게 나으니까." 윌은 나가면서 현관문을 쾅 닫았다.

윌이 일부러 저렇게 말했는지 모르지만 장례식에서 리즈의 아버지에게 들었을 때보다 더 가슴 아프게 다가왔다.

있어야 할 엄마는 잃어버리고…….

쓸모도 없는 제 아빠와 둘이 남겨졌구나.

‿

"잠깐, 뭐라고?" 모가 보청기를 만지작거렸다. "이거 고장 났나 봐. 너 지금 뭐라고 했어?"

"우리 아빠가 춤추는 판다라고." 월은 북적거리는 운동장에 굴러다니는 테니스공을 발로 찼다.

"배터리가 떨어졌나. 네가 방금 '우리 아빠는 춤추는 판다'라고 말한 것처럼 들렸거든."

"그렇게 말했어."

"그래도 이해가 안 되는데." 모가 말했다.

월은 한숨을 쉬었다. "공원에서 판다 옷 입은 남자가 마크 패거리한테서 날 구해 줬다고 한 거 기억하지?" 모가 고개를 끄덕였다. "그게 우리 아빠였어."

"아저씨가 왜 판다 옷을 입고 있었는데?"

"춤추고 있었어. 공원에서."

"재미로?"

"아니. 돈 벌려고."

"공사장에서 일하시잖아?"

"그랬지." 월이 말했다. "해고당해서 춤추는 판다가 되기로 했대."

"기분 나쁘게 듣지 마. 너희 아빠는 춤추는 판다랑 전혀 어울리지 않는데." 모는 잠깐 생각에 잠겼다. "아니. 춤추는 판다에 어울릴 사람은 아무도 없겠다. 아저씨가 춤을 잘 추는지 몰랐네."

"마음속으로 주문을 외워 불을 붙일 수 있는 마법사가 훔쳐 간 목욕 가운을 찾아준 답례로 폴 댄서가 가르쳐 줬대." 월이 무미건조하게 줄줄 읊었다.

모는 정말로 중요한 말이 곧 나오리라고 생각했지만 아니었다.

"꾸며 낸 얘기지?"

"이런 건 꾸며 낼 수도 없어."

"정말?"

"정말."

"그렇다면 내가 지금까지 들어 본 가장 멋진 이야기인걸? 나 나중에 커서 너희 아빠처럼 되고 싶어."

"아니, 절대로 그러지 마. 우리 아빤 거짓말쟁이야. 난 아빠가 싫어. 넌 나중에 동물성애자인가 뭔가가 될 거라며?"

"그건 집어치울래. 동물학자 따위가 되어서 뭐 하게? 염력을 가진 마법사와 싸우는 폴 댄서를 도와주는 사람이 되어야지. 그런 게 진짜 꿈이야."

"폴 댄서?" 게빈과 토니를 이끌고 건들건들 지나가던 마크였다. "이 한심한 놈들, 또 월 엄마 얘기하고 있냐?" 마크가 웃음을 터뜨렸다. 마크의 부하들은 별로 내키지 않지만 그냥 따라서 웃는 듯했다.

"마크, 너희 집에서 너만 투렛 있어? 아니면 엄마랑 아빠도 투렛이야?"

"투렛이 뭐지?" 게빈이 속삭였다.

"프랑스 음식." 토니가 답했다.

게빈은 더욱더 혼란스러운 얼굴로 고개를 끄덕였다.

"지금 뭐라고 했냐?" 마크가 모에게 정면으로 다가갔다. 뭐라고 말하려는 모의 목을 한 손으로 움켜잡았다. "다시는 우리 아빠 얘기하지 마, 이 쥐방울만 한 게."

"왜? 마음 아파?" 윌이 말했다.

"뭐야?" 마크가 윌을 쳐다봤다. 모를 움켜쥔 손에 힘이 약간 풀렸다.

"아프지?" 윌은 심장이 쿵쾅거렸지만 차분한 목소리로 말하며 마크를 똑바로 쳐다봤다. "사랑하지만 이젠 옆에 없는 사람에 대한 말을 듣는 거 말이야."

"그 입 다물지 않으면 네가 아프게 될 거다!"

"네가 너를 더 아프게 하는 거겠지." 윌이 말했다.

마크는 얼굴을 찡그렸다. "도대체 뭔 말이야?"

"넌 항상 센 척하지만 속은 나와 똑같은 기분이라는 거 알아."

"네가 알긴 뭘 알아?" 마크는 발이 맞닿을 정도로 윌에게 성큼 다가섰다.

"한밤중까지 잠도 못 자고 왜 하필 나한테 이런 일이 생겼나 생각하는 거 다 안다고." 윌이 말했다.

"입 닥쳐."

"엄마, 아빠랑 같이 있는 애들을 보면 부러운 것도 다 알고."

"닥치랬지!" 소리치는 마크의 목소리가 약간 갈라졌다.

"아빠가 느껴져서 아빠 물건을 계속 가지고 있는 것도 다 알아."

"입 닥치라고!" 마크가 소리치며 소매를 걷어 올리자 손목에 찬 낡은 은색 카시오 시계가 보였다.

"네가 화 난 것도 알아, 마크." 이제 윌의 목소리가 떨리기 시작했다. "네 인생은 망가졌는데 세상은 아무 일 없다는 듯이 돌아가서 화나지? 너무 억울해서 다른 사람들의 인생도 망가뜨리고 싶을 거야. 넌 너무 불행한데 남들만 행복한 건 억울하니까. 아무도 네 기분을 이해하지 못하는 것 같을 거야. 그래, 이해 못 하는 사람들이 많아. 하지만 난 이해해." 윌이 자신의 가슴을 찔렀다. "난 네 마음 이해해. 얼마나 아픈지 알아. 하지만 남들을 괴롭힌다고 아픔이 줄어드는 건 아니야. 고통은 사라지지 않아. 날 계속 때리고 놀리고 괴롭혀도 아무것도 바뀌지 않아. 왜냐하면 너희 아빠는 우리 엄마처럼 돌아가셨으니까. 어떻게 해도 다시 돌아올 수 없어."

마크는 쇠지렛대에 힘을 주듯 이를 꽉 물고 윌을 쳐다보았다. 가슴이 들썩거리고 주먹은 목줄에 묶인 성난 개 두 마리처럼 부르르 떨렸다. 윌은 마음의 준비를 하고 마크의 주먹이 날아올 순간을 기다렸지만 마크는 윌을 때리지 않았다. 모와 게빈, 토니는 물론이고 안전거리를 두고 떨어져 지켜보던 모두가 놀랐다. 마크는 말조차 없었다. 그냥 뒤돌아 운동장을 가로질러 갔다. 손은 주먹을 쥐지 않고 사람들이 보지 못하게 얼굴을 가렸다.

28

대니가 처음으로 발을 밟았을 때 크리스털은 웃음을 터뜨렸다. 두 번째는 미소 지었다. 세 번째는 눈알을 굴렸고, 네 번째는 조용히 욕을 했고, 다섯 번째에는 엄청나게 큰소리로 욕을 퍼부었다. 패니가 문가에 얼굴을 내밀고 무슨 일이 있느냐고 물어보았을 정도다.

"지금 뭐 하는 거예요?" 크리스털이 화난 듯 중간에 자신을 내팽개치고 가서 음악을 꺼 버리자 대니가 물었다.

"뭐 하냐고요? 그러는 당신은 뭐 하는 거예요?"

"음...... 춤추는데요?"

"그렇겠죠! 내 발을 마구 밟으면서. 이 두 발은 말이죠, 아주 귀하신 몸이에요. 이게 있어야 내가 돈을 번다고요."

"정말요?" 대니가 믿기지 않는다는 듯이 물었다. "손님들이 당신 발을 보려고 돈을 내요?"

"그런 손님이 딱 한 명 있기는 해요. 돈도 아주 후하게 주죠. 그런데 내 발이 자갈길처럼 울퉁불퉁해지면 돈을 내려고 하겠어요?"

"실수라니까요. 누구나 실수는 할 수 있잖아요."

"그래요, 당신이 산 증인이죠. 하지만 다섯 번 연속은 실수가 아니지 않을까요? 처음 한 번은 실수고 두 번째도 실수일 수 있어요. 그런데 다섯 번? 다섯 번은 실수가 아니에요. 다섯 번은 엿 먹으라는 거죠."

"미안하다고 했잖아요."

"정확히 뭐가 미안한데요?" 크리스털이 물었다. "내 발을 밟은 거? 〈장사의 신〉이나 보면서 뒹굴뒹굴할 시간에 아침 일찍부터 나와서 시간 낭비하게 만든 거?"

"오늘은 집중이 안 돼서 그래요." 대니가 스스로 생각하기에도 믿음이 가지 않는 말투였다.

"집중이 안 된다고요? 난 당신을 보는 것만으로 부글부글 끓어요. 고관절 수술을 몇 번 받은 내 단골들이 당신보다 잘 출 걸요. 대회가 5일 남은 건 알죠? 5일밖에 안 남았는데 왜 다섯 달 남은 것처럼 굴어요? 이런 식으로 할 거면 그냥 지금 직접 다리를 부러뜨려 버려요. 그럼 적어도 망할 집주인을 김새게 만들 순 있을 테니까. 원한다면 내가 부러뜨려 주고.”

“당신 말이 맞아요. 미안해요. 사실은…… 윌이 이제 겨우 말하기 시작했고 정말 모든 게 잘되어 가고 있었어요. 그런데 오늘 아침에 싸움이…….”

“대니, 오해하지 말고 들어요. 난 지금 당신의 가정사 따위는 관심 없어요. 적어도 이 방에서 연습하는 동안은. 당신도 그래야 해요. 우승 생각만 해야 한다고요. 다른 일은 나중에 걱정해도 늦지 않아요. 지금 다른 일들은 옆으로 제쳐 놔요. 아이패드랑 카프리썬이라도 주고 내버려 두라고요. 앞에 놓인 길에만 집중해요. 알아들어요?”

“알겠어요.”

“좋아요. 자, 그럼 준비하고 지금부터 목숨이 걸린 것처럼 춤춰요. 그리고 한 번만 더 발을 밟았다간 발차기 날릴 줄 알아요. 내 발톱 매니큐어 맛을 보게 될 거예요.”

∽

대니는 흠뻑 젖은 신발을 벗어 버리고 불에 주전자를 올렸다. 외투는 마르라고 의자에 걸어 두었다. 속옷까지 흠뻑 젖었지만 이상하게도 기분이 좋았다. 속옷이 젖어서가 아니라 쏟아지는 비가 반가웠다. 오늘은 안 그래도 내키지 않았는데 폭우 덕분에 크리스털과의 춤 연습이 끝난 뒤 공원으로 가지 않아도 되었다. 하지만 곧장 집으로 가는 것도 좀 그랬다. 오후 내내 월과의 관계가 원점으로 돌아가 버렸다는 사실만 곱씹으며 시간을 낭비할 게 뻔했기 때문이다. 그래서 비가 쏟아지자 하늘의 계시라고 생각하고 계속 패니스에 남아 연습을 더 했다. 하지만 오후 늦게 클럽에서 나와 보니 빗줄기는 더 거세져 있었다. 그냥 겨울 장맛비였다. 거지같은 날씨가 다 하늘의 계시는 아니었다.

월의 방문은 닫혀 있었다. 세게 쾅 닫아서인지 방문에 걸려 있던 이름판이 카펫 바닥에 거꾸로 떨어져 있었다.

"월? 안에 있니?"

대니는 방문에 귀를 대 보았다. 얼핏 무슨 소리가 들린 것 같았다. 침대 스프링 같기도, 소매로 입을 가리고 하는 하품 같기도 한 매우 희미한 소리였다. 월의 방에서 들리는 소리인지, 창문을 때리는 빗소리인지, 주방에서 주전자가 끓는 소리인지 알 수 없었다. 대니는 월이 자신을 무시하는 게 아니라 아이패드를 쓸 때면 늘 그렇듯 헤드폰을 끼고 있어서 못 들었으리라고 합리화하고 그냥 방문을 열어 볼까 생각도 했다. 하지만 어쩌면 월이 지금 저 안에서 아침에 그를 쏘아본, 분노에 이글거리는 눈으로 방문에 구멍이 뚫릴 만큼 매섭게 노려보고 있을 수도 있었다. 그동안 그래 왔던 것처럼 입을 꾹 다물고 말이다. 대니는 도박을 하고 싶지는 않아서 그냥 손잡이를 놓고 물러났다. 지금으로선 가능성이 희박하지만 기분이 풀리면 월이 다시 말을 걸어 오리라고 생각했다.

　몇 시간 후 저녁 식사를 하고 다시 월의 방을 찾은 대니는 당황했다. 실은 월이 가장 좋아하는 피자로 꾀어 낼 계획이었다. 방문 앞에 피자 상자를 내려놓고 냄새도 피워 봤지만 월은 미끼를 물지 않았다. 결국 대니는 미끼를 방 안으로 들여 보내기로 했다.

　"월, 문 살짝 열고 피자만 내려놓고 갈게, 알았지?" 인질과 협상하는 전문가처럼 느리고 분명한 목소리로 말했다. "정말 들어가진 않을 거야. 그냥 문틈으로 집어넣고 싶은데 토핑을 두 배로 올려서 그건 안 될 것 같아. 괜찮지? 안 괜찮으면 말해 줘."

　역시 월은 대답이 없었다. 대니는 문을 살짝 열고 두툼한 하와이안 피자를 방 안으로 조심스레 밀었다. 마치 호랑이에게 먹이를 주는 초보 조련사처럼 손끝으로 살살 넣었다. 그리고 분노로 활활 타오르는 눈동자와 마주치게 되면 꽁무니 뺄 준비를 하고는 방 안을 살짝 들여다보았다. 하지만 눈앞에 펼쳐진 풍경은 아들의 분노 어린 표정보다도 그를 더 불안하게 했다.

월의 방은 깨끗했다. 티끌 하나 없는 깨끗함이 아니었다. 티끌 하나 없는 것과는 한참 거리가 멀었다. 깨끗하기보다 오히려 지저분했지만 평소 그 시간대보다는 깨끗했다. 월에게는 리즈가 '정화 의식'이라고 이름 붙인 습관이 있었다. 대니가 생각하기에는 매일 학교에서 돌아오자마자 교복을 방 안에 널브러뜨리는 습관을 너무 철학적으로 거창하게 해석한 표현 같았지만 말이다. 웬일인지 램프에 축 늘어진 넥타이도, 방문 손잡이에 걸린 양말도 보이지 않았다. 책가방도 찾아볼 수 없었다.

"월?" 대니는 방 안으로 들어가며 아들을 불렀다. 하지만 입을 열기 전부터 방 안에 아무도 없다는 것이 느껴졌다. 월은 침대에도, 책상에도, 책상 아래에도, 문 뒤에도, 그 어디에도 없었다. 월이 집에 있었다는 유일한 증거는 바닥에 떨어진 이름판뿐이었는데 그건 아침에 떨어진 게 분명했다.

대니는 거실로 돌아가 부재중 전화나 문자 메시지가 있는지 휴대전화를 확인했다. 아무것도 없자 월의 휴대전화로 전화를 걸었지만 바로 음성사서함으로 넘어갔다. 몇 번 더 해도 마찬가지였다.

모하고 같이 있으리라는 생각에 모의 아빠 야시르에게 전화를 걸었다. 그는 항상 웃는 얼굴에 아들보다 더 두꺼운 안경을 쓴 부동산 중개업자였다. 야시르는 모가 집에서 〈동물

의 왕국〉을 보고 있으며 방과 후에는 모가 월을 보지 못했다
는 말을 전했다.

"무슨 일 있어요?" 야시르가 물었다. 전화기 너머로 사자가
뭔가를 잡아먹는 소리가 들렸다.

대니는 되도록 확신에 찬 목소리로 아무 일도 없다고 말하
고 고맙다는 인사와 함께 전화를 끊었다.

"당황하지 말자." 대니는 주문처럼 되뇌었다. 그렇게 소리
내어 말하면 빨라진 맥박이 느려질 줄 알았다. 하지만 '당황'
이라는 말을 들을수록 상태는 더욱 나빠졌다.

심호흡을 하면서 침착하게 논리적으로 생각해 보자고 자
신을 타일렀다. 아직 8시도 안 되었고 밖도 그리 어두워지지
않았다. 그 두 가지 사실이 위안이 됐다. 대니는 또 생각했다.
월은 평소답지 않게 잔뜩 화가 난 상태로 집을 나갔다. 그렇
게 화난 모습은 처음이었다. 분명히 지금도 화가 풀리지 않
아 자신을 화나게 한 사람이 꼴도 보기 싫을 것이다. 그렇다
면 월이 집에 들어오지 않은 이유도 설명이 된다. 대니는 자
신이 월보다도 어렸을 때 부모와 싸워서, 혹은 부모가 싸워
서 수없이 집을 나갔던 일을 떠올렸다. 하지만 자발적으로 행
방불명될 때마다 아무런 일도 일어나지 않았고 지치거나 배
고프거나 바깥 공기가 뜨거운 분노보다 차가워지면 집으로
돌아가곤 했다.

대니는 안심하며 소파에 앉았다. 이 비가 어딘가에 숨어 있는 윌을 비 맞은 생쥐 꼴로 집에 돌려보내 주기를 기다렸다. 금방이라도 나타나리라고 확신하면서 휴대전화를 확인하고 문소리에도 귀를 기울였다. 하지만 30분이 지나고 또다시 30분이 지나자 대니는 점점 불안해졌다. 바깥도 이미 어두워졌다. 계속 기다리고만 있다가는 초조하게 구르는 발 때문에 바닥에 구멍이 날까 봐, 꼼지락거리는 손톱에 소파 팔걸이가 찢어질까 봐, 아직 마르지 않은 재킷을 의자에서 집어 들고 빗줄기가 쏟아지는 밖으로 달려 나갔다.

제일 먼저 놀이터의 나무집으로 향했다. 가끔 모와 윌이 방과 후에 몸을 절반으로 접고서 들어가 앉아 있는 곳이었다. 하지만 그 안에는 젖은 해피밀 껍질뿐이었다. 아파트 뒤쪽에 일렬로 늘어선 차고들도 확인했다. 몇몇은 힘 좋은 10대들이 쇠지렛대로 활짝 열어놓은 모양이었다. 그들은 거기서 놀거나 연애도 했지만 주로 불법적인 작업 공간으로 사용한다. 윌은 거기에도 없었다. 세입자나 집주인들이 버리는 TV나 썩은 가구 같은 잡동사니를 아이들이 종종 뒤적거린다는 사실이 떠올라 쓰레기장에도 가 보았다. 쿵쾅거리는 심장 소리가 재킷 밖까지 들릴 듯했고 흙탕길에 발이 미끄러웠다. 쓰레기장에는 다리 하나가 떨어진 테이블 아래에서 비를 피하는 고양이 두 마리뿐이었다.

대니는 아파트 계단을 오르내리며 한 층도 빠뜨리지 않고 복도를 모조리 뒤졌다. 허벅지가 쑤시고 폐가 불타는 듯했다. 월의 이름을 소리쳐 부르느라, 시끄럽다는 사람들의 외침에도 맞받아치느라 목이 아팠다. 으슥한 골목길과 복잡한 도로, 컴컴한 공원과 네온사인 켜진 지하 차도까지 도시 구석구석을 다 뒤지고 싶었지만 어디부터 시작해야 할지 막막했다. 무턱대고 거리를 헤맨다면 월을 찾기보다 빗방울의 숫자를 세기가 더 쉬울 터였다. 아내는 영안실에 있고, 아들은 혼수상태로 누워 있던 그때의 무력함이 느껴졌다. 믿지도 않는 신에게 아무리 애원하고, 세상은 무작위가 아니라 정해진 법칙에 따라 움직이는 공정한 곳이라고 아무리 되뇌어도 지금 일어나고 있는 일을 바꿀 수 없다는 것이 끔찍했다. 무슨 말을 하고, 무슨 행동을 하든, 무슨 기도를 읊조리든 소용없었다.

대니는 숨을 고르기 위해 가만히 난간을 붙잡았다. 쏟아지는 빗줄기 사이로 흐릿하게 드러난 런던 시내의 스카이라인을 바라보았다. 월이 사라졌다는 사실을 깨달은 순간부터 아침에 싸운 게 원인이라고 생각했다. 하지만 지평선을 가린 새카맣고 거대한 건물들을 바라볼수록 나쁜 상상만 하게 됐다. 억울하게 끔찍한 일을 당하는 착한 사람들, 법을 지키지 않는 나쁜 사람들이 떠올랐다. 그동안 보았던 추한 머그샷, 소름 끼치는 뉴스 제목, 뉴스 앵커가 전하는 암울한 사건, 단서 제보를 촉구하는 TV 프로그램 진행자들도 생각났다. 살면서 눈길도 거의 주지 않고 지나쳐 버린 가로등과 벽, 쓰레기통, 전봇대에 붙은 실종자를 찾는 전단지와 함께 윌의 얼굴이 실린 전단지가 찢기고 너덜너덜해져서 바람에 펄럭거리는 모습이 상상되었다.

윌이 자발적으로 사라진 것이 아닐지도 모른다는 고통스러운 깨달음에 이른 그는 경찰에 신고하려고 재킷 주머니로 손을 가져갔다. 신고할 필요까지는 없기를 그렇게 빌었는데. 툭툭 쳐 보았지만 주머니가 텅 비어 있었다. 휴대전화를 집에 두고 왔다.

대니는 전속력으로 복도를 달렸다. 발을 헛디딜 뻔하면서 한 번에 네 계단씩 내려갔다. 현관문 앞에 도착해 더듬더듬 문을 열려고 했다. 열쇠를 두 번이나 떨어뜨렸고 연거푸 자물쇠에 똑바로 꽂지 못했다. 낭비되는 시간이 아까워 욕이 나왔다. 떨리는 손을 다른 손으로 받치고서야 겨우 열쇠를 제대로 꽂을 수 있었다.

대니는 피자가 가장자리 부분만 남아 있기를 바라면서 텅 빈 집으로 들어갔다. 현관에 흠뻑 젖은 6사이즈 신발은 보이지 않았다. 구석에 쓰러진 책가방도 보이지 않았다. 카펫 바닥에 널브러진 교복도 없었다. 아빠를 철저히 무시하려고 벼르며 기다리는 열한 살짜리 아들도 없었다. 대니는 식탁에서 휴대전화를 집어 모든 부모가 두려워할 전화를 걸었다.

"무엇을 도와드릴까요?" 여자 안내원이 물었다.

"경찰 연결해 주세요."

"잠시만 기다리세요."

대니는 기다리는 동안 아들과 나눈 대화가 적힌 수첩을 훑어보았다. 아들이 어디 있는지 알려 줄 새로운 단서가 나오기를 바랐다. 처음 듣는 친구 이름이라든가, 그가 모르는 장소라든가. 하지만 최근에 두 사람이 얼마나 가까웠고 지금은 얼마나 멀어졌는지만 실감할 뿐이었다.

"무슨 일이십니까?" 이번에는 남자가 물었다.

"아들이 없어졌습니다." 대니는 지금 자신의 입에서 그런 말이 나오고 있다는 사실을 믿을 수 없었다.

남자는 아들에 관한 질문을 던지기 시작했다. 이름, 나이, 키, 생년월일, 실종 당시 옷차림, 마지막으로 본 장소. 대니는 자신이 말하는 게 아니라 남의 대답을 듣고 있는 기분으로 멍하게 질문마다 답하면서 손에 든 수첩을 빤히 쳐다보았다. 한 페이지에 휘갈겨 쓴 '오렌지'라는 단어가 눈에 들어왔다. 두 개의 밑줄과 함께 끝에 물음표가 들어가 있었다. 그 단어의 의미를 이해하려고 애쓰던 그는 마침내 공원에서 윌이 했던 말이 기억났다. 짧은 순간이지만 미소까지 나왔다.

"죄송합니다." 대니는 서둘러 윌의 방으로 향하면서 남자의 질문을 가로막았다. "괜찮아요. 괜찮을 것 같아요. 괜히 시간 뺏어서 죄송합니다."

대니는 전화를 끊고 옷장 앞에 섰다. 그가 확인해 보지 않은 딱 하나의 장소. 옷장 문을 옆으로 살짝 밀었다. 틀림없는 리즈의 향기가 새어 나와 이제 다 괜찮다는 생각이 들게 해 주었다. 월은 옷장 구석에서 책가방을 베고 웅크려 있었다. 여전히 교복 차림에 신발을 신고 헤드폰을 꼈다. 대니가 옷장 문을 열었을 때도 움직이지 않았다. 아빠가 드디어 자신을 찾았다는 것도, 애초에 자신이 실종되었다는 사실도 모르고 깊이 잠들어 있었다. 발치에는 작은 플라스틱 통과 오렌지색 뚜껑이 보였다. 리즈가 침대 옆에 휴대전화와 그때그때 읽고 있는 책과 함께 놓아두던 것이었다. 통에는 크림이 조금밖에 남아 있지 않았다. 리즈가 아침이나 밤에 한 번 덜어서 바르던 만큼이었다.

대니는 크림 통 뚜껑을 닫았다. 월을 깨울까도 했지만 너무 평온해 보여서 옷장 문을 닫고 살금살금 방에서 나갔다.

29

비둘기에게 모욕감을 느껴 보기는 처음이었다. 대니가 기억하는 한 그 어떤 동물에게도 모욕당해 본 적은 없었다. 커튼 사이로 들어오는 햇살에 눈을 찡그리며 창밖을 바라보는데 창문 아래 선반에서 비둘기 한 마리가 눈을 동그랗게 뜨고 쳐다보고 있었다. 마치 세상에서 제일 어려운 수수께끼라도 풀듯 대가리를 왼쪽에서 오른쪽으로 갸우뚱했다. 대니는 저 새가 아무리 결백해 보이고 생물학적으로도 불가능한 일이라고는 해도 분명 자신에게 "멍청이"라고 말하고 있다고 확신했다. 바로 그때 우편함 투입구로 크리스털의 고성이 들려왔다. 대니는 그제야 자신이 느낀 기분의 정체를 깨달았다.

"문 열어, 이 멍청아!" 크리스털이 고래고래 소리쳤다. 대니가 느끼는 두려움 때문인지, 그녀가 주먹으로 문을 쾅쾅 두드려 대서인지 문이 마구 흔들리는 것 같았다. "안에 있는 거 다 알아!"

대니는 침대 옆 테이블에서 시계를 확 낚아채 시간을 확인하고는 욕설을 내뱉었다. 깜빡하고 알람을 맞추지 않아 춤 연습에 두 시간이나 늦어 버린 것이다. 침대에서 벌떡 일어나 옷을 입고 복도로 달려가 문을 열었다.

"다 설명할게요." 대니가 말했다. 허공을 가로지르는 크리스털의 주먹에 그가 움찔했다. 그녀의 주먹이 문을 향할지, 그의 코를 향할지 알 수 없었다.

"10초 주겠어요. 그 후엔 후추 스프레이를 뿌릴 거야." 크리스털은 가방에서 작은 통을 꺼내 대니의 눈 사이로 조준했다. "경고하는데 아주 그럴듯한 이유여야 할 거예요. 여기서 '그럴듯한' 이유라는 건 경찰 헬멧에 노상 방뇨한 죄로 체포되었다거나 인신매매범들에게 납치당했지만 사겠다는 사람이 없어서 돌려보내졌다거나 같은 거죠. 안 그러면 오전 내내 눈을 우유에 담그고 있어야 할 거야."

"우유는 왜요?"

"따가운 눈을 진정시켜 주거든."

"알았어요." 대니가 말했다. "그런데 안에 들어가서 얘기하면 안 될까요? 이웃들이 시끄럽다고 할까 봐. 그리고 우유도 저기 냉장고에 있고."

크리스털은 잠깐 생각에 잠겼다.

"좋아요. 들어가요."

크리스털은 대니를 따라 복도를 지나 주방으로 갔다.

"잠깐. 혹시 일반 우유인지 저지방 우유인지도 상관있나요? 집에 저지방 우유밖에 없……."

"열."

"알았어요. 알았어요. 윌이 어제 실종됐어요. 아무리 찾아도 없어서 경찰에 신고까지 했어요. 어제 늦게 들어오는 바람에 알람 맞추는 걸 깜빡했어요. 이게 이유예요."

"다섯."

대니가 얼굴을 찡그렸다. "왜 다섯이에요?"

"넷."

"방금 이유 말했잖아요!"

"셋."

"잠깐!"

"둘."

"아까 우유 질문이라도 답해 주면 안 돼요?"

"하나." "그래요. 나 인신매매범들한테 납치됐어요!"

"수작 부리지 말아요." 크리스털이 스프레이를 눌렀다. 대니는 눈 사이로 뭔가가 분출되자 비명을 지르며 얼굴을 가렸다. 크리스털은 태연하게 냉장고에서 우유를 꺼내와 내밀었다. "자." 그녀는 대니가 우유를 받아 머리에 붓는 것을 보며 박장대소했다.

"꼭 그래야만 했어요?" 대니가 마른행주로 얼굴을 닦으며 말했다.

"실리 스트링(폴리머 수지 용액이 실타래 같은 모양으로 분사되는 스프레이형 장난감―옮긴이) 뿌린 거요? 아니면 우유 뒤집어쓰게 만든 거?"

"실리 스트링이라고요?" 그제야 대니는 손가락에 알록달록하고 푹신한 끈이 달라붙은 것을 알아차렸다.

"그럼 내가 아까운 후추 스프레이를 낭비할 거라고 생각했어요?" 그녀가 실리 스트링 통을 가방에 도로 넣었다.

"기뻐해야 할지 슬퍼해야 할지 모르겠네."

"당신도 직접 봤어야 하는데. 그렇게 애처로운 광경은 처음 봤어요. 영상으로 찍어 놓을걸. 분명 온라인에서 난리였을 텐데. 한 번 더 할래요?"

"우유가 없어요."

"안타깝네. 홍차 마시고 싶었는데."

"난 하나도 안 미안하니까 이해해 줘요."

"사과는 해야죠." 크리스털이 말했다.

대니가 웃었다. "사과? 무슨 사과요?"

"헐! 뭐라고 해야 할지 모르겠네. 아니, 토요일, 그러니까 쉬는 날 아침에 날 연습실에서 기다리게 했잖아요!"

"그래요. 이젠 비긴 거예요." 대니가 티셔츠에 흥건한 우유를 짜며 말했다. "그나저나 왜 못 나갔는지 말했잖아요. 그게 그럴듯한 이유가 아니면 뭐예요?"

"후추 스프레이 피하려고 꾸며 낸 말인 줄 알았는데." 크리스털이 말했다.

"그랬으면 좋겠네요." 대니는 대접 몇 개와 코코 팝스 시리얼을 식탁으로 가져왔다.

"무슨 일인데요?" 크리스털이 자리에 앉으며 물었다.

대니가 맞은편에 앉아 어제 있었던 일을 전부 설명했다. 아침에 싸운 것, 윌이 사라진 것, 빗속을 헤매며 찾아다닌 것, 경찰에 신고한 것, 어디에 숨어 있었는지 겨우 찾은 것까지.

"그럼 계속 집에 있었던 거예요?"

"네, 옷장에서 잠들었어요."

"와! 진.짜.웃.겨.요!" 크리스털이 말을 늘어지게 했다. "아니, 끔찍한 일이지만 웃기기도 하잖아요?"

"아뇨. 하나도 안 웃겨요."

"요만큼도?" 그녀가 엄지와 검지를 붙이고 그 사이로 대니를 쳐다보았다. 대니는 빤히 쳐다볼 뿐이었다. 크리스털이 한숨을 쉬었다. "알았어요. 진지한 대니 씨. 그래서 월은 지금 어디 있어요? 찬장에 숨었나? 식탁 아래에 숨었나?"

"저기 있네요." 대니가 거실로 느릿느릿 걸어오는 월을 보면서 말했다. 머리 모양이 옷장에서 잔 사람다웠다. "잘 잤니?"

월은 아무 말도 하지 않고 크리스털만 쳐다봤다.

"안녕, 말썽쟁이. 네가 월이구나." 크리스털이 말했다.

월은 고개를 끄덕였다. 야한 여자 속옷 가게 앞에서 그러듯 크리스털의 시선을 피하면서도 은근슬쩍 쳐다보았다.

"이렇게 잘생긴 아들이라고는 말 안 했잖아요? 어머, 눈 좀 봐. 주교의 거시기보다도 파랗네."

대니가 크리스털에게 얼굴을 찌푸렸다.

"왜요? 사실인데! 친아들 맞아요?"

"엄마 닮았어요." 대니가 고갯짓으로 리즈 사진이 있는 액자를 가리켰다.

"정말 다행이다." 크리스털이 월에게 말했다. "머리도 엄마를 닮았어야 할 텐데."

"하나도 안 웃겨요. 월, 이쪽은 내 친구 크리스털이야."

"만나서 반가워." 크리스털이 말했다. 월이 수줍어하며 악수했다. "사실은 나 네 아빠 친구 아니야. 네 아빠는 친구가 한 명도 없어. 넌 아닐 것 같지만. 맞지? 여자애들이 다 친구하고 싶어 할 것 같은데?"

윌이 초조하게 웃었다. 어깨를 으쓱하면서 고개도 저었다.

"잘 잤니?" 대니는 아들의 얼굴이 더 붉어지기 전에 화제를 바꾸려고 했다.

윌은 무시하고 시리얼을 집었다. "아빠한테 우유 좀 달라고 전해 주실래요?" 윌이 크리스털에게 말했다.

"넌 입이 없어?"

"아빠랑 말 안 해요."

"왜?"

"아빠가 거짓말쟁이라서요."

"네 아빠는 도둑이기도 해. 내 돈을 훔쳤다니까?"

"내가 언제 훔쳤어요? 갚겠다고 했잖아요." 대니가 말했다.

"알게 뭐예요. 우유나 줘요."

대니가 우유통을 크리스털에게 주고 크리스털이 윌에게 주었다. 윌은 시리얼에 우유를 부었지만 몇 방울만 졸졸 나왔다.

"아빠한테 우유가 왜 없는지 물어봐 주실래요?"

대니가 크리스털을 쳐다보았다. "이 질문은 크리스털이 답해 주면 되겠네요."

"네 아빠가 우유를 머리에 부어서 그래."

"왜요?"

"바보 멍청이라서."

"크리스털이 나한테 후추 스프레이를 뿌리려고 했거든." 대니가 말했다.

"정말이에요?" 윌이 크리스털에게 너무 흥미진진한 듯 물어서 대니는 약간 언짢아졌다.

"그런 셈이지." 크리스털이 답했다.

"멋있어요." 윌은 우유가 한참 부족한 시리얼을 펐다. "분명 아빠가 그럴 만한 짓을 했겠죠."

"얘 마음에 드네." 크리스털이 고갯짓으로 윌을 가리키며 말했다.

대니가 눈알을 굴렸다.

"아빠랑은 어떻게 아는 사이예요?" 윌이 마른 시리얼을 씹으면서 물었다.

"신이 나를 미워해서 벌 주려고 보내셨지." 크리스털이 말했다.

"누나가 스트리퍼라서요?"

"누가 나더러 스트리퍼래?"

윌이 대니를 가리켰다. 대니가 움찔했다.

"그렇게 말한 건 내가 아니라 판다예요. 뭐라고 하려면 판다한테 해요."

"털북숭이가 헛소리를 지껄였구나. 난 스트리퍼가 아니라 폴 댄서야. 윌, 이 둘은 엄연히 다르단다. 스트리퍼는 아무나 할 수 있어. 쉽거든. 옷을 다 벗고 사람들의 얼굴에 거시기만 문질러 대면 돼."

"저기, 윌이 그런 것까지 자세히 알 필요는……."

"그런데 폴 댄스는 차원이 다르단다. 폴 댄스는 기술이야. 피나는 노력과 연습이 필요해. 폴 댄서는 그냥 댄서가 아니야. 예술가지. 우린 엔터테인먼트 산업계의 레오나르도 다 빈치 같은 존재야. 아니, 우리가 다 빈치보다도 대단하지. 다 빈치는 폴 댄스 못 췄어."

"왜요?" 윌이 물었다.

크리스털은 어깨를 으쓱했다. "유연성이 부족해서?"

"말이 나와서 말인데 인제 그만 가죠." 대니가 대화를 빨리 끝내려고 애쓰며 말했다.

"가긴 어딜 가요?" 크리스털이 물었다.

"클럽에 연습하러 가야죠."

"안 돼요. 12시에 할리우드 예약해 놨거든요."

"할리우드가 뭐예요?" 윌이 물었다.

"브라질리언 비슷한데 더 따끔해."

"브라질리언은 뭔데요?"

"네 아빠한테 물어봐." 크리스털이 말했다.

"아빠하고 말 안 해요."

"그렇게 말할 줄 알았지."

"다음으로 미루면 안 돼요? 대회가 나흘 뒤인데!" 대니가
말했다.

"그래서 내가 아침 8시부터 기다리고 있었죠. 당신은 푹 자
고 있을 때."

"말했잖아요. 뭘 찾느라 그랬다고!"

"오늘 왁싱 안 받으면 단골들을 다른 클럽에 뺏길 거예요.
페르난도한테 왁싱 받기가 얼마나 힘든 줄 알아요? 실력이
정말 좋거든요. 왁싱계의 미야기 사범이라고 할까."

"날 찾으러 다녔어요?" 월이 말했다. 바위처럼 단단했던 마
음이 궁금증을 이기지 못하고 열려 버렸다. 이번에는 대니가
할 말을 잃었다.

"직접 말할 거예요, 아님 내가 전달해 줘야 해요?" 크리스
털이 물었다.

"뭘 말해요?" 월이 물었다.

대니는 방금 코치가 대신 패배를 인정한 권투선수처럼 의
자에 털썩 주저앉았다. "네가 가출한 줄 알았어. 어제 집에 와
보니까 네가 없는 거야. 판다란 사실을 속인 것 때문에 화나
서 집을 나간 줄 알았지."

"경찰에 신고까지 했대." 크리스털이 거들었다.

"정말이에요?" 월이 물었다.

대니는 고개를 끄덕였다. "어떻게 해야 할지 모르겠더

라. 네 엄마를 잃은 것도 모자라 너까지 잃는다고 생각하니까……" 식탁에 떨어진 시리얼 조각 하나를 누르고 빙빙 돌리는 대니의 손가락이 덜덜 떨렸다. 크리스털이 그의 어깨에 손을 올리고 지그시 힘을 주었다. "넌 내 가장 소중한 친구야, 윌. 넌 날 믿을 수 없겠지만. 네가 없어진다면 난 어떻게 살지 모르겠어."

"그럼 왜 아빠가 판다라고 사실대로 말하지 않았어요?"

"창피해서 그랬어. 네가 날 부끄럽게 생각할까 봐. 내가 너라도 부끄러웠을 거야. 아빠가 춤추는 판다라는 걸 좋아할 애가 어디 있겠어?"

"난 좋아요!" 윌이 가슴을 두드렸다. "아빠가 판다라서 화난 게 아니에요. 나한테 말하지 않아서 화난 거예요. 난 아빠가 판다라서 자랑스러워요. 공원에서 춤추는 걸 봤는데 정말 멋졌어요. 그렇게 춤을 잘 추는지 몰랐는데."

"날 만나기 전까지는 못 췄지. 아니 그냥 알아두라고." 크리스털이 말했다.

"고마워요. 심사위원들도 그렇게 생각했으면 좋겠네." 대니가 말했다.

"심사위원이요?" 윌이 물었다.

"거리 공연 배틀에 나가거든. 노숙자 대상의 오디션 비슷하다고 할까." 크리스털이 답했다.

"우리 아빠는 노숙자 아닌데."

대니는 한숨을 쉬었다. "아직은 아니지."

"그게 무슨 말이에요?"

"난 이 대회에서 꼭 우승해야 해." 대니는 솔직하게 말하고 싶었지만 너무 솔직하게 말하지는 않았다.

윌은 대니와 크리스털을 번갈아 쳐다보면서 무슨 뜻인지 이해하려고 애썼다.

"우승하면 되죠." 윌이 간단하게 말했다. 그러고는 또 시리얼을 한입 가득 넣었다. 말로 결의를 다지면 우승은 떼놓은 당상이라도 되는 듯이.

"못해. 크리스털이 없으면."

"그런다고 안 넘어가요. 마음 약해지게 만드는 협박은 나한테 안 통해요. 5년 동안 폴 댄스를 춘 여자는 그렇게 된답니다."

윌은 아이스크림 트럭을 발견했을 때 엄마를 바라보던 간절한 눈빛으로 크리스털을 바라보았다.

"그렇게 쳐다봐도 소용없어." 크리스털이 말했지만 윌은 눈조차 끔뻑거리지 않았다. "대니, 저런 눈빛으로 쳐다보지 말라고 아들한테 전해 줄래요?"

"도와준다고 하면 그만둘걸요."

"말했잖아요. 왁싱 예약이 있다고."

"제발요." 윌이 말했다.

"안 돼."

"제에발요."

"안 돼!"

"두 배로 제발요."

"두 배로 안 돼."

"100파운드 드릴게요."

크리스틸이 웃음을 터뜨렸다. 절대로 안 된다던 무심한 분위기가 온데간데없이 사라졌다.

"얘 엄마 닮은 거 맞아요?" 크리스틸이 대니에게 물었다.

대니는 아무 짓도 안 했는데 옆에 진열된 물건이 갑자기 와르르 무너졌을 때처럼 두 손을 번쩍 들었다.

"지금 보니 아빠를 빼다 박았구나?" 크리스틸이 윌에게 말했다.

"감사합니다."

"칭찬 아니야."

"제발 도와줘요." 대니가 말했다.

크리스틸은 대니와 윌을 차례로 쳐다보고 그다음에는 둘 사이의 공간을 바라보았다. 그리고 한숨을 쉬었다. "내가 전생에 무슨 죄를 지어서 두 사람 뒤치다꺼리를 해야 하나."

"도와주는 거예요?" 대니가 물었다.

"이런 젠……." 크리스털이 월을 힐끗 보았다. "마음 바뀌기 전에 빨리 준비나 해요." 그녀가 자리에서 일어나 미니스커트를 매만질 때 대니와 월은 식탁 아래에서 살짝 하이파이브를 했다. "우선 그 옷이나 갈아입어요." 크리스털이 대니를 가리켰다. "넌 잠옷 좀 갈아입고." 그다음에는 월을 보면서 말했다.

"저도 가요?" 월이 물었다.

"농담한 거야." 대니가 대신 말했다.

"농담하는 것처럼 보여요?" 크리스털이 말했다. "나 혼자만 소중한 토요일을 날릴 순 없지. 시간 없어. 빨리 준비해!"

30

대니는 크리스털이 클럽으로 들어간 후 밖에서 기다렸다.

"절대 아무한테도 말하면 안 된다." 그는 동료들이 범죄 행 각을 벌이는 동안 차에서 대기하고 있는 사람처럼 연방 거리 를 훑어보았다.

"약속할게요." 윌이 말할 때 문이 열리고 다부진 체격의 두 남자가 VIP 라운지에서 젖소 무늬 소파를 들고 나왔다.

"그래." 대니는 그 소파가 바퀴 달린 쓰레기통과 플라스틱 맥주 궤짝이 즐비한 골목길에 버려지는 것을 바라보았다. "내 가 눈 뜨라고 할 때까진 절대 눈 뜨면 안 된다. 저 안에는 네가 봐서는 안 되는 것들이 있거든. 최소한 몇 살 더 먹기 전까지는 절대 보면 안 되는 것들이야."

"여자 가슴 같은 거요?" 윌이 물었다.

대니는 한숨을 쉬었다. "그냥 눈 감고 있어, 알겠지?"

윌은 손으로 눈을 가렸다.

"몰래 보면 안 된다." 대니는 윌을 데리고 클럽으로 들어갔다.

소매와 칼라가 없는 판초식의 파란색 외투를 입은 늙은 여자가 더 나이 들어 보이는 청소기로 청소보다는 그냥 갖다버리는 편이 나을 듯한 낡은 카펫을 밀고 있었다. 무대에서는 비키니 하의만 입은 두 여자가 나란히 앉아 담배 하나를 주거니 받거니 나눠 피우면서 첫 번째 고객을 기다렸다. 여자들이 손을 흔들자 대니도 당황하면서 손을 흔들었다. 윌도 손을 흔들었다. 그 바람에 가린 얼굴이 드러났다.

"몰래 보지 말랬잖아!" 대니는 얼른 바 뒷문으로 윌을 데려갔다.

크리스털은 연습실 바닥에 앉아 있었다. 쭉 편 다리에 이마를 대고 그날 아침 두 번째 스트레칭을 했다.

"클럽을 새로 단장하나 봐요?" 대니가 물었다.

"네?" 크리스털이 얼굴을 들었다.

"소파를 버리던데." 대니가 엄지로 큰 방을 가리켰다.

"아, 다음 주에 위생 검사관이 나오거든요. 소파가 오염됐을까 봐 패니가 걱정된대요."

"오염이요?"

"전국 범죄 기록에 들어 있는 것보다 많은 DNA 때문에요." 대니가 몸서리를 쳤다. "내가 훈증 소독하는 사람을 소개해 준다니까 확실하게 하고 싶다나."

"뭐, 패니가 소파라도 바꾸니 다행이네요." 대니는 자신의 농담에 피식 웃었지만 곧바로 살기를 느꼈다.

"엄마가 좋아했을 텐데." 윌은 벽을 가득 채운 거울을 손가락으로 쓰다듬고 삐걱거리는 마룻바닥을 발로 눌렀다. "여기 춤추는 공간이요. 클럽 말고. 죄송하지만 엄마가 클럽은 안 좋아했을 것 같아요." 윌이 크리스털에게 말했다.

"미안할 거 없어." 크리스털이 자리에서 일어났다. "나도 이 클럽이 그리 좋진 않거든. 그래서 쉬는 날이 더욱더 소중하지." 그녀가 대니를 째려보았다. 대니는 그녀보다 훨씬 낮은 강도로 몸을 푸는 데 열중하면서 못 들은 척했다.

"자, 그럼." 대니가 몸을 다 풀었을 때 크리스털이 말했다. "판다 옷 입고 안무를 보여 줘요. 처음부터 끝까지 한번 봐야겠어요."

그녀는 겹쳐진 플라스틱 의자 두 개를 빼서 나란히 놓았다.

"윌." 그녀가 의자에 앉아 옆자리를 가리켰다. "이리 와서 나랑 같이 심사해 보자." 윌도 의자에 앉았다. "저 털북숭이의 동작을 유심히 보면서 이상한 데가 있으면 나한테 말해 줘. 알겠지?"

"알겠어요." 윌은 더 잘 보려는 듯 의자 <u>끄트</u>머리에 걸터 앉았다.

"좋아. 인정사정없어야 한다는 사실을 기억해. 네 아빠지만 절대로 봐 주면 안 돼. 진짜 심사위원이라고 생각해. 원래 심사위원들은 좀 악랄하잖아, 그치? 자, 악랄한 표정 지어 봐."

윌이 아프리카인들의 축제 노팅힐 카니발에 나타난 영국 독립당 지지자처럼 험상궂은 표정을 지었다.

"악랄한 표정이랬지, 응가 마려운 표정이라고는 안 했어! 다시 해 봐. 이렇게."

크리스털의 표정에 대니는 판다 털이 곤두서는 것 같았다. 윌도 최대한 따라 하려고 애썼다.

"훨씬 낫네. 대니, 시작해요."

음악이 시작되자 대니도 곧 안무에 들어갔다. 두 눈은 거울에 고정했다. 대회에서 선보일 무대를 크리스털에게 처음부터 끝까지 보여 주는 건 처음이라 긴장됐다. 게다가 윌까지 보고 있으니 그레이하운드 경주에서 출발문이 열리자마자 뛰쳐나오는 그레이하운드들처럼 땀샘이 완전히 열려 버린 듯했다. 두어 번 휘청거리고 비트를 몇 번 놓쳤지만 즉흥적으로 메워 마무리했다. 땀에 절고 기진맥진한 상태였어도 일단은 무사히 끝냈다.

"어때요?" 그가 탈을 벗고 땀을 훔치며 물었다.

크리스털이 윌에게 먼저 말하라고 손짓했다.

"진짜 못했어요." 윌이 말했다.

"뭐?" 대니가 소리쳤다.

크리스털도 충격 받은 표정이었다. "정말 그렇게 생각하니?" 크리스털이 물었다.

"아뇨. 악랄해야 한다고 해서."

"그런 식으로 말고."

"아."

"정말로 네가 보기에 어땠어?" 그녀가 물었다.

"굉장했어요!"

대니가 엄지를 들어 보였다.

"자." 크리스털이 대니를 보았다. "좋은 소식은 형편없지 않았다는 것. 나쁜 소식은 전혀 굉장하지 않았다는 것. 꼴찌는 면하겠지만 그 즉흥 안무를 집어치우지 않으면 1등은 어림없어요. 일부러 넣은 건지, 아니면 지금까지 수없이 반복한 동작을 까먹어서 그런 건지 모르겠지만. 다음부터는 대본대로 하도록 해요."

"심사위원들은 대본 내용을 모르잖아요. 내가 대본대로 하는지 안 하는지 어떻게 안다고." 대니가 약간 불만스러운 듯 말했다.

"밸런스가 중요하니까요, 대니. 이 안무는 밸런스를 맞춰서 짠 거예요. 방금 한 건 어떤 부분에는 회전 동작이 너무 많고 또 다른 부분에는 화려한 발놀림이 너무 많아요. 심사위원들은 당신이 즉흥적으로 춘다고 생각하거나 안무가 형편없다고 생각하거나 둘 중 하나일 거예요. 어느 쪽이든 감점이죠. 그리고 4~5가지 동작은 아직도 엉망이에요. 우선 비틀어차기 동작은 연습을 더 해야겠어요."

크리스털이 대니 옆으로 가서 섰다. 월도 자세히 보려고 따라갔다.

"이렇게 돼야 한다고요." 그녀가 비틀어차기 동작을 간단하게 시범 보였다.

"이렇게요?" 대니가 열심히 따라 했다.

"아뇨. 계속 발을 끌고 있잖아요." 크리스털이 좀 더 느리게 보여 줬다.

대니가 또 따라 했지만 처음과 비슷했다.

"이렇게요?" 월이 크리스털의 시범대로 발을 찼다가 비틀었다.

"그래! 바로 그거지! 다시 해 봐." 크리스털이 말했다.

월이 또 완벽한 비틀어차기를 선보였다.

"타고났구나. 어떻게 하는 건지 네 아빠한테 가르쳐 줄 수 있겠어?"

"발을 이렇게 하고요." 윌이 대니에게 시범을 보였다. "그 다음에 이렇게 차요. 그리고 빙 돌아서 바로 이런 자세로 멈추면 돼요."

대니가 가만히 지켜보다가 따라 했다.

"완벽해요!" 크리스털이 윌과는 손을 내려서 하이파이브를, 대니와는 머리 위로 하이파이브를 했다. "전혀 어렵지 않죠?"

"그러네요." 대니도 생각보다 쉬워서 놀랐다.

"또 다른 동작 말인데요. 이렇게 하는 거." 이번에는 윌이 한 바퀴 빙 돌아 바닥에 무릎을 대고 앉았다가 다시 일어났다. 끊이지 않고 하나로 이어지는 매끄러운 동작이었다. "일어날 때는 몸을 더 빨리 비틀어야 해요. 안 그러면 다음 비트를 놓쳐요. 그렇죠, 크리스털?"

"그렇지." 크리스털은 이렇게 대답하고는 대니를 쳐다보면서 어안이 벙벙한 표정을 지었다. "아주 정확해. 다시 해 봐."

윌이 다시 동작을 선보였다. 대니가 쉽게 이해하도록 비트는 동작을 강조했다.

"이렇게?" 대니는 물어보기 전부터도 성공이라는 것을 알 수 있었다.

"맞아요." 윌이 말했다. "그다음에 다음 동작으로 넘어가면 돼요." 월이 다음의 몇 가지 동작을 연속으로 선보였다. 크리스털이 놀라서 쳐다봤다.

"혹시 이 안무 알고 있었니?" 그녀가 물었다.

"아뇨."

"그런데 어떻게 그렇게 잘 알아?"

"방금 봤잖아요."

"한 번 보고 다 외웠다고?"

"아뇨." 월이 말했다. "다는 아니에요. 거의."

"대니, 이리 와 봐요." 크리스털이 의자에 앉아 옆자리를 툭툭 쳤다. 대니가 와서 앉았다. "월, 부탁 하나만 들어줄래?"

"그러죠, 뭐." 월이 약간 주저하며 말했다.

"가서 음악 틀고 기억나는 대로 춤춰 볼래?"

월이 스테레오를 쳐다보면서 어깨를 으쓱했다.

"네."

3분하고도 12초 동안 대니는 거의 숨죽였고 크리스털은 눈을 거의 깜빡거리지 않았다. 안무를 그대로 따라 하는 월의 모습에 숨 쉬는 것도, 눈 깜빡하는 것도 까먹었다. 월이 안무를 다 기억한 건 아니지만 놓친 부분은 겨우 일부였다. 대니가 가장 힘들어하는 고난도 동작도 척척 해냈다. 200가지에 이르는 동작을 끝내고 음악이 멈추었을 때 대니와 크리스털은 믿지 못하겠다는 듯 서로를 쳐다봤다. 조용한 연습실에 월의 헉헉대는 숨소리만이 울려 퍼졌다.

"하느님 맙소사. 도대체 어떻게 이렇게 잘 추는 거야?" 크리스털은 팔찌를 달랑거리며 힘차게 박수쳤다.

"엄마한테 물려받았네요." 대니는 고개를 끄덕이고 있는 월에게 미소 지었다.

"이렇게 완벽한 춤 선생님이 한 지붕 아래에 있었는데 왜 말해 주지 않았어요? 알려 줄 만한 정보라는 생각이 들지 않던가요?"

"나도 몰랐어요." 자랑스러움으로 가득한 대니의 목소리에서 약간의 부끄러움이 묻어 나왔다.

"이게 얼마나 중요한 일인지 알죠?" 크리스털이 의자를 박차고 일어났다. "이게 무슨 뜻인지 알겠죠?"

"아뇨." 대니는 이해되지 않아 난감했다. "무슨 뜻인데요?"

"맙소사, 내가 일일이 다 말해 줘야 해요? 페르난도와의 왁싱 예약을 취소할 필요가 없었다는 뜻이지 뭐예요!" 그녀는 외투를 들고 문으로 향했다. "몇 시간 뒤에 올게요. 월, 네 아빠한테 필요한 걸 전부 가르쳐 줘."

"잠깐!" 대니가 소리쳤지만 크리스털은 이미 나가 버린 후였다.

그는 그녀가 곧 돌아오리라는 생각으로 끼익 닫혀 버린 문을 바라보았지만 장난이 아니라는 사실을 곧 깨달았다. 아직 어색하게 연습실 한가운데에 서 있는 윌을 쳐다보았다. 대니가 손바닥으로 인형 털을 쓰다듬으며 말했다.

"그럼 시작해 볼까."

＊

두 사람은 몇 시간 동안 연습실을 떠나지 않았다. 윌이 미심쩍을 정도로 한참이나 걸려 화장실에 다녀왔을 때만 빼고. '실수로' 길을 잘못 들어 '실수로' VIP 라운지로 들어가는 바람에 베수비어스가 연습실까지 데려다주었다고 했다. 윌과 대니는 쉬지 않고 안무 연습을 했다. 스피커에서 반복해 흘러나오는 요란한 음악에 조잡한 벽과 헐거운 마룻바닥이 흔들렸다. 나란히 서서 거울로 서로의 발동작을 보며 춤을 추었다. 대니는 윌이 설명해 주는 동작을, 윌은 대니의 틀린 동작을 보았다. 대니가 틀리거나 박자를 놓칠 때마다 윌이 음악을 끄고 어려운 스텝이나 동작을 천천히 가르쳐 주었고 처음부터 다시 시작했다. 두 사람 모두 다음 동작을 확실히 모를 때는 대니가 혼자 연습할 때 그랬듯 둘이 머리를 맞대고 휴대전화 영상을 참고했다. 처음부터 끝까지 안무 시범을 보여 주는 크리스털의 모습을 찍어 놓은 것이었다. 대니는 평소 영상을 보고 따라 하면 실패할 때가 많았는데 이번에는 아들의 시범을 먼저 본 다음 따라 했다.

말 전달하기 놀이와 같은 방법이다. 하지만 뒤로 갈수록 처음과는 전혀 다른 말이 나와 버리는 그 놀이와는 정반대의 결과가 나왔다. 원래의 복잡한 동작이 본연의 의미를 잃지 않으면서 오히려 단순하게 전달됐다. 크리스털은 마지못해 도와주기로 한 뒤로 대니에게 많은 것을 가르쳐 주었지만 그녀의 가르치는 기술은 그의 배우고자 하는 열망과 비교하면 아쉬운 점이 많았다. 이해하기 쉽게 나눠서 설명해 주지 않을 때도 많아 둘 다 답답해지기 일쑤였다. 크리스털은 인내심이 바닥나고 대니는 당황해서 실수만 더 늘었다. 하지만 윌의 설명 방식은 열한 살짜리다웠다. 거기에 대니가 지난 두 달 동안 쌓아 온 기술과 지식까지 합쳐지니 몇 시간 후 크리스털이 돌아왔을 즈음에는 지금까지의 문제가 거의 말끔하게 해결되어 있었다. 크리스털은 두 사람이 처음부터 끝까지 선보이는 안무를 구석에서 조용히 지켜보았다. 음악이 멈추자 박수가 터져 나왔다. 윌과 대니는 그제야 그녀가 돌아온 것을 알았다.

"여자인 나보다 더 유연하던데요?" 크리스털이 말했다. "새로운 선생님이 나보다 훨씬 잘 가르치는 것 같네." 그녀가 눈을 찡긋하자 윌이 수줍게 웃었다.

"어땠어요?" 대니가 물었다.

"어땠냐고요? 지금까지 내 아까운 시간만 낭비했다는 생각이 들어요. 당신은 처음부터 내 도움이 필요하지도 않았어요. 이 작은 춤꾼만 있으면 되는 거였죠." 그녀가 윌의 옆구리를 쿡 찔렀다. "상금은 세 등분해야겠어요. 물론 절반은 여전히 내 거지만."

"충분할지 모르겠네요." 대니가 말했다.

"원하면 더 줘도 되고." 크리스털이 어깨를 으쓱했다.

대니가 눈알을 굴렸다. "안무 말이에요. 이걸로 심사위원들의 마음을 사로잡기에 충분할까요?"

"이게 충분하지 않다면 말이 안 되죠." 크리스털이 말했다. "아니, 잠깐……." 그녀는 말꼬리를 흐리더니 갑자기 생각에 잠겼다.

"잠깐 뭐요?"

크리스털이 아랫입술을 깨물고 저쪽을 쳐다보았다. "소파 어디 있어요?"

"네?" 대니가 되물었다.

"패니가 버린 소파 말이에요. 어딨어요?"

"클럽 맞은편 골목길에요. 그건 왜요?"

"보면 알아요." 그녀가 문 쪽으로 걸어갔다. "따라와요. 좋은 생각이 났으니까."

31

처음에 대니는 대회장 무대를 보고 약간 실망했다. 지난 한 달 동안 U2 콘서트처럼 커다란 스크린과 작은 집채만 한 스피커가 있는 무대를 상상했다. 하지만 대회 전날 견학 차원에서 찾은 하이드 파크의 무대는 전단지에서 요란하게 광고한 거리 공연 배틀보다는 인형극에 더 어울릴 법했다. 저런 무대에서 일어날 법한 '배틀'이라고는 우스꽝스러울 정도로 조그마한 무대에서 떨어지지 않으려고 애쓰는 자신과의 '싸움'밖에 없을 것 같았다. 아직 완성되지 않은 것은 무대뿐만이 아니었다. 화장실이 보이지 않아서 관객들이 화장실을 찾는 데 한바탕 소동을 벌일 것 같았고, 조명 장치도 안 보이는

데 무대는 어떻게 볼 것이며, 배너나 포스터, 광고도 없는데 애초에 행사장은 어떻게 찾을 것인지 생각할수록 모든 것이 막막했다.

대니는 혹시 자신도 모르는 사이에 대회가 끝나 버렸고 지금 무대를 해체하는 중은 아닐까 싶어 지갑에서 전단지를 꺼내 날짜까지 다시 확인했다. 내일이 맞다는 걸 보고 난 뒤에야 다시 전단지를 접어 넣었다. 그리고 담배를 피우며 쉬는 인부들을 보고 다시 얼굴을 찌푸렸다.

하지만 저녁이 되어 생각해 보니 실망감이 조금 줄었다. 무대의 크기는 중요하지 않다. 중요한 건 상금 액수뿐이다. 1만 파운드만 손에 쥘 수 있다면 슈퍼마켓 주차장에서도 행복하게 춤출 수 있다. 수천 명의 귀청 터질 듯한 함성 속에서 춤추는 상상은 즐거웠지만 대니는 크리스털과 윌 앞에서 추는 것도 자신이 없었다. 하물며 모르는 얼굴로 이루어진 거대한 관객들 앞에 선다면 얼마나 막막할까. 무대와 관객이 적을수록, 즉 되도록 사람 수가 적을수록 걱정거리가 줄고, 다른 것들을 걱정할 수 있다. 우승하지 못할 때의 암울한 결과라든지, 땀띠약을 아무리 발라도 없어지지 않는 허벅지 안쪽의 심한 발진이라든지, 크리스털이 내놓은 '기막힌 아이디어'가 정말로 기막힐 노릇이라든지 하는 것들 말이다. 대니가 보기에는 하나도 좋은 아이디어가 아니었다. 하지만 대회가 하루밖에 남지 않았고 이미 안무 계획에도 넣었으니 이제 와서 바꿀 수도 없었다. 무대를 망쳐도 보는 사람이 적으니 다행이라는 사실에서 위안을 느꼈다. 하지만 그 위안도 오래 가지는 않았다.

대회 당일인 다음 날 저녁 그와 크리스털, 윌이 하이드 파크에 도착했다. 이미 수천 명이 모여 있었다. 대니가 불과 24시간 전에 보았던 느릿느릿 설치되고 있던 무대도 훨씬 커지고 위협적으로 변했다.

"엄청 작다면서요?" 크리스털이 인파 위로 솟은 거대한 직사각형의 무대를 향해 고갯짓을 했다.

"어젠 작았다고요!" 대니는 무대에 걸린 거대한 조명 장치를 쳐다보았다.

"여기 정말 멋져요!" 윌은 천장 여기저기에서 뿜어져 나오는 화려한 무대조명에 눈을 깜빡거렸다. 대니도 동의할 수밖에 없었다. 무대가 너무 멋져서 무서울 정도였다. 혹시 근처에서 같은 시간에 다른 중요한 행사가 있는 건 아닌가 싶을 정도였다. 맥주 파는 노점상과 온갖 푸드 트럭, 뒤에서 튀어나와 얼굴을 찌푸리거나 선정적인 손동작을 취하는 방해꾼들 속에서 현장을 카메라에 담으려고 애쓰는 방송국 촬영팀을 끌어들인 다른 행사가 있을 것만 같았다. 대니는 좀 더 가까이 다가가 무대 앞에 드리워진 거대한 '거리 공연 배틀'

현수막을 보고서야 여기가 맞다는 사실을 깨달았다. 자랑스러움이 파도처럼 밀려 왔다면 두려움은 쓰나미처럼 그를 덮쳤다.

"이쪽이에요!" 크리스털이 울타리와 함께 천막이 처진 널찍한 장소를 가리켰다. 험상궂은 보안요원 몇 명이 지키고 있었다. 마치 감옥에서 탈출한 죄수들이 보안요원의 유니폼을 빼앗아 입은 것 같았다.

"신분증 주세요." 온몸이 근육으로 이루어진 듯 우락부락한 남자가 입구를 가로막으며 툴툴거렸다.

대니가 거리 공연 허가증을 내밀었다.

"이름?" 남자가 카드를 뒤집었다.

대니는 얼굴을 찡그렸다. "거기 있잖아요." 대니가 허가증을 톡톡 쳤다.

"무대 이름요." 남자는 진력난다는 듯한 말투였다. "무대명이 뭡니까?"

"무대명요?" 대니가 크리스털을 쳐다보았다. 크리스털은 어깨만 으쓱했다. "신만이 아시겠죠." 대니가 말했다.

"안 됩니다." 남자가 말했다.

"네?"

"그건 안 된다고요."

"뭐가…… 안 된다고요?" 대니가 물었다.

"신만이 아시겠죠."

"뭐라고요?"

"'신만이 아시겠죠'…… 안 돼요." 남자는 손에 든 클립보드를 훑으며 말했다.

"신만이 안다고 안 된다고요?"

"네, 그렇게 말했습니다."

"뭐가 안 되는지 모른다고요?"

"예?"

"신만이 안다고 안 된다니 그럼 뭐가 안 되는지 모른다는 말이잖아요."

남자는 시리얼 상자 뒷면의 낱말 맞히기를 보는 눈으로 대니를 빤히 쳐다보았다. "지금 뭐 하시는 겁니까?"

"나요? 그러는 그쪽은 뭐 하자는 건데요!" 대니는 뒤에서 줄이 점점 길어지는 것을 알지 못했다.

"환장하겠군." 온몸을 뒤덮은 근육 덩어리가 씰룩거리기 시작했다. "잘 들으세요. 두 번 말하지 않을 거니까. 무대명으로 '신만이 아시겠죠'는 안 됩니다. 이미 그 이름의 종교 록밴드가 있어서. 그러니까 다른 이름으로 하시라고요."

"판다모니엄!" 윌이 소리쳤다. 사람들의 시선이 일제히 윌을 향했다. "팬더모니엄(pandemonium, 대혼란—편집자)이 아니라 판다모니엄요!"

"그거 나쁘지 않네." 크리스털이 말했다.

"그럼 판다모니엄으로 하죠." 대니가 말했다.

"마음대로 하세요." 남자가 대꾸했다.

그는 글자를 휘갈겨 쓰고 무기라도 되듯 고무 스탬프를 휘둘렀다. 대니는 내키지 않았지만 한쪽 팔을 내밀었다. 남자가 손등에 VIP라고 적힌 글자를 찍어 주었다. 스탬프를 어찌나 세게 누르는지 잉크가 없어도 글자가 박혔을 것 같았다. 그는 크리스털과 윌에게는 살살 스탬프를 찍어 주고 참가자 대기석으로 들어가라고 옆으로 비켜 주었다.

"27번 부스!" 대니가 소리쳤다. 천막 가운데를 가로지르는 기다란 통로를 따라 천천히 걸어갔다. 문에 숫자가 적힌 작은 캔버스 칸막이가 즐비했다. 몇몇은 지퍼로 잠겼지만 대부분 열려 있었는데 지금 대부분 참가자가 연습 중이라는 뜻이었다. 도토리로 저글링 하는 다람쥐와 닭맨, 인간 동상 등 공원에서 본 적 있는 사람들도 한창 연습 중이었다. 인간 동상에게는 그냥 가만히 앉아 있는 것이 연습이겠지만. 팀도 있었다. 매력적인 라임 그린색 브이넥 스웨터를 입은 밀턴을 어깨에 얹고 기타 줄을 튕기며 줄감개를 만지작거렸다. 한 번도 본 적 없는 사람들이 훨씬 더 많았다. 저글링 전문가, 광대, 외바퀴 자전거 타기 전문가도 보였다. 한 부스에는 잭 러셀 테리어의 얼굴이 새겨진 하얀 티셔츠를 입은 여윈 노인이 있었다. 맞은편 의자에 앉은 바로 그 잭 러셀 테리어는 이빨 빠진 노인이 힘없이 부르는 스파이스 걸스의 '워너비(Wannabe)' 가 멈출 때마다 멍멍 짖어 댔다.

적어도 세 사이즈는 커 보이는 턱시도를 입은 남자는 한가운데에 모자가 거꾸로 놓인 테이블 뒤쪽에 서 있었다.

"신사 숙녀 여러분." 그가 상상의 관객들에게 말하며 손가락을 이상하게 꼼지락거렸다. "이 모자에서 토끼가 나옵니다!"

그는 모자에 한 손을 넣고 뒤지는 시늉을 하더니 점점 더 깊게 집어넣었다. 처음에는 팔꿈치까지, 그다음에는 어깨까지. 팔을 뺀 그는 쭈그리고 앉아 테이블보 아래를 엿보더니 테이블 아래로 완전히 사라졌다가 잠시 후 약간 당황하고 헝클어진 모습으로 나타났다.

"젠장." 그가 가슴 주머니에서 붉은 손수건을 꺼내 이마를 닦았다. 주머니에서 다른 손수건들도 삐져나와 티베트의 오색 기도 깃발처럼 달랑거렸지만 알아차리지 못했다.

"여기네요." 크리스털이 27번 부스 앞에서 멈추었다. 그녀가 지퍼로 된 문을 열자 캔버스 벽이 흔들렸다. 그들은 좁은 부스 안으로 들어갔다.

"아늑하네요." 대니가 전체 공간의 절반이나 차지하는 구석의 접이식 의자에 앉으며 말했다. "연습은커녕 발도 간신히 뻗겠네."

그때 문가에 이반의 얼굴이 나타났다.

"한 명 자리 더 있나?" 이반이 밀치고 들어오자 다들 구석으로 바짝 붙었다.

"이반 아저씨!" 윌이 외쳤다.

"이반, 여긴 어떻게 들어온 거야?" 대니가 물었다.

검은색 티셔츠를 입은 이반이 돌아서자 등에 적힌 '스태프 (staff)'라는 글씨가 보였다.

"누굴 죽이고 빼앗은 거야? 사실대로 말해 줘."

"살인 안 했다." 이반이 말했다. "옛날에 이베이에서 샀다. 이걸로 마이클 볼튼 콘서트도 공짜로 봤다."

"마이클 볼튼 콘서트에 몰래 들어갔다고요?" 크리스털은 이반이 술 취한 상태에서 뒤로 공중제비를 넘으려다 실패하기라도 한 것처럼 쳐다보았다.

"테스트." 이반이 무심한 척 대답했다. "티셔츠 시험하려고."

"이반, 이쪽은 내 춤 선생님 크리스털이야. 크리스털, 이반이에요."

이반이 크리스털의 손을 잡자 손이 완전히 가려졌다.

"우리 아빠가 이반 아저씨의 목숨을 구해 줬어요. 그렇죠, 아빠?" 윌이 말했다.

크리스털과 이반이 대니를 쳐다보았다. 크리스털은 믿기

지 않는다는 표정이었고 이반은 험상궂은 표정이었다.

"왜 그래?" 이반의 표정을 본 대니가 초조한 듯 웃었다. "나 아냐! 리즈가 윌한테 말한 거야."

"리즈한테 말한 사람은 누구지?" 이반이 물었다.

이반이 대답하기도 전에 문가에 모가 나타났다. 대니는 안심했다.

"보안대를 어떻게 통과했니?" 굳이 안으로 들어오는 모 때문에 대니가 벽에 더 가까이 붙으며 물었다.

"특별대우가 필요하다고 했어요." 모가 보청기를 톡톡 치며 말했다. "항상 효과 만점이에요."

"거짓말은 아니지. 사실이잖아." 윌이 말했다.

모가 윌의 팔을 쳤다.

"머룰리 씨?" 밖에서 부르는 소리가 들렸다. 잠시 후 이반과 똑같은 티셔츠를 입은 남자가 왔다.

"접니다." 대니가 말했다.

"저도요." 윌도 대답했다.

"네, 얘도요." 대니가 말했다.

"축하합니다." 남자가 클립보드를 보면서 말했다. "맨 마지막 순서네요. 순서 되면 부를 거예요."

"마지막이라니!" 남자가 간 후에 대니가 외쳤다.

"나쁘지 않아요." 크리스털이 말했다. "물론 맨 마지막까지 기다리는 동안 초조함은 점점 커지고 자신감은 줄어들어 심리적으로 만신창이가 되겠죠. 그런 점에서는 나쁘죠."

"힘내라고 하는 말 맞죠?" 대니가 말했다.

"아직 말 안 끝났어요. 마지막 순서라서 유리한 점도 있어요. 심사위원들이 다른 참가자들의 공연은 끝나자마자 잊어버릴 거 아니에요? 하지만 맨 마지막 공연은 최종 우승자를 정하기 직전에 보잖아요. 대니는 아직 심사위원들의 기억에 생생하게 남은 상태인 거죠."

"망쳐도 생생하게 남는다." 이반이 전혀 도움 되지 않는 말을 덧붙였다.

"고마워, 이반." "고마워요, 이반." 대니와 크리스털이 동시에 말했다.

"행운을 빌어요, 머룰리 아저씨. 잘하실 거예요!" 모가 두 손으로 악마의 뿔 사인을 만들어 흔들었다.

"무슨 소리지?" 크리스털이 말했다. 다들 밖에서 들려오는 마이크 소리에 귀 기울였다.

"이제 시작이에요!" 윌이 말했다.

32

"오늘 하이드 파크에 와 주신 여러분, 안녕하십니까!" 60 대 남자가 절뚝거리며 무대로 나와 인사하자 미지근한 박수가 나왔다. 얼굴만큼이나 주름 가득한 그의 흰색 양복은 옛날 델몬트 주스 광고에 나온 모델의 무덤에서 훔쳐 온 것처럼 보였다. "즐거운 시간 보내고 계십니까?" 그가 관객들에게 물었다.

별로 열성적이지 않은 웅성거림이 들렸다. 누군가 '꺼져'라고 외치자 몇몇이 웃음을 터뜨렸다. 하지만 진행자는 평생 그런 말을 들어 온 사람처럼 아무렇지 않게 넘겼다.

"곧 더욱더 즐거운 시간이 펼쳐질 텐데요. 오늘 도전자들이 굉장합니다! 댄서, DJ, 무언극 배우, 뮤지션, 저글링 전문가, 체조선수, 화가, 곡예사 없는 게 없어요. 오늘 참가자들은 1만 파운드의 상금을 두고 경쟁하게 됩니다. 운 좋게 우승하면 거리의 삶을 청산하고 새로 시작할 수 있겠죠."

관객들이 어리둥절한 표정을 주고받으며 웅성거렸다.

진행자의 말이 이어졌다. "몇 년 전에 저도 진행하던 TV 프로그램이 폐지되어 거리로 내몰렸는데 정말 힘들었습니다. 〈두 명이 부족한 3인조〉라고 여러분도 분명히 기억하실 겁니다. 저도 먹고살려고 안 해 본 일이 없어요. 떳떳하지 못한 일도 있었죠. 하지만 이 자리에서 분명히 밝히는데, 몇몇 신문에 보도된 것과 달리 저는 마약 살 돈을 마련하려고 몸을 판 적이 절대로 없습니다. 여러분이 그건 꼭 아셔야 해요. 아무튼, 제가 하고 싶은 말은 오늘 출연자들도 잘 알겠지만 거리 생활이 쉽지가 않다는 거예요. 그래서……."

덥수룩한 머리털에 키가 크고 흐느적거리는 남자가 무대로 달려와 메모지를 주고 돌아갔다.

"팬레터군요." 진행자가 말하며 웃었다. 하지만 관객석에서는 아무도 웃지 않아 그의 웃음은 침묵보다도 어색해졌다.

그는 가슴 주머니에서 돋보기를 꺼내 메모를 읽었다.

"아, 오늘 참가자들이 노숙자처럼 생겼지만 사실은 집에서 생활하며 일부는 제대로 된 직업도 있다고 합니다. 혼란을 드려서 죄송하네요. 앞서 한 말은 전부 잊어 주시면 되겠습니다. 제가 몸을 판 적이 없다는 것만 빼고요. 다시 말씀 드리자면 그건 완전히 조작된 보도입니다. 어쨌든……" 그가 시계를 보았다. "곧 쇼가 시작될 텐데요. 첫 무대가 시작되기 전에 유명 인사들로 이루어진 오늘의 심사위원들을 소개합니다!"

무대 바로 아래에 놓인 테이블에 앉은 두 남자와 한 여자가 진행자 뒤쪽의 대형 TV에 나타났다.

"채널 파이브의 인기 드라마 〈삐뚤어진 올리버〉의 사기꾼 디키로 유명한 데이브 데이비드슨 씨입니다."

하얀 셔츠 차림에 까만 안경을 끼고 한눈에도 인위적으로 보이는 선탠을 한 중년 남자가 관객들의 환호 속에서 손을 흔들었다.

"가운데 앉아 계신 분은 유명 다큐 시리즈 〈실업 수당 빼먹는 거머리〉의 진행자 사라 버킹엄 씨입니다."

검은 정장 차림의 날씬한 금발 여성이 스크린에 나타났다. 어릴 때 동물을 학대한 적 있고 지금도 그러고 싶어 할 것만 같은 잔인함이 풍겼다.

"마지막으로 수많은 인기 TV 프로그램을 제작했고 그중 하나인 〈두 명이 부족한 3인조〉를 폐지하신 프로듀서를 모셨습니다. 신사 숙녀 여러분, 제 인생을 망친 남자 마틴 굴드를 불만 가득한 박수로 맞이해 주세요!"

50대 중반의 대머리 남자가 카메라에 잡히자 관객석에서 일제히 야유가 퍼졌다.

"반갑네요, 마틴. 머리 스타일이 굉장히 멋지십니다."

마틴은 모르는 아기가 자신에게 토했을 때처럼 억지웃음을 보였다.

"자, 그럼 곧바로 첫 번째 참가자의 무대로 넘어가겠습니다. 나이는 서른셋이고 셰필드에서 오셨습니다. 눈이 안 보인다고 전기톱 저글링을 못 할 거라고 생각하십니까? 다시 생각해 보셔야 할 겁니다. 여러분, 저글링 하는 조를 소개합니다. 따뜻한 박수로 맞아 주세요!"

"도대체 무슨 일이었어?" 스트레칭하면서 부스에 남아 있던 대니가 물었다. 크리스털과 윌은 이반과 모와 함께 첫 무대를 보고 왔다. "비명이 들린 것 같은데."

"1번 참가자가 심사위원들을 죽이려고 했어요." 크리스털이 말했다.

"앞을 못 보는 사람이었어요." 윌이 말했다.

"전기톱으로."

"전기톱 네 개로요." 윌이 손가락 네 개를 흔들었다.

"무대 밖 심사위원석으로 떨어질 뻔했어요."

"떨어질 뻔?" 대니가 물었다.

"다행히 누가 잡아 줬어요." 크리스털이 말했다.

"아쉽네요."

크리스털이 웃었다. "어떻게 하면 피할 수 있을까, 머리 굴리는 거 다 보이거든요? 어쨌든, 경쟁자들의 수준이 저렇다면 걱정 안 해도 되겠어요."

"그건 아니지. 안 그래?" 부스 밖에서 익숙한 목소리가 들렸다. 크리스털의 입에서 적절한 욕이 나오기도 전에 엘 마그니피코가 나타났다. 얼굴에는 얼마 전에 밀턴과의 몸싸움으로 생긴 반창고 몇 개가 붙어 있었다. "걱정할 게 있잖아, 그렇지, 대니?"

"뭔데?" 대니가 물었다.

"알 텐데."

대니는 잠시 생각에 잠겼다. "지구온난화?"

"틀렸어." 엘 마그니피코가 말했다.

"전염병?"

"땡."

"말벌?"

"땡."

"넌 말벌이 무섭지 않나 봐?" 대니가 물었다.

엘 마그니피코는 한숨을 쉬었다.

윌이 끼어들었다. "좀비로 인한 세계 멸망?"

"주머니를 비우지 않고 빨래하는 거?" 크리스털이 말했다.

"지하철에서 모르는 사람하고 눈 마주치는 거?" 대니가 말했다.

"다 틀렸어!" 엘 마그니피코는 점점 인내심이 바닥났다.

"슈퍼마켓에서 엄청나게 쿠폰을 많이 내는 사람 뒤에 서는 거?" 크리스털이 말했다.

"자기 집 현관문에서 후추 스프레이 맞는 거?" 대니가 말했다.

"그거 괜찮네요." 크리스털이 말했다.

"나지, 이 바보들아!" 엘 마그니피코가 소리쳤다. "네가 걱정해야 할 대상은 바로 나라고! 나! 엘 마그니피코!"

"우린 당연히 당신을 걱정하고 있어, 케빈." 크리스털이 거짓으로 걱정하는 투로 말했다. "다들 당신을 걱정해. 당신은 이 세상 전체에 해로운 인간이니까."

"월, 아빠가 항상 말했지? 저런 사람은 절대로 따라가면 안 된다." 대니가 말했다.

"그래, 다들 계속 웃으라고." 엘 마그니피코가 말했다. "웃을 수 있을 때 웃어. 내 손에는 상금이 쥐여지고, 너희는 불쌍한 인생 그대로 집에 돌아가게 될 거니까. 그때도 그렇게 잘난 척할 수 있을까?" 그가 월을 쳐다보았다. "꼬맹아, 멸종 위기의 동물을 아빠로 둔 기분이 어때?"

"하이힐에 맞아서 거시기가 터지면 어떤 기분일까?" 크리스털이 엘 마그니피코에게 한 걸음 다가섰다.

"워, 워." 그가 한걸음 물러섰다. "폭력까지 쓸 필욘 없지. 싸우러 온 건 아니니까. 사실은 행운을 빌어 주러 온 거야."

"스포츠맨 정신이 탁월하네." 대니가 말했다.

"네가 우승 확률이 조금이라도 있으면 행운을 빌어 주지도 않지. 넌 이 대회에서 우승할 확률보다 웅가 대신 살아 있는 돼지를 쌀 확률이 더 높을걸? 그러니까 행운이라도 빌어 줘야지. 그만 가 볼 테니까 연습해. 조금이라도 더 연습해야 할 테니까. 기억해. 중요한 건 우승이 아니야. 내가 우승하는 걸 지켜보는 거지! 수리수리마수리, 사라져라. 뿅!"

그는 부스에 연막탄을 던지고 황급히 뛰어갔다. 연막탄이 터지지 않은 것도 몰랐다. 몇 초 후에 다시 돌아와 연막탄을 도로 주워 도망치는 것을 모두가 말없이 쳐다보았다.

"크리스털의 남자친구였어." 대니가 윌에게 몸을 기울여 말했다.

"정말요?" 대니가 고개를 끄덕였다. 윌이 웃음을 터뜨렸다.

"왜 웃는데?" 크리스털이 두 사람을 매서운 눈으로 노려보았다.

"아무것도 아니에요." 대니가 웃음을 간신히 참으며 말했다. "아무것도."

"신사 숙녀 여러분." 진행자가 마이크를 들고 다시 무대에 나타났다. "고무 인간 엠마에게 큰 박수를 보내 주시기 바랍니다!"

뒤에서 검은색 쫄쫄이 의상을 입은 젊은 여자가 인간 매듭 같은 자세를 하고 있다가 풀었다.

"심사위원들께선 어떻게 보셨나요?"

대형 TV에 세 심사위원의 모습이 나타났다. 데이브는 열성적으로 엄지를 치켜들었다. 마틴도 만족스럽다는 듯이 고개를 끄덕였다. 사라는 인권에 관한 질문이라도 받은 것처럼 어깨를 으쓱했다.

"저도 저렇게 유연했으면 좋겠군요." 진행자가 무대에서 퇴장하는 엠마에게 손을 흔들며 말했다. "전부인이 저보다 유연하죠. 죽은 지 10년 됐지만!"

관객석에서 조심스러운 웃음이 흘러나왔다.

"농담이에요, 농담! 놀라시긴." 그가 잠시 말을 멈추었고 몇몇이 죄책감을 모르는 웃음을 터뜨렸다. "사실은 죽은 지 10년이 아니라 5년 됐습니다!"

기침 소리 외에는 전체적으로 침묵이 감돌았다.

"그럼 무대를 계속 이어가 보겠습니다. 다음 무대의 주인

공은 제럴딘을 줄인 제리입니다. 제리는 손주들과 시간 보내기와 내셔널 지오그래픽에서 방영하는 〈히틀러의 메가프로젝트〉를 보면서 새 모이통 만드는 걸 좋아한다고 하네요. 팔순이 다 된 나이지만 춤을 즐깁니다. 그게 젊음을 유지하는 비결이랍니다. 직접 보시면 그 이유를 아실 겁니다. 여러분, '가스펠 오크에서 온 브레이크댄스 추는 할머니' 제리를 박수로 맞아 주세요!"

∽

많은 참가자가 통로로 나와 바쁘게 연습했다. 대니와 윌도 접시를 돌리는 사람들과 외발자전거 타는 사람들, 방향을 예측할 수 없는 곡예사들, 한쪽 발로 서서 빙빙 도는 발레 댄서들을 피해 자리를 지키면서 연습했다. 크리스털은 비교적 안전한 문가에 서서 지켜보았다.

"좋아 보이네요." 팀이 손으로 직접 만 담배를 입에 물고 나타났다. "이제 2인조가 된 건가요?"

"밀턴을 볼 때마다 질투 나서 나도 조수를 들이기로 했어요." 대니가 이렇게 말하고 윌의 머리를 헝클었다.

"조수요? 아빠가 내 조수죠." 윌이 말했다.

"더 정확히는 두 사람이 내 조수지." 크리스털이 끼어들었다.

"난 이 친구의 조수입니다." 팀이 고갯짓으로 밀턴을 가리켰다. "모든 작전이 이 친구의 머리에서 나오죠."

"대니하고 바꿀래요?" 크리스털이 말했다.

"대니는 내 어깨에 안 맞을 것 같은데요."

"난 스웨터도 안 어울려요." 대니가 말했다.

"뭐 다른 건 잘 어울리나." 크리스털이 말했다.

"정말 재미있다니까." 대니가 말했다.

"방해해서 미안합니다만." 아까 대니가 보았던 약간 뚱뚱한 마술사였다. 그는 목에 뭐가 걸려 방금 하임리히법을 당한 사람처럼 시뻘건 얼굴로 팀에게 기대어 가쁜 숨을 내쉬었다. "혹시 토끼 한 마리 못 보셨나요? 하얀색에 이만 하고 데릭이라고 부르면 반응하는 토끼인데요. 귀가 길고 이빨이 있고 아무튼 토끼입니다."

"미안하지만 못 봤어요." 대니가 말했다.

"여긴 고양이하고 판다뿐이네요." 크리스털이 말했다.

남자는 한숨을 쉬고 가슴에 삐져나온 오색 손수건들로 얼굴을 닦았다. 천식 흡입기를 대고 숨을 한 번 들이마신 뒤 다시 데릭을 찾아 떠났다.

"제리에게 큰 박수 보내 주세요!" 진행자가 말했다. 제리는 두 명의 응급구조원에 의해 들것에 실려 나가면서 힘없이 손을 흔들었다. "이런 브레이크댄스는 또 처음이네요. 힙합 브레이크댄스가 아니라 말 그대로 힙이 브레이크하는 댄스군요!"

관객석에서 앓는 소리가 나왔다.

"이해되시죠? 힙이 브레이크하는 댄스. 네, 아무튼 다음 참가자는 페컴에서 온 특별한 콤비입니다. 한 사람은 머리가 길고 손톱을 절대 깎지 않고 나머지는 고양이입니다! 티모시와 밀턴을 박수로 맞아 주세요!"

팀과 밀턴이 무대에 등장하자 관객석 여기저기에서 스마트폰이 올라와 반짝거렸다. 손이 부족한 탓에 박수 소리는 적었지만 "와" 하는 커다란 탄성이 박수를 대신했다.

"좋은 저녁 시간입니다, 여러분." 팀이 머리카락을 넘기며 말했다. "저는 팀이고 여기 이 멋쟁이는 제 친구 밀턴입니다. 인사해, 밀턴."

밀턴이 마이크에 대고 야옹 소리를 내자 관객들의 마음이 사르르 녹았다. 사라마저 살짝 웃었다.

"오늘 저희는 노래를 한 곡 들려 드리려고 합니다. 여러분이 좋아해 주셨으면 좋겠네요. 밀턴이 선택한 곡인데요. 들어 보시면 그 이유를 아실 겁니다."

팀이 기타를 치기 시작했다. '왓츠 뉴 푸시캣?(What's New Pussycat?)'의 첫 소절이 울려 퍼지자 관객들이 음악에 맞춰 몸을 흔들기 시작했다.

〰

크리스털의 핸드백에서 '업타운 펑크(Uptown Punk)'가 시끄럽게 울려대 대니와 윌이 동시에 움찔했다.

"응, 이쁜이." 크리스털이 휴대전화를 귀로 가져갔다. "뭐? 못 살아. 2분 안에 갈게. 알았어, 자기. 안녕."

"누구예요?" 대니가 물었다.

"혹시 엘 마그니피코?" 윌이 말했다. 대니는 윌과 하이파이브를 하면서 킬킬거렸다.

"한 번만 더 그런 말을 했다간 네 코에 하이파이브를 할 거야." 크리스털이 말했다. "윌, 페이스 페인트 가방 들고 따라와."

"어디 가는데요?" 대니가 물었다.

"마지막 준비하려요." 크리스털이 말했다.

"마지막 준비? 무슨 마지막 준비? 그런 말 전혀 없었잖아요!"

"호들갑 좀 떨지 말아요, 털북숭이 씨." 크리스털이 말했다.

"그냥 계획대로 하면 돼요. 나머진 나에게 맡겨요."

"계획이 뭔지 모르는데 뭘 계획대로 해요?"

"아빠는 잘할 거예요. 걱정하지 마세요." 윌이 아빠를 껴안으며 말했다. "엄마도 자랑스러워할 거예요. 나도 아빠가 자랑스러워요. 크리스털도 아빠를 자랑스러워해요. 인정하진 않겠지만."

"인제 그만하시고." 크리스털이 두 손으로 윌의 어깨를 살짝 잡았다. "얼른 움직이자. 내 마스카라 번지기 전에." 그녀는 할 말이 있지만 어떻게 말해야 할지 모르는 표정으로 대니를 쳐다보았다. 고갯짓으로 윌을 가리켰다. "쟤가 한 말이 맞아요."

대니는 웃으며 두 사람이 떠나는 모습을 지켜보았다. 그러고 나서 천장을 바라봤다.

"우리 둘만 남았네."

팀은 밀턴이 어깨에서 떨어지지 않도록 고개를 너무 숙이지는 않고 인사했다. 관객들이 열광했다.

"감사합니다, 여러분. 너도 인사해, 밀턴."

밀턴이 마이크에 대고 야옹거리자 관객들이 또 한번 매혹당했다.

"정말 완벽한 무대였냐옹?" 진행자가 말했다.

관객들은 그의 썰렁한 농담이 아니라 조금 전의 무대에 열광하며 환호로 답했다.

"이런 굉장한 경쟁자와 겨루려면 정말 특별한 무대가 필요할 것 같습니다. 글쎄요, 노래하는 강아지 정도는 되어야겠죠? 그런데 세상에 그런 게 있을까요? 아, 잠시만요." 진행자는 있지도 않은 이어폰을 만지며 열심히 귀 기울이는 척했다. "상상도 못 하셨을 겁니다. 오늘 노래하는 강아지의 무대가 준비되어 있거든요! 여러분, 잭과 대니얼스를 박수로 맞아 주세요!"

관객들은 잔뜩 신난 잭 러셀 테리어가 무대로 뛰어와 옆에 키 작은 마이크대가 준비된 접이식 의자에 폴짝 앉는 것을 보고 웃음을 터뜨렸다. 대니가 대기석에서 보았던 바로 그 노인인 개 주인 대니얼스가 잠시 후 느릿느릿 나왔다. 여전히 잭의 얼굴이 들어간 티셔츠를 입었고 이번에는 잭이 물어뜯기 좋아하게 생긴 중절모도 썼다. 노인은 키 큰 마이크대를 잡고 두 번 두드렸다. 그다음 커튼 뒤쪽의 누군가에게 손짓하자 스피커에서 스파이스 걸스의 '워너비'가 흘러나왔다. 잭과 대니얼스는 물론이고 스물다섯 이상 먹은 관객들이 전부 따라 부르기 시작했다.

그다음 참가자는 7인의 일본인 무용단이었다. 그들은 로봇처럼 차려입고 무대를 뛰어다녔다. 때로는 서로 뒤쫓기도 하고 때로는 눈이 빨간색으로 빛나는 거대 오징어 괴물에 쫓겼다. 그다음은 벨로루시 출신의 여성 차력사였다. 그녀는 풍선 아트라도 하듯 쇠막대를 다양한 모양으로 구부려 관객들에게 애정 어린 선물로 던졌다. 하지만 안타깝게도 몇 사람이 머리를 살짝 다치는 불상사가 벌어졌다. 다음에는 외발자전거 묘기, 발레, 탈출 곡예, 칼 삼키기, 무언극 무대가 이어졌다. 멕시코 곡예사들로 이루어진 '올레 서커스단'은 우스꽝스러울 정도로 커다란 솜브레로를 쓰고 5분 동안 공중그네 묘기를 선보였다. 위건에서 온 뱀 부리는 사람은 기절하기 직전까지 미친 듯 풍기(pungi)를 불어 댔지만 인도 코브라 프레드가 끝내 바구니에서 모습을 드러내지 않자 포기하고 말았다. 다음에는 10대 2인조 래퍼들과 나무다리의 무술가가 나왔다. 닭맨과 도토리 저글링하는 다람쥐, 1인 밴드, 인간 동상의 무대도 이어졌다. 마지막 두 팀만을 남겨 놓고 엘 마그니피코의 차례가 되었다.

커튼 뒤에서 진행자가 그를 소개하기 위해 나왔다. 술을 마시고 있었던 듯 구겨진 재킷이 열린 채 펄럭거렸다.

"다들 재미있게 보고 계십니까?" 그가 소리쳤다.

관객들이 대부분 긍정적인 반응을 보였다.

"아, 안 들려요!" 진행자가 정말로 못 들었고 두 번 물어보는 게 싫은 듯 다소 거칠게 소리 질렀다. "다들 재미있게 보고 있냐고요!"

관객들은 약간 불만스럽게 웅성거렸다. 재미있게 보고 있지만 그만 물어보면 훨씬 더 재미있을 것이라고 말하는 듯했다.

"훨씬 낫네요! 오늘 제가 심사위원이 아닌 게 다행입니다. 제가 심사위원이었다면 모든 참가자에게 1등을 주었을 것 같아요. 여러분은 누가 1등이라고 생각하십니까?"

관객들이 동시에 대답했다. 그중 멕시코인 광대라는 대답이 가장 많이 나왔다.

"올해 거리 공연의 왕 또는 여왕이 누구인지 결정을 미뤄 주세요. 아직 쇼가 끝나지 않았으니까요! 이제 단 두 명의 참가자가 남았는데요, 이번 참가자는 여러분의 마음을 사로잡을 것입니다. 진짜 이름도, 어디에서 왔는지도 모릅니다. 확실한 건 여러분이 지금까지 알고 있던 모든 것을 의심하게 할 거라는 사실입니다. 그럼 거두절미하고 바로 소개하겠습니다. 여러분, 엘 마그니피코를 박수로 맞아 주세요!"

관객석에서 환호성이 울려 퍼졌다. 소리가 잦아질 때까지도 무대는 텅 비어 있었다. 초조한 침묵이 내려앉고 사람들은 이리저리 움직이면서 무슨 일이 일어나기만을 기다렸다. 진행자도 불안한 듯 계속 시계를 확인하고 진행요원들과 불편한 시선을 교환했다. 그가 무대로 돌아가 즉흥적인 대사나 엘 마그니피코의 신변에 생긴 비극적인 이야기를 꾸며내 전달하기 직전, 무대조명이 전부 꺼졌다. 무대 한구석의 어둑한 공간에서 울려 퍼지는 목소리는 정전이 의도된 것이었음을 말해 주었다.

"위대한 마술사 해리 후디니는 이렇게 말했죠. '뇌는 당신의 생각을 자유롭게 해 줄 열쇠'라고." 엘 마그니피코가 읊조리듯 말했다. 말소리가 점점 작아지자 스포트라이트 조명 하나가 켜지면서 무대 중앙에 선 그의 모습이 드러났다.

관객석에 숨죽인 흥분감이 퍼졌다.

"하지만 후디니조차도 열 살짜리 이탈리아 소년 베네데토 수피노가 해 낸 것을 하지 못했습니다. 1982년에 치과에서 차례를 기다리고 있던 베네데토는 읽고 있던 만화책에 불을 붙였죠. 성냥도 라이터도 없이. 네, 베네데토 수피노는 생각만으로 불을 붙였습니다! 오늘 밤, 저도 염력으로 여러분이 보는 앞에서 똑같은 장면을 보여 드릴 것입니다."

무대 앞쪽으로 두 번째 스포트라이트가 비추었다. 하얀 조명을 받은 포디엄 위에 판다 인형이 올려져 있었다.

"시작하기 전에 경고 말씀드립니다. 절대로 따라 하시면 안 됩니다." 엘 마그니피코가 말했다. "상당한 에너지가 필요한 일이라 염력을 시도하다가 머리가 폭발한 사례도 보고되었거든요. 제가 지금부터 보여 드릴 것은 여러분이 지금까지 본 적 없고 앞으로도 보지 못할 장면입니다. 저도 목숨을 걸고 도전하는 겁니다."

머리가 폭발할 수도 있다는 말에 관객들은 좀 더 앞쪽으로 다가갔다. 베토벤의 7번 교향곡이 울려 퍼졌다.

엘 마그니피코는 손끝을 관자놀이에 대고 턱을 당기고는 판다 인형을 쳐다보았다. 얼굴이 끓는 주전자처럼 떨리기 시작했다. 일자 눈썹이 될 정도로 얼굴을 심하게 찡그렸다. 그의 입에서 고음이 흘러나오자 무대 뒤에서 강아지 잭이 짖기 시작했다. 하지만 60초가 지나도 판다 인형은 불이 붙기는커녕 멀쩡했다. 대형 TV 화면에 비친 인형의 웃는 얼굴은 관객들을 향해 웃는 것처럼 우쭐해 보였다. 그때 토끼 데렉이 무대 바로 아래쪽을 따라 느릿느릿 달려 심사위원석 아래로 사라지는 모습을 아무도 보지 못했다. 모두의 시선은 마술사에게로 고정되어 있었다. 어찌나 심하게 붉어진 얼굴로 떠는지 응급구조원들이 미리 근처로 와서 대기했다.

1분이 2분이 되고 3분이 되자 관객석 맨 앞에서부터 야유가 터져 나왔다. 곧바로 심사위원들을 포함한 모두에게 퍼져 나갔다. 그래도 엘 마그니피코는 단념하지 않고 더욱더 힘을 주었다. 불을 붙이는 것을 넘어 존재 자체를 완전히 없애 버리고 싶은 듯 판다 인형을 노려보았다. 그가 무대 양쪽에 나타난 보안요원들에 의해 끌려 나가기 직전 관객석에서 기겁

하는 소리가 들렸다. 심사위원석에 불이 붙은 것이었다. 엘 마그니피코도 충격을 받은 것처럼 보였다. 마틴은 바지에 붙은 불꽃을 철썩 때리고 사라는 불이 붙지 않았는데도 비명을 지르며 바닥을 떼굴떼굴 굴렀다. 진행요원들이 달려와 두 사람에게 소화기를 뿌렸다. 자신이 정말로 무언가에 불을 붙였다는 사실을 깨달은—판다 인형은 땀 한 방울도 흘리지 않았으니 대상은 빗나갔지만 그래도 굉장한 일이었다— 엘 마그니피코의 몸이 또 떨리기 시작했다. 이번에는 발작하듯 요란한 웃음으로 떨렸다. 그는 진행요원들이 심사위원석 아래에서 통구이가 된 데렉을 꺼내는 것도, 새까맣게 탄 데렉의 입에 실수로 갉아먹은 전기선이 아직 물려 있는 것도 알아차리지 못했다.

진행자는 엘 마그니피코로부터 최대한 멀리 떨어진 무대 가장자리를 떠날 생각이 없어 보였다.

"신사 숙녀 여러분, 엘 마그니피코였습니다." 그가 약간 주저하는 투로 말했다.

마술사는 과장된 동작으로 고개를 숙이고 이미 1만 파운드를 손에 넣은 사람처럼 의기양양하게 퇴장했다.

"무대가 정말 뜨거워지고 있군요!" 진행자가 말했다.

방금 일어난 일에 대한 충격으로 관객들은 웃지도, 않는 소리를 내지도 않았다.

"심사위원들께서 우승자를 가리기 전까지 이제 딱 한 무대가 남아 있습니다. 과연 지금까지의 무대들을 압도할 수 있을까요? 곧 알게 되겠죠. 마지막 참가자를 현장이 떠나갈 듯한 함성으로 맞아 주시기 바랍니다. 지금까지의 작은 소란들은 접어 두고 판다모니엄을 맞아 주시죠!"

33

대니는 커튼 뒤에서 살짝 밖을 엿보았다. 맥박이 요동치고 심장이 너무 쿵쾅거려서 초라한 검은색과 하얀색 털로 덮인 가슴이 씰룩거릴 지경이었다.

스피커에서 음악이 흘러나오고 단 하나의 섬광등이 깜빡거리며 4~5초마다 강렬하고 하얀빛을 무대에 비추었다. 저 아래 관객들 사이에서 이반은 전 유럽 사람들이 참가하는 노래 경연 대회에서 우크라이나인이 우승하기라도 한 것처럼 환호했고, 모는 보청기가 고장 날 정도로 호루라기를 크게 불어 댔다. 나머지 관객들은 마지막에 누가 나오든 조금 전 염력으로 심사위원들에게 불을 붙인 사람을 절대 이길 수 없다고 확신하면서 의무감으로 지켜보았다.

무대가 오래 비어 있을수록 관객들의 인내심도 줄어들었다. 야유가 터져 나오기 직전 어둠 속에서 어떤 형체가 나타났다. 순간 섬광등이 반짝이면서 형체가 드러났다. 몇 초 후 새하얀 조명이 다시 깜빡일 때 또 보였다. 곧바로 세 번째, 네 번째가 이어졌고 음악이 점점 빨라졌다. 도입부가 드럼 소리로 절정에 이르렀다가 멈추면서 기이한 침묵이 이어졌다. 무대에 밝은 조명이 아주 잠깐 비추었지만 관객들은 중앙의 이상야릇한 형체가 무엇인지 볼 수 있었다. "쥐"라고 말하는 속삭임이 흘러나왔다. "너구리" 혹은 "오소리"라는 사람들도 있었다. 여기저기에서 "도대체 저게 뭐야?" 하는 물음이 흘러나왔다. 울음을 터뜨리는 아이들도 있었다. '신만이 아시겠죠'의 리드 싱어는 악마가 어쩌니 하고 중얼거렸다. 지금 보고 있는 것이 정확히 뭔지 모르면서도 사람들은 시선을 떼지 못했다.

대니는 공포로 얼어붙은 채 앞을 바라보았다. 난생처음 해보는 스카이다이빙에서 뛰어내리기 직전의 기분이 이럴까. 오래 서 있을수록 나쁜 생각만 들었다. 부정적인 생각밖에 들지 않아서 애초에 이런 도전을 하게 된 이유조차 생각나지 않았다.

움직이려고 했지만 몸이 말을 듣지 않았다. 춤출 생각이 들기는커녕 팔다리에 아무런 감각도 없었다. 순간 심장마비가 오는 줄 알았다. 아니었다. 심장마비인 척하고 바닥에 쓰러져 들것으로 실려 나갈까 고민했다. 그는 눈을 찡그리고 눈부신 조명 너머의 얼굴 없는 관객들을 쳐다보았다. 저기 어딘가에 총알 한 알이 남은 암살자가 있어서 고통을 끝내 주었으면 좋겠다는 생각이 들었다. 하지만 쳐다보면 볼수록 서서히 관객들에게 얼굴이 생겼다. 처음에는 희미했지만 이내 바로 눈앞에 서 있는 것처럼 분명하게 보였다. 눈을 감았다가 뜨니 리즈가 아직 있었다. 희미한 미소로 그를 보고 있었다. 자신도 괜찮고 그도 괜찮다고, 얼른 정신을 가다듬고 그 어느 때보다 신나게 춤을 추면 모든 것이 다 괜찮아질 거라고 말해 주는 미소였다.

그래서 그는 춤을 추었다.

처음에는 자신이 움직이고 있는 줄도 몰랐다. 숨이 끊어져 버린 운전자 대신 운전대를 잡은 옆자리 동승자처럼 그의 육체는 정신으로부터 주도권을 가져오려고 싸웠다. 관객들의 포효를 듣고서야 자신이 춤추고 있음을 깨달았다. 마치 엉덩이로 아드레날린이 주입된 것처럼 그 소리가 온몸으로 퍼져 나갔다. 그는 조로의 검처럼 허공을 뚫었고 태풍 속 풍향계 같은 속도로 빙빙 돌았다. 몸과 마음이 서로의 차이를 받아들이고 완벽한 조화를 이루며 그동안의 인내심(대부분 크리스털에게 해당)과 피땀 어린 노력(대부분 그에게 해당)으로 탄생한 무대를 보여 주었다.

리허설 때조차 실수했던 정신없는 부분에서도 박자를 하나도 놓치지 않았다. 뜨거운 에너지가 타닥타닥 뿜어져 나와서 안무를 망칠까 봐 두려워 일부러 동작에 힘을 살짝 빼야만 했다. 평소 같으면 멈추고 싶어서 안달이었던 막간에도 멈추고 싶은 마음이 들지 않았다. 원래는 몇 초 동안 숨을 고르고 제발 앞으로 꽈당 넘어지는 일 없이 끝까지 힘이 따라주기만을 기도했던 시간이었다. 하지만 이번 막간은 달콤한 휴식이 아니라 오히려 성가신 장애물처럼 느껴졌다. 몸이 막 풀렸는데 몰입하지 못하고 두 번째 단계가 시작될 때까지 억지로 기다려야 하는 느낌이었다. 이제 두 번째 단계에서 이른바 '크리스털의 기막힌 아이디어'가 나오게 되어 있었다.

1분 전까지만 해도 죽고 싶었던 무대 한가운데에 서서 포즈를 잡으며 육중한 비트가 점점 올라갈 때 대니는 속으로 숫자를 셌다. 조명이 켜지고 섬광등이 도입부 때처럼 깜빡거리기 시작했다. 강렬한 조명이 관객들의 눈을 비추었다. 흥분한 관객들은 무대에 홀로 선 대니가 이제 무엇을 하려고 하는지 궁금해했다. 그런데 어느 순간 놀랍게도 무대에는 그 혼자만 있는 것이 아니었다.

"준비됐어?" 그가 자신과 똑같고 크기만 작은 판다에게 말했다. 조명이 반짝이는 틈을 타서 그보다 좀 더 허름한 미니 판다가 뒤에 와 있었다. 크리스털은 패니가 버린 젖소 무늬 소파에서 뜯어낸 천을 재봉틀에 돌리기 전에 철저하게 훈증 소독을 하겠다고 약속했다. 그런데 지금 월은 벼룩 농장의 경비견처럼 몸을 벅벅 긁어 대고 있었다. 대니는 크리스털 의 이 기막힌 아이디어를 어쩌다 수락했는지 또 기가 막혔다.

"준비됐어요!" 월이 소리쳤다. 곧바로 비트가 시작되고 두 사람은 함께 춤을 추었다. 어깨와 엉덩이를 움직이고 몸을 흔들고 빙 돌고 뽐내듯 무대를 걸어 다녔다. 관객들의 함성 이 음악 소리를 덮을 정도였다. 두 사람은 연습할 시간이 많 지 않았다. 크리스털이 대니에게 내린 지시는 월이 등장한 후에도 춤을 계속 추고 자신의 동작에만 신경 쓰라는 것뿐이 었다. 진짜 책임을 떠안은 사람은 월이었다. 모든 동작을 아 빠에게 맞춰야 하는 임무가 주어졌다. 아빠가 속도를 높이면 따라서 높이고 속도를 늦추면 따라서 늦추고 만약 아빠가 무 대 밖으로 거꾸로 떨어지면 처음부터 연출된 것처럼 보이도 록 따라서 뛰어들어야 했다. 어떻게든 둘의 동작이 맞아야 했다. 상황이 그렇게 좋지도 않고 정해진 대본을 따르는 것 에 성패가 좌우되는 불안하기 짝이 없는 계획이었지만 그 자 신을 비롯해 모두의 걱정과 달리 대니는 움직여야 할 때 움 직였고 박자를 하나도 놓치지 않았다. 타이밍이 시계처럼 정확했다. 무대 끄트머리 근처로는 가지도 않아서 떨어질 일도 없었다. 떨어졌다고 해도 관객들은 춤추느라 바빠서 알아차리지 못했을 것이다.

"크리스털은 어딨어?" 노래가 두 번째이자 마지막 막간에 이르렀을 때 대니가 소리쳐 물었다. 그녀가 대기자 천막에서 자신을 버리고 간 이후로 보지 못했기에 혹시라도 무슨 일이 생긴 건 아닌지 걱정스러웠다. 물론 크리스털이 아니라 크리스털에게 까불다 큰코다쳤을 사람이 걱정되었다.

"네?" 윌이 엉덩이를 벅벅 긁으며 소리쳤다.

"크리스털 말이야!" 대니는 숨을 헐떡이고 땀을 비 오듯 흘리며 대답했다. "어디 있냐고!"

"아빠 뒤에요!"

크리스털이 커튼 뒤에서 활짝 웃고 있거나 어쩌면 손가락을 내밀고 있을 것이라는 생각에 뒤돌아본 대니는 뒤쪽 무대에 나란히 서 있는 여자들을 발견했다. 얼굴에서 눈과 입술, 코는 검은색이고 나머지는 흰색이었다. 모두 똑같은 판다 옷을 입고 판다 귀 모양의 머리띠까지 꼈다. 대니는 가운데 판다가 껌으로 풍선을 부는 것을 보고서야 그중에서 누가 크리스털인지 알 수 있었다.

"나중에 설명할게요!" 얼굴은 보이지 않지만 대니의 혼란을 알아차린 그녀가 소리쳤다. "그냥 계획대로만 하고 나머진 우리한테 맡기면 돼요!"

대니는 키우지도 않는 고양이가 죽었다는 말을 들은 것처럼 말없이 고개만 끄덕였다.

그는 다시 관객들을 바라보았다. 숨을 깊이 들이마시고 잠시 멈추면서 대망의 피날레를 위한 마음의 준비를 했다. 폐가 타는 듯하고 움직일 때마다 근육통이 느껴지고 팔다리는 물을 잔뜩 머금은 통나무처럼 무겁고 허벅지 안쪽은 너무 벅벅 긁어 대서 살라미 소시지처럼 변했을 테지만, 세 번째이자 마지막 구간의 비트가 시작되자 대니는 마지막 60초 동안 영혼 깊숙한 곳까지 들어가 숨어 있던 에너지를 전부 파냈다. 그렇게 마지막 남은 에너지까지 전부 다 쓴 다음에는 관객들에게 에너지를 빌렸다. 대니의 심장은 뚱뚱한 남자의 셔츠 버튼처럼 튀어나올 것 같았지만 관객들의 환호와 휘파람 소리가 한계를 밀어붙이게 해 주었다. 그는 무대에 자신의 모든 것을 쏟아부었다. 그렇게 자신을 밀어붙였다. 드디어 음악이 멈추고 클라이맥스에서 갑자기 침묵의 벽으로 넘어갈 때, 그는 또 가슴을 움켜쥐고 쓰러지고 싶은 충동을 느꼈다. 물론 이번에는 가짜가 아니었다.

그는 옆의 윌을 쳐다보았다. 두 사람은 지친 상태로 엄지를 들어 보였다. 뒤쪽에서 다른 여자들과 함께 포즈를 취한 크리스털은 잘했다는 의미로 고개를 끄덕이고 있었다. 대니는 앞의 관객들을 쳐다봤다. 구석구석의 거대한 스포트라이트 조명이 관객들의 얼굴을 환하게 비췄다. "판다모니엄!"이라고 외치는 함성이 점점 커져 대니의 뼛속까지 밀고 들어왔다. 여자들이 한 걸음 나오고 대니와 윌은 한 걸음 물러나 옆 사람과 손잡고 다 같이 인사했다. 관객석에서 우레와 같은 박수가 터져 나왔다. 딱 한 사람, 엘 마그니피코만 침묵했다. 그는 염력으로 행사장 전체를 불태우려고 애쓰는 것처럼 보였다.

"여러분, 판다모니엄이었습니다!" 진행자의 외침에 대니와 윌, 크리스털과 친구들은 한 번 더 인사하고 커튼 뒤로 퇴장했다.

"내가 애 반응 좋을 거라고 했죠!" 무대 뒤에서 크리스털이 인조손톱으로 윌을 쿡 찔렀다. "사람들이 좋아할 줄 알았다니까!"

"저 원단에 남아 있는 생물체들은 확실히 윌을 좋아하는 것 같군요." 대니가 불이라도 붙은 듯 서둘러 의상을 벗는 윌을 보며 말했다. "저 옷 안전하다면서요!"

"아뇨. 깨끗하다고 했지." 크리스털이 말했다. "그런데 세탁을 뭐로 했는지 모르겠네."

"팔이 왜 초록색이 됐지?" 윌이 초록색 사과 색깔처럼 변해 버린 두 팔을 들었다.

"좋은 질문이다, 윌. 우리 애가 왜 초록색이 됐죠, 크리스털? 팔 좀 봐요! 얼굴도!"

"얼굴도 그래요?" 윌이 점점 허둥지둥했다.

"아, 맞다. 세탁해 준 남자가 이럴 수도 있다고 했어요. 걱정하지 마요. 2주 정도 지나면 지워질 수도 있다니까."

"안 지워질 수도 있다는 거예요!" 대니가 외쳤다.

"몇 주씩이나?" 윌도 외쳤다.

"어쨌든 제 역할은 톡톡히 했잖아요. 안 그래요? 1만 파운드를 생각하면 이 정도쯤이야."

"그거야 우승할 때 얘기죠." 대니가 말했다.

"우승은 떼놓은 당상이죠! 완전히 무대를 박살냈는데."

"당신도 나쁘지 않았어요. 백업 댄서들이라니 정말 훌륭한 마무리였어요. 어떻게 데려온 건지 모르겠지만 고마워요."

"나한테 고마워할 필요 없어요. 패니한테 고마워해요."

"패니요?"

"패니가 댄서들한테 당신 무대를 도와주면 오늘 밤에 쉬어도 된다고 했거든요."

"정말인가요?" 대니는 깜짝 놀랐다. "패니가 그렇게 인정 많은 성격인 줄 몰랐는데."

"원하는 게 있으면 인정을 베풀죠." 크리스털의 미소를 보자마자 대니는 불안해졌다.

"패니가 원하는 게…… 뭔데요?"

크리스털이 더 활짝 웃었다. "바로 당신."

대니는 웃음을 터뜨렸다. 크리스털도 따라 웃기를 바랐지만 그녀는 웃지 않았다. 그는 웃음을 멈추고 헛기침을 했다.

"날 잘 봐 줬다니 고맙기는 한데. 글쎄요. 내가 한 300살쯤 더 먹은 다음에는 모를까, 아니, 솔직히 말하자면 그때도……."

"그런 거 아니에요, 멍청이 씨. 패니는 그렇게까지 남자가 절실한 사람이 아니라고요. 클럽에서 일주일에 한 번씩 여성 고객들을 위한 이벤트를 열 생각인데 아직 남자 댄서를 못 구했어요. 그래서……."

"싫어요." 대니는 무슨 말인지 깨닫고 바로 대답했다. "절대로 싫어요."

"왜요? 방금도 엄청나게 많은 사람 앞에서 춤춰 놓고선. 고주망태가 된 주부 몇 명 앞에서 춤추는 것쯤이야 식은 죽 먹기죠."

"방금은 옷 입고 춘 거잖아요! 하늘과 땅 차이죠!"

"옷 벗지 않아도 돼요, 대니. 걱정하지 말아요. 물고기도 당신 거시기는 보려고 안 할 테니까."

"정말요?"

"뭐, 솔직히 정말로 배고픈 물고기라면……."

"아뇨, 옷 벗을 필요가 없다는 얘기 말이에요."

"정말이에요. 완전히 다 벗는 건 아니에요. 엄밀히 말하자면…… 옷을 입은 것보단 벗은 것에 가깝겠지만."

"아주 솔깃한 얘기지만 그냥 거절할래요. 월이 절대 날 용서하지 않을 거예요. 그렇지, 월?"

"난 상관없어요." 월이 어깨를 으쓱했다. 대니가 노려봤다.

"하루 일당 250파운드예요. 그날 바로 손에 쥐어진다고요. 아니면 끈 팬티에 넣어 줄 수도 있고. 원하는 쪽으로."

"관심 없어요." 대니가 말했다. "잠깐, 얼마라고요?"

"들었잖아요. 한 달에 나흘만 일해도 1,000파운드예요. 잘 생각해 봐요." 그녀는 이렇게 말하고 옷을 갈아입으러 갔다.

월은 반대쪽으로 걸어갔다.

"어디 가니?" 대니가 물었다.

"이거 씻으러요!" 월이 말했다.

"초록색은 네가 제일 좋아하는 색깔 아니었어?" 대니가 웃음을 참으려고 애쓰며 말했다.

"이젠 아니에요." 월은 투덜거리면서 화장실에 갔다.

월은 이동식 화장실로 들어가서 몸에 비누를 잔뜩 문질렀다. 하지만 화학 성분은 벗겨질 기미를 보이지 않았다. 화장실을 뛰쳐나온 월은 이 순간 절대로 마주치고 싶지 않은 한 사람과 정면으로 마주치고 말았다.

"머롤리?" 마크였다. 마크의 입으로 들으니 자신의 이름인데도 무섭게 느껴졌다. 마크는 윌의 얼굴과 팔을 쳐다보더니 얼굴을 찡그렸다. "어쩌다 초록 인간이 됐냐?"

"얘기하자면 길어." 윌이 말했다.

"그게 훨씬 낫네."

윌은 그냥 고개만 끄덕였다. 벌써 대화가 피곤해져서 아무 말도 하지 않았다.

"네 남자친구는 어디 있냐?" 마크가 모를 찾아 두리번거렸다.

"그러는 네 부하들은 어디 있는데?" 윌도 사람들 사이를 두리번거렸다.

마크는 오랫동안 윌을 노려봤다. 윌은 당연히 고통을 맛보게 될 줄 알았는데 놀랍게도 마크는 피식 웃었다. 그렇게 기분 좋지는 않았지만 폭력보다는 훨씬 나았다.

"걔들은 엄마가 늦게까지 밖에 못 있게 해서." 마크가 말했다.

"그래, 내일 학교 가야 하니까." 윌이 말했다. 두 사람은 짧지만 함께 웃었다.

"그건 뭐야?" 마크가 윌이 든 가방에서 삐져나온 판다 옷을 가리켰다.

"아무것도 아니야." 윌은 가방을 뒤로 감추려고 했지만 얼룩무늬 인형 탈이 벌써 마크의 눈에 띄었다.

"잠깐. 아까 무대에서 춤춘 게 너였어? 판다마니아인가 뭔가?"

"판다모니엄."

"이런 미친. 그게 너였어!"

월은 당연히 모욕적인 말이 쏟아져 나오리라는 생각에 마음의 준비를 했다. 사내자식이 춤을 추냐. 판다 완전 구려. 춤추는 판다는 더 구려. 그런 말들이 쏟아지겠지.

"너 진짜……." 마크는 적당한 말을 찾으려고 했다. "끝내줬어!"

"뭐라고?" 월은 순간 허를 찔린 기분이었다. 마크가 '끝내준다'는 말의 뜻을 제대로 아는 건지 의아했다.

"정말이야. 오늘 너희 팀이 최고였어."

"고마워." 월이 머뭇거리며 말했다.

"춤은 어디에서 배웠냐?"

"엄마한테."

"좋겠다. 우리 엄마도 그랬으면 좋겠네. 우리 엄만 온종일 침대에 누워만 있을 때도 있는데." 마크는 웃음을 터뜨렸지만 어딘가 공허해 보였다.

"내가 가르쳐 줄 수 있어." 월이 말했다. "네가 배우고 싶으면."

"내가? 춤을?" 마크가 웃었다. "재밌네. 같이 춤춘 여자들 소개해 주면 안 되냐?" 마크가 지저분한 앞머리를 매만졌다. 머리만 다듬으면 자신도 패션 잡지 모델보다 못할 것 없다는 듯이.

윌이 미소 지었다. "한번 알아볼게."

"앗싸. 난 그만 가 봐야겠다. 오늘 행운을 빈다."

"두고 봐야지." 윌이 말했다.

마크가 뒤돌아섰다.

"아 참, 윌?" 그가 어깨 너머로 불렀다.

"왜?"

"지금 한 얘기 어디 가서 말하면 죽는다." 마크는 진지한 척하며 말했다. "알아들었어?"

"알았어."

"좋아. 나중에 보자, 머저리야."

윌은 사라지는 마크의 모습을 보면서 친구가 생긴 것인지, 아니면 적을 잃은 것인지 의아했다.

〰

대니는 크리스틸, 모, 이반과 함께 무대 앞쪽 근처에 서 있었다. 이반은 다른 관객들보다 머리 하나는 더 컸다.

"오늘의 주인공이 오셨다!" 모는 윌을 안으려고 달려갔지만 손도 대기 전에 제자리에 얼어버렸다. "너…… 얼굴이……."

"크리스털한테 물어봐." 윌이 말했다.

모가 크리스털을 쳐다보았지만 그녀는 딴청을 부렸다.

"시간 딱 맞춰서 왔네." 대니가 말했다. 진행자가 다시 무대에 나타났다.

"여러분, 오래 기다리셨습니다. 드디어 모두가 기다린 순간이 왔습니다!"

관객들이 환호했다.

"이제 제 얼굴을 그만 봐도 되냐고요? 그건 아닙니다."

관객석에서 야유가 쏟아졌다.

"걱정하지 마세요. 잠시 후면 정말로 제 얼굴을 안 봐도……."

야유가 즉각 환호로 바뀌었다.

"하지만 집에 가기 전에 저는 위스키 한 병을 마시고 입안에 총구를 겨눌지도……."

관객들은 이번에는 어떤 반응을 보여야 할지 확신이 서지 않는 듯했다.

"농담입니다. 총도 없어요. 총이 있어도 저를 쏘진 않아요. 그렇죠, 마틴?"

마틴은 그에게 가운뎃손가락을 들어 보였다. TV 화면에 잡힌 것을 깨닫자 코를 긁는 시늉을 했다.

"이제 우승자를 발표할 시간입니다! 아시다시피 오늘의 우승자는 상금 1만 파운드를 받게 됩니다. 어떻습니까, 심사위원 여러분? 결정은 하셨나요?"

심사위원들은 서로를 쳐다보더니 고개를 끄덕였다. 봉투가 무대로 전달됐다.

진행자는 돋보기 안경을 쓰고 눈을 찡그리고 안의 메모를 읽었다.

"자, 그럼 곧바로 결과를 발표하겠습니다. 3등은…… 팀과 밀턴!"

박수가 터지고 화면에 팀과 밀턴이 나타났다. 팀은 카메라를 보고 웃으며 손을 흔들었다.

"그런 얼굴로 쳐다보지 마." 팀이 어깨에서 노려보는 밀턴에게 속삭였다. "노래 네가 골랐잖아."

진행자는 메모를 보면서 안경을 고쳐 썼다.

"오늘의 2등 수상자는…… 둥둥둥…… 판다모니엄!"

윌은 한숨을 쉬었다. 모는 작게 욕을 했다. 크리스털은 근처에 있는 사람들까지 다 들리게 큰 소리로 욕했다. 대니는 말없이 무대를 쳐다봤다. 진행자의 말을 듣지 못했고 계속 발표를 기다리는 것처럼 여전히 기대감에 커진 눈이었다.

"괜찮아?" 이반이 물었다.

대니는 답하지 않았다. 믿기지 않는 사실에 몸이 마비되어 버렸다.

"춤추는 판다들, 아주 잘했어요. 1등은 아니지만 그다음으로 좋은 상품이 기다리고 있습니다. 바로 제 스탠드업 투어 공연 티켓 4장!"

순간 다른 참가자들은 2등을 하지 않아서 천만다행이라는 표정으로 변했다.

"자, 그럼 올해 거리 공연 배틀 영광의 1위를 발표하겠습니다. 전혀 놀랍지 않은 결과군요. 솔직히 제 마음을 사로잡는 무대였죠."

그 말에 엘 마그니피코가 상 받을 준비를 하며 씩 웃었다.

"여러분, 1등은 잭과 대니얼스입니다!"

무대로 상을 받으러 나가는 노인과 잭 러셀 테리어를 보면서 마술사의 얼굴에서 웃음기가 싹 사라졌다.

"이건 아니야." 그가 중얼거렸다. "뭔가 잘못됐어. 우승은 내 거야. 나라고."

"이런 개 같은! 말도 안 돼!" 크리스털이 말했다. "윌, 내 거친 입을 용서해 주렴."

"정말 이런 개 같은! 아빠, 내 거친 입을 용서해 주세요." 윌이 말했다.

대니는 여전히 말이 없었다. 지금 느끼는 감정을 어떤 말로 표현할지는 물론이고 어떤 표정을 지어야 할지도 알 수 없었다.

"축하합니다." 진행자가 대니얼스에게 터무니없이 커다란 수표를 건넸다. 하지만 노인이 받아들기도 전에 엘 마그니피코가 인파 속에서 튀어나와 진행자와 몸싸움을 벌이며 수표를 빼앗으려고 했다.

"우승자는 나야!" 그가 소리쳤다. 눈이 뒤집히고 입에는 살짝 거품을 물었다. "나야! 네가 아니라! 난 염력으로 불을 붙였다고! 염력으로!"

보안요원 하나가 무대로 달려와 강력한 태클로 엘 마그니피코를 붙잡았다. 다른 요원은 수표를 비틀어 빼앗았다. 잭까지 나서서 엘 마그니피코의 가운을 꽉 물고 놓지 않았다.

"이거 놔!" 엘 마그니피코가 발악했다. "여길 다 불 질러 버리기 전에 놓지 못해! 나에겐 초능력이 있어. 다들 봤잖아? 초능력이 있다고!"

관객들이 환호하고 웃는 가운데 보안요원들이 마술사를 무대 밖으로 끌어냈다. 잭이 엘 마그니피코의 찢어진 가운 조각을 물고 돌아오자 또 한 번 웃음이 터졌다.

"진짜 주인에게 돌려드려야죠." 진행자가 약간 구겨진 수표를 대니얼스에게 주었다. "신사 숙녀 여러분, 올해의 우승자에게 큰 박수 부탁드립니다!"

말끔하게 차려입은 젊은 남자가 무대로 와서 수상자에게 트로피를 건넸다. 대니얼스가 트로피를 머리 위로 들자 관객들이 귀가 떨어져라 "앙코르!"를 외쳤다.

"관객들이 네 노래를 한 번 더 듣고 싶은가 보구나, 잭." 진행자가 몸을 숙이고 잭 러셀 테리어에게 말했다. "어떻게 생각하니?"

잭이 한 번 짓자 다들 환호했다.

"좋다는 뜻인 것 같습니다! 앙코르 무대가 시작되겠습니다!" 진행자가 소리쳤다.

"그만 가자." 대니가 말했다.

34

이반이 테이블에 마실 것 네 잔을 올려놓았다. 두툼한 손에 든 잔이 골무처럼 작아 보였다.

"건배!" 그가 맥주잔을 들었다.

크리스털은 트리플 진토닉을 들었다. 윌은 대니의 맥주잔을 들었다. 대니는 콜라잔을 들어 윌과 바꾸었다. 다들 잔을 부딪쳤지만 열성적으로 건배하는 사람은 이반뿐이었다.

"미안한데 이반, 우리 뭘 축하하는 거지?" 대니가 물었다.

"인생!" 이반이 한 손으로 술집 '사팔뜨기 염소' 안을 훑듯이 가리켰다. 마치 우중충한 술집과 불량한 손님들이 살아 있음을 기뻐할 완벽한 이유라도 되는 듯이.

"하지만 지금은 삶을 찬미할 이유가 없는 것 같아." 대니가 말했다.

"좋은 소식 원해? 좋은 소식 알려 준다. 빅토르 알지? 공사장 나쁜 놈. 변기에 머리 처박혀서 러시아 돌아갔다."

"누가 그런 짓을 한 거예요?" 윌이 물었다.

"나쁜 사람들하고 잘못 엮였나 보지." 크리스털이 대니와 미소를 주고받으며 말했다.

"봐. 너 웃잖아. 인생 좋은 거다." 이반이 말했다.

"레그를 만나는 순간 끝장인데 뭐." 대니는 한숨을 쉬고 생각에 잠긴 듯 맥주를 한 모금 마셨다. "도저히 이해가 안 돼. 난 정말 우리가 우승할 거라고 생각했는데."

"우린 우승했어요." 크리스털이 말했다. "물론 '실제로' 우승한 건 아니지만 다른 사람들과 비교도 안 되게 잘했다고요. 관객들이 당신한테 열광했잖아요."

"관객들은 당신한테 열광한 거죠." 대니가 바로잡았다.

"우리한테 열광한 거예요."

"그런데 노래하는 개한테 져요?" 대니가 말했다.

윌이 어깨를 으쓱했다. "엘 마그니피코한테 지진 않았잖아요."

"그렇지. 그건 축하할 만한 거잖아요, 안 그래요?"

"그건 그래요." 대니는 눈이 뒤집힌 엘 마그니피코가 보안요원의 태클로 바닥에 처박히던 모습을 떠올리며 웃었다.

"아저씨, 그거 아세요? 그 사람 크리스털의 남자친구였대요." 윌이 이반에게 말했다. 이반이 크리스털을 쳐다봤다. 크리스털은 윌을 쳐다봤다. 윌은 대니를 쳐다봤다. 대니는 초조하게 웃었다. 그러느라 뒷문에서 레그가 들어오는 것은 보지 못했다.

"머룰리!" 레그가 소리쳤다.

이반을 제외하고 모두가 움찔했다.

"타이밍 한번 기막히군." 대니는 이쪽으로 걸어오는 레그를 돌아보지도 않았다. "패배도 평화롭게 즐길 수가 없다니."

"안녕한가, 대니." 레그가 말했다. 덴트는 대니 일행이 도망이라도 칠까 봐 그러는 듯 문가에서 서성거렸다.

"안녕하세요, 레그."

"무슨 일로 이렇게 모이셨나?" 레그는 테이블에 앉은 사람들, 특히 크리스털에게 시선을 보냈다.

"초상 전야제 치르는 중입니다." 대니가 말했다.

"그래? 누구의 초상이지?" 레그가 물었다.

대니는 아직 할 수 있을 때 마시자는 생각으로 맥주를 들이켰다. "당연히 저죠."

"돈을 마련하지 못했다는 뜻이겠군."

"정확히 추측하셨습니다, 레그." 대니가 말했다. "돈이 없네요." 기다림에 지쳐 빨리 다 끝나 버리기를 바라는 장기 사형수처럼 걱정스럽기보다는 지친 목소리였다.

"찰리!" 레그가 소리쳤다. "문 걸어 잠가."

순간 의자 소리와 요란한 발소리가 울려 퍼졌다. 주인이 문을 걸어 잠그기 전에 다들 서둘러 나가려는 것이었다. 찰리는 문 위쪽과 아래쪽을 잠그고 가운데 빗장도 걸었다. 처음이 아니라는 듯 아무렇지도 않게 보안 카메라까지 끄더니 새우튀김 봉지를 들고 위층으로 사라졌다.

"그렇게 서 있으면 어떡해, 덴트!" 레그가 말했다. "빨리 이리 와. 조금 있으면 드라마 〈이스트엔더스〉 시작한다고."

덴트가 시동 걸린 10톤 트럭처럼 요동치듯 걸어왔다. 대니는 자리에서 일어났다. 무슨 계획이 있어서가 아니었다. 술집 의자에 앉아 몸부림치는 것보다 일어나서 운명을 맞이하는 것이 마지막 품위라도 지키는 길 같아서였다. 순간 어깨에 얹은 이반의 손이 느껴졌다. 위로의 행동인 줄 알았는데 이반은 대니를 의자에 도로 확 앉히더니 벌떡 일어나 덴트를 향해 성큼성큼 걸어갔다. 두 남자는 달려가 가까이 서더니 거대한 팔로 서로를 꽉 감싸고 놓지 않았다. 두 사람이 그렇게 서 있는 시간이 길어질수록 붙잡고 싸우는 것이 아니라 부둥켜안은 것이라는 사실이 확실해졌다. 보통 사람은 가슴이 으스러질 정도로 꽉 껴안고 있었다.

다들 어리둥절한 표정이었다. 특히 레그가 그랬다. 덴트가 우크라이나어로 말하기 시작하자 모두 더욱더 당황했다. 이반은 덴트와 오랜만에 재회한 친구처럼 이야기 나누면서 그를 데리고 대니에게 왔다. 대니는 본능적으로 장도리를 맞지 않으려고 몇 걸음 뒤로 물러났다.

"대니, 여긴 드미트리다." 이반이 덴트의 등을 거칠게 두드렸다.

"둘이 아는 사이야?" 대니가 물었다.

"알다마다! 우리 형님 아들이다."

"덴트가 네 조카라고?"

"그래, 조카. 마지막으로 봤을 때 요만 했다. 메뚜기만 했지." 이반이 가리킨 손짓은 보통 남자보다 컸다.

"그 '메뚜기'가 일주일 전에 내 다리를 부러뜨릴 뻔했거든."

이반이 덴트를 보고 얼굴을 찡그렸고 레그는 믿지 못하겠다는 표정으로 지켜보았다.

"이게 뭐야? 빌어먹을 가족 재회라도 돼? 개수작은 그만 부려, 덴트!"

덴트는 두 손을 주머니에 넣고 자신의 구두를 쳐다보면서 마치 말썽부린 어린아이처럼 이반에게 우크라이나어로 야단을 맞았다.

"미안하다고 해라." 이반이 고갯짓으로 대니를 가리켰다. 덴트가 뭐라고 웅얼거렸다. 이반이 그의 머리를 쳤다. "영어로!"

"미안합니다." 덴트가 말했다.

"이제 됐어?" 이반이 물었다.

대니가 어깨를 으쓱했다. "그런 것 같은데."

"악수해라." 이반이 운동장에서 일어난 싸움을 중재하는 선생님처럼 두 사람의 손을 억지로 잡아 악수를 시켰다.

"아이고 머리야. 인제 그만 좀 닥치고 빨리 부러뜨려!" 레그가 소리쳤다.

이반이 덴트에게 뭐라고 하자 덴트는 고개를 끄덕이고 레그를 쳐다보았다.

"도대체 뭐 하는 거야!" 레그가 자신에게로 느릿느릿 걸어오는 덴트를 보며 소리쳤다. "이쪽이 아니잖아. 이 멍청한 놈 같으……."

덴트는 레그의 말이 끝나기도 전에 그의 목덜미를 잡았다.

이반이 대니를 보면서 물었다. "어디 먼저 부러뜨릴까?" 레그의 목발이 바닥으로 떨어졌고 숨통을 조여 오는 손에 힘없이 반항했다. "팔? 팔이 좋겠는데."

"잠깐!" 레그가 꺽꺽거렸다. 그의 얼굴이 권투선수의 소변 샘플보다도 붉어졌다. "말로 하자고!"

"다리를 또 부러뜨려도 좋고. 어때?" 이반이 물었다.

"잠깐만! 대니! 빚 없던 걸로 해 줄게! 우리 계산 다 끝난 거야! 월세도…… 깎아 줄게. 20퍼센트!"

"이미 올린 20퍼센트 말인가요?" 대니가 물었다.

이반이 고개를 끄덕이자 덴트의 힘에 손이 더 들어갔다.

"50퍼센트!" 레그가 꽥 소리쳤다. "50퍼센트!!"

"그 정도면 아주 적당하네요, 레그. 하지만 우린 이사 갈 겁니다." 대니가 월을 쳐다보았다. "너만 괜찮으면 말이야."

월이 고개를 끄덕였다.

"손가락으로 할까?" 이반은 무언가를 부러뜨리지 않고는 자리를 뜨지 않겠다고 작정한 사람 같았다. "손가락만."

"그냥 놔 줘." 대니가 말했다.

"정말?" 그는 이반의 물음에 고개를 끄덕였다. 이반은 어깨를 으쓱하고 덴트를 보았다. 우크라이나어로 뭐라고 말하면서 문을 가리켰다.

덴트는 레그의 목을 움켜잡은 채 나머지 손으로 문의 빗장을 풀었다.

"이거 가져가셔야죠." 대니가 레그의 목발을 가리켰다.

덴트는 목발을 집어 들고 반쯤 정신을 잃은 주인을 데리고 나갔다.

"고마워, 이반." 대니가 이반과 함께 자리에 앉으며 말했다. "넌 방금 내 목숨을 구해 줬어."

"별거 아니다. 이제 빚 갚았다."

대니는 방금 제대로 들은 게 맞는지 얼굴을 찡그렸다. "무슨 빚?" 그의 얼굴에 서서히 미소가 피어났다.

"뭐가?" 이반은 갑자기 테이블의 얼룩을 손톱으로 떼어내느라 바쁜 척했다.

"방금 빚 갚았다고 했잖아."

"내가 언제?"

"방금!"

"아니다."

"그랬어." 대니가 말했다.

"대니, 인형 옷 너무 오래 입고 있어서 귀 나빠졌다." 이반이 자신의 귀를 톡톡 치면서 말했다.

"어쨌든 고마워."

이반이 어깨를 으쓱했다. "드미트리가 네 집주인 밑에서 일하는 걸 일찍 알았으면 좋을 뻔했다. 그럼 네가 바보짓 안 해도 됐는데."

대니는 크리스털과 윌을 쳐다보았다. 두 사람은 덴트가 레그에게 하던 초크로 서로의 목을 조르며 장난치느라 바빴다. 두 사람이 웃으면서 떠드는 모습을 지켜보던 대니는 맞은편에 앉은 윌과 눈이 마주치자 눈을 찡긋했다.

"그래도 결과적으로는 다 잘된 것 같아." 대니가 맥주잔을 들었다. "건배."

"춤추는 쥐들을 위하여!" 이반이 말했다.

"우린 춤추는 판다예요!" 윌이 말했다.

"맞아! 우린 판다야!" 크리스털도 한마디 했다.

"판다들을 위하여!"

"맘대로 해." 이반도 잔을 들었다. "건배!"

EPILOGUE

눈은 1센티미터도 쌓이지 않았지만 런던의 남동부 지역 전체에 교통 대란을 일으켰다. 항공편은 지상에 발이 묶이거나 항로를 바꿨고 기차 편은 취소되거나 연착됐다. 빙하 시대를 준비하는 사람들이 몰려든 슈퍼마켓에는 홍차 티백과 화장지가 마구 날아다녔다. 해마다 영국의 12월에 걸맞은 날씨가 찾아올 때마다 사람들은 늘 똑같은 의문을 던졌다.

"스웨덴 같으면 얼마나 좋아?" 대니가 버스 창문에 낀 물방울을 닦고 창밖의 교통체증을 바라볼 때 맞은편에 앉은 노인이 말했다. "스웨덴 사람들은 눈 올 때마다 난리법석을 피우지 않지."

"스웨덴 얘기가 왜 나와?" 옆에 앉은 그의 아내가 나무랐다.

"스웨덴 얘기가 아니야, 에드나. 이 나라의 한심한 상황에 대해 말하는 거지."

"스웨덴 잘못은 아니잖수?"

"누가 스웨덴 잘못이랬나!"

노인은 대니를 보면서 고개를 흔들었다. 대니는 미소를 보였다.

"올리버 얘기야?" 그의 아내가 물었다.

"뭐?"

"우리 사라 남편."

"누가 올리버가 누군지 몰라서 그러나? 여기서 왜 올리버 얘기가 나오냐고?"

"영감은 처음부터 올리버를 싫어했잖아."

"그 얘기가 갑자기 왜 나오는데?"

"올리버가 스웨덴 사람이잖아."

"올리버는 번리 출신이야!"

"성이 구스타브손인데 번리 출신은 아니지. 영감은 우리 사라가 구스타브손 부인이 되는 걸 처음부터 싫어했어."

"올리버 얘기 아니라니까!"

"그럼 도대체 무슨 얘기유?"

노인이 답하려는 순간 버스가 속도를 늦추었고 그의 아내가 일어나 문으로 향했다. 노인은 대니의 결혼반지를 가리키며 넌더리난다는 미소를 지었다.

"결혼생활이 이렇다네. 기대하시게." 노인은 일어나면서 이렇게 말하고 아내를 따라 버스에서 내렸다.

대니는 억지로 웃음을 짓고 자신의 결혼반지를 쳐다보았다.

윌이 그의 옆구리를 살짝 찔렀다. "걱정 마세요. 아빠 인생은 내가 고달프게 만들어 줄 테니까."

대니도 아들의 옆구리를 찔렀다.

"누가 이기나 해 보자."

⌣

혹독하게 추운 날씨였지만 공동묘지는 평소보다 더 북적거렸다. 크리스마스가 얼마 남지 않아 묘비들은 양초와 리스, 축제 분위기의 붉은 리본 끈으로 장식되어 있었다.

대니는 리즈의 묘 옆에 서서 이름에 낀 성에를 닦아 냈다.

"다 왔네. 안녕, 이쁜이."

윌은 뒤에서 느릿느릿 걸어 왔다.

"엄마가 정말 좋아했겠지?" 대니가 눈 쌓인 주변을 둘러보며 말했다.

윌은 고개를 끄덕였지만 아무 말도 하지 않았다.

두 사람은 칙칙한 하얀 하늘 아래 가만히 서서 리즈의 무덤을 이불처럼 덮은, 누구의 손길도 닿지 않은 눈을 바라보았다.

"엄마한테 한마디 해야지? 크리스마스 잘 보내라든가?"

월이 잠깐 생각에 잠겼다.

"아빠는 스트리퍼예요."

근처의 묘비를 찾은 노부인이 고개를 들어 대니를 노려봤다.

"우리 아빠 스트리퍼 아니에요." 월이 노부인에게 들리도록 큰 소리로 말했다.

"사실은 스트리퍼 맞아요." 월이 엄마에게는 작게 속삭였다.

"얘 말 믿지 마, 리즈." 대니가 말했다. "평소처럼 괜히 격려해 주지도 말고. 나 스트리퍼 아니야. 당신 항상 그러잖아. 나 스트리퍼 아니야. 무대에서 공연하는 사람이지."

"무대에서 옷 벗고 공연하는 사람이죠."

"무대 공연으로 네 방이 있는 쾌적한 새 아파트로 이사 갈 만큼 돈을 많이 버는 사람이지."

"맞아요, 엄마도 새집 마음에 드실 거예요. 넓어서 춤 연습하기도 편해요."

"공원에서 선보일 새로운 판다 춤을 같이 연구하고 있어. 월도 주말마다 나랑 같이 연습하고." 대니가 말했다.

"나도 이제 제대로 된 의상이 생겼어요."

"리즈, 당신이 봐야 해. 사람들이 윌을 얼마나 좋아하는지. 특히 여자들."

"몰라요." 추워서 빨간 윌의 뺨이 더 붉어졌다. "엄마한테 새 안무 보여 주면 안 돼요?"

"지금 여기서?" 대니가 주위를 두리번거렸다.

윌이 잔뜩 기대하며 고개를 끄덕였다.

"그건 안 될 것 같은데."

"왜요?"

"공동묘지에서 춤추는 건…… 좀 그렇잖아."

"엄마는 괜찮다고 할 텐데."

"그렇겠지. 그런데 다른 사람들은 아닐 거야." 대니는 여전히 의심스럽게 쳐다보는 노부인을 힐끔 보았다. "할머니, 할아버지 오면 보여 드리자."

"다음 주에 오실 거예요." 윌이 엄마에게 소식을 전했다.

"당신 아버지가 갑자기 전화해서 크리스마스를 같이 보내자고 하시지 뭐야." 대니가 말했다. "나도 놀랐어. 믿어지지 않더라니까."

"아빠랑 할아버지랑 한참 얘기했어요. 서로 사과하고 화해했어요."

"할아버지가 사과한 거지. 한참 얘기한 것도 아니야. 2분

통화했어."

"어쨌든 얘기한 거잖아요."

"그래." 대니가 미소 지었다. "얘기했지. 아 참, 지난주 학부모 상담 때 콜먼 선생님이 뭐라고 했는지 엄마한테도 알려 줘."

"내가 선생님이 지금까지 만나 본 최고로 예의 바르고 훌륭한 학생이래요."

"그거 말고 다른 거."

"내가 수업 시간에 말이 너무 많대요."

"들었어, 리즈? 윌이 수업 시간에 말이 너무 많대! 정말 굉장하지?"

"칭찬은 아닌 것 같은데." 윌이 말했다. 하지만 대니는 자랑스러운 듯 아들의 머리카락을 헝클었다.

"윌이 새 친구도 사귀었어. 그렇지? 그 친구 이름이 뭐더라? 매트?"

"마크 롭슨요. 학교에서 제일 세요." 윌이 말했다.

"윌이 마크한테 크리스털을 소개해 주기로 했거든. 그래서 마크가 목숨 걸고 윌을 지켜 주고 있다니까."

"마크가 모도 지켜 줘요. 며칠 전에 모의 보청기를 놀린 애는 마크한테 똥침을 맞고 양호실까지 갔어요."

"모하고 언제 만나기로 했지?" 대니가 시간을 확인하면서 물었다.

"아이스 링크에서 1시요. 크리스털은 벌써 도착했대요."

"그럼 우리도 고고씽 할까!" 대니의 말에 윌이 멍하게 쳐다보았다. "고고씽. 응? 빨리 가자고. 요즘 애들 말 아니야?" 대니가 씩 웃었다.

윌이 고개를 저었다. "휴, 엄마. 저 아빠 때문에 엄청 힘들겠죠?"

"서둘러. 얼른 가자." 대니가 손에 키스하고 묘비에 갖다 댔다. "메리 크리스마스, 리즈. 사랑해."

그는 시든 꽃을 쓰레기통에 버리러 갔다. 뒤를 돌자마자 어깨가 축 처졌다.

윌은 걸어가는 아빠의 뒷모습을 바라보며 아빠가 혼자 외롭게 눈길을 걸을 때마다 나는 뽀득거리는 소리를 들었다.

"엄마, 걱정 마세요. 제가 아빠를 지켜 줄게요."

감사의 말

모두에게 진심으로 감사의 마음을 전합니다. 나의 훌륭한 에이전트 조아나 스웨인슨의 노고와 인내심에 감사합니다. 무엇보다 나에게 기회를 주어 고맙습니다. 테레즈 코엔, 니콜 에더링튼을 비롯해 하드먼 & 스웨인슨의 모든 팀원에게도 감사합니다. 여러분을 만나 행운이었고 늘 든든했습니다.

트래피즈/오리온의 편집자 케이티 브라운, 스크라이브너의 편집자 카라 왓슨, 감사합니다. 사라 포춘과 마크 사이먼슨도 고마워요.

멋진 친구이자 훌륭한 작가인 그레그 로벨에게도 고맙습니다. 제가 작가의 길에 대해 진지하게 생각해 보도록 자신감을 심어 준 리처드 스키너와 파버 아카데미에도 감사를 전합니다. 좋은 친구가 되어 준 킴과 요아힘 레크셰이트, 맥주와 다양한 아이디어를 제공해 준 주스타스 라마나우스카스, 초고를 읽어 준 애덤과 바버라 리보브, 오랫동안 변함없는 격려를 보내 준 소피아 시예드, 사이먼 마운트, 아리스 마코스, 맥스 도일 감사합니다.

이 책을 쓰는 동안 마마이트 잼을 끊이지 않고 제공해 준 제로드 굴드-본, 제 글이라면 뭐든지 다 읽어 주는 사라 스즈미트, 조카 토머스와 해리슨 스즈미트에게도 고마워요. 톰, 내 사인이 들어간 책을 돈 받고 팔아 주겠다는 제안 고맙구나. 해리, 초고를 읽어 줘서 고맙고 심한 말도 들어 있어서 미안해. 성공하기도 전부터 이미 성공했다고 느끼게 해 준 스텔라 발렌티노, 기나긴 여정에서 항상 옆에 있어 준 린다와 필립 굴드-본에게도 감사를 전합니다.

마지막으로 나의 아내이자 나의 비밀병기(별로 비밀스럽지는 않지만), 바네사 발렌티노에게 감사의 마음을 전합니다. 글 쓰는 작업은 항상 어렵지만 당신이 없었으면 더 힘들었을 거야. 몇 번이고 원고를 교정해 주고 썰렁한 농담에도 웃어 주고 쓰러져도 다시 일으켜 세워 주고 암울한 상태로 글 쓰고 있을 때마다 면도하라고 말해 주고 출판사에서 수없이 퇴짜를 맞을 때도 고통을 나눠 주고 나조차도 나를 믿을 수 없을 때 믿어 줘서 고마워.

댄싱
대디

1판 1쇄 인쇄   2021년 1월 13일
1판 1쇄 발행   2021년 1월 20일

지은이   제임스 굴드-본
옮긴이   정지현

발행인   정욱
편집인   황민호
본부장   박정훈
책임편집   한지은
마케팅   조안나 이유진 이나경
국제판권   이주은 한진아
제작   심상운

발행처   대원씨아이㈜
주소   서울특별시 용산구 한강대로15길 9-12
전화   (02)2071-2094
팩스   (02)749-2105
등록   제3-563호
등록일자   1992년 5월 11일

ISBN   979-11-362-6408-4 03840